*Für Lenny & Liam,*
*meine beiden Wunder und die Liebe meines Lebens.*

# PROLOG

OWEN

Mein Atem ging stoßweise und kam in weißen Wölkchen aus meinem Mund. Ich hatte vergessen, die Heizung anzustellen. Mein Herz schlug noch immer so schnell, dass ich fürchtete, es könnte seinen Dienst versagen. Das Zittern meiner Knie hatte dazu geführt, dass ich nur mühsam in den nächsten Gang hatte schalten können.

Ich richtete meinen Blick auf das Zimmer mit den weißen Vorhängen, das im oberen Stockwerk lag. Es brannte noch gedimmtes Licht und ich fragte mich, ob Kaylee auf dem Bett lag und wie immer in ihrem Rezeptbuch kritzelte. Ich sah sie förmlich vor mir, wie sie auf dem Bauch lag, die Beine in der Luft und ihr rotes Haar wie ein Umhang um ihre Schultern ausgebreitet.

Sobald ich die Augen schloss, kam es mir vor, als könnte ich ihren Erdbeer-Kaugummi-Atem riechen. Mein Magen zog sich schmerzhaft zusammen und mir fiel das Luftholen schwer, denn es fühlte sich an, als würde eine Schlinge um meinen Hals liegen, die sich langsam zuzog. Die Vorstellung, diesen Erdbeerduft nie wieder um mich zu haben, war kaum zu ertragen. Es kam mir völlig falsch und ungerecht vor.

Vor nicht einmal zwei Stunden hatte ich Kaylee hier abgesetzt, hatte sie geküsst, so leidenschaftlich und erfüllt von dem vorangegangenen Tag, den wir am See verbracht hatten. Es war ein traumhafter Tag gewesen und wir waren uns so nah wie nie zuvor gewesen. Endlich hatte ich mich getraut, sie zu ihrem Abschlussball einzuladen. Meine größte Sorge war gewesen, wie ich genug Kohle zusammenkratzen konnte, um mir einen Anzug zu leihen. Ich lachte bitter auf. Warum nur war all das geschehen? Warum wurde mir das einzig Gute in meinem Leben genommen?

*„Weil du den Teufel in dir trägst"*, raunte mir eine innere Stimme zu. Tränen brannten in meinen Augen und mein Blick fiel auf meine Hände, die sich so fest um das Lenkrad klammerten, dass meine Knöchel knackten. Blut. So viel Blut haftete an ihnen. Mein Atem stockte und Panik packte mich im Genick, dass ich instinktiv einen Blick in den Rückspiegel warf, als erwartete ich, meinen Angreifer dort vorzufinden. Dabei hatte es vorhin nicht so ausgesehen, als könne er mich in absehbarer Zeit verfolgen. Genau genommen war ich mir nicht einmal sicher, ob er es je wieder tun konnte. Ich schluckte.

Mit nur einem Schlag hatte sich dieser wundervolle Tag in einen Albtraum verwandelt. Nie war mir klarer gewesen, wie abgrundtief schlecht ich in den Tiefen meines Herzens war. Verkommen. Verdorben. Und Kaylee – meine wunderschöne, gutherzige Kaylee – war das komplette Gegenteil von mir. Sie war das Licht, wenn ich der Schatten war, und niemals war mir mehr bewusst gewesen, dass sie zu gut für mich war. Ich durfte sie nicht mit in diesen Abgrund ziehen, vor dem ich stand. Dafür liebte ich sie viel zu sehr.

Ich würde gehen. Ich musste gehen. Nicht nur aus Angst vor den Konsequenzen, die dieser Abend und das, was ich getan hatte, nach sich ziehen würde. Ich musste sie beschützen. Vor mir. Vor dem Bösen, das in mir schlummerte.

Ein letztes Mal warf ich einen sehnsüchtigen Blick hinauf zu dem hell erleuchteten Zimmer und holte tief Luft. Ich brauchte einen Schubs, einen Wink des Schicksals, dass ich das Richtige tat.

Das Piepsen meines Handys durchbrach die Stille. Kaylees Name stand auf dem Display und ich schloss gequält die Augen. Ich startete den Wagen, der zu meiner Überraschung sofort ansprang, und fuhr los. Auf halber Strecke durch die Stadt kurbelte ich das Fenster runter und warf mein Handy hinaus, ohne Kaylees Nachricht zu lesen.

Mir war klar, dass sie die Einzige war, die mich dazu bewogen hätte, hierzubleiben. Sie war der alleinige Grund, warum ich überhaupt so lange in diesem Vorort der Hölle überlebt hatte. Der Schmerz kam in Wellen und drohte, mich unter Wasser zu ziehen, als ich das Schild von Bakers Valley passierte. Doch das Blut, das an meinen Händen klebte, war wie ein Mahnmal. Es erinnerte mich daran, das zu tun, was nötig war, damit Kaylee das Leben führen konnte, das sie verdient hatte. Und vielleicht, nur vielleicht, würde ich etwas finden, das mir half, mich über Wasser zu halten und vor dem Ertrinken zu bewahren.

# KAPITEL 1

*Elf Jahre später*

OWEN

Mit jeder Meile, die ich mich Bakers Valley näherte, nahm der Druck auf meiner Brust zu. Das Atmen fiel mir zunehmend schwerer, sodass ich die Fenster öffnete. Angenehm warme Luft drang ins Auto hinein und vertrieb den Geruch der neuwertigen Ledersitze meines Leihwagens. Die nervtötende Radiomusik und die flachen Kommentare der Moderatoren, die über ein mutiges Mädchen aus Schweden ihre Witze machten, wurden vom Rauschen des Fahrtwindes übertönt. Gott sei Dank. Obwohl ich ihnen ohnehin nicht richtig zugehört hatte, weil die Gedanken in meinem Kopf rasten und dadurch alles, was um mich herum geschah, in den Hintergrund zu rücken schien. Sogar der atemberaubende

Anblick der ‚Going-to-the-Sun Road', die jedes Jahr aufs Neue unzählige Touristen anlockte, konnte mich nicht ablenken.

Die Straße galt als Sehenswürdigkeit des Glacier-Nationalparks, weil sich die Natur hier von ihrer atemberaubendsten Seite zeigte. Aus Sicherheitsgründen war sie nur in den Sommermonaten geöffnet. Aufgrund der unzähligen Haarnadelkurven und unübersichtlichen Stellen durfte man die Gefahr der Straße nicht unterschätzen. Mich hielt das jedoch nicht davon ab, diesen Anblick auf meinem Höllenritt in die Vergangenheit mitzunehmen. Es gab bestimmt schlimmere Arten zu sterben, als mit dieser Aussicht in den sicheren Tod zu stürzen. Trotz dieses Panoramas fühlte ich mich seltsam leer und ausgebrannt, was, neben meinem momentanen chaotischen Gefühlszustand, zweifellos an meiner schlechten körperlichen Verfassung lag.

Ich rollte meine schmerzende Schulter. Die OP lag mittlerweile fast drei Monate zurück und trotzdem machte mir die Verletzung noch immer Ärger. Der Check von dem Stürmer der *Capitols* während meines ersten Spiels nach der langen Reha-Pause steckte mir wohl auch noch in den Knochen.

Ich ließ die Panoramastraße hinter mir und hielt mich Richtung Süden. Ich drückte meinen Fuß nicht ganz so fest auf das Gaspedal, um das Unvermeidliche noch etwas hinauszuzögern. Das Schnurren meines Leihwagens, einem Dodge Challenger, konnte meine Nerven auch nicht beruhigen. Das Ortsschild mit der Aufschrift ‚Bakers Valley' erschien in meinem Blickfeld und mein Magen rebellierte bei diesem Anblick. Ich hatte mir einst geschworen, nie wieder zurückzukehren. Aber wie war das mit den guten Vorsätzen?

Ehe ich mich versah, hatte ich die imaginäre Schwelle meines Heimatorts überfahren. Eine winzige malerische Kleinstadt am Fuße der Rocky Mountains, umgeben von den endlosen Wäldern, Flüssen und Seen. Für unzählige Menschen war dieser Ort der Inbegriff von Erholung. Meine Abscheu hingegen war selbst heute noch ungebrochen. Mein Auge erfasste zwar die optischen Vorzüge, doch mit jeder Meile, die ich tiefer in dieses Provinznest vordrang, wurde mir schlechter. Wobei die Übelkeit auch auf das ausgefallene Abendessen und Frühstück zurückzuführen sein könnte.

Für mich stand dieses Kaff vor allem für Menschen, die nicht davor zurückschreckten, all die kleinen und größeren schmutzigen Geheimnisse des anderen hervorzukramen und auszuschlachten. Vor allem die meiner Familie – zumindest war es mir so vorgekommen. Ungeduldig schlug ich mit der Faust auf das Lenkrad meines Leihwagens und starrte auf die Bahnschranke, die zu meinem Leidwesen noch immer existierte, in diesem Augenblick heruntergelassen wurde und jeglichen Transfer in die kleine Stadt erschwerte. Es war wie verhext, ganz so als wolle sie Einheimische daran hindern, zu fliehen, und Fremde davon abhalten, hineinzugelangen.

Ich war weder fremd noch einheimisch, vielleicht machte sie ja für mich eine Ausnahme? Schon damals, als ich gezwungen gewesen war, in diesem Provinznest auszuharren, hatte dieser Bahnübergang jeden in den Wahnsinn getrieben. Mich eingeschlossen. Nach einigen Minuten stand ich jedoch noch immer an derselben Stelle, obwohl kein einziger Zug vorbeigefahren war. Mittlerweile hatte ich den Motor abgestellt und überlegte, ob ich die Zeit für ein Nickerchen nutzen sollte. Das würde mir nach der schlaflosen Nacht, die auf den gestrigen Anruf gefolgt war, zweifellos guttun. Doch wie ich mein Glück kannte, würde die Schranke sich genau in dieser Zeit öffnen. Wahrscheinlich war der Mechanismus wieder mal kaputt.

Seufzend sank ich im Sitz zusammen und lehnte meine Stirn auf das Lenkrad. Mit jeder Minute, die verstrich, wurde die Verlockung, einfach umzukehren, größer. Ich hasste diesen Ort! Eine scharfe Erinnerung durchzuckte mich und plötzlich fühlte mein Kopf sich derart schwer an, dass ich glaubte, mich gar nicht mehr rühren zu können. Das Schlimmste, was ich dieser Stadt vorwerfen konnte, war, dass sie meine Vergangenheit enthielt.

Nach all den Jahren hatte ich gedacht, dass ich sie hinter mir gelassen hätte, doch das war wohl ein Irrtum gewesen. Zumindest hatte eine einzige Nachricht auf meinem Anrufbeantworter meine neu geordnete Welt über mir zusammenbrechen lassen und mir vor Augen geführt, dass man vor seinen eigenen Dämonen niemals fliehen konnte – egal wie schnell man auch lief. Und ich war schnell gelaufen, mein ganzes verdammtes Leben lang. Ein Grund, warum ich mich auf dem Eis so wohl fühlte. Ich liebte das Tempo und die nie enden wollenden Runden, die ich darauf drehen konnte.

Erneut durchzuckte ein scharfer Schmerz meine Schulter, als wollte mein Körper mich daran erinnern, dass nichts für die Ewigkeit bestimmt war. Nicht mal mein Job, mein Lebensinhalt. Die aufsteigende Angst kroch mir in Form von Magensäure die Speiseröhre hinauf und ich hatte das Gefühl, als ätzte sie sie weg.

Ein letztes Mal starrte ich die Schranke grimmig an, in der Hoffnung, mein Killerblick, der schon so manchen Gegenspieler in die Knie gezwungen hatte, würde sie einschüchtern. Fehlanzeige. Sie rührte sich nicht, als wollte sie mich verhöhnen. Womöglich würde ich hier vor Langeweile sterben, oder weil mich ein irrer Serienkiller schlafend im Auto vor der Schranke vorfinden und seine Gelegenheit nutzen würde, um mich von meinem Elend zu befreien. Wenigstens würde mich das dann vor der Schmach bewahren, zurückzukehren. Warum tat ich mir das überhaupt an? Wollte mir womöglich jemand ein Zeichen schicken?

Lautstarkes Hupen ließ mich zusammenzucken. Mein Kopf fuhr so heftig hoch, dass ich mit Wucht meine Stirn gegen die Sonnenblende stieß und lautstark fluchte. Diese kleinen Sportwagen waren einfach nichts für meine Körpergröße. Ich warf einen Blick in den Rückspiegel und sah einen weißen Transporter an meiner Stoßstange kleben. Alles, was ich durch die Spiegelung der Scheibe erkennen konnte, war eine wild gestikulierende Person auf dem Fahrersitz. Das Hupgeräusch ebbte nicht ab. Da musste jemand aber wahnsinnig aufgebracht sein.

Mit quietschenden Reifen wurde der Wagen an meinem vorbeigelenkt. Ungeachtet des riskanten Manövers kam der Wagen neben meinem zum Stehen und ich erkannte durch das heruntergelassene Beifahrerfenster eine Frau mit wilder roter Lockenmähne, die mir wahnsinnig bekannt vorkam. Sie deutete ungeduldig Richtung Schranke, die mittlerweile geöffnet war, ehe sie mir anschließend den Mittelfinger zeigte und mit Vollgas losfuhr und über die Bahnschienen brauste.

Fassungslos starrte ich ihr hinterher und konnte kaum glauben, was gerade geschehen war. Manche Dinge änderten sich wohl nie. Die schlechteste Autofahrerin aller Zeiten hatte auch nach all den Jahren nicht gelernt, Auto zu fahren. Und zum ersten Mal, seit ich mich hierhin auf den Weg gemacht hatte, regte sich etwas in meinem Inneren. Etwas, das ich längst verdrängt hatte und mir nun ein Lächeln ins Gesicht zauberte. Sofort erlosch es wieder. Bevor ich losfuhr, strich ich über mein Handgelenk und über das Schmetterlings-Tattoo. Zweifellos würde es kein Spaß werden, auf die Einwohner von Bakers Valley zu treffen.

~

KAYLEE

„Tut mir leid, Miss Manning, Sie kommen zu spät“, erklang die ernüchternde Antwort des Hotelmanagers auf meine hoffnungsvolle Frage, ob das Brautpaar, mit dem ich vor über einer halben – ich warf einen Blick auf die Uhr –, nein, sogar Dreiviertelstunde verabredet gewesen war, noch da war.

Ich schloss gequält die Augen, klammerte mich an die Kühltasche in meinen Armen, in denen sich die Probetörtchen der Hochzeitstorte befanden, für die ich die halbe Nacht in der Küche gestanden hatte, und seufzte.

„Verdammt!“, entfuhr mir impulsiv der einzige Fluch, den ich mir als Mom erlaubte, weil ich ihn auch in der Gegenwart meiner Tochter über die Lippen brachte. Der Gast in seinem maßgeschneiderten Anzug, der gerade hinter dem Kellner vorbeiging, wechselte einen mitleidigen Blick mit ihm. Wo zum Teufel war das verdammte Mauseloch, wenn man eins brauchte? Spätestens jetzt galt ich also als absolute Versagerin des Ortes. Ach, was dachte ich da? Des ganzen Staates Montana. Kaylee Manning, die Frau, die es nie schaffte, pünktlich zu sein, auf Pasta zu verzichten, einen Ton zu halten oder auch nur irgendwas in ihrem Leben auf die Kette zu kriegen. Die alleinerziehende Mom, die immer auf die falschen Kerle hereinfiel und kaum eine Straße entlangfahren konnte, ohne einen Autounfall mit lächerlichem Blechschaden zu verursachen. Ehrlich? Ich war bemitleidenswert. Das war eine Tatsache.

Der einzige Grund, warum mir die Einwohner von Bakers

Valley nicht mit gerümpfter Nase begegneten, war Clark Manning. Angesehener Einwohner, einziger Hausarzt und mein Vater. Im Gegensatz zu ihm war ich eine glanzlose Enttäuschung. Das schwarze Schaf der Familie, das nur dank der Extravaganz meiner Tante Margie, die noch mehr Aufmerksamkeit auf sich zog, nicht ganz so sehr im Vordergrund stand.

Niedergeschlagen machte ich auf dem Absatz kehrt und schulterte meine Tasche. *Klirr.* Ein lautes Scheppern schrillte durch die Empfangshalle des einzigen Sterne-Hotels, das Bakers Valley zu bieten hatte, und unfreiwillig zog ich sämtliche Aufmerksamkeit auf mich.

Shit! Der mit Sicherheitsnadeln notdürftig geflickte Henkel meiner Handtasche hatte ausgerechnet in diesem Moment entschieden, all seine Lebensgeister aufzugeben, damit sich der Inhalt meiner Tasche um meine Füße entleeren konnte. Quasi eine Zusammenfassung meines gesamten chaotischen Lebens. Neben meinem Terminkalender, Sonnenbrille und Brieftasche rollten plötzlich Tampons, Kugelschreiber, ein halb abgekauter und ungenießbarer Müsliriegel, herrenlose Fussel und ein paar Cents über den Boden. Meine Gesichtsfarbe hatte von unattraktiver Kellerbräune zu unübersehbarem Feuermelderrot gewechselt, zumindest verriet mir das der gewienerte Marmorboden, in dem ich mich spiegelte.

Ich spürte all die Blicke auf mir, während ich mich nach all dem Schrott bückte und versuchte, ihn möglichst schnell vom Boden aufzulesen. Wieso geschah so was eigentlich immer mir? Ich verlor den letzten Rest Contenance, den ich aufbringen konnte, ignorierte die unschönen Müsliriegelreste und hastete ohne Abschiedsgruß aus dem Hotel, die Kühltasche in der Hand und die bedauernswerten Überbleibsel meiner Handtasche unter dem Arm.

Ich ignorierte eine Frau, die mir etwas hinterherrief. Normalerweise war ich die freundlichste Person aller Zeiten, doch ich fürchtete, wenn ich den Mund zu einem Gruß oder einem schlichten Atemzug öffnete, bräche ich entweder in Tränen oder hysterisches Gelächter aus. Unter Umständen würde man glauben, ich litt am Tourette-Syndrom. Das klang vermutlich theatralisch, vor allem für mich, denn ich galt gemeinhin als Kämpferin. Wie der Phönix, der aus der Asche aufersteht, oder eine unabhängige Amazone, die über das leergefegte Schlachtfeld reitet, geradewegs auf die Armee meines Feindes zu. Ich stellte mir das zumindest gern vor, dass die Leute das von mir und meinen stümperhaften Versuchen dachten, mich durch das Leben zu kämpfen. Vielleicht sollte ich aber auch einfach aufhören, Abenteuerfilme zu schauen oder so viel Zucker zu mir zu nehmen. Doch nach dem heutigen Tag war mir nur noch nach Heulen zumute. Und zwar nicht auf diese schicke, niedlich feminine Art, für die man nur ein Taschentuch zum Augenwinkelbetupfen brauchte, nein, sondern aus voller Inbrunst, bei der sich sämtliche Körperflüssigkeiten und Make-up-Reste auf meinem Gesicht zu einer wilden Farbvielfalt verbanden. Diese erneute Erniedrigung in der Öffentlichkeit wollte ich mir jedoch um jeden Preis ersparen. Deswegen fasste ich mein Ziel - meinen klapprigen weißen Wagen - ins Auge, schenkte keiner Menschseele um mich herum einen Blick und sah stur geradeaus.

Der Weg zu meinem Wagen kam mir unendlich lang vor. Jeder Schritt auf meinen hochhaushohen Pumps schmerzte und ich verfluchte mich im Stillen dafür, ausgerechnet heute diese Treter angezogen zu haben. Der Anblick des Deputys, der vor meinem Wagen stand und eifrig etwas auf einem Block notierte, schockte mich kaum noch. Es passte zum Rest dieses Tages, der zwar erst vor wenigen Stunden begonnen hatte, mir aber dennoch wie eine Ewigkeit vorkam. Ich hätte im Bett bleiben sollen.

„Was ist los?“, fragte ich und suchte verwirrt die Straße nach einem Verkehrsschild ab, das ein Halteverbot anzeigte. Darauf hatte ich in der Hektik tatsächlich nicht geachtet. Es war jedoch keins zu sehen.

„Sie haben einen defekten Scheinwerfer“, verkündete er in einem Tonfall, als sei das wohl offensichtlich und ich nicht ganz dicht. Der Deputy schien frisch von der Polizeischule zu sein, denn seine Marke glänzte wie frisch poliert, genauso akribisch gepflegt wie sein gebügeltes und gestärktes Hemd und die mit Bügelfalte versehene Hose. Er war blutjung, viel zu jung jedenfalls für den Oberlippenbart, den er offenbar züchtete. Jemand sollte ihm dringend sagen, dass ihm das bisschen Bart nicht stand. Jemand, der nicht ich war.

„Was Sie nicht sagen“, entschlüpfte es mir schnippisch und ich ermahnte mich, nicht mehr den Mund zu öffnen, um weiteren Ärger zu vermeiden. Meinen Dad aus dem Knast anzurufen, um ihn zu bitten, mich rauszuholen, hatte ich in achtundzwanzig Jahren erfolgreich umgangen. Das sollte möglichst auch so bleiben.

„Wissen Sie nicht, dass Sie verpflichtet sind, solch einen Schaden reparieren zu lassen? Immerhin gefährden Sie damit andere Verkehrsteilnehmer und sich selbst.“

„Das ist gerade eben erst passiert“, hörte ich mich schwindeln und setzte eine Unschuldsmiene auf. „Wann hätte ich bitte die Zeit haben sollen, es reparieren zu lassen?“, verwarf ich meinen gerade eben erst gefassten Entschluss wieder, den

Mund zu halten. Ohne mich und meinen Einwand zu beachten, schrieb er weiter, riss schließlich den Wisch ab und hielt ihn mir vor die Nase.

„Haben Sie mich nicht gehört? Es ist auf dem Weg hierher passiert."

„Natürlich", sagte er spöttisch. „Das behaupten sie alle."

Empört schnappte ich nach Luft und weigerte mich, den Zettel anzunehmen.

„Ach du bist es, Kaylee", ertönte eine Stimme, gefolgt von dem Zuschnappen einer Autotür. „Lass gut sein, Heath."

Es war Will, der wie immer kauend aus dem Wagen gestiegen war, lässig seine Hose hochzog und Donutkrümel von seinem braunen Hemd strich.

„Aber Chief, sie hat einen defekten Scheinwerfer."

„Glaub mir, das wird nicht der einzige Makel an dem Wagen sein, den du finden wirst, wenn du genauer hinsiehst." Ich errötete. „Und damit hat Miss Manning schon alle Hände voll zu tun." Ein amüsierter Zug erschien um seine blauen freundlichen Augen, die von einem Netz feiner Fältchen umgeben waren. Sein einst dunkler, mittlerweile fast komplett ergrauter Schopf steckte unter einem Hut, der sein wettergegerbtes Gesicht nur dürftig vor der Sonne schützte.

„Ich habe den Strafzettel bereits geschrieben."

„Mhm, wenn das so ist."

Ich kniff die Augen zusammen. „Was ist das da eigentlich für ein Fleck auf deinem Hemd? Ist das etwa Burgersauce? Und den Zucker der Donuts solltest du besser aus deinem Schnurrbart wischen, bevor Miranda dich so sieht."

„Was?", rief Will alarmiert und sah hektisch an sich hinunter. Nachdem er keine Essensspuren auf seinem Hemd fand, schaute er in mein Gesicht und bemerkte mein zuckersüßes Lächeln.

„Erwischt", sagte ich triumphierend.

„Du bist zweifellos die teuflischste Verkehrssünderin, die Bakers Valley zu bieten hat", entfuhr es ihm mürrisch. „Komm, Heath, vergiss diesen Wisch. Wir fahren weiter, um echte Verbrecher zu fangen."

„Denkst du, da wirst du heute fündig?", fragte ich amüsiert.

Will grinste und lief auf den Wagen zu. „Die Hoffnung stirbt zuletzt. Falls du Miranda triffst ... du hast mich nie gesehen."

„Ich werde mich hüten, etwas anderes zu behaupten."

„Bist du morgen früh wieder bei Sue's?"

Ich verdrehte belustigt die Augen und nickte. Will konnte es einfach nicht lassen, all dieses ungesunde Zeug in sich reinzustopfen. Kurz bevor er einstieg, schaute er zu mir zurück. „Komm bald mal wieder mit Molly zum Barbecue vorbei, okay?"

„Suchst du etwa nur einen weiteren Vorwand, Unmengen rotes Fleisch in dich hineinzustopfen?"

„Vielleicht." Er zuckte mit den Achseln. „Eigentlich möchten wir euch bloß bald mal wiedersehen." Ich nickte zustimmend und bedeutete ihm mit einer Geste, dass wir telefonieren und was ausmachen würden. Es hatte durchaus seine Vorteile, in einer Kleinstadt wie dieser zu leben. Man kannte jedes noch so gut gehütete Geheimnis seiner Mitmenschen und ich zögerte nicht, sie gegen sie einzusetzen. Zumindest an Tagen wie diesen.

Ich wartete, bis der Sheriff-Wagen weiterfuhr, ehe mein gezwungenes Lächeln erstarb und ich die Reste meiner Tasche und die Kühltasche mit den Tortenschachteln unsanft auf den

Beifahrersitz warf. Ich stöhnte beim Anblick meiner krausen Lockenmähne, als ich mein Spiegelbild in der Scheibe der Fahrertür entdeckte, ehe ich mich erschöpft in mein Auto sinken ließ. Es war ein ungewöhnlich warmer Tag für Mai, dabei war es nicht mal Mittag. Die Luft stand, es wehte kaum ein Lüftchen.

Ich lehnte mich in meinen Fahrersitz zurück, holte tief Luft und strich durch meine nicht vorhandene Frisur. Obwohl ich mir am Morgen so viel Mühe gegeben hatte, meine Mähne, die ständig vorgab, Kontakt mit einer Steckdose gehabt zu haben, für den Termin mit dem Hochzeitspaar zu bändigen, war alles für die Katz gewesen. Der frische Fahrtwind, der durch die zwangsläufig geöffneten Fenster hineingeweht war, hatte meine Arbeit mit dem Glätteisen im Nu zunichtegemacht. Ich verfluchte Jim, den Klempner, der es mir mit seiner horrenden Rechnung für den reparierten, aber immer noch tropfenden Wasserhahn unmöglich gemacht hatte, meine Klimaanlage im Auto reparieren zu lassen.

„Warum bist du nicht einfach wieder ins Bett gegangen?“, murmelte ich meinem Spiegelbild zu. Genau das hätte ich nämlich in dem Moment, als die Kaffeemaschine nur ein erschöpftes Röcheln von sich gegeben hatte, tun müssen. Die Tatsache, dass ich Mutter war, sorgte stets dafür, dass ich zu wenig Zeit hatte, mir die Decke über den Kopf zu ziehen. Die unverbesserliche Optimistin in mir hatte mich hoffen lassen. Hoffen, dass dieser Tag auch ohne die dringend benötigte Zufuhr von Kaffee und Schlaf mir den Auftrag bescheren würde, den ich so dringend benötigte, damit unser Leben sich ein wenig vereinfachte. Doch dann war etwas geschehen, dass man nur mit dem Schmetterlingseffekt vergleichen konnte. Dazu war ich verschwitzt und trug eine Pudelmähne. Großartig.

Aber, wie meine Tante Margie immer sagte: „Eine echte Manning gibt niemals auf!"

Wenn es danach ging, müsste ich mittlerweile grün angelaufen sein und Shorts in Kindergröße tragen, während sich mein restlicher Körper in eine Mutation verwandelte. Ich zog meine Handtasche zu mir heran und kramte mein Handy hervor. Glücklicherweise hatte es den Sturz aus meiner Handtasche unbeschadet überlebt. Weitere Reparaturkosten würden mich in einen finanziellen Ruin treiben.

Ich warf einen Blick auf das Display und atmetet durch. Keine Anrufe von Mollys Schule. Uff! Die momentan üblichen Bauchschmerzen meldeten sich, wenn ich an meine wunderbare, starrköpfige und derzeit ziemlich griesgrämige Tochter dachte. Ich schielte zur Kühltasche hinüber, in der diese hervorragenden Probetörtchen steckten, und schüttelte vehement den Kopf. Ich sollte wirklich nicht zugreifen, immerhin hatte ich die Knöpfe meiner Bluse heute Morgen nur mit Ach und Krach zubekommen, was eindeutig ein Resultat der vergangenen stressigen Wochen mit all dem Fast Food Essen und dem Heißhunger auf Schokolade war. Das klang so vernünftig, logisch und erwachsen. Allein deswegen verwarf ich den Gedanken gleich wieder. Außerdem hatte ich diese Törtchen mit solch einer Perfektion und Liebe gezaubert, dass es einem Verbrechen gleichkommen würde, sie verkommen zu lassen.

Ich seufzte und beugte mich kurzentschlossen nach hinten zur Rücksitzbank, auf der unzählige Sportklamotten von Molly herumlagen, zwischen denen ich einen der Löffel von unserem Besuch bei *Dairy Queen* in der letzten Woche fand. Ich rümpfte die Nase bei seinem Anblick und zuckte schließlich mit den Achseln. Irgendwo hier musste ich auch noch eins dieser verpackten Hygienetücher haben.

Ich schüttelte den Kopf über das schlechte Gewissen, das sich in mir breitmachte, und schob meine Sorgen um die zusätzlichen Kilos zur Seite. Dann stach ich den gesäuberten Löffel vorsichtig in das Mousse-au-Chocolat-Törtchen hinein und freute mich über die perfekte Konsistenz. Das Knacken der zarten Schokoladenschichten erfüllte meinen Magen mit Vorfreude. Ich steckte mir den Löffel in den Mund, meine Lippen schlossen sich genüsslich darum und die Schokoladencreme mit dem leichten Trüffelgeschmack zerging mir auf der Zunge. Ich war im Himmel! So musste es sein. Ein Jammer, dass niemand außer mir von der Perfektion erfahren würde. Kurzentschlossen tippte ich die Kurzwahl für die einzige Person, der ich mit Unterstützung der Endorphin-Welle von meiner Vollkatastrophe erzählen wollte.

Ethan ging erst beim fünften Klingeln ran und klang ungewöhnlich außer Atem, als wäre er gerade in den sechsten Stock irgendeines Hochhauses gesprintet. Wobei er im Gegensatz zu mir derart gut in Form war, dass diese simple körperliche Betätigung ihm nicht das Geringste anhaben konnte. „Hey, Kay. Wie begeistert waren sie von dir, deinem Outfit und vor allem diesen Törtchen?“

„Sie haben sie nicht mal gekostet“, jammerte ich drauflos und hörte, wie Ethans Stimme plötzlich lauter wurde, als käme er dem Mikrofon näher, weil er wahrscheinlich das Handy zwischen Schulter und Ohr presste.

„Nicht dein Ernst? Was hast du diesmal wieder angestellt?“

Ich holte tief Luft und schluckte meine Empörung über seine Vermutung weitestgehend hinunter. Es gab niemanden, der mich und mein chaotisches Leben besser kannte. Deswegen war seine Vermutung keineswegs von der Hand zu weisen und leider auch nur allzu wahr.

„Zuerst war ich spät dran, weil ich eine Ewigkeit im Bad gebraucht habe. Dann war die Kaffeemaschine kaputt. Molly hatte Erdnussbutter auf ihrem Great Falls Vayagers Shirt, was einen Tobsuchtsanfall zur Folge hatte und damit endete, dass sie wutentbrannt zum Bus gelaufen ist und ihren Handschuh vergessen hat …"

„Fuck", entfuhr es ihm atemlos. Dafür liebte ich ihn, denn ich brauchte meinem Freund nicht zu erklären, warum allein diese Tatsache wichtig genug war, dass ich trotz der Gefahr, diesen ungeheuer lukrativen Auftrag in den Sand zu setzen, dem Bus meiner Tochter zur entfernten Schule nachgefahren war, um ihr einen verdammten Baseballhandschuh zu bringen. Nur um im Anschluss wie eine Verrückte zurückzurasen und dabei einen Touristen zu beschimpfen, wie es eigentlich nicht meine Art war. Beschämt betrachtete ich mich im Rückspiegel meines Autos und schloss erneut die Augen.

„Ich bin fürchterlich", murmelte ich niedergeschlagen. Ja, ich war eine ganz furchtbare Person, die jetzt im nicht klimatisierten Auto saß, die Probier-Törtchen für das Brautpaar aufaß, das mich sicherlich nicht beauftragen würde, ihre Dreitausend-Dollar-Torte zuzubereiten, und ihrem besten Freund etwas vorjammerte, während er weiß Gott was tat.

Ein unterdrücktes Stöhnen entfuhr Ethan, ehe er sagte: „Du bist nicht furchtbar, sondern die beste Mutter der Welt, Kay."

Ich seufzte beim nächsten Löffel der köstlichen Torte. Außerdem war ich ein Ausnahmetalent, wenn es um Kuchen ging. Und zwar nicht nur darin, ihn zu essen, sondern vor allem darin, welchen zu backen. Das hatte sicher etwas damit zu tun, dass ohnehin jede Hoffnung, jemals wieder in mein Cheerleader-Kostüm zu passen, aussichtslos war.

„Du bist süß, danke. Es ist halt ein typischer Montag. Und

was zur Hölle tust du eigentlich?", entfuhr es mir skeptisch, als ich ein gedämpftes Flüstern vernahm.

„Ich?", fragte Ethan scheinheilig und mir schoss sofort die Röte ins Gesicht. Er hatte doch nicht etwa gerade …

„Ethan? Wer ist bei dir?", fragte ich mit der Oberlehrerinnen-Stimme meiner Mutter, die ich dank reichlicher Wiederholungen in meiner Kindheit perfekt imitieren konnte.

„Bei mir?" Der Klang seiner Stimme hätte nicht verräterischer sein können.

„Ethan! Du hast doch nicht gerade Sex, während du mit mir telefonierst?", fragte ich fassungslos.

„Ähm … nicht direkt", räumte er ein. „Genau genommen steht uns der reine Geschlechtsakt noch bevor."

„O Ethan!", schrie ich entsetzt.

„Was denn? Das war nicht geplant. Ich bin zur Schule gefahren, um … einen Kaffee mit Marc zu trinken. Und da hat sich rausgestellt, dass er gerade eine Freistunde hat und …"

„Lass mich raten, der Kaffee ist mittlerweile kalt."

„Wir kamen nicht mal in die Mensa."

„Ethan, du bist unmöglich. Wie kannst du nur in so einer Situation ans Telefon gehen?"

„Ich weiß doch, wie wichtig das Treffen heute Morgen war. Außerdem rufst du mich doch auch gerade an, während du deiner Sucht nachgehst, oder etwa nicht?"

„Ich?", fragte ich empört.

„Isst du etwa nicht gerade deine Probier-Törtchen auf?"

Ich öffnete den Mund, brachte aber keinen Ton heraus. Woher zum Teufel wusste er das? Hatte er etwa Kameras in dieses Auto gebaut? Nach einer gefühlten Ewigkeit antwortete ich: „Ethan, wir legen jetzt auf. Ich bin nicht scharf darauf, dir beim nächsten Orgasmus zuzuhören. Lass uns später reden, okay?“

„Da sprach der Neid. Dir würde ein Orgasmus auch guttun.“

„Um Himmels Willen, Ethan!“

Aus den Augenwinkeln nahm ich eine Bewegung wahr und erstarrte.

„Heilige Scheiße“, entfuhr es mir, wobei mir mein Handy aus den Fingern glitt, in die Untiefen meines Wagens fiel und Ethans Stimme nur noch gedämpft, wenn auch alarmiert, durch das Wageninnere hallte. Ich starrte den Mann an, der mich genauso geschockt anschaute und einen seltsamen Blick auf meine Törtchen warf. O mein Gott! Das konnte unmöglich wahr sein.

Ich musste mich in Schockstarre befinden, denn mein Hirn gaukelte mir vor, dass ich diese Augen und diesen Mund sehr genau kannte. Zu genau. Das war unmöglich.

Er bedeutete mir, das Fenster runterzulassen, und trat zwei Schritte zurück. Dann lehnte er seinen Rücken an ein Auto, das mir ebenfalls bekannt vorkam. Es war ein rotes Model und es sah genauso aus wie der Wagen, den ich vor nicht mal einer Stunde am Bahnübergang so rüde überholt hatte. O. MEIN. GOTT.

Mit Mühe und wild klopfendem Herzen kurbelte ich das Fenster runter und blickte langsam an seinem Körper hinauf. Er trug Boots, hatte lange muskulöse Beine, die in einer Jeans steckten, die an seinem Schritt recht eng saß. Das weiße Shirt spannte sich um seine breite Brust und die starken durchtrainierten Arme. Seine Haut war mit unzähligen Tattoos verziert. Die waren neu, aber dennoch … Er war es. Die dunklen Augen mit dem melancholischen Ausdruck darin und dieses Lächeln.

Sein unwiderstehliches, einzigartiges und jeden in seinen Bann ziehendes Lächeln.

Gebannt starrte ich ihn an. Nach all den Jahren hatte er sich kaum verändert. Abgesehen von der zusätzlichen Muskelmasse, die er sich angeeignet hatte, und den nur zu erahnenden Lachfältchen um seine Augen sah er genauso aus wie früher. Nein, er war sogar noch heißer als damals, musste ich mir eingestehen.

„Owen?“, fragte ich mit ungewöhnlich brüchiger Stimme. Dieser Tag hielt eindeutig zu viele Überraschungen bereit.

„Owen?“, echote Ethans dumpfe Stimme aus dem Fußraum, die ich geflissentlich ignorierte.

„Kaylee Manning ... Ich dachte mir schon, dass ich diesen Fahrstil und diese Lockenpracht von irgendwoher kenne.“

„Ich ... Das war dein Wagen?“ Ich schluckte gegen den Kloß in meinem Hals an. Das war eindeutig zu viel für mich. Wie konnte dieser Tag kontinuierlich schlimmer werden?

Er nickte und sah mich erwartungsvoll an, als würde er es in vollen Zügen genießen, mich leiden zu sehen. „Genau genommen ist es der Wagen einer Autovermietung, aber ja.“

„Das tut mir wahnsinnig leid“, murmelte ich. „Ich hatte es eilig, und zwar richtig eilig. Die Art von eilig wie damals ...“

„Lass mich raten. Als du Tommys Versuch, dir das Kaugummi ins Haar zu kleben, rächen wolltest?“

„Versuch? Das war kein Versuch. Dank ihm bin ich wochenlang mit einer Mütze rumgerannt – im Hochsommer.“

Er lächelte, als erinnerte er sich nur zu gut daran, wie ich mit den Stoppelfransen auf dem Deckhaar ausgesehen hatte. Es war dieses seltene Lächeln von ihm, das er nur wenigen Menschen zeigte. Vor einer gefühlten Ewigkeit war ich eine von ihnen gewesen. Auch jetzt noch fragte ich mich, wie irgendein Mensch in Owen je etwas Schlechtes hatte sehen können. Owen

Edwards. Raufbold der Highschool und vermeintlicher Bad Boy. Sohn eines stadtbekannten Säufers, der es mit seiner Erziehung und dem Gesetz nicht allzu genau nahm. Und nicht zu vergessen: mein damaliger Freund. Ich steckte in Schwierigkeiten, in verdammt großen Schwierigkeiten. Mein Herz stolperte.

„Du bist also zurück?", fragte ich leise und ein bedrohlicher Ton schwang plötzlich in meiner Stimme mit. Offenbar hatte Owens überraschendes Auftauchen meine Erinnerung getrübt. Doch jetzt war sie wieder da.

Zögerlich öffnete ich die Fahrertür, auch wenn ich wusste, dass es womöglich keine gute Idee war, auf meinen wackeligen Beinen zu stehen. Der Schutz der Karosse hätte mich davor bewahren können, ihm wahlweise um den Hals zu fallen oder ihm eine schallende Ohrfeige zu verpassen. Beides war möglich. Immerhin hatte er sich sang- und klanglos aus meinem Leben davongestohlen und sich … elf Jahre nicht mehr blicken lassen. E-L-F Jahre!

„Sieht wohl so aus", antwortete er. Owen zuckte mit den Schultern, ehe sein Blick von meinem Gesicht hinab und über meinen Körper glitt und sich seine Miene wieder verschloss. Und das machte es einem unmöglich, hinter seine Fassade zu blicken. Auch nach all den Jahren hatte sich das nicht geändert.

„Mehr hast du also nicht zu sagen?", fragte ich erbost und stieß mit dem ausgestreckten Zeigefinger gegen seinen gestählten Brustmuskel. Überrascht zog er die Brauen hoch. Als wäre mein Finger eine geladene Glock, hob er seine Arme, um mich zu besänftigen.

„Kaylee …"

„Tu uns beiden einen Gefallen und halt die Klappe, Owen!", erstickte ich seine höchstwahrscheinlich unterhaltsamen Erklärungen im Keim, die ganze elf Jahre zu spät kamen. „Wie aus dem Nichts tauchst du hier einfach wieder auf und ziehst mich wegen meines Fahrstils auf, als seien keine elf Jahre vergangen, in denen du dich nicht einmal gemeldet hast."

„Ich wollte nicht …"

„Deinetwegen habe ich wochen-, ach was, monatelang die Hölle durchgemacht, bis irgendwann diese Nachricht durchsickerte, dass du ein verdammter Eishockeystar geworden bist und deine Leiche nicht irgendwo in einem Graben vor sich hin verwest."

„Ich dachte doch nicht …"

„Oh, das überrascht mich nicht. Du hast nie viel gedacht, sondern lieber gehandelt und dich hinterher über die Konsequenzen gewundert." Wutschnaubend und mit in den Hüften gestemmten Händen starrte ich ihn an.

„Ich habe nicht erwartet, dass du dich dermaßen um mich sorgen würdest, Cookie."

Der Klang des Kosenamens, den er mir als Junge mit viel zu stämmigen Beinen gegeben hatte, verursachte eine Gänsehaut und besänftigte mich gegen meinen Willen ein wenig. Seine Worte erweichten mein Herz, sodass es ihm bereitwillig alles vergeben wollte. Kein Wunder. Laut allen anderen in dieser Stadt war ich immer viel zu nachsichtig mit ihm gewesen. Das lag vermutlich daran, dass es nur wenige gab, die diese andere und nicht abweisende Seite von ihm zu sehen bekommen hatten. Ich hingegen erinnerte mich nur zu gut an den schmächtigen Jungen, der ständig mit blauen Flecken übersät gewesen war und nichts mehr mit dem muskelbepackten Mann zu tun zu haben schien, der nun vor mir stand.

„Nach all dem hattest du nicht verstanden, was du mir

bedeutet hast?", fragte ich ungläubig und verschränkte die Arme vor der Brust.

Sprachlos sah er mich an, offenbar zu überwältigt von meinem Ausbruch.

„Weißt du was, Owen Edwards?" Meine Stimme zitterte verräterisch und ich brauchte all die mir noch verbliebene Energie, um nicht laut loszuschluchzen. „Fahr doch zur Hölle, oder dorthin, wo du hergekommen bist. Hier braucht dich keiner."

Mit diesen Worten wandte ich mich ab, setzte mich ins Auto, warf den Motor an und fuhr, ohne einen Blick in den Rückspiegel zu werfen, rückwärts. Lautes Hupen und ein ohrenbetäubendes Reifenquietschen, gefolgt von einem geräuschvollen Fluch, verrieten mir, dass ich wieder nur haarscharf an einem Unfall vorbeigeschlittert war. Ich wollte im Erdboden versinken. Wo war nur ein Mauseloch, wenn man es dringend brauchte?

# KAPITEL 2

OWEN

Immer noch starrte ich auf die graue Fassade des Gebäudes vor mir und musste die Begegnung mit Kaylee erst mal verarbeiten. Wie ein tosender Sturm hatte sich ihr Temperament über mir entladen. Etwas, womit ich hatte rechnen müssen. Was ich nicht erwartet hatte, waren die Tränen, die ich zweifellos in ihren Augen gesehen hatte. Es waren elf Jahre vergangen. Elf verdammte Jahre, in denen ich nie zurückgekehrt war, mich nie bei ihr gemeldet hatte. Und dann auch noch mein unrühmlicher Abschied. Was hatte ich also erwartet? Dass sie mich freudestrahlend in die Arme schließen würde?

In dem Moment, als ich sie an der Bahnschranke erkannt hatte, war ich erfüllt gewesen mit einer Vorfreude, sie wiederzusehen, die ich nicht erwartet hatte. Aber das erste echte Aufeinandertreffen war nicht so gut gelaufen, wie ich gehofft hatte. Stattdessen hatte ich den nahezu einzigen Menschen in dieser gottverdammten Stadt, der mich zumindest damals hatte hier haben wollen, auch noch gegen mich aufgebracht.

Mein Blick richtete sich auf das Krankenhaus, vor dem ich nun schon eine Weile parkte. Ich hatte genug, um das ich mir Sorgen machen musste. Stattdessen spukte mir Kaylee im Kopf herum. Kaylee, die noch viel schöner war, als ich sie in Erinnerung hatte. Ihre Augen, die denen einer Katze glichen und mich mit Funken besprüht hatten, verfolgten mich, sobald ich meine schloss.

„Schlag dir das aus dem Kopf, Owen!", rief ich mich selbst zur Ordnung. Das war eine furchtbare Idee. Es hatte schließlich einen Haufen guter Gründe gegeben, warum ich damals gegangen war. Kaylee war einer davon gewesen. Außerdem war sie mit Sicherheit verheiratet. Obwohl ich keinen Ring an ihrer Hand gesehen hatte, was aber nicht unbedingt etwas heißen musste. Warum sollte eine Frau wie sie nicht geheiratet haben? Die Kerle hatten damals schon Schlange gestanden. Allen voran Ash. Der Gedanke daran brannte beinahe ein Loch in meinen Magen.

Frustriert schüttelte ich den Kopf und schlug mit meinem Handballen auf das Lenkrad. Ich war von mir selbst genervt. Wieso brachte mich die Rückkehr in diesen gottverlassenen Ort dermaßen aus der Fassung? Ich war übermüdet, eindeutig. Seit diesem Anruf hatte ich kein Auge zugemacht. Es war zum Verrücktwerden. Hatte ich nicht neulich erst noch einen Bericht gesehen, dass Übermüdung auf Dauer wahnsinnig machte? Zweifellos war es bei mir bald so weit.

Meine Hand glitt zu der Cola, die ich mir am Flughafen gekauft hatte. Ich setzte die Dose an meine Lippen und trank den letzten Rest des zuckersüßen Getränks. Eigentlich stand ich nicht so sehr auf dieses Zeug, aber wenn man Kaffee verabscheute und dennoch wachbleiben musste, blieb einem nicht viel anderes übrig. Ich atmete tief ein. Für den Weg, der jetzt vor mir lag, brauchte ich nicht nur genügend Kraft, sondern vor allem Mut.

Schwungvoll öffnete ich die Fahrertür und stieg aus. Eine Brise des ungewöhnlich warmen Windes wehte um mich und zerrte an meinem Haar wie eine leidenschaftliche Geliebte. Mit schweren Schritten, zu denen ich mich förmlich zwingen musste, ging ich auf das St. Josephs Hospital zu. Das große graue Gebäude, das den Charme eines schwerfälligen Bulldozers versprühte, hatte sich seit meinem letzten Aufenthalt kaum verändert. Beim Betrachten des Eingangsschilds kam es mir vor, als würde ein Stein so groß wie ein Felsbrocken in meinem Magen landen. Ein Felsen, der mich daran hindern wollte, auch nur einen Schritt weiterzugehen. Und plötzlich war ich wieder sechs Jahre alt, wischte mir die Tränen aus den Augen und fokussierte die Lampen, während man mich in einem Krankenbett durch die Gänge schob. Eins, zwei, drei … Ich hatte sie gezählt, um meine Fassung zu bewahren und – nicht zu vergessen – um meine vorher einstudierte Geschichte erzählen zu können. Eine Geschichte, die meinen Vater vor dem Knast und mich vor dem Heim bewahrt hatte. Ein Schauer überlief meinen Körper und für Sekunden war ich wie erstarrt. Ich konnte mich einfach nicht rühren und begann zu zählen.

*„Du solltest nicht hier sein“*, wisperte eine leise Stimme mir zu. Ich wandte mich erschrocken zu ihr um, denn sie war mir noch immer unglaublich vertraut und gleichzeitig angsteinflößend. Aber abgesehen von einer Frau, die an einem Tropf hing und am Eingang nicht weit von mir telefonierte, gab es hier keine Menschenseele. Zumindest niemanden, zu dem diese unheil-

volle Stimme gepasst hätte. Und plötzlich wusste ich genau, woher sie kam: aus meinem Inneren.

Meine Dämonen hatten mich eingeholt, kaum dass ich mich länger als ein paar Stunden in dieser Stadt befand. Panik drohte, mich zu überrollen. Ich war kurz davor, auf dem Absatz umzukehren und dieses Nest zu verlassen, als ich aus den Augenwinkeln mein Spiegelbild in der Eingangstür entdeckte. Mit Abstand betrachtet, kam ich mir fremd vor. Ein verwegener Kerl mit verstrubbelten, viel zu langen, fast schwarzen Haaren, Dreitagebart und einer dunklen Sonnenbrille, die meine Augen vor den Blicken anderer schützte. Ein riesiger Kerl, über ein Meter neunzig groß, und mit knapp zweihundert Pfund reiner Muskelmasse, der vor keinem Gegner zurückschreckte und jeden Faustkampf auf dem Eis bis zum bitteren Ende austrug. Ich hatte eine Menge dafür getan, dass mir nichts und niemand mehr etwas anhaben konnte. Wenn es nötig wäre, würde ich sogar einen Elch umrammen. So leicht konnte man mich nicht mehr verängstigen.

Entschlossen straffte ich meine breiten Schultern, um die sich eine dunkle Lederjacke spannte. Mit meinem sechsjährigen Ich hatte ich kaum noch etwas gemein. Schwungvoll, als bräuchte ich Anlauf, um über die Schwelle dieses Krankenhauses zu gehen, trat ich durch die Schiebetür und lief an der Rezeption vorbei, weil ich ganz genau wusste, wo ich hinmusste. Traurig, wie gut ich mich nach all der Zeit in diesem Gebäude noch auskannte. Ich ballte meine Hände zu Fäusten, als könnte ich die Anspannung in meinem Inneren dadurch besser kontrollieren. Aber mein Herz schlug wie wild in meiner Brust, die Finger waren schwitzig und alle Körperfunktionen waren auf Flucht eingestellt. Ich gehörte hier nicht her und dennoch war ich da.

Die Innere befand sich im dritten Stock. Überall liefen Schwestern in blauen unförmigen Kasack-Schlupfhosen-Kombinationen herum, was sicherlich praktisch und bequem war, aber keineswegs sexy. Alle wirkten wahnsinnig beschäftigt, hetzten von einem Raum zum nächsten oder einem Arzt hinterher. Für einen Augenblick blieb ich stehen und sah dem geschäftigen Treiben zu, das an einen Bienenschwarm erinnerte. Langsam lief ich auf das Schwesternzimmer zu, klopfte vorsichtig an den Rahmen der geöffneten Tür, um die Aufmerksamkeit der Frau zu erregen, die konzentriert auf den Monitor ihres PCs starrte. Sie war im mittleren Alter, hatte ihr welliges halblanges Haar mit einer Spange auf dem Hinterkopf befestigt und trug eine Brille tief auf ihrer Nasenspitze.

„Wenden Sie sich bitte an die Schwestern auf dem Flur, wenn es um eine Medikation geht." Ihr Ton war nicht unfreundlich, aber resolut und weit davon entfernt, erfreut zu klingen, dass ich sie bei ihrer Arbeit gestört hatte.

„Mein Name ist Owen Edwards, ich bin wegen TJ Edwards hier."

Es dauerte ein paar Sekunden, ehe die Worte zu ihr durchdrangen. Zuerst wurde sie stocksteif, dann wandte sie sich hastig zu mir um und sah mich kritisch über ihre Brillengläser hinweg an.

„Mr. Edwards", echote sie in einem überraschten Tonfall und stand eilig von ihrem Drehstuhl auf. „Wir haben Sie nicht erwartet. Man hat uns gesagt, Sie würden nicht kommen."

„Na ja, hier bin ich."

Die Lesebrille steckte sie sich kurzerhand in ihr Haar und kam auf mich zu. „Ihr Vater liegt in Zimmer 306, direkt den Flur rechts hinunter", informierte sie mich beiläufig und wenig mitfühlend. Eine Tatsache, die dieser Mann sich selbst eingebrockt hatte. Wer fühlte schon mit, wenn der Stadtsäufer, der immer wieder für Ärger gesorgt hatte, sich schlussendlich selbst ins Grab gesoffen hatte?

„Ich möchte nicht zu ihm", entfuhr es mir unerwartet scharf, sodass ich mich gezwungen fühlte, hinzuzufügen: „Noch nicht! Viel lieber würde ich mich bei einem Arzt nach seinem Gesundheitszustand erkundigen."

Seufzend öffnete die Schwester, auf deren Namensschild Stationsschwester Sybil stand, eine Schublade und durchsuchte sie nach der Kartei von Thomas Jefferson Edwards. Nach einem kurzen Blick, für den sie ihre Brille wieder auf die Nase geschoben hatte, sagte sie: „Doktor Pearson ist sein behandelnder Arzt."

Abwartend sah ich sie an.

„Ich rufe ihn aus", murmelte sie schließlich und eilte mürrisch an mir vorbei. Ohne Zweifel, ich war Sensation und Ärgernis des Tages zugleich.

Ich schaute ihr hinterher und begegnete den Blicken zweier Schwestern, die ihre Köpfe zusammengesteckt hatten und ertappt fortsahen. O ja, meine Ankunft in Bakers Valley würde sich in Kürze rumgesprochen haben. Bis zum Abend würden meine Familie und ich das Stadtgespräch Nummer eins sein. Also alles wie immer.

„Doktor Pearson, bitte auf Station drei, Doktor Pearson, bitte."

Mit einer zufriedenen Miene kam Schwester Sybil zu mir zurück und deutete den Flur entlang. „Warten Sie im Zimmer Ihres Vaters." Es war keine Bitte, sondern ein Befehl, den ich geflissentlich ignorierte. Ohne darauf zu reagieren, wandte ich mich um, lief gehorsam den Flur entlang und Schnurstraks an

Zimmer 306 vorbei. Das Letzte, was ich wollte, war, diesen Raum zu betreten. Nicht jetzt, womöglich niemals.

Am Ende des Flurs stand ein Kaffeeautomat umrahmt von einer Sitzgruppe. Ich blieb stehen, denn ich war viel zu unruhig, um irgendwo entspannt sitzen zu bleiben. Stattdessen sah ich aus dem Fenster hinaus, das einen Ausblick über den Ortskern von Bakers Valley bot. Der Frühling und der nahende Sommer lagen eindeutig in der Luft. Alles war grün und etliche Keime bereits ausgetrieben. Die Sonne kitzelte die Baumkronen, die sich langsam mit Leben füllten, und ich war mir sicher, hielte ich die Nase in den Wind, läge ein Duft von frischem Gras in der Luft, während das Zwitschern der Vögel die Atmosphäre erfüllte. Das Fenster wirkte jedoch wie eine Barriere und schirmte mich von den Verlockungen der Natur ab, dass es beinahe den Eindruck erweckte, als befände ich mich auf der anderen Seite in einer düsteren und unheilvollen Welt.

Im Hintergrund nahm ich die gedämpften Schritte des Pflegepersonals wahr. Man hörte das Klappern von Bettgestellen, die den Flur entlanggeschoben wurden, und die gerufenen Anweisungen des Oberfeldwebels, der wahrscheinlich den Namen Sybil trug. All diese Geräusche blendete ich aus. Was unmöglich zu ignorieren war, war der übliche Krankenhausduft nach Desinfektionsmitteln, Krankheit und Tod. Diese Mischung weckte nicht nur weitere unangenehme und längst verdrängte Erinnerungen, sie verstärkte auch meine Anspannung.

„Mr. Edwards?“, meldete sich eine Stimme hinter mir, zu der ich mich abrupt umwandte. Ein junger Mann, kaum älter als ich selbst, betrachtete mich abwartend. Seine blonden Haare waren frisch mit Gel zurückgekämmt worden. Er war groß gewachsen, trug eine Brille und sah mindestens so müde aus, wie ich mich fühlte. Wahrscheinlich hatte Sybil ihn geradewegs aus dem Bereitschaftszimmer und einem längst überfälligen Schläfchen hierher beordert. Mitgefühl überkam mich. Eine Akte, mit Sicherheit die meines Vaters, klemmte unter seinem Arm.

„Ja?"

„Mein Name ist Doktor Pearson, ich bin der behandelnde Arzt Ihres Vaters." Wir reichten uns die Hände. „Möchten Sie mit in das Zimmer Ihres Vaters kommen, damit wir gemeinsam alles besprechen können?"

„Mir wäre es lieber, wir könnten hier miteinander reden."

Er ließ meinen Wunsch unkommentiert. Das einzige Anzeichen dafür, dass er sich darüber wunderte, waren seine hochgezogenen Augenbrauen. „Dann nehmen wir doch gleich hier Platz." Er deutete auf den Plastikstuhl hinter mir und setzte sich auf den Stuhl gegenüber.

Ich tat es ihm nach, legte meinen Knöchel auf mein Knie und stützte meine Ellbogen auf das hochgelegte Bein. Obwohl ich normalerweise die Ruhe selbst war, kostete es mich einiges an Überwindung, in diesem Moment still sitzen zu bleiben.

„Inwieweit wurden Sie bereits in Kenntnis gesetzt?", fragte er sachlich und zog die Stirn kraus, als er die Akte aufschlug.

„Meine Informationen sind dürftig. Mein Vater und ich haben kein enges Verhältnis zueinander." Das war die Untertreibung des Jahrhunderts. Eine miserable bis keine Beziehung traf es eher, aber diese Details gingen den guten Mann nichts an.

„Ich fürchte, dann werde ich Ihnen schlechte Nachrichten überbringen. Ihr Vater leidet an einer Leberzirrhose, ausgelöst durch seine unverkennbare Alkohol- und Medikamentensucht. Sein unveränderter Lebensstil in den vergangenen Jahren, seit er die erste Diagnose bekommen hat, hat nicht unbedingt dazu beigetragen, seinen Zustand zu verbessern. Vor wenigen Tagen wurde er in einer kritischen Verfassung eingeliefert, die sich hepatische Enzephalopathie nennt. Seine fortschreitende Lebererkrankung vergiftet seinen Körper nachhaltig mit Ammoniak und anderen Stoffen, was von Benommenheit zu Schläfrigkeit bis hin ins Koma führt."

Der Arzt hielt in seiner Erklärung inne und schaute mich an, was ich mehr spürte als sah, weil mein Blick in die Ferne von Bakers Valley gerichtet war, als hätten wir eine simple Unterhaltung über das Wetter geführt.

„Haben Sie verstanden, was ich Ihnen gerade erklärt habe? Dieser Zustand ist irreparabel. Mit anderen Worten: Wir können seine Beschwerden nur lindern."

„Mein Vater wird also sterben", fasste ich nüchtern zusammen und der Arzt nickte knapp.

„Es tut mir sehr leid, Ihnen keine besseren Nachrichten überbringen zu können. Was ich Ihnen jedoch sagen kann, ist, dass wir alles tun werden, um ihm so viel Leid wie möglich zu ersparen."

Ohne dass ich es so recht wollte, spannte sich meine Hand zur Faust. Ihm wollte man Leid ersparen, und was war mit all den schrecklichen Dingen, die er über die Menschen um sich herum gebracht hatte? Ich presste die Lippen aufeinander, um keinen Ton darüber zu verlieren. Eine Weile schwiegen wir und ich war froh, dass Doktor Pearson mir einen Moment gab, um mich zu sammeln. Auch wenn ich diesen Moment aus anderen Gründen brauchte, als er womöglich vermutete. Dann stellte ich doch die eine Frage, die mir auf den Magen drückte: „Wie lange hat er noch?"

Er holte tief Luft, legte die Akte meines Vaters zur Seite und betrachtete mich eingehend. „Natürlich können wir nicht in die

Zukunft schauen. Es gibt Patienten, die sich noch mal kurzzeitig erholen, gerade wenn es zu einer familiären Wiedervereinigung kommt."

„Das können wir in unserem Fall ausschließen. Ich möchte auch nicht orakeln, sondern frage nur nach einer ungefähren Zeitangabe. Reden wir von Monaten? Wochen?"

„Eher Stunden, vielleicht Tagen."

Ich schnappte nach Luft. Diese knappe Antwort riss mir überraschenderweise den Boden unter den Füßen fort. Sie kam ohne Vorwarnung, wie es schlechte Nachrichten für gewöhnlich immer taten. Doch wenn man seit seiner Kindheit jede Stunde mit einer Mitteilung wie dieser rechnete, dann glaubte man, für den Ernstfall gewappnet zu sein. Ein Irrglaube! Die Tatsache, dass er sterben würde, war keine Überraschung. Ich hatte gewusst, dass Margie mich nur angerufen hatte, weil es ernst, sogar sehr ernst war. Umso mehr wunderte ich mich, warum mich diese Neuigkeit so erschütterte.

„Wie gesagt, er steht durch uns unter ständiger Beobachtung. Wir versorgen ihn mit allen nötigen Medikamenten. Zum Ende hin wäre ein künstliches Koma denkbar, allerdings sorgt sein Zustand für ständige Bewusstlosigkeit …" Während er sprach, starrte ich weiterhin aus dem Fenster und fragte mich, wie lange es wohl dauern würde, bis der Saint Mary Lake die richtige Temperatur zum Baden haben würde. Früher hatte ich es geliebt, darin zu schwimmen. Automatisch begann ich zu zählen, denn jede weitere Minute in diesem Flur, mit der Stimme des Arztes neben mir und der Zimmernummer 306 vor Augen, raubte mir schlicht den Atem. Unvermittelt stand ich auf, was Doktor Pearson zum ersten Mal aus dem Konzept brachte.

„Ich möchte, dass er jede medizinische Hilfe und Annehmlichkeit bekommt, die es gibt. Ich … ich werde dafür aufkommen. Ich denke, eine Krankenversicherung wird es nicht geben, deswegen möchte ich, dass Sie das bei seiner Behandlung berücksichtigen", hörte ich mich selbst sagen. Worte, die niemanden mehr überraschten als mich selbst. Ich kam mir vor wie ferngesteuert, als hätte ein anderer die Kontrolle über meinen Körper übernommen.

„Natürlich, wie Sie wünschen, Mr. Edwards. Ich gebe das an das Personal und die Verwaltung weiter."

Ich nickte. „Ich nehme an, Sie rufen mich an, wenn … wenn es so weit ist."

Dieses Mal schaffte mein Gegenüber es nicht, seine Überraschung zu verbergen. „Sie bleiben nicht?", erkundigte er sich unsicher.

Wieder ballte ich meine Hände zu Fäusten. „Nein", gab ich kurz und knapp zurück. „Ich gebe meine Handynummer an die Stationsschwester weiter, richtig?"

Doktor Pearson nickte lahm, dann reichte ich ihm die Hand. „Danke für Ihre Zeit. Ich weiß, Sie haben sicher viel zu tun, und ich werde Sie auch nicht länger aufhalten."

Geistesabwesend schüttelte er meine Hand, ehe ich mich zum Gehen wandte. Ich hatte kaum zwei Schritte gemacht, als ich ihn meinen Namen rufen hörte und ich mich erneut zu ihm umdrehte.

„Ich weiß, es geht mich nichts an, aber … meine Erfahrungen als Mediziner und auch als Mensch haben mich gelehrt, dass es für manche Dinge keine zweite Chance gibt. Einen Streit aus der Vergangenheit nicht beizulegen, wird Ihren Vater vielleicht nicht bis in den Tod verfolgen, Sie hingegen womöglich schon."

Ein müdes Lächeln schlich über meine Züge. „Sie haben

recht, Doktor …", sagte ich kühl, „… es geht Sie nichts an."

Damit wandte ich mich endgültig um und verließ, nachdem ich meine Handynummer im Schwesternzimmer abgegeben hatte, mit eiligen Schritten das Krankenhaus. Meine Lunge brannte, als hätte ich eine von Gregs härtesten Kardio-Trainingseinheiten hinter mir. Das Brennen hinderte mich daran, tief Luft zu holen, und kurz vor dem Ausgang wurde mir schwindelig. Erst draußen an der frischen Luft und im Schein der Mittagssonne schaffte ich es, tief einzuatmen, den hässlichen Würgegriff der Vergangenheit abzuschütteln und die Kraft zu finden, mich in mein Auto zu setzen. Ich musste so schnell wie möglich aus diesem Ort verschwinden.

## KAYLEE

Der einzige Ort, an dem ich meinen aufgewühlten Gefühlszustand ertrug, nachdem ich nach Hause gefahren war und unzählige Zimtschnecken gebacken hatte, war der Tee- und Esoterikladen meiner Tante Margie. So war es schon in meiner Kindheit gewesen und es hatte sich auch nicht geändert, als die Sorgen größer geworden waren, die einer Teenagerin, die eine schlechte Note in Physik bekommen, einen Streit mit einer Freundin gehabt hatte oder in eine Schwärmerei für einen Jungen verfallen war.

Ich stand vor ihrem Laden und warf einen Blick in das Schaufenster gleich neben ihrem Geschäft. Es war ein indischer Schnellimbiss, der normalerweise stets einen köstlichen exotischen Duft verströmte, wodurch ich ständig Appetit auf indisches Curry bekam, sobald ich bei Margie zu Besuch war. Doch heute fehlte dieser Duft, ein Zettel hing im Fenster mit dem

Hinweis, dass sie schließen würden. Es stimmte mich immer traurig, wenn ich sah, dass Läden in unserer kleinen Stadt schlossen. Tief in meinem Inneren regte sich etwas. Dieser Laden würde sich perfekt als kleines Café machen, von dem aus ich das Catering betreiben konnte.

*'Schlag dir das aus dem Kopf, Kaylee'*, mahnte ich mich gedanklich. Es war unmöglich. Ich würde nie und nimmer monatlich genug für die Miete und alle anfallenden Kosten zusammenbekommen. Es war ein zu großes Risiko, das ich mir allein vermutlich zugetraut hätte, aber nicht als alleinerziehende Mom. Ich würde den Gürtel ohne Probleme mal enger schnallen und mich für eine Weile von Tütensuppen und Instantkaffee ernähren können. Kinder brauchten jedoch regelmäßiges Essen, neue Kleidung und Bücher für die Schule.

Ich seufzte betrübt, als ich die Tür zu Margies Laden öffnete. Sobald ich das vertraute Klingeln der Ladentür hörte, den süßlichen Duftmix der unterschiedlichen Blüten und Kräuter wahrnahm, die Tante Margie immer noch selbst trocknete und zu Tee verarbeitete, und auf dem weichen Teppichboden zum Stehen kam, holte ich tief Luft. Offenbar so tief, dass Tante Margies ungewöhnlich tiefe und rauchige Stimme alarmiert aus dem Hinterzimmer zu mir drang: „Kaylee, bist du das?"

Gegen meinen Willen lächelte ich. Tante Margie war bekannt für ihre übersinnlichen Fähigkeiten, die im Ort auch als Hexerei verschrien waren. Obwohl ich selbst zu den Skeptikern gehörte und mich niemals auf so einen Unsinn wie das Handlesen oder Tarotkarten einließ, schaffte diese Frau es, mich auf ihre ganz eigene Art zu erden. Außerdem gab es hier die leckersten Erdnussbutterkekse der Welt, immer eine warme Tasse Tee und liebevolle Worte.

Sobald Margie aus dem Hinterzimmer trat, heftete sie ihre

besorgten dunklen, viel zu stark geschminkten Augen auf mich und kam um die Theke herum. Sie trug einen Sarong, der in extravaganten Farben schillerte, unzählige Armreifen, die bei jedem Schritt klimperten, und ihre mittlerweile ergraute Lockenpracht zu einer aufgetürmten Hochsteckfrisur, in die sie diesmal rosafarbene Federn gesteckt hatte. Für eine Kleinstadt wie diese war ihr Aufzug immer ein wenig zu viel des Guten. Doch mittlerweile hatten sich sogar die biederen Republikaner daran gewöhnt, sodass Margie zwar nicht völlig ohne verwunderte Blicke auskam, dafür verzichteten die meisten Leute auf das Tuscheln oder Kopfschütteln. Allerdings glaubte ich, dass Margie diese Aufmerksamkeit mehr genoss, als sie zugab.

„Meine Liebe, ich hatte den ganzen Tag schon so ein Gefühl, dass wir uns heute begegnen würden. Deswegen habe ich dir dieses Buch mitgebracht …" Sie umarmte mich und zog hinter ihrem Rücken ein gebundenes Rezeptbuch hervor. *‚Süße Nachmittagsträume mit Heidelbeeren'* lautete der Titel und ich hob verwundert eine Braue. Das war einer dieser seltsamen Augenblicke, die mir unheimlich waren. Woher hatte sie gewusst, dass wir uns sehen würden und wie gut dieses Buch zu meinen derzeitigen Backexperimenten passte? Seit ein paar Tagen probierte ich schon mit diesen Früchten in neuen Rezepten herum.

„Was führt dich zu mir, Liebes?"

„Eigentlich war ich nur in der Nähe und dachte, ich schau wieder mal rein", schwindelte ich und vermied es, ihr in die dunklen Augen zu sehen, die von zarten Fältchen und viel zu viel Eyeliner umrandet waren. Ihre Augen wirkten warm, mitfühlend und zu jedem Zeitpunkt forschend.

„Also hat dein Auftauchen hier nichts mit unserem Heimkehrer, dem großen, dunkelhaarigen und grüblerischen Owen zu tun?"

Ich riss meine Augen auf. „Du weißt davon?"

„Wissen ist zu viel gesagt." Sie warf mir einen bedeutungsvollen Blick zu.

Ich stöhnte und stellte eine Dose voller Zimtschnecken vor ihr ab. „Ich habe Zimtschnecken gebacken und dir welche mitgebracht."

„Natürlich." Margie lachte und betrachtete erst die Dose, dann mich.

Ihr Lächeln war verschmitzt und ich wich ihrem Blick aus. Das war nun mehr als unheimlich. „Nun sag schon, wieso überrascht dich seine Rückkehr nicht?"

„Ganz einfach, ich habe ihn angerufen und herbestellt."

„Wie bitte?" Verdattert starrte ich sie an. „Herbestellt? Meinst du etwa in einer spirituellen Art, oder ..."

Tante Margie schaute verdutzt drein und lachte schrill, ehe sie hinter dem Tresen verschwand und nach einem mit Blumenranken verzierten weißen Porzellantässchen griff. „Wie kommst du nur auf so einen Unsinn, Liebes?"

Sofort kam ich mir albern vor, obwohl solche Aussagen von Margie nicht ungewöhnlich waren. So weit hergeholt war es also gar nicht.

Ihre Miene wirkte ungewöhnlich besorgt. „Hast du das nicht von seinem Vater gehört?"

„Ähm ... nein. Was ist mit dem alten Schluckspecht?" Natürlich war mir klar, dass es nicht die feine Art war, ihn so zu nennen, doch nach all den Dingen, die er Owen angetan hatte, war er meiner Meinung nach damit sogar noch viel zu nett beschrieben.

„Mr. Edwards ...", verbesserte mich Tante Margie mit

mahnendem Blick, als wäre ich noch immer zwölf Jahre alt. Sie war der Auffassung, dass jeder Mensch Respekt verdiente, und das bedeutete vor allem, dass er mit dem Namen angesprochen werden sollte, der ihm bei der Geburt geschenkt worden war. Ein Standpunkt, über den wir uns nie einigen konnten. „… hat einen Kater, um den ich mich seit einigen Tagen kümmere. Er liegt nämlich im Krankenhaus."

Abwartend sah ich sie an, denn daran war noch nichts Ungewöhnliches. „Und was? Hat er mal wieder zu viel gebechert, sein Haus in Brand gesetzt, im Graben genächtigt oder sich mit dem Falschen angelegt?" Die Liste an Möglichkeiten ließ sich beliebig fortsetzen.

„Er stirbt", antwortete Margie knapp und ich schnappte nach Luft.

„Er …?", entfuhr es mir.

„… stirbt. Er ist ein Patient deines Vaters und sehr krank."

Offenbar war mir meine Miene entglitten, denn Margies Blick erschien mir plötzlich besorgter, als er es zuvor gewesen war.

„Ich bin entsetzt." Nicht wegen der Tatsache an sich, denn bei seinen Lebensumständen hatten wohl schon viele mit seinem baldigen Ableben gerechnet, sondern weil ich an Owen dachte, seine Rückkehr und meinen Ausbruch. Ein schlechtes Gewissen mit der Größe der Rockys lastete mit einem Mal auf meinen Schultern. Ich hatte ihn fortgejagt, ihn zum Teufel gewünscht, dabei hatte seine Rückkehr überhaupt nichts mit mir zu tun. Enttäuschung sickerte durch meinen Körper wie Regenwasser durch einen Riss in einer Wand.

Was hatte ich mir nur gedacht? Dass er nach elf Jahren zurückkehrte, weil er plötzlich erkannt hatte, dass es der größte Fehler seines Lebens gewesen war, mich zu verlassen? Und warum war mir das so wichtig? Ich hatte längst mit Owen und unserer gemeinsamen Vergangenheit abgeschlossen. Das kleine Ungetüm in meinem Inneren, das von Owens Rückkehr aufgescheucht worden war, war anderer Meinung und nagte an meinem Herzen.

„O Gott."

„Ich weiß nicht, was dieser dazu sagen wird, wenn Mr. Edwards an der Himmelspforte läutet, aber mir ging es vor allem um den Jungen. Es war alles schon hart genug für ihn, er soll sich wenigstens verabschieden können. So richtig."

Mit ‚der Junge' war Owen gemeint und es wärmte mein Herz, dass Tante Margie ihn immer noch so nannte, obwohl ‚Junge' mir keineswegs als korrekte Bezeichnung vorkam. Weder damals noch heute. Er war eher ein echter Kerl, ein ausgewachsener Mann mit allen Vorzügen, die mir einfielen. Gut aussehend und anziehend hatte er in seiner lässigen Kleidung vor mir gestanden, mich mit diesen mystischen dunklen Augen angesehen und überall dort eine Brandspur auf meiner Haut hinterlassen, wo sein Blick meinen Körper gestreift hatte. Ich schüttelte den Kopf, als könnte ich damit die unpassenden Gedanken und Empfindungen verjagen.

„Warum hast du mir nichts davon erzählt?", fragte ich mit unverhohlen anklagendem Unterton in der Stimme.

Ihre nächsten Worte ließen auf sich warten, als würde sie sie mit Vorsicht abwägen. „Das hätte ich tun können, aber ich wusste nicht, ob er wirklich kommen würde. Außerdem …"

„Außerdem?", hakte ich drängend nach.

„Sollte man nicht zu sehr am Schicksal herumpfuschen."

Ich rollte mit den Augen. Das Schicksal konnte mir dermaßen gestohlen bleiben, generell an Tagen wie diesen und besonders im Zusammenhang mit dem Kerl, der mir mein Herz gebrochen hatte.

„Also ... Wie war eure erste Begegnung?“, fragte Margie neugierig und überging mein Knurren.

Unbewusst biss ich mir auf die Lippe, was mir erst auffiel, als sich ein metallischer Geschmack in meinem Mund breitmachte. „Eine Katastrophe“, gab ich unumwunden zu und schüttelte resigniert den Kopf. Mitfühlend legte Margie mir ein paar ihrer göttlichen Erdnussbutterkekse auf eine Untertasse und stellte sie vor mir ab. Die Leidenschaft fürs Backen hatte ich eindeutig von ihr geerbt. Ich stürzte mich förmlich darauf, als könnte ich mein Schamgefühl unter den Zuckermassen begraben.

„Denkst du nicht, dass du ein klein wenig übertreibst?“

„Ich?“, fragte ich überspitzt und wir mussten beide lachen, denn natürlich kannte Margie meinen Hang zur Theatralik. Als wir uns beruhigt hatten, fügte ich ernst hinzu: „Wenn ich von seinem Vater gewusst hätte, wäre ich vielleicht netter gewesen.“

„Hat er deine Nettigkeit denn überhaupt verdient?“

„Keineswegs“, brummte ich.

„Siehst du, dann sind deine Gewissensbisse unnötig.“ Sie zwinkerte mir zu. „Bist du denn sicher, dass das der einzige Grund ist?“

„Natürlich, was sollte es sonst sein?“ Ich nahm den Henkel der zierlichen Porzellantasse zwischen Daumen und Zeigefinger und nahm einen Schluck Tee, der wie immer die perfekte Temperatur hatte.

Margie schmunzelte. „Es gab mal eine Zeit, in der ich dachte, du und Owen, das könnte etwas Ernsteres werden.“

Ich presste die Lippen aufeinander und stellte die Tasse eine Spur zu fest auf der Untertasse ab. „Wir waren nur Kinder.“

„Mit siebzehn und neunzehn Jahren würde ich nicht mehr von Kindern sprechen."

„Wir waren beste Freunde. Mehr nicht."

„Also bist du darüber hinweg, dass er dich und den Ort damals stillschweigend verlassen hat?"

„Natürlich", beteuerte ich und spürte, wie sich das Monster in meinem Inneren aufbäumte. Verräterische Hitze stieg in meine Wangen, sodass ich wahrscheinlich wie ein Feuermelder leuchtete. Ihrer Miene sah ich an, dass ich die schlechteste Lügnerin aller Zeiten war.

„Weißt du, es war immer vorgesehen, dass er eines Tages zurückkehrt. Hier in diesen Ort, zu der Person, die Familie für ihn am nächsten kommt. Es war nur eine Frage der Zeit."

Dies war wieder eine dieser kryptischen Äußerungen, die mich verschreckten. „Wie auch immer. Ich … dachte nicht, dass ich ihn je wiedersehen würde."

„Vielleicht wäre es gut, wenn ihr euch erneut begegnen würdet. Ein Gespräch ist immer eine großartige Gelegenheit, Missverständnisse aus der Welt zu räumen."

„Nach all der Zeit will ich seine Erklärungen auch nicht mehr hören", entfuhr es mir vehement. „Abgesehen davon wüsste ich gar nicht, wo ich ihn suchen sollte."

„Da würde ich mir keine Sorgen machen. Du warst immer schon die Einzige, die ihn finden konnte, wenn er von niemandem gefunden werden wollte. Ich glaube nicht, dass sich daran etwas geändert hat." Margie lächelte vergnügt.

Bevor ich etwas erwidern konnte, ertönte ‚*Dance Monkey*' aus meiner Jackentasche. Zuerst wollte ich es ignorieren, weil ich glaubte, es sei nur wieder Ethan, der mich zwei Mal angerufen hatte, nachdem ich ihn weggedrückt hatte. Meine Intuition zwang mich jedoch, auf das Handydisplay zu sehen, auf dem die Nummer des Schulsekretariats zu sehen war. Hastig sprang ich von dem Hocker auf und nahm eilig das Gespräch an.

„Hallo?"

„Miss Manning? Hier spricht Mrs. Pratchett, Mollys Klassenlehrerin. Ich wollte mich mal nach Molly erkundigen. Meinen Sie, es geht ihr bald besser, damit sie wieder zur Schule kommen kann?"

„Wie bitte?", keuchte ich.

„Ist sie etwa nicht krank? Molly ist jetzt schon einige Male vom Unterricht ferngeblieben. Heute erst wieder."

„Heute?", echote ich wenig diplomatisch. „Aber wie kann das sein? Ich habe sie doch vorhin noch vor der Schule abgefangen."

„Das beunruhigt mich noch mehr. Wir sollten uns dringend treffen, um uns generell über Mollys Anpassungsschwierigkeiten zu unterhalten."

„Anpassungsschwierigkeiten?" Ich wusste, ich klang wie ein alberner Papagei, aber offenbar war ich sehr schlecht informiert. „Entschuldigen Sie, Mrs. Pratchett, ich hatte keine Ahnung."

„Dann ist es umso wichtiger, dass wir uns austauschen. Hätten Sie die Möglichkeit, morgen nach dem Unterricht gegen fünfzehn Uhr herzukommen?"

Ich stimmte zu und wir verabschiedeten uns. Fassungslos starrte ich Margie an. „Ich muss los. Das war Mollys Lehrerin. Molly ist heute nicht in der Schule gewesen – genau genommen schon häufiger nicht." Ich steckte das Handy in die Jackentasche und war schon fast zur Tür hinaus, als ich erneut zu ihr zurückblickte und innehielt.

Margies Mimik erinnerte mich an etwas aus meiner Kindheit. Es schien nicht, als würde sie diese Information überraschen. Skeptisch kniff ich die Augen zusammen. „Du weißt davon."

Margie senkte den Blick. „Sie war vielleicht ein oder zwei Mal hier."

„Wie bitte?"

„Sie hat mir jedes Mal erzählt, sie hätte eine Freistunde, aber ich bin ja keine Idiotin." Ihr glockenhelles Lachen hallte durch den Laden.

„Und das sagst du mir nicht?", fragte ich frostig.

„Wie hätte es dir denn damals gefallen, wenn ich deine Geheimnisse an deine Eltern weitergetratscht hätte?", entgegnete Margie und schenkte mir einen bedeutungsvollen Blick.

Zum ersten Mal bekam ich eine Ahnung davon, wie meine Eltern sich gefühlt haben mussten, als ich mich mit Margie verbrüdert hatte. „Dafür habe ich jetzt keine Zeit, denn meine zehnjährige Tochter ist weder in der Schule, zu Hause oder hier." Ich wollte gerade gehen, als ich erneut innehielt. „Stell dir nur vor, ihr wäre etwas passiert? Wärst du dann immer noch froh, sie nicht verpetzt zu haben?" Die Frage ließ ich bedeutungsschwer im Raum hängen und hastete aus dem Laden, ohne mich von Margie zu verabschieden.

# KAPITEL 3

OWEN

Um meinen Leihwagen vollzutanken und dem Schicksal ein für alle Mal zuvorzukommen, hielt ich bei der Tankstelle kurz vorm Ortsausgang an. Das Letzte, das ich jetzt gebrauchen konnte, war irgendein Zwischenfall, der mich zwang, länger als unbedingt nötig hierzubleiben. Und mit der Stadtgrenze bereits in Sichtweite, was sollte da schon noch passieren? Ich konnte es kaum erwarten, das Ortsschild und damit diese Stadt endlich und endgültig hinter mir zu lassen.

Mit großen Schritten betrat ich den angrenzenden Laden, um mir noch eine Cola zu kaufen. Ich sah sofort, dass an der Kasse ein Mann mit Gehstock stand und lautstark mit dem Kassierer diskutierte, sodass ich in den ersten Gang mit Snackartikeln abbog und mich in Ruhe umsah. Greg sah diese Nahrungsmittel nur ungern auf unserem Ernährungsplan, aber wenn man keinen Kaffee trank, brauchte man irgendein anderes Aufputschmittel, um wachzubleiben. Ich benötigte dringend einen Energieschub, um die Strecke zum Hotel am Flughafen unbeschadet zurücklegen zu können, wo ich die notwendige Mütze voll Schlaf nachholen würde. Vielleicht, aber nur vielleicht, würde ich meine Begegnung mit Kaylee zusammen mit all den verdrängten Dämonen begraben können, damit ich nicht ständig über den exakten Ton ihrer grüngoldenen Augen nachdachte, die mich zuerst traurig angesehen und dann mit Funken besprüht hatten. Zu meinem Leidwesen hatte dieses kurze Aufeinandertreffen mit meiner Ex-Freundin so viele andere Erinnerungen wachgerufen, dass mir beinahe schwindelig wurde. Ich schüttelte den Kopf, als könnte ich die Bilder der Vergangenheit auf diese Weise loswerden.

In dem Gang wurde ich nicht fündig, also lief ich auf das Regal mit Getränkedosen zu und schob mich dabei an einem Jungen vorbei, der sich verdächtig am Zeitschriftenständer herumdrückte. Ich ignorierte ihn und blieb vor den Getränken stehen. Natürlich hatten sie die einzige Sorte, die ich einigermaßen gern trank, nicht vorrätig und ich musste mit der zuckerhaltigen Variante vorliebnehmen. Achselzuckend nahm ich sogar zwei Dosen in die Hand. Um dem Vorort der Hölle zu entkommen, hätte ich vermutlich auch Batteriesäure getrunken.

Ich wandte mich der Kasse zu und nahm aus den Augenwinkeln eine Geste des Kindes wahr, die mich innehalten ließ. Hatte es sich gerade die Zeitschrift unter den Pullover geschoben? Unwillkürlich warf ich einen Blick zum Kassierer, der immer noch lautstark mit dem Mann an der Kasse über das Ergebnis des letzten Lakers Spiel stritt, und sah zu dem Jungen zurück. Alles, was ich wollte, war, diesen Ort so schnell wie möglich zu verlassen, und doch bewegte ich mich keinen Zentimeter vorwärts. Das war ganz und gar nicht meine Angelegenheit, ermahnte ich mich. Entschlossen machte ich zwei Schritte vor, ehe ich erneut stoppte und seufzend umkehrte. Warum brachte ich es nicht fertig, diese Sache zu vergessen oder wenigstens zu ignorieren?

*„Weil du vor einigen Jahren dieser Junge warst"*, hallte eine Stimme durch meinen Kopf und ich schloss gequält die Augen. Ich folgte meiner Intuition und überbrückte die Distanz zu dem Kind, das sich beim näheren Hinschauen als Mädchen entpuppte. Sie trug eine abgenutzte Kappe mit dem Emblem irgendeiner Mannschaft vorne drauf, die ich nicht kannte, und ihr kinnlanges Haar war zum größten Teil durch die Schlaufe der Mütze geschoben. Unzählige lose Strähnen fielen ihr rechts und links in das Gesicht und kaschierten ihre weichen weiblichen Züge. Der blaue Pullover war ebenfalls mit demselben Mannschaftslogo versehen und gut und gerne zwei Nummern zu groß, wenn man den dünnen Jeansbeinen glauben wollte, die unten herausragten. Am Reißverschluss des roten Schulrucksacks auf ihrem Rücken baumelten unzählige Bänder und Glücksbringer. Ihre Füße steckten in Sneakers, deren Schnürsenkel verschiedenfarbig waren. Einer blau, der andere war rot. Ich lehnte mich seitlich an das Zeitschriftenregal und brauchte mich nicht mal zu räuspern, um ihre Aufmerksamkeit zu erregen, denn sie schreckte sofort heftig zusammen. Das schlechte Gewissen stand ihr förmlich ins Gesicht geschrieben.

„Du hast sicher vor, diese Zeitschrift zu bezahlen, oder?" Ich bemühte mich um ein freundliches Lächeln, obwohl ein anderer kleinerer Teil von mir sie am liebsten zusammengestaucht hätte. Immerhin sorgte sie dafür, dass ich nicht bereits auf dem Weg zur Panoramastraße war, die mich aus diesem gottverlassenen Ort und zum Flughafen brachte.

„Welche Zeitschrift?", fragte sie eine Spur zu hastig. Ihre Wangen färbten sich puterrot und mir wurde klar, dass sie so was noch nicht oft getan hatte. Wahrscheinlich war es sogar das erste Mal.

„Wir beide wissen doch ganz genau, welche Zeitschrift ich meine."

Generell war ich es gewohnt, dass Menschen von meiner Präsenz eingeschüchtert waren. Wer legte sich schon gern mit einem ein Meter neunzig großen Kerl an, der die Statur eines Bären hatte und dem der Ruf vorauseilte, mehr Zähne ausgeschlagen zu haben, als er selbst noch im Mund hatte? Berufsbedingt versteht sich. Bis auf Mika, mein mittlerweile bester Freund, der entweder einen wenig ausgeprägten Überlebensinstinkt besaß oder immun gegen diese Präsenz war. Zumindest hatte er mich zum Beginn unserer Freundschaft bei jeder sich bietenden Gelegenheit derart gereizt, wie man nur eine Bärenmutter provozieren konnte. Diese junge Dame, die ich auf neun oder zehn Jahre schätzte, schien wie Mika ebenfalls wenig beeindruckt von mir zu sein. Trotzig reckte sie ihr Kinn in die Höhe und für den Bruchteil einer Sekunde hatte ich das Gefühl, als müsste ich sie kennen, was natürlich unmöglich war.

„Keinen Schimmer, wovon Sie reden."

Ich hob meine Brauen und kratzte abwartend über meine Brust. „Was ist denn mit der Zeitschrift unter deinem Pullover?" Ich machte einen Schritt auf sie zu und sie verschränkte sofort die Arme vor ihrem Bauch.

„Ich schreie wie am Spieß, wenn Sie mich auch nur anfassen, und erzähle jedem, dass Sie mich entführen wollten."

„Du … Was?", fragte ich verdutzt und konnte nicht umhin, ihren Mut zu bewundern.

„Wollen Sie es probieren? Ich kenne Jeff schon eine Ewigkeit. Denken Sie wirklich, er würde einem Fremden glauben?", sprach sie ungerührt weiter. Sie war eine großartige Schauspielerin. Bis auf die immer stärker werdende Röte auf ihren Wangen deutete nichts darauf hin, dass sie sich unwohl fühlte. Im Gegenteil. In ihren eindrucksvollen grauen Augen blitzte es und um ihren Mund herum zeigte sich ein entschlossener Zug. Etwas, das mich beeindruckte, auch wenn sie dadurch nur noch viel niedlicher wirkte.

Einen Augenblick lang sahen wir uns an. Graue Augen starrten in braune. Ich holte tief Luft, um etwas Zeit zu gewinnen, denn mir wurde klar, ich musste es auf einem anderen Weg versuchen, zu ihr durchzudringen. „Hör zu, vielleicht fühlst du dich in dieser Sekunde mutig, abenteuerlustig oder auch nur unfassbar cool. Womöglich auch alles auf einmal. Möglicherweise glaubst du, diese eine Sache unbedingt zu brauchen, und dass es dem Inhaber wahrscheinlich nicht mal auffällt, wenn ein Teil fehlt. Du denkst jetzt vielleicht, dass hier doch nichts dabei ist. Aber lass dir von jemandem sagen, der darin weitaus erfahrener ist, dass du dich in dem Moment, in dem du diesen Laden verlässt, hundeelend fühlen wirst. Vor allem, wenn es wahr ist, was du gesagt hast, und du diesen Mann da vorn, dem diese Tankstelle gehört, schon so lange kennst." Für den Bruchteil einer Sekunde zeigte sich Entsetzen auf ihrer Miene, das beinahe sofort wieder erlosch, aber ich hoffte dennoch, einen Nerv getroffen zu haben. Ohne weiter auf sie einzureden, machte ich auf dem Absatz kehrt und lief auf die Kasse zu, vor der nun keiner mehr stand. Jeff, der Kassierer, dem schon in meiner Kindheit die Tankstelle gehört hatte, sah mich erstaunt an.

„Owen? Ich habe schon gehört, dass du wieder da bist."

Diese Kleinstadt trieb mich noch in den Wahnsinn. „Hey, Jeff, ich …" Aus meinem Augenwinkel sah ich die Kleine plötzlich neben mir stehen, eine Zeitschrift in der Hand, auf der noch eine Kaugummi-Packung und irgendein Schokoriegel lag. Ihr zerknirschter Blick wechselte zu einem neugierigen, als sie erkannte, dass ich offenbar doch kein Fremder für diese Leute hier war. Leider. Ich lächelte und nickte ihr zu.

„Ich bin bereits wieder auf der Heimreise."

„Hast sicher einiges zu tun. Ich bin zwar kein großer Eishockeyfan, aber ihr spielt ziemlich oft, nicht wahr?"

„Das letzte Spiel war vorgestern und dem Training für das kommende kann ich nicht zu lange fernbleiben." Das war glatt gelogen. Obwohl, oder vielleicht gerade deshalb, ich noch nicht zu hundert Prozent wieder fit war, hatte Greg mir so viel Zeit wie nötig eingeräumt, um TJs Angelegenheiten zu regeln. In diesem Moment war es jedoch einfacher, vor allen in Bakers Valley und auch vor mir selbst, dem Training die Schuld an meiner raschen Abreise zu geben.

„Ich hab ja immer gesagt, dass aus dir was ganz Besonderes wird. Keiner wollte es mir glauben, aber ich hab es immer gewusst." Er lächelte triumphierend und begann, meine Artikel in die Registrierkasse einzutippen. Es war ein altersschwaches Ungetüm aus Messing mit schweren Anschlägen, die bei jedem Tippen einen Höllenlärm machten. „Hab das mit deinem alten Herrn gehört. Muss hart sein", fügte er noch lahm hinzu.

Diesmal nickte ich nur und hoffte, dass er nun endlich zum Ende kommen würde, ohne mich weiter vollzuquatschen. „Ich hab den Challenger da vorn noch vollgetankt und …" Zögernd sah ich zur Seite, griff nach den Sachen von der Kleinen und legte sie mit auf die Theke. Sie schaute mich ganz verdutzt an und wollte etwas sagen, als Jeff aber schon alles eifrig in die Kasse tippte.

„Das ist nett von dir. Das bessert dein Taschengeld sicher etwas auf, nicht wahr, Molly?"

Molly hieß sie also. Süßer Name. Jeff zog meine Karte durch das Lesegerät – wenigstens in der Hinsicht ging er mit der Zeit -, packte alle Sachen in eine Tüte und reichte mir beides zurück.

„Dann alles Gute für dein nächstes Spiel, Owen."

„Danke, mach's gut, Jeff", sagte ich, hob eine Hand und machte kehrt. Molly im Schlepptau.

Beim Verlassen des Ladens klingelte die Türglocke und erst als die Tür sicher ins Schloss gefallen war, wandte ich mich Molly zu. „Das war eine sehr gute und mutige Entscheidung", lobte ich.

„Haben Sie deswegen mein Zeug bezahlt?", fragte sie, diesmal ein wenig kleinlauter.

„Mut muss schließlich belohnt werden." Zwinkernd sah ich zu ihr hinunter.

„So mutig war das doch nicht."

„Und ob. Was denkst du, wie viele Erwachsene es nicht schaffen, einen Fehler einzugestehen und ihn wiedergutmachen?" Ich nahm meine Sachen aus der Tüte und reichte ihr den Rest.

„Danke", entgegnete sie.

„Nicht dafür. Du kannst dich ja bei Gelegenheit dafür revanchieren."

„Ich dachte, Sie fahren wieder?"

„Das stimmt, aber mir hat mal jemand gesagt, dass man sich immer mehrmals im Leben trifft."

Sie kicherte. „Das sagt meine Tante auch immer."

„Siehst du, wenn es zwei Menschen sagen, dann muss es wahr sein."

Ich wandte mich zum Gehen, als ich erneut ihre Stimme vernahm.

„Sind Sie echt ein Eishockeyspieler?"

Ich hielt inne und sah zu ihr zurück. Hilflos stand sie da und wirkte ein klein wenig verloren. Das überraschte mich. Jeff schien sie gut zu kennen, ganz so, als wäre sie fester Bestandteil dieser eigenbrötlerischen Gemeinschaft von Kleinstädtern. Etwas Trauriges umgab sie, sodass ich automatisch auf sie zuging. Sich verloren fühlen, kannte ich. Das war ein Gefühl, das mir sehr vertraut war. Plötzlich fühlte ich mich ihr näher als jedem anderen Menschen in diesem Ort.

„Hast du Zeit für eine Pause?", hörte ich mich sagen und überraschte mich selbst damit wohl am meisten. Ich deutete auf eine Bank direkt neben dem Laden. Der ungeduldige Teil in mir seufzte theatralisch.

Zögernd sah sie sich um. „Müssen Sie nicht los?"

Irgendwas hatte dieses Mädchen an sich, dass ich bereit war, meine eindringlich herbeigesehnte Flucht aufzuschieben. Ohne zu antworten, nahm ich auf der Bank Platz und deutete neben mich. „Das ist ein Leihwagen, in dem man keinesfalls essen darf. Schon gar nicht, wenn man so ein Tollpatsch ist wie ich."

Sie kicherte und setzte sich schließlich, während ich beide Coladosen öffnete und ihr eine davon reichte. Aus meiner nahm ich einen großen Schluck und zog anschließend eine Grimasse.

„Bist du überhaupt schon alt genug, um so was zu trinken?", fragte ich plötzlich skeptisch, weil ich mich an Jays mahnenden Blick erinnerte, als Mika und ich seiner Tochter Mia davon hatten trinken lassen. Jay war mein Freund und Kapitän unserer Mannschaft, ebenso wie ein liebevoller Vater für seine Tochter, die ich liebte, als wäre sie meine Nichte.

„Ich bin doch schon fast elf", empörte sie sich.

„Tatsächlich?" Offenbar konnte ich meine Überraschung nur

schlecht verbergen, denn sie bedachte mich mit einem bösen Blick. Sie war so zierlich und burschikos gekleidet, dass ich sie jünger geschätzt hatte. Mollys weich gezeichnete Gesichtszüge ließen jedoch darauf schließen, dass sie den Jungs in einigen Jahren ordentlich den Kopf verdrehen würde. Mädchen in ihrem Alter waren schwer zu schätzen. Sie waren oft größer als Jungs und wirkten viel reifer. Zumindest war Kaylee in dem Alter beinahe einen Kopf größer als ich gewesen. Ein Vorsprung, den ich - Gott sei Dank - irgendwann aufgeholt hatte. Fuck - warum dachte ich nur schon wieder an sie?

Ihre mitleidige Miene brachte mich zum Lachen und ich packte das Sandwich aus.

„Sind Sie echt sicher, dass Sie das essen wollen?"

Verwundert hielt ich inne. Molly deutete auf das Sandwich in meiner Hand, das ich zum Mund geführt hatte und bereit war, hineinzubeißen. „Warum nicht?"

„Jeff hält nichts von übertriebener Hygiene", sagte sie achselzuckend und biss in den Schokoriegel, den diese kleine diebische Elster hatte klauen wollen.

Angewidert betrachtete ich zuerst das Sandwich, dann Molly. „So schlimm?"

„Mom sagt, wenn man eine kostengünstige Darmspülung haben möchte, kauft man sein Essen bei ihm. Wir vermuten ja insgeheim, dass er damit bloß Touristen auf heimtückische Art im Ort halten will." Sie kicherte und wirkte mit einem Mal viel jünger als *fast elf*. Beinahe, als hätte sie die Sorgen, die sie belasteten, für einen Moment vergessen.

Sofort legte ich das Sandwich zur Seite und strafte es mit einem bösen Blick.

„Dann sind wir wohl quitt, nicht wahr?"

„Wie bitte?"

„Sie haben gesagt, ich könnte Ihnen ja mal einen Gefallen tun. Und gerade habe ich Sie vor einem fiesen Durchfall bewahrt. Ich finde, wir sind quitt."

Wahrscheinlich sah man mir meine Ungläubigkeit über ihre Cleverness genauso an wie den Hunger, denn sie brach schmunzelnd die Hälfte ihres Schokoriegels ab und reichte ihn mir versöhnlich.

„Danke."

„Also … Sie sind ein echter Eishockeyspieler? Also so richtig in der NHL?" Die Art, wie sie mich ansah, hatte nichts mit Bewunderung zu tun, sondern mit ehrlichem Interesse. Und da war noch etwas anderes, das ich nicht ganz deuten konnte.

„Ja, ich spiele bei den Ice Tigers in Chicago."

„Wow!" Sie hob ehrfürchtig die Brauen und ich hatte das Gefühl, sie ehrlich beeindruckt zu haben. Nicht auf die Art, wie Fans einen anhimmelten, die einen um die Berühmtheit beneideten, oder das schicke Auto, in dem man angefahren kam, sondern auf die Art, wie man einen Herzspezialisten bewunderte. „Und wie ist das so? Wie oft haben Sie Spiele? Und fliegen Sie dazu durch ganz Amerika und sogar nach Kanada? Wie ist das Team? Mögen Sie alle Spieler? Haben Sie viele Trainer?"

Ich lachte über den Feuereifer, mit dem sie ihre Fragen auf mich losschoss. „Was hältst du davon, wenn du mich Owen nennst und duzt?"

„Ich bin Molly." Sie nahm einen Schluck von ihrer Cola und sah mich dann gespannt über den Rand ihrer Dose hinweg an.

„Ich weiß", antwortete ich. „Wir sind wirklich recht oft unterwegs, um gegen die anderen Teams zu spielen. Die meiste Zeit verbringe ich aber trotzdem in Chicago. Dort trainieren wir und das tun wir sogar ziemlich häufig, eigentlich jeden Tag.

Und mein Team ist quasi meine Familie." Zum ersten Mal entdeckte ich etwas in ihren Augen, das ich am ehesten mit Hoffnung beschreiben würde. „Aber täusche dich nicht, sie sind manchmal genauso nervig wie Geschwister oder manche Onkel und Tanten", fügte ich hinzu und dachte an Jay, Neil und vor allem an Mika.

„Ich habe keine Geschwister", gab sie achselzuckend zu und vermied es, mir ins Gesicht zu sehen, als wäre ihr das Thema irgendwie unangenehm.

„Ich auch nicht, aber ich hätte immer gern welche gehabt. Meine Teamkameraden haben diesen Job gern übernommen."

„Wolltest du schon immer Profi-Sportler werden?"

Diese Frage wurde mir schon oft gestellt, doch noch nie zuvor hatte ich sie ehrlich beantwortet, weil es viel leichter war, zu lügen. „Nein, ehrlich gesagt hatte ich eine ganze Weile keine Ahnung, was ich werden wollte."

Meine Kindheit beinhaltete keine Kapazität, um Pläne für eine weit entfernte Zukunft zu schmieden. Damals waren meine einzigen Hoffnungen, den Abend zu überleben oder die kommende Woche ohne Blessuren zur Schule zu gehen.

„Und wie ist es dazu gekommen?"

„In Dallas bin ich zu einem Probetraining der Stars gegangen, durch einen Zufall auf dem Eis gelandet und hab dort eine Rangelei angefangen. Der Typ, mit dem ich mich geprügelt hatte, war der Defense-Spieler der ortsansässigen Mannschaft. Und so nahm alles seinen Lauf."

Molly lachte und in ihren Augen blitzte es vergnügt. „Du hast dich geprügelt? So richtig?"

Ich zuckte mit den Achseln. „Ab dem Moment, als Sam mich seinem Trainer vorgestellt hatte, wollte ich nichts mehr als das: Eishockey spielen."

Ich zuckte mit den Achseln. „Aber nicht, dass du denkst, es wäre kein harter Job. Es verlangt viel Disziplin, immer in Topform zu bleiben. Training, Ernährung und Lebensstil werden penibel überwacht und wenn du schlappmachst, sieht man das sofort an deiner Leistung oder unnötigen Verletzungen. Im Profisport muss man immer hundert Prozent geben." Unbewusst griff ich an meine Schulter, die plötzlich wieder schmerzte, als wolle sie mich mahnend daran erinnern. „Und eins muss man sich immer bewusst machen: Es kann jederzeit vorbei sein. Eine falsche Bewegung, ein fataler Crash und deine Karriere ist beendet."

„Und wie ist das so?"

Das nagende Gefühl in meiner Bauchgegend ignorierte ich. Bisher hatte ich es geschafft, dieses Thema sogar in meinem Kopf zu umschiffen. „Es hat ein bisschen was von einem Seiltanzakt, du musst dafür gemacht sein. Einige meiner Kollegen haben allerdings einen Plan B im Ärmel. Sie studieren parallel oder können in Daddys Firma einsteigen, sobald es vorbei ist."

„Was ist dein Ass im Ärmel?"

Ich lächelte und blickte zum Himmel hoch, an dem ein paar Vögel kreisten. „In meinem ganzen Leben habe ich nicht weit im Voraus geplant und das Leben immer so genommen, wie es kommt. Sicherheit ist was für Feiglinge."

Eine Weile schwiegen wir. Ich war mir unsicher, ob sie mich wegen dieser Aussage bemitleidete, und brachte es nicht fertig, sie anzusehen.

„Musst du deswegen schnell wieder zurück?"

„Ja und nein", gab ich zu und sah Molly an, die ein Bein auf der Bank abgestellt und ganz dicht an den Körper gezogen hatte, was den Eindruck erweckte, als hätte sie Gummiknochen.

„Was ist mit deinem Dad?“, fragte sie, so einfühlsam, wie ein Kind nun einmal sein konnte.

Ich zögerte, senkte den Blick und betrachtete meine Hände. „Er ist sehr krank.“

„Oh!“ Molly machte ein betroffenes Gesicht. „Und dann bleibst du nicht bei ihm?“

„Das ist kompliziert.“

Plötzlich zog sie ihre Nase kraus und für einen kurzen Augenblick stockte mir der Atem. Diese Mimik war mir unglaublich vertraut. „Das sagen Erwachsene immer, wenn sie sich vor einer ehrlichen Antwort drücken wollen.“

Ganz unrecht hatte sie nicht, doch ich ging nicht näher darauf ein. Stattdessen überlegte ich fieberhaft, wieso sie mir derart bekannt vorkam.

„Jetzt bin ich mal dran, dich auszuquetschen. Was machst du eigentlich hier? Müsstest du nicht in der Schule sein?“

„Das ist kompliziert“, entgegnete sie und sah mich spitzbübisch an.

Ich konnte nicht anders und lachte. „Touché.“

„O Shit“, entfuhr es ihr plötzlich und ihr kleiner Körper versteifte sich.

Alarmiert schaute ich mich um. Allerdings entdeckte ich nur einen alten Transporter, der zweifellos schon bessere Zeiten gesehen hatte. Ich hatte ihn heute schon zwei Mal gesehen. Bevor ich eins und eins zusammenzählen konnte, hielt er mit quietschenden Bremsen eine Autolänge von uns entfernt.

„Äh … Es wäre super cool von dir, wenn das mit dem Beinahe-Diebstahl unter uns bleibt“, murmelte Molly und ihre Miene versteinerte, als müsste sie sich vor einem Monster wappnen. Sogleich wurde die Fahrertür aufgerissen und Kaylee sprang heraus. Der Wind zerrte an ihrer roten wilden Mähne.

Fassungslos starrte ich sie an, doch Kaylee schien mich gar nicht wahrzunehmen. Ihr Blick war einzig und allein auf Molly gerichtet.

„Molly Eva Manning … wenn du nicht in drei Sekunden im Auto sitzt, wird die ganze Stadt wissen, was du getan hast, mein Fräulein."

„O Mom, du bist manchmal so peinlich." Molly stöhnte zwar, stand jedoch folgsam auf und packte ihr Zeug. „Ich muss los. Tschüss, Owen."

*Mom?* Dieses Wort hallte wie ein Echo durch meinen Kopf, gefolgt von einem großen Fragezeichen.

Erst jetzt richtete Kaylee ihre Aufmerksamkeit auf mich. In ihrem Blick konnte ich Überraschung erkennen, die von Entsetzen abgelöst wurde.

„Owen?", fragte sie fassungslos.

Ruckartig stand ich auf. „Kaylee? Du … äh … Molly ist deine … Tochter?"

Kaum merklich straffte sie ihre Schultern und hob stolz ihr Kinn, als müsse sie sich für diese Konfrontation wappnen. „Ja, Molly ist meine Tochter."

## KAYLEE

Mein Herz hämmerte wie wild gegen meine Rippen, als würde es sich auf einen Marathon vorbereiten, während ich Owens Gestalt im Rückspiegel immer kleiner werden sah. Auch dieses Mal ging unsere Begegnung mir durch Mark und Bein. Sogar die Erleichterung darüber, dass ich Molly gefunden hatte, verblaste im Vergleich dazu. Es war, als hinterließe seine Anwesenheit jedes Mal eine unauslöschliche

Spur in meinem Leben, die mit jedem weiteren Mal tiefer wurde.

Ich seufzte, wandte mich dann jedoch entschlossen Molly zu, die schweigend auf dem Beifahrersitz saß, ihr Gesicht Richtung Fenster und von mir abgewandt. Ihre Haltung machte mich wütend, oder lag das am Zusammentreffen mit Owen, das noch immer auf mich nachwirkte? Wir hielten an einem Stoppschild, ich schloss kurz die Augen und atmete tief durch. Dann bemühte ich mich, Owen in eine Schublade in meinem Inneren zu verbannen, und wandte mich ihr betont gleichmütig zu.

„Du schwänzt also seit Neuestem die Schule?“, fragte ich ärgerlich.

Molly schwieg.

„Molly!“, drängte ich ungeduldig und gab meine Beherrschung wieder auf. „Du antwortest mir jetzt.“

„Es klang nicht wie eine Frage, die eine Antwort verlangt.“

Empört schnappte ich nach Luft und fuhr weiter. „Ich bin gerade eine Stunde durch die Stadt gefahren, um dich zu suchen, nachdem Mrs. Pratchett mich angerufen hat.“

„Also geht es darum, dass ich deine Zeit vergeudet habe?“

„Ich warne dich, mein Fräulein, verdreh mir nicht die Worte im Mund. Wo warst du? Und viel wichtiger, warum bist du nicht in der Schule? Ich habe dich heute Morgen mit eigenen Augen vor dem Gebäude gesehen.“

Molly stöhnte und wirkte super genervt. Seit einiger Zeit schien ich meiner kleinen süßen Tochter ständig auf den Wecker zu gehen. „Ich bin bei Jeff gewesen. Das hast du doch gesehen.“

„Warum gehst du nicht zum Unterricht?“

„Gehe ich doch – manchmal.“

Bis auf das nervöse Hoch- und Runterwippen von Mollys

Knie verriet nichts, absolut gar nichts, dass ihr irgendetwas Sorgen bereitete. Dass sie in Sorge darüber war, den Hausarrest ihres Lebens zu bekommen, den sie definitiv kriegen würde. Wahrscheinlich würde sie nie wieder das Sonnenlicht sehen, wenn es nach meinem jetzigen Gemütszustand ginge. Oder den Fernseher anschalten. Oder ihr Handy einschalten. So sauer war ich auf sie. Ich schnaufte wie ein verschnupftes Nashorn und bemühte mich, nicht zu schreien. „Ich will eine Erklärung."

Mollys einzige Reaktion war, dass sie ihre Arme vor der schmächtigen Brust verschränkte.

Zu meinem Verdruss kam unser Haus in Sichtweite und noch bevor ich richtig angehalten hatte, sprang Molly aus meinem Wagen. „Du hast Hausarrest, bis du einhundert bist", brüllte ich ihr schlussendlich doch hinterher und ließ meine Stirn auf das Lenkrad sinken. Als ich meinen Kopf wieder hob, war von Molly nichts mehr zu sehen, dafür grinste mir Ethan entgegen.

Lässig lehnte er an der Veranda, einen Kaffee-to-go-Becher in der Hand. Er wirkte vollkommen durch den Wind, hatte zerzauste Haare, sein schwarzes Hemd war falsch zugeknöpft und ein Schnürsenkel seiner Sportschuhe war offen. Zweifellos hatte er sich nach seinem kleinen Stelldichein hastig angezogen. Obwohl mir nicht danach zumute war, lachte ich kurz auf. Die Situation war derart absurd und sein Aufzug einfach zu komisch.

Ich war gleichermaßen genervt wie erleichtert, ihn zu sehen. Erleichtert darüber, mit jemandem über Molly reden zu können, der sie genauso liebte wie ich. Genervt, weil Ethans Gesicht verriet, dass ihn vor allem Owens Rückkehr nach Hause getrieben hatte. Er war eine nervtötende Klatschtante und kam vermutlich beinah um vor Neugierde.

Nachdem mein Handy mit Ethan in der Leitung während meiner Konfrontation mit Owen in den Tiefen des Fußraums im Van verschwunden war, hatte ich mir nicht mehr die Mühe gemacht, das Gespräch wieder aufzunehmen. Irgendwann hatte er wohl aufgelegt, zumindest war er nicht mehr dran gewesen, als ich es schließlich gefunden und in meine Jackentasche gesteckt hatte. Owens Rückkehr hatte mich viel mehr aus der Bahn geworfen, als ich irgendwem eingestehen wollte. Deswegen war ich auch nicht bereit gewesen, Ethan zurückzurufen. Er würde mir unzählige Fragen stellen, die dem Kern meines Gefühlswirrwarrs womöglich näher kamen, als mir lieb war. Ich kannte seine Beharrlichkeit und ahnte, dass er mich nicht so leicht vom Haken lassen würde, doch jetzt konnte ich unmöglich kneifen. Ich öffnete die Tür.

„Wie kannst du mich bei dieser Wahnsinnsneuigkeit weglegen und anschließend wegdrücken?", empörte sich Ethan.

Kraftlos schleppte ich mich aus dem Wagen und zu ihm. Ihm musste aufgehen, dass etwas nicht stimmte, denn seine Miene wurde mitfühlender. Ohne ein Wort nahm er mich in den Arm. Dafür liebte ich ihn.

„Gerade ist eine kleine, bezaubernde, aber sehr wütende Prinzessin an mir vorbeigerast …"

Ich winkte nur ab und Ethan bohrte nicht weiter nach. Er kannte die Dramen der Manning-Frauen, weil er schon ein paar Jahre mit ihnen zusammenlebte. Stattdessen führte er mich zu der alten quietschenden Hollywoodschaukel, die noch von meiner Granny war und neben der Tür stand, brachte mich dazu, mich hinzusetzen, und reichte mir seinen Pappbecher. Ich nahm einen Schluck und genoss die perfekte Mischung aus gerösteten Kaffeebohnen, Milch und Zucker. Es musste echter

Zucker sein und kein kastrierter wie Süßstoff, mit dem ich mich in der Regel geißelte.

O Gott, ich war ein richtiger Junkie und in der Hölle aus Köstlichkeiten gefangen. Wie sollte ich Mollys Teenagerzeit ohne Schokolade, Törtchen und Keksen überstehen? Immerhin standen wir gerade erst am Anfang. Nun, dann musste ich eben für eine weitere Kleidergröße Platz in meinem Kleiderschrank schaffen. Hilflos warf ich ihm einen Blick zu.

„Kein Whiskey? Was bist du nur für ein bester Freund?", witzelte ich ohne das geringste Anzeichen eines Lächelns.

„Ich dachte, dafür ist es doch noch ein klitzekleines bisschen zu früh."

„So wie für Sex im Männerklo in der Schule meiner Tochter mit deinem heißen Yogalehrer?", neckte ich ihn, reichte ihm seinen Becher zurück und schmiegte meine Wange gegen seine Schulter. „Heuchler!" Ich spürte das Vibrieren seines Lachens an meinem Ohr.

„Du bist ja nur neidisch."

„Und ob. Hast du eine Ahnung, wie lange es her ist?" Ich seufzte und verbot mir jeden Gedanken daran. Es war zu traurig. Als alleinerziehende Mom in einer Kleinstadt mit zwei Jobs und dem schwulen besten Freund als Mitbewohner waren die Chancen gleich null, dass ich je wieder jemandem begegnete, den ich nicht seit meiner Geburt kannte.

„Wie gut, dass Owen wieder hier ist. Damit sind deine Chancen auf Sex definitiv gestiegen."

Empört richtete ich mich auf und knuffte ihn in die Seite. „Hör auf mit dem Quatsch."

„Was denn? Ich sage nur die Wahrheit. Die ganze Stadt spricht schon von nichts anderem mehr."

„Willst du damit andeuten, dass die ganze Stadt, inklusive

Mrs. Shoemaker und Betty, darüber fantasiert, dass Owen und ich Sex haben werden?"

Ethan zögerte und grinste verlegen. „Na ja ... vorerst ging es vor allem um seine Rückkehr und die beiden Male, die ihr bereits aufeinandergetroffen seid. Erst vor dem Lowell und dann hat Jeff noch erzählt, wie ihr euch vor seiner Tankstelle erneut begegnet seid."

Entsetzt riss ich die Augen auf. Ich konnte nicht fassen, dass unser erneutes Aufeinandertreffen förmlich dokumentiert wurde. Wie lange war das bitte her? Fünfzehn Minuten?

„Meinst du mit die ganze Stadt Heathers Coffee-Shop?" Ich deutete mit dem Finger auf den Pappbecher, dem ich sogleich einen sehnsüchtigen Blick widmete. „Das ist so, als würde man fachkundige Informationen aus der Klatschzeitung beziehen."

„Deswegen bin ich ja hergekommen, um die Quelle zu interviewen."

Unweigerlich rollte ich mit den Augen. „Ich habe im Moment wahrlich größere Probleme als Owen. Genau genommen kann er mir gestohlen bleiben. Das Letzte, woran ich denke, ist, Sex mit ihm zu haben."

„Molly?", fragte er.

Ich biss mir auf die Unterlippe, während mein Magen sich zu überschlagen drohte. Die Törtchen, der Tee bei Tante Margie, ihre Kekse und der Schluck Kaffee aus Ethans Becher vertrugen sich offenbar nicht besonders. Oder lag es einfach an der nagenden Gewissheit, dass bei Molly etwas ganz und gar schieflief? Das erste Mal in meinem Leben wusste ich, dass ich dieses Problem nicht mit Antibiotikum und Halswickeln, einem Eisbecher, einer tröstenden Umarmung, einem Mutter-Tochter-Tag oder Spaghetti Carbonara lösen konnte. Egal, was Mollys junges Leben bisher aufgewühlt hatte, es hatte nichts gegeben, was wir nicht gemeinsam bewältigt hatten. Als junge alleinerziehende Mutter war Überforderung ein vertrauter Begleiter geworden, doch niemals hatte ich mich so hilflos gefühlt wie jetzt. Das Gefühl war überwältigend und das erste Mal wünschte ich mir eine andere starke Schulter als Ethans, die bereit war, sich mit mir gemeinsam dem Orkan Molly zu stellen.

„Sie hat echte Probleme, Ethan. Sie schwänzt die Schule und ich wurde von Mrs. Pratchett um ein Gespräch gebeten, um über Mollys Fehlverhalten zu sprechen." Ich seufzte.

„Du meinst diese biedere Sex-ist-die-Macht-des-Teufels-Mrs. Pratchett?"

Mir entwich ein freudloses Kichern. Er hatte so recht, auch wenn seine Quelle wahrscheinlich seine Affäre an der Schule war.

„Hör zu, wir werden rausfinden, was mit Molly los ist, auch wenn es ein bisschen mehr Kreativität erfordert, um es aus ihr herauszukitzeln. Gib es ruhig zu, bislang warst du echt verwöhnt mit diesem Sonnenscheinchen. Ihr beide seid wie Lorelai und Rory. Euch kann nichts wirklich auseinanderbringen."

Ich war mir da ganz und gar nicht sicher. „Ist Rory nicht für eine Weile ausgezogen und hat monatelang nicht mit ihrer Mom gesprochen?" Ich richtete mich auf und verzog das Gesicht zu einer Grimasse.

Ethan winkte ab. „Papperlapapp, es waren höchstens Wochen und am Ende haben sie immer wieder die Kurve gekriegt."

Ein verräterisches Schniefen erschütterte meinen Körper und Ethans blaue Augen wurden größer. „Rory ist in dieser Phase sogar zu Lorelais verhasster Mutter gezogen."

„Nein, daran erinnere ich mich nicht“, winkte er hastig ab und log wie immer miserabel.

„Ethan“, mahnte ich klagend.

„Nun gut, vielleicht war das ein schlechtes Beispiel. Ihr beide seid ganz anders. Außerdem gibt es in eurem Leben keine biestige Großmutter wie Emily Gilmore. Was ich eigentlich damit sagen will, ist, dass du nicht lockerlassen darfst. Molly lehnt dich nur gerade ab, weil sie weiß, dass du sie auch dann noch über alles liebst, wenn sie Backsteine nach dir werfen würde. Wir bestrafen die Menschen am stärksten, die wir am meisten lieben.“

„Woher weißt du das so genau? Hast du in den letzten Stunden Psychologie studiert?“

„So machst du es mit mir doch auch immer.“ Er lächelte mich auf treuherzigste Weise an und ich konnte nichts dagegen tun, ich lächelte zurück. Er war meistens unmöglich, aber er war in den letzten Jahren immer an meiner Seite gewesen. Er hatte recht. Ich liebte ihn und bestrafte ihn oft am härtesten, wenn etwas schieflief.

Sanft zog er mich in seine Arme und ich ließ mich trösten. „Du hast recht, aber es ist nicht nur das. Ich trete auf der Stelle, Ethan. Unser Catering erhält kaum Aufträge, weil ich … ich bin. Ich fühl mich wie ein Hamster im Rad. Ich renne und renne, aber ich komme nie irgendwo an. Außerdem beschleicht mich die Ahnung, dass ich mich vorrangig selbst torpediere.“

Ethan schlang seinen Arm fester um mich. „Ach was, denk nur an den Auftrag vom Frauenverein nächste Woche.“

Zweifelnd sah ich ihn an. „Du meinst den Auftrag vom Vorstand des Frauenvereins – meiner Mom. Das zählt nicht.“

„Komm schon. Ein bisschen Vitamin B kann nicht schaden.

Du weißt nie, ob dieser eine Auftrag das Zünglein an der Waage ist, der den entsprechenden Stein ins Rollen bringt."

Ich seufzte und befreite mich aus seiner Umarmung. Es hatte keinen Sinn, mich länger vor Ethans Befragung zu drücken. Plötzlich wollte ich es nur noch hinter mich bringen. Deswegen lenkte ich das Gespräch zurück zu dem Thema, das ihn vor Neugierde beinahe umkommen ließ.

„Hast du echt deinen heißen Yogalehrer abserviert, um mich wegen Owen auszuquetschen?"

„Ach was, Marcs Freistunde war ohnehin um und ich habe schließlich bekommen, was ich wollte." Sein Grinsen war unerhört.

Ich warf ihm diese Art von Blick zu, die ich mir von meiner Mom abgeguckt hatte, wenn ich etwas Schweinisches gesagt hatte.

„Nur um das klarzustellen: Er ist voll auf seine Kosten gekommen. Außerdem ist er Sportlehrer. Ich hab ihn noch nie mit einer Yogamatte gesehen." Er runzelte die Stirn. „Wenn ich so drüber nachdenke, wäre Yoga ziemlich heiß."

Mir entschlüpfte ein Lachen und ich spürte, wie sich meine Stimmung etwas besserte.

„Nun kommen wir aber zu dem spannenden Thema. Owen ist wieder da?"

Ich sah ihn abwartend an und ließ ihn zappeln.

„Owen Edwards? Eishockeyprofi, hart wie Eis und irre sexy?"

Diesmal nickte ich und seufzte bei der Erinnerung, wie groß und breit seine Schultern tatsächlich gewesen waren. In seiner Gegenwart kam sogar ich mir wie eine Elfe vor, die ich keineswegs war, wie meine Frühstücksgewohnheiten wieder einmal bewiesen hatten.

„Krass! Der Owen, der dich sitzengelassen hat, kurz nachdem ...“

Ich räusperte mich bedeutsam, damit Ethan nicht noch mehr von meinen Geheimnissen preisgab. Wer wusste schon, ob Molly heimlich lauschte?

„Er hat Molly bereits kennengelernt.“

Das Entsetzen stand ihm ins Gesicht geschrieben. „Und?“, hakte er nach, weil ich mich nicht weiter dazu äußerte.

„Ich kann dir nichts weiter sagen als das, denn Molly ist während unserer kurzen Autofahrt nicht sonderlich gesprächig gewesen.“

„Er weiß also von Molly ...“

Ich schluckte und nestelte nervös an meinen Händen. „Weißt du, weswegen er hier ist?“

Ethan nickte, diesmal mit Grabesmiene. Scheinbar musste er diese Geschehnisse auch erst mal verdauen. „Wegen dem alten Edwards. Er soll im Sterben liegen.“

„Er ist also nicht meinetwegen hier und wird genauso schnell wieder verschwunden sein, wie er hergekommen ist.“ Das konnte ich nur hoffen. Wieder meldete sich das Ungetüm in meinem Inneren und protestierte leise. Ich wollte, dass er wieder ging. Es würde alles so viel leichter machen.

„Ich hoffe, du hast irre heiß ausgesehen, als du ihm begegnet bist. Damit dieser Idiot weiß, was er all die Jahre versäumt hat.“

„Ich wünschte, es wäre so. Stattdessen hat er mich dabei ertappt, wie ich meine Probetörtchen im Auto gegessen habe – mit einem alten Plastiklöffel vom letzten Eisdielenbesuch.“

„Na und? Du hattest eben ein Frühstück to go“, munterte Ethan mich auf.

„Schokotörtchen? Morgens um neun Uhr?“

„Manche essen Pizza zum Frühstück.“

Gequält starrte ich ihn an. „Hatte ich schon erwähnt, dass ich ihn kurz vorher mit einem riskanten Überholmanöver beinahe gerammt hätte?"

„O Kay …" Jetzt biss Ethan sich auf die Lippe und sah aus, als unterdrückte er ein Lachen.

„Außerdem habe ich ihn ziemlich angefahren und ihn zur Hölle gewünscht. Dabei liegt sein Vater im Sterben, wie ich von Margie erfahren habe."

Ethan verzog das Gesicht zu einer Grimasse, sagte jedoch nichts.

„Ich hab mich so zum Affen gemacht", jammerte ich und er legte tröstend eine Hand auf meinen Rücken. Ein Hauch mitleidiger Verzweiflung haftete seiner Mimik an, ganz so, wie ich mich fühlte.

„Okay … Du hattest zweifellos schon bessere Momente. Aber hey, du hast allen Grund, sauer auf ihn zu sein. Außerdem, woher hättest du das mit seinem Vater bitte wissen sollen?"

Ich schloss gequält die Augen und seufzte. Eine Weile saßen wir bloß da, lauschten dem Quietschen der Hollywoodschaukel und ich badete in meinem Selbstmitleid.

Nach einer Weile räusperte sich Ethan, senkte seine Stimme und fragte: „Und? Sag schon, sieht er genauso heiß aus, wie der Fernseher mir immer weismachen will?"

„Der Fernseher?"

Er zuckte entschuldigend mit den Achseln. „Ich date einen Sportlehrer, der auf Eishockey steht."

Die Info, dass Marc sich von einer lockeren Affäre ohne Verpflichtungen zu einem Kerl gemausert hatte, den Ethan datete, war mir neu. Was dieses Thema anging, würde ich später genauer nachhaken müssen. „Er sieht ganz okay aus." Das war glatt gelogen und ich sah Ethan an, dass er mir nicht glaubte.

Wem wollte ich das nur weismachen? „Es spielt sowieso keine Rolle, denn erstens bleibt er nicht lange und zweitens ist er die Persona non grata im Hause Manning. Ich habe elf Jahre nicht an Owen Edwards gedacht …"

*‚Lüge'*, brüllte das Monster in mir.

„… und er verdient es schlicht nicht, dass ich meine Zeit mit ihm verschwende."

Ethans Miene sah nun bedrückt aus. „Du könntest damit recht haben, dass er nicht lange bleibt. Zumindest hat Heather das von Rachel gehört, deren Mom am Empfang des Krankenhauses arbeitet. Die hat es wiederrum von einer Schwester von der Station, auf der TJ liegt."

Mein Hirn stellte sich auf Standby und ein Bedauern, das mich wahnsinnig ärgerte, erfüllte mich. Es walzte jedes noch so kleine Fünkchen Hoffnung platt, das sich wie Löwenzahn durch Beton gegraben hatte. Ich wusste nicht, was mich mehr störte, dass Owen zurück war und keine gute Erklärung für elf Jahre Abwesenheit mit im Gepäck hatte, oder dass es mich nach all der Zeit überhaupt noch kümmerte, was er zu sagen hatte. Ich hatte mein Leben gewählt, unabhängig und frei von jedem Kerl, und ich war keines seiner Betthäschen, die ihm zweifellos zu Füßen lagen, sobald er das Pflaster vor ihnen betrat. Kaylee Manning hatte kein Interesse an ihm. Geflissentlich ignorierte ich das Monster, das sich in mir streckte und reckte und dabei schrie: *‚Lüge!'*

Stattdessen stand ich auf, klatschte motivierend in die Hände und sagte: „Ich glaube, ich backe uns ein paar Cookies. Die mit den großen Schokoladenstücken, die du so gerne isst."

Ethans Lippen verzogen sich zu einem Schmunzeln, er sagte jedoch nichts.

# KAPITEL 4

OWEN

Obwohl ich vollkommen übermüdet war und mein Körper sich nach einem Bett sehnte, war mein Geist ruhelos. Mein Blick durch die Frontscheibe glitt über die faszinierende und wilde Landschaft der Rocky Mountains. Dank der erhöhten Lage des Hügels, über den ich gerade fuhr, reichte meine Aussicht über die Spitzen der Baumkronen hinweg und bis zum nahegelegenen Saint Mary Lake. Die Sonne stand so tief, dass sie die Umgebung in goldenes Licht tauchte und ich eine Sonnenbrille brauchte. In der beinahe spiegelglatten glitzernden Wasseroberfläche zeichnete sich der große Feuerball am Himmel ab. Rein objektiv betrachtet, war dieser Ort wunderschön.

Mit jeder Meile, die ich mich weiter von Bakers Valley entfernte, nahm die Größe des Steins in meinem Magen zu. Sobald ich blinzelte, tauchte das Bild von Molly vor meinem inneren Auge auf, gefolgt von Kaylee, die ich fuchsteufelswild und mit windzerzausten Haaren vor mir sah. Es gab eine Million guter Gründe für mich, nie wieder zurückzukehren. Zum Beispiel, dass es hier außer Wälder, Seen, Touristen und eigenbrötlerische Bewohner nichts gab. Nichts. Absolut gar nichts. Der Truck Store am Highway und die Bar *Fathers & Sons* waren die Highlights für die Einwohner, ebenso wie der Ortskern, der aus einer einzigen langen Straße bestand, die von kleinen Geschäften mit hübschen Sonnenblenden über den Fenstern gesäumt wurde. Zu kaufen gab es jedoch gerade das Nötigste, was man zum Überleben brauchte, Alltägliches eben. Für die Anschaffung extravaganter Artikel musste man den langen Weg in die nächstgrößere Stadt auf sich nehmen. Wobei extravagant bereits der Wunsch nach Zahnseide bedeuten konnte.

Hier gab es nichts außer Kleinstadttratsch und Menschen, die mit jeder Form von Andersartigkeit nicht umgehen konnten. Jeder, der nicht in das Schema F passte, fiel aus dem Netz heraus und musste sich gegen das Gerede behaupten. Auch wenn man nur ein Junge war, der das Pech gehabt hatte, in die falsche Familie hineingeboren worden zu sein.

Und schon dachte ich wieder an Molly, deren Blick so verloren gewirkt und mich für sie eingenommen hatte. Molly, die beinahe elf Jahre alt und Kaylees Tochter war. Elf Jahre. Für andere war das nur eine simple Zahl. Für mich bedeutete sie so viel mehr. Es war exakt die Anzahl an Jahren, die ich geglaubt hatte, frei von all meinen Dämonen zu leben.

Ich hatte damals eine Entscheidung getroffen, die mich von einer unglaublichen Last befreit, mir aber gleichzeitig auch so viel genommen hatte. In einem einzigen Augenblick hatte ich mir all das erkämpft, was ich mir je gewünscht hatte, aber es hatte mich das Beste gekostet, das ich besessen hatte.

Elf Jahre. Vor elf Jahren hatte ich die einzige Frau verlassen, die ich je geliebt hatte. Elf Jahre, in denen ich mich gezwungen hatte, keinen Blick zurückzuwerfen. Was, wenn ich unwissend mehr in diesem Ort zurückgelassen hatte, als ich geahnt hatte?

Abrupt trat ich auf die Bremse und fuhr auf den rechten Seitenstreifen für Pannen. Die Räder rutschten über die kleinen Steinchen hinweg und eine riesige Staubwolke hüllte den Wagen ein. Meine Hände umklammerten das Lenkrad des Challengers so fest, dass die Fingerknöchel meiner Hände weiß hervortraten. Ich konnte unmöglich fahren. Nicht, bevor ich nicht einhundert Prozent sicher war, dass Molly nicht meine Tochter war.

Entschlossen setzte ich den Blinker und wendete.

Zu meiner größten Überraschung war der Rückweg einfacher als gedacht. Das Schicksal schien mir die Tür aufgehalten zu haben, denn die nervliche Zerreißprobe an der Bahnschiene fiel aus, da die Bahnschranke offen stand. Kaum hatte ich die letzten Meilen in den Ortskern überbrückt, fiel mir auf, dass ich keine Ahnung hatte, wo ich nach Kaylee suchen sollte. Im Haus ihrer Eltern lebte sie sicher nicht mehr und auf eine Begegnung mit Doc Manning war ich auch nicht scharf. Dennoch hätte ich mich dieser ausgesetzt, wenn mir dadurch die quälende Frage beantwortet werden würde.

Hatte ich wirklich eine Tochter, von der ich bis heute nichts gewusst hatte? Hatte Kaylee mich all dieser Jahre mit ihr beraubt, weil ich sie sang- und klanglos verlassen hatte? Fassungslosigkeit wechselte sich mit Wut ab und ich spürte, wie ich mein Tempo erhöhte. Es gab nur eine Frau, die ich danach fragen konnte. Ich musste einfach wissen, ob dieses bezaubernde Mädchen und ich mehr gemeinsam hatten als das simple Gefühl, nicht hierher zu passen. War es womöglich die gleiche DNA, die wir teilten? Die Alternative war mindestens genauso absurd. Das Schaufenster von Margies Esoterik-Laden war dunkel und zu meinem Verdruss hing nur ein Zettel im Fenster, der darauf hinwies, dass der Laden aufgrund einer Fortbildung am heutigen Tag früher schloss. Fuck! Brauchte man echt eine Fortbildung im Handlesen?

Ohne so recht zu wissen, wie ich Kaylees und Mollys Adresse in Erfahrung bringen konnte, fuhr ich zum x-ten Mal die Straßen ab. Mich beschlich das Gefühl, jeder Gasse und Straße von Bakers Valley einen Besuch abgestattet zu haben. Schließlich hielt ich an dem einen Ort, an dem wir uns früher heimlich getroffen hatten, um zu knutschen. Die Erinnerung daran schnürte mir kurzzeitig die Kehle zu, ich ignorierte die Erregung, die durch meinen Körper glitt.

Der Spielplatz, der auf einer kleinen Anhöhe in einem winzigen Waldgebiet zwischen unseren Elternhäusern gelegen hatte, lag ausgestorben da. Es war zwar noch nicht dunkel, doch zu spät für Familien mit Kindern. Der Motor des Challengers erstarb, ich lehnte mich im Sitz zurück und betrachtete den altbekannten Platz, der optisch eine Generalüberholung bekommen hatte. Damals war die Farbe des Holzhäuschens verblasst und abgeblättert, doch jetzt schien alles frisch gestrichen und überholt worden zu sein. Ein paar moderne Spielgeräte und Klettergerüste standen ebenfalls darauf. Wahrscheinlich befanden sich im Sand auch keine Kippen und Glasscherben mehr.

Seufzend stützte ich meinen Ellbogen auf der Fensterlehne der Fahrertür ab und drückte Zeige- und Mittelfinger gegen meine Lippen. Was machte ich eigentlich hier? Die Wahrheit, warum mich die Information, dass mein Vater in wenigen Tagen sterben würde, derart aus dem Ruder geworfen hatte, war, dass ich nicht erwartet hatte, noch mit ihm zu sprechen. Ich hatte einfach angenommen, dass ich herkommen würde und alles für seine Beerdigung würde veranlassen müssen, bevor ich wieder zurück in mein altes Leben fahren konnte. Vielleicht war ich der Hoffnung erlegen, dass dann alles wieder wie vorher wäre. Aber was bedeutete das überhaupt? Hatte das Schicksal – oder eher Margie – dafür sorgen wollen, dass ich TJ erneut traf? War ich deswegen hier? Wegen einer letzten Konfrontation mit ihm? Oder war es vielmehr so, dass ich wegen etwas anderem zurückgekehrt war? Wegen Molly?

Mein Handy klingelte und mein Herzschlag beschleunigte sich. Ich warf einen raschen Blick auf das Display und erkannte Jays Nummer. Achtlos ließ ich es liegen. Ich konnte jetzt nicht mit ihm sprechen. Nicht, solange ich noch nicht wusste, was ich tun würde.

Das Telefon verstummte endlich, ich hob meinen Blick und sah, wie sich eine Silhouette im Schein der untergehenden Sonne auf die Schaukel zubewegte. Meine Handinnenflächen wurden feucht und obwohl ich sie nicht eindeutig erkennen konnte, wusste mein Körper instinktiv, wer sich dort auf dem Spielplatz befand. Kaylee. Sie musste es einfach sein. Und es musste etwas bedeuten, wenn wir uns hier an diesem Ort, der uns schon als Kinder verbunden hatte, zum dritten Mal an diesem Tag wiedersahen.

Hastig stieg ich aus meinem Wagen und bemühte mich, nicht vor Nervosität über meine eigenen Beine zu stolpern, und ging auf den kleinen Spielplatz zu. Es gab kein Zurück. Ich musste es einfach wissen. Mit jedem Schritt, den ich näher herankam, nahm die Gewissheit zu, dass die Antwort auf diese Frage mein ganzes Leben auf den Kopf stellen würde. Mein Herz raste wie bei einem Sprint auf dem Eis im Zweikampf um den Puck, dabei ging ich so lässig wie möglich. Kaylee saß auf der Schaukel und schien nichts und niemanden um sich herum wahrzunehmen. Kurz bevor ich bei ihr ankam, zuckte sie erschrocken zusammen.

„O Gott!“, entfuhr es ihr und sie legte wild keuchend eine Hand auf ihre Brust.

Wie angewurzelt blieb ich stehen und hob die Hände in die Luft. „Nein, nur ich. Nenn mich doch einfach Owen.“ Innerlich rollte ich mit den Augen. Offensichtlich verbrachte ich zu viel Zeit mit Mika, denn ich klopfte schon genauso blöde Sprüche wie er.

„Du bist also doch noch da?“, sagte sie grimmig und schien alles andere als erfreut darüber zu sein, mich zu sehen.

„Darf ich?“, fragte ich und deutete auf die zweite freie Schaukel neben ihr.

Sie nickte widerstrebend. „Würde es etwas nützen, wenn ich Nein sagen würde?“

Fassungslos starrte ich sie an und wollte schon beteuern, dass ich mich sofort zurückziehen würde, sofern sie das wünschte, dann hielt ich jedoch inne. Würde ich das tatsächlich? Und würde ich die Frage, die mir seit meiner Begegnung mit Molly ständig im Kopf herum ging, deswegen ignorieren können. „Wahrscheinlich nicht“, gab ich zu.

„Wenigstens bist du ehrlich.“

Ich setzte mich auf die Schaukel. Mein Kreuz war eindeutig zu breit für dieses Gestell, was ein sicheres Zeichen dafür war, dass ich dem unsicheren sechzehnjährigen Ich von damals entwachsen war, das mich ansonsten ständig einzuholen schien. Ihre Stimmung verunsicherte mich.

Deswegen schwieg ich und wir blickten den kleinen Hügel hinab, auf dem sich der Spielplatz befand. Die Aussicht war atemberaubend. Aus irgendeinem Grund hatte ich vergessen, wie die Farben der Abenddämmerung hier in den schönsten Pastelltönen ineinanderflossen und sich an den Bergen brachen. Aus den Augenwinkeln warf ich einen Blick auf Kaylee.

Das warme Licht der tiefstehenden Sonne umschmeichelte ihr nahezu perfektes Profil. Die feingeschwungene Stupsnase ragte ein wenig vor und mündete in der kleinen Einbuchtung auf ihrer Oberlippe, die in dem herzförmigen Schwung der vollen Lippen überging. Ich erinnerte mich noch genau daran, wie weich sie waren und welch ein Gefühlssturm in mir getobt hatte, als sie mich geküsst hatte. Das kleine Grübchen an ihrem Kinn war immer noch da und über ihrem roten Haar lag ein goldener Schimmer. Wie hatte sie es geschafft, in all den Jahren nur noch schöner zu werden?

Ich richtete meinen Blick wieder auf die Aussicht des Spielplatzes. Von diesem Punkt waren mir meine Probleme stets winzig klein vorgekommen und die Welt im Gegenzug riesig groß, als wäre in ihr einfach alles möglich. Und dieses Gefühl hatte mich nicht getäuscht. Hinter den Grenzen dieser Stadt hatte mich ein Leben voller Freiheit, Selbstbestimmung und Frieden erwartet. Und doch kam es mir in diesem Moment vor, als hätte mich nie wieder ein Anblick derart überwältigt.

„Ich hatte völlig vergessen, wie schön es hier ist", sagte ich mehr zu mir als zu ihr.

Ein Lächeln zupfte an ihren Mundwinkeln. „Ja, das ist es, nicht wahr? Für mich ist es der schönste Ort der Welt."

Das wäre auf ewig der größte Unterschied zwischen uns beiden. Während Kaylee diesen Ort geliebt hatte, hatte ich ihn immer gehasst.

Aus den Augenwinkeln sah ich, dass sie zu mir rüber sah. Sie holte tief Luft, als bräuchte sie für den nächsten Satz besonders viel Atem. „Das mit deinem Vater tut mir leid. Ich habe erst heute Morgen davon erfahren."

Ich riss meinen Blick von dem Sonnenuntergang los und schaute ihr in das mitfühlende Gesicht. „Schon gut. Dir braucht nichts leidtun."

„Gerade wegen den Umständen ist es vermutlich besonders schwer", sagte sie mit einem Seufzen und richtete ihren Blick nachdenklich in die Ferne. „Wie geht es ihm denn? Deinem Erzeuger, meine ich."

Ich lächelte, weil sie es offenbar immer noch nicht über sich brachte, ihn meinen Vater zu nennen. „Er stirbt", fasste ich die Situation grob zusammen.

„Unglaublich." Sie schüttelte den Kopf.

„Absolut. Dass er überhaupt so lange gelebt hat, kommt einem Wunder gleich. Ich dachte schon, er hätte einen Deal mit dem Teufel höchstpersönlich abgeschlossen."

„Zuzutrauen wäre es ihm jedenfalls." Kaylee schlug sich eine Hand vor den Mund.

Ein Lächeln erschien auf meinen Zügen. Ich stützte meine Ellbogen lässig auf meinen Knien ab und sah sie von der Seite her an. „Er hat hier noch immer nicht besonders viele Freunde."

„Ich werde ihm das, was er dir angetan hat, nie vergeben. Dennoch … Wie sagt man, über Todgeweihte redet man nicht schlecht?"

Ein ungeahnt warmes Gefühl strömte von der Mitte meiner Brust in meine Gliedmaßen. Plötzlich spürte ich wieder diese Einheit, die uns beide - Kaylee und mich – schon damals miteinander verbunden hatte. Es tat gut, sie wenigstens in dieser Hinsicht nach wie vor auf meiner Seite zu wissen. Außerdem war es tröstlich, dass wenigstens ein Mensch mein Verhältnis zu ihm verstand.

„Ich dachte immer, es heißt ‚Todgesagte leben länger'. Auf den alten TJ Edwards trifft das eindeutig zu."

„Wirst du hierbleiben, bis er es geschafft hat?"

Ich zuckte mit den Achseln. Diese Frage nagte auch an mir. „Eigentlich war ich schon auf dem Weg zum Flughafen, aber nach meiner Begegnung mit Molly war ich unfähig, meinen Leihwagen aus der Stadt zu fahren."

„Wieso?", fragte Kaylee und sah mich verständnislos an.

Ihr Blick traf meinen und plötzlich fühlte ich mich unsicher wie ein Sechzehnjähriger, doch die eine Frage, für die ich wie ein Wahnsinniger zurück nach Bakers Valley gerast war, brannte mir auf der Zunge. Es war unmöglich für mich, sie länger zurückzuhalten.

„Ist sie es?", fragte ich angespannt und beinahe wild keuchend, als wäre ich zu Fuß zurückgelaufen und nicht mit dem Auto gefahren. „Ist Molly meine Tochter?" Mein Herz schlug mir bis zum Hals und mein Magen kribbelte vor Aufregung. „Du musst es mir sagen, Kaylee. Ist Molly meine Tochter?"

Sie erstarrte in ihrer Bewegung und stoppte sogar fassungslos die Schaukel. „Deswegen bist du zurückgekommen? Um mich das zu fragen?"

Ein freudloses Lachen entfuhr ihr und sie schüttelte ungläubig den Kopf. Das allein war noch kein Zeichen dafür, dass Kaylee eine Mordswut in sich hatte. Doch ihre grünen Augen, in denen es plötzlich funkelte, und der verkniffene Mund kündigten ein Unwetter an.

„Das ist nicht dein Ernst, oder?" Urplötzlich sprang sie von der Schaukel und wandte mir den Rücken zu. Sie legte die Hände an ihre Stirn und lief zwei Schritte von mir weg, ehe sie wieder zu mir herumwirbelte. Ihre roten Haare leuchteten im

Sonnenuntergang und erschienen mir wie eine Feuerwolke, die ihr Gesicht umgab. Ich zuckte zurück, als sie drohend einen Schritt auf mich zu machte. „Das traust du mir echt zu?“

Wieder stieß sie ein hysterisches Lachen aus. „Denkst du wirklich, dass ich das irgendwem antun könnte – und in diesem Fall sogar einem Menschen, den ich mehr als mein eigenes Leben liebe? Als könnte ich meiner Tochter den Vater vorenthalten. Das würde kein Mensch tun, der bei klarem Verstand ist.“

Mit jedem Wort sackte ich ein klein wenig mehr in mich zusammen und mir wurde heiß und kalt.

„Ich sollte überrascht sein, aber weißt du, irgendwie bin ich es nicht. Was bist du doch nur für ein Idiot, Owen Edwards? Bist du wirklich zu dieser Art von Kerl geworden, dem sein Ruhm dermaßen zu Kopf gestiegen ist, dass er meint, alles drehe sich nur um ihn?“

„Ich wusste ja nicht …“

„O nein, natürlich nicht, das ist mir durchaus klar. Du hast mich damals schwer getroffen, als du einfach spurlos verschwunden bist. Niemand hatte von dir gehört. Du hast mir vielleicht mein Herz gebrochen, aber eins kannst du mir glauben: Wenn meine Molly von dir wäre, hättest du es erfahren. Um deinetwillen und vor allem ihretwillen. Das Glück, Vater zu sein, darf man niemandem nehmen. Nicht mal dann, wenn man einen echt guten Grund dafür hat, aber so rachsüchtig wäre ich nie.“

Neben ihrer unübersehbar gesunden Gesichtsfarbe befanden sich ein paar Mehlflecken an ihrer Nase und ihrer linken Schläfe. Plötzlich war es mir, als könnte ich den Keksteig riechen, dessen Geruch sie schon damals ständig umgeben hatte. Der Grund, weswegen ich sie häufig ‚Cookie‘ genannt hatte. Sie war noch genauso schön, nein, sogar noch viel schöner als damals. Ihre Augen sprühten vor Lebensfreude, aber es hatte sich auch noch etwas hinzugesellt, was einem nur das Leben selbst schenkte. Erfahrung. Reife. Und eine Spur Traurigkeit.

Sie seufzte und strich sich eine rote Locke aus dem Gesicht. Zu gern hätte ich gewusst, wer Mollys Vater war, doch ich brachte es nicht über mich, sie danach zu fragen. Die Enttäuschung über die Wahrheit wog schwer. Sie lag wie Blei in meinem Magen, vor allem, als mir klar wurde, was das bedeutete. Kaylee hatte nur kurze Zeit, nachdem sie mit mir Sex gehabt hatte, mit einem anderen geschlafen. All meine Erinnerungen an jene Nacht vor elf Jahren waren offenbar nur für mich etwas Besonderes.

„Ich habe wirklich nicht gedacht …“, setzte ich erneut an, doch Kaylee war noch nicht fertig und ihr Zorn entlud sich über mir wie ein tosender Sturm, der über das Meer brauste.

„Und das ist das Problem mit euch Scheißkerlen. Ihr denkt nicht und wenn doch, dann ist es viel zu spät. Ich bin das so leid. Mach’s gut, Owen, gute Heimreise.“

Unbeholfen strich ich mit der Hand durch mein Haar. Eine Welle der Enttäuschung erfasst mich unerwartet hart. Unerklärlicherweise hatte ich fest mit einer anderen Antwort gerechnet. Es hatte sich so richtig angefühlt, als hätte mich das Schicksal aus eben diesem Grund hergerufen und hätte meiner Rückkehr einen Sinn gegeben.

## KAYLEE

Um den Weg nach Hause schnellstmöglich

hinter mich zu bringen, hatte ich einen wutentbrannten Zombie-Walk hingelegt, der mich ordentlich ins Schwitzen gebracht hatte. Zweifellos lag das an meiner schlechten sportlichen Verfassung. Der Cast von *The Walking Dead* hätte mich wahrscheinlich vom Fleck weg für die kommende Staffel engagiert.

Ich konnte noch immer nicht fassen, dass Owen mir so etwas zugetraut hätte. Ich kochte vor Wut und hätte gut und gerne noch ein paar Kilometer mehr gebraucht, bis meine Wut komplett verraucht wäre. Doch unser Zuhause, ein kleines Vier-Zimmer-Hexenhäuschen, das einst meiner Großmutter Abigail Manning gehört hatte und das ich mir nun mit Molly und Ethan teilte, kam bereits in Sicht. Es brannte Licht und ich hoffte, Ethan hatte Molly nicht erlaubt, sämtliches Gebäck aufzuessen. Andererseits … Bis auf Bauchschmerzen hätte sie nicht viel zu befürchten. Ganz im Gegensatz zu mir. Sollte ich all diese Köstlichkeiten verputzen, würde ich mir zukünftig die Kleider von Pavarotti leihen müssen. Ich würde einfach morgen ein paar Dosen den Bewohnern von Bakers Valley überlassen und etwas davon mit in den Diner nehmen. Sue würde sich bestimmt freuen.

Dieser Tag hatte mir körperlich sowie emotional einiges abverlangt. Das Wiedersehen mit Owen hatte mich kalt erwischt. Ganz zu schweigen von seiner unhaltbaren Vermutung, Molly könnte seine Tochter sein. Unfassbar! Was dachte er eigentlich, welche Art Frau ich war?

Ich war so wütend auf ihn, dass ich am liebsten zurückgelaufen wäre, um ihm gleich noch mal den Kopf zu waschen. Zu gern würde ich behaupten, dass das wilde Flattern meines Herzens, das mich an den Flügelschlag eines Jungvogels erinnerte, mit meinem jämmerlichen Versuch zu walken zu tun hatte, doch insgeheim wusste ich es besser. Owens Rückkehr wühlte mich auf. Schon damals hatte er mich nie kalt gelassen. Wieso sollte sich daran etwas geändert haben?

„Weil elf Jahre Funkstille ein K. o.-Kriterium sind", knurrte ich vor mich hin. Doch dieser Tag hatte so viel mehr bereitgehalten, das mir Sorgen machte. Das Telefonat mit Mollys Lehrerin und der anschließende Streit mit ihr hatten mich mehr mitgenommen, als ich zugeben wollte. Molly und ich waren immer eine Einheit gewesen. Natürlich hatte es Streit gegeben, wenn sie ihr Gemüse nicht essen wollte, oder nach stundenlangem Baseball-Training in der brütenden Mittagssonne nicht in die Wanne wollte. Aber niemals hatte sie Geheimnisse vor mir gehabt oder ihre Probleme, Ängste und Sorgen vor mir verborgen. Mit dieser Situation war ich schlicht überfordert. Bevor ich meinen Schlüssel mit zittriger Hand in das Schlüsselloch stecken konnte, öffnete sich die Tür bereits. Tante Margie – groß, blond und wie immer gekleidet wie ein Paradiesvogel – erschien in der Tür, als hätte sie heimlich auf mich gewartet.

„Da bist du ja, Liebes." Hastig zog sie die Tür hinter sich zu und ich starrte sie verdattert an.

„Tante Margie, was ...?"

„Ich wollte kurz mit dir reden, bevor du reingehst."

Ich seufzte und folgte Margie zu der Hollywoodschaukel. Kraftlos sank ich darauf nieder, als hätte man mir den Stecker gezogen. Margie sah mich mitfühlend an und schien sich gar nicht wohl in ihrer Haut zu fühlen.

„Ich bin gekommen, um nach euch zu sehen."

Margie legte einen Arm um mich und zog mich in eine liebevolle und tröstende Umarmung. Diese Frau hatte meine Welt bislang immer in Ordnung bringen können und nur zu gern gab ich mich in diesem Moment der Hoffnung hin, dass es diesmal ähnlich war. Ich hatte schlicht vergessen, dass ich eigentlich sauer auf sie war.

„Ich bin so müde."

„Ich weiß, Liebes."

„Du weißt es?", fragte ich verblüfft.

„Molly hat mir von eurem Streit erzählt."

„Sie hat dir davon erzählt?", echote ich wie ein dämlicher Papagei und setzte mich kerzengerade hin. Meine alte Wut kehrte zurück. Warum sprach sie mit allen anderen, nur nicht mit mir?

„Sie hat es nicht leicht in der neuen Mannschaft. Vor allem die Jungs haben es auf sie abgesehen. Wenn du mich fragst, fühlen sie sich von ihrem starken Wurfarm bedroht. Typisch Jungs halt. Was will man von solchen Hinterwäldlern auch anderes erwarten?" Margie rümpfte die Nase und demonstrierte einmal mehr ihre Haltung der Männerwelt gegenüber. Das verdeutlichte mir, warum sie nie geheiratet hatte. Sie liebte ihre Unabhängigkeit und die Freiheit, jederzeit das tun zu können, was sie wollte. Schließlich löste ich mich von ihr.

„Sie hat dir davon erzählt?", wiederholte ich fassungslos.

„Das ist doch gut, oder nicht?", fragte sie.

Ich kämpfte gegen die Wut, die in mir tobte. Ich war sauer. Auf sie, Mrs. Pratchett, Molly, Owen. „Wann hattest du vor, mir davon zu erzählen?"

„Ich wollte Molly die Chance geben, dir selbst davon zu berichten." Für mich klang das wie eine furchtbare Ausrede. Tief in mir drin wusste ich, dass ich froh darüber sein sollte. Immerhin hatte Molly einer Vertrauensperson davon erzählt. Doch mein Herz blutete, weil es nicht verstehen wollte, warum nicht ich diese Vertrauensperson sein konnte.

„Liebes, du weißt doch am besten, wie das zwischen Müttern und Töchtern ist. Es fällt einem manchmal leichter, mit der verrückten Tante zu sprechen." Mitfühlend zwinkerte sie mir zu.

„Molly und ich waren nie so."

„Das klingt ja so, als wäre das etwas Schlechtes. Wie oft hast du Zuflucht bei mir gesucht, wenn du Streit mit deiner Mom und deinem Dad hattest?"

Ein Zwicken machte sich in meiner Bauchgegend bemerkbar, das wahrscheinlich mit meinem schlechten Gewissen zusammenhing. Erst heute Mittag hatte ich Tante Margie aufgesucht, weil mich meine Begegnung mit Owen völlig aus der Bahn geworfen hatte. Ich war nicht mal auf die Idee gekommen, meiner Mom davon zu erzählen.

„Liebst du deine Mom deswegen weniger?"

Ich schüttelte entsetzt meinen Kopf.

„Das Band zwischen Müttern und Töchtern wird immer ein besonderes sein. Aber sei unbesorgt. Es fällt uns immer am schwersten, die zu enttäuschen, die wir am meisten lieben."

„Entschuldige, ich bin nur so furchtbar hilflos und … verletzt, dass sie nicht wie sonst mit mir gesprochen hat."

„Bisher hast du mit Molly nur die Kür durchlaufen. Der harte Teil kommt erst noch, und lass dir von mir sagen: Das Einzige, das am Ende zählt, ist, dass sie es überhaupt jemandem erzählt."

Ich stöhnte und ließ mich von ihr erneut in ihre Arme schließen. „Du bist eine wunderbare Mutter, Kaylee, weil du von einer großartigen Mutter erzogen worden bist. Ich hatte großes Glück und durfte ein Teil davon sein, so wie heute bei Molly und dir."

Ich nickte und unterdrückte mit Mühe den Schluchzer, der sich Bahn brechen wollte.

„Molly hat den Wunsch geäußert, heute bei mir zu übernachten. Ich halte es für eine gute Idee, aber ich wollte zuerst dich fragen, bevor sie dich mit ihrem vorwurfsvollen Blick taxiert und du aus Prinzip Nein sagen musst." Margie lächelte verständnisvoll und wedelte mit ihrer Hand, sodass die unzähligen Armreifen klimperten. Ein Klang, der mich wohlig seufzen ließ und ein Gefühl in mir hinterließ, wie es nur warmer Kakao an kalten Wintertagen schaffte.

Das Letzte, was ich wollte, war meine Tochter nach dieser geplatzten Bombe nicht bei mir zu haben. Ich schwankte noch zwischen einer Packung Eis und einer Strafpredigt. Ich setzte zu einer Antwort an, als sich die Haustür erneut öffnete und Molly darin erschien. Sie hielt ihre Arme vor ihrer schmalen Brust verschränkt und trug bereits ihren gepackten Rucksack auf dem Rücken.

„Können wir endlich los, Tante Margie?"

Der Blick meiner Tante traf meinen und es lag so viel Mitgefühl darin, dass ich in diesem Moment erkannte, wie albern ich mich verhielt. Ich konnte und – was noch viel wichtiger war – ich wollte Molly nicht zwingen, mir von ihren Problemen zu berichten. Nichts würde den Graben, der sich in der letzten Zeit zwischen uns gebildet hatte, an diesem einen Abend überwinden. Also ließ ich die Schultern hängen und nickte. Molly schritt erhobenen Hauptes an mir vorüber, doch ich hielt sie zurück, um sie flüchtig an mich zu drücken. „Schlaf gut, meine Kleine. Ich bin hier, falls du mich brauchst."

Sie löste sich von mir und sprang die Stufen zum Vorgarten hinunter. Tante Margie stand auf und folgte ihr langsam. Auf halbem Weg wandte sie sich noch einmal zu mir um. „Ach so, bevor ich es vergesse.“ Sie griff in eine Tasche, die sich versteckt in den Falten ihres Sarongs befand, und zog einen Schlüssel hervor, den sie mir reichte.

Verwundert sah ich erst den Schlüssel an und dann sie. „Wofür ist der?“

„Der Schlüssel zu TJ Edwards Haus.“

„Und warum gibst du ihn mir? Ich dachte, du fütterst seine Katze.“

„Das habe ich vorhin erledigt, aber … ich habe so ein Gefühl, dass du ihn morgen dringender brauchst als ich.“

Verdattert starrte ich ihr nach, zu kraftlos, um zu protestieren, deswegen steckte ich ihn ein.

„Ich sorge dafür, dass sie morgen zur Schule geht, und melde mich, falls etwas ist.“

„Sie wird morgen noch nicht zur Schule gehen. Ich möchte mit Molly reden, bevor wir nachmittags nach der Schule mit Mrs. Pratchett den Termin haben. Ich möchte ihr die Chance geben, mir zu sagen, was los ist, bevor sie wieder die Schule schwänzt. Ich hab morgen Frühschicht bei Sue und komme sie zwischendurch bei dir im Laden abholen, falls dir das recht ist.“ Tante Margie nickte und hob die Hand zum Abschied. Ich stand auf und drängte die Tränen, die mir in die Augen krochen, vehement zurück. Mit verschränkten Armen lehnte ich mich an den Türrahmen und sah den beiden zu, wie sie in der Abenddämmerung die Straße entlang zu Tante Margies Wohnung liefen. Ich war ohne Zweifel masochistisch veranlagt. Das musste auch der Grund sein, warum mein Herz noch immer wild in meiner Brust turnte, sobald ich an Owen dachte. Dieser Tag konnte weg. Eindeutig. Um meine Stimmung zu bessern, würde ich ein langes Bad nehmen und anschließend backen. Das würde mich garantiert beruhigen.

# KAPITEL 5

OWEN

Im Gegensatz zum gestrigen schwül warmen Wetter waren die Temperaturen am heutigen Morgen noch etwas unterkühlt. Um mich vor dem frischen Wind im Nacken zu schützen, schlug ich den Kragen meiner Lederjacke hoch. Ich war froh, eine Mütze übergezogen zu haben, auch wenn diese ursprünglich nur zur Tarnung meiner verstrubbelten Frisur dienen sollte. Am Abend zuvor hatte ich noch ein Hotelzimmer im Lower in Bakers Valley bezogen. Gott sei Dank hatte ich meine Tasche nicht im Hotel am Flughafen gelassen, sondern mit mir im Leihwagen rumgefahren. Somit war mir ein lästiger Weg erspart geblieben. Obwohl Kaylee gesagt hatte, dass Molly nicht meine Tochter war, verspürte ich keinen Drang mehr, diesen Ort übereilt zu verlassen. Im Gegenteil. Irgendwas sagte mir, dass ich bleiben sollte, ja sogar musste. Die Straßen von Bakers Valley waren beinahe leer. Verwundert warf ich einen Blick auf meine Armbanduhr. Es war fast zehn und dennoch wirkte die Stadt wie ausgestorben. Ich schien der Einzige zu sein, der sich hier rumtrieb. Für einen Großstädter wie mich war es unvorstellbar, dass Geschäfte erst um diese Zeit öffneten. Allerdings wusste ich auch, dass die Uhr in diesem Ort in jeder Hinsicht anders tickte.

Meine Wahlheimat Chicago hingegen schlief niemals, legte nicht mal eine Pause ein. Die nie enden wollende Betriebsamkeit ließ keine Atempause zu. Etwas, das mir selbst nie erlaubte, zur Ruhe zu kommen. Wofür ich sehr dankbar war. So kam ich wenigstens nicht dazu, genauer auf die Leere zu hören, die häufig in mir widerhallte. In meinem Hotelzimmer hatten mich die lauter werdenden Gedanken gequält und aus dem Bett getrieben. Hinaus in das kleine verschlafene Städtchen, das gerade erst zum Leben erwachte und sich gähnend die Augen rieb.

Ich bog in die Pennylane Road ein, die Hauptverkehrsstraße und der Knotenpunkt von Bakers Valley. Hier befanden sich die meisten Geschäfte mit ihren niedlichen weißen Sonnenblenden über den Schaufenstern. Den Pub namens *Bakers Haven* gab es erstaunlicherweise immer noch. Mein Vater und einige seiner Saufkumpane waren jahrelang Stammkunden gewesen, ehe sie den Laden kurz und klein geschlagen und danach Hausverbot auf Lebenszeit bekommen hatten. Ob ich am Ende der Straße immer noch *Sue's Diner* finden würde? Dort gab es zweifellos die besten Milchshakes der ganzen Welt. Nach etlichen Testversuchen hatte ich mir eingestehen müssen, dass ich nirgends einen so guten Shake bekommen hatte wie bei Sue.

Auf den ersten Blick fiel das Geschäft, das ich suchte, nicht sonderlich stark ins Auge. Es hatte nur ein kleines Schaufenster, über das ebenfalls eine Sonnenblende angebracht war, auf der „Margies Magic & Tarot" stand. Die Fenster waren mit durchscheinenden Vorhängen in satten Rot- und Goldtönen behangen. Ein Schild mit acht Achtsamkeitsregeln hing mittig im Rahmen. Wer jetzt noch nicht ahnte, worauf er stoßen würde, sobald er die Tür öffnete, brauchte nur noch einen Blick auf die Bücher werfen, die im Fenster drapiert waren. *‚Hexenwesen der Neuzeit'*, *‚Handlesen für Fortgeschrittene'* oder *‚Öffne deinen Geist'* waren nur ein paar ausgewählte Titel, der teilweise in Leder gebundenen Bücher. Hinter den Vorhängen nahm ich eine Bewegung wahr und das Schild, das gestern noch im Schaufenster hing, war fort. Also war sie da. Ehe ich die Tür zum Laden öffnete, durchlief mich eine Welle der Euphorie. Sobald ich die Schwelle, begleitet vom Klingeln des Windspiels, überschritt, kam ich mir vor, als beträte ich eine andere Welt. Ein fremdartiger Duft nach Moschus, Pinie und Lavendel umgab mich.

„Einen kleinen Moment bitte", rief eine dunkle tiefe Stimme aus den hinteren Räumen. Auf dem runden weißen Tisch, der sicher aus einem anderen Jahrhundert stammte, lagen Amulette aus, angepriesene Schutzzeichen und Schmuck aus Bernstein und anderen Materialien, die oftmals mit Magie in Verbindung gebracht wurden, während im Regal an der Wand allerhand Kerzen, Pulver und andere Utensilien lagen – wahrscheinlich für eine Dämonenaustreibung. Ich grinste bei dem Gedanken, fürchtete allerdings, dass das gar nicht so weit hergeholt war. In der kleinen Bibliothek im hinteren Bereich des Ladens fand man bestimmt eine detaillierte Anleitung für Aktionen wie diese. Obwohl ich weder den Hang hatte, dem Schicksal für alles, was in meinem Leben schiefgegangen war, die Schuld zu geben, noch an Vorhersehung glaubte, fühlte ich mich hier wohl. Genau genommen war dies einer der wenigen Orte in dieser Stadt, an denen ich mich immer schon wohlgefühlt hatte.

Zweifellos lag das an der Inhaberin selbst, die ihre Umgebung mit Achtung, Respekt und Unvoreingenommenheit begegnete.

Ich trat zum Tresen vor, auf dem Körbe gefüllt mit Fläschchen, Dosen und Edelsteinen mit Wundermitteln standen. Zumindest deren Aufschrift nach konnte der Inhalt Wunder vollbringen. Vor allem, wenn sie Dinge versprachen wie: *‚Verjüngen Sie Ihren Geist‘* oder *‚Beleben Sie Ihre Libido‘*. Kopfschüttelnd nahm ich Letzteres in die Hand. Ob ich Mika eins mitbringen sollte, nur um eins unserer wunderbaren Streitgespräche vom Zaun zu brechen?

„Ich glaube kaum, dass ein junger Bursche wie du solche Mittelchen nötig hat, mein Lieber“, ertönte die ungewöhnlich tiefe Frauenstimme, die mich seit jeher an Bonnie Tyler erinnerte. Ich hob meinen Kopf und lächelte. Eine ältere Frau Mitte Fünfzig stand hinter einem dieser Kettenvorhänge, die bei jedem Windzug nervtötend klimperten, und trat schließlich hindurch. Mit einem Lächeln auf den Lippen fügte sie hinzu: „Ich dachte schon, du kommst mich gar nicht mehr besuchen.“

„Es war unglaublich viel los, seit ich zurückgekehrt bin“, sagte ich und wich ihrem forschenden Blick aus. Ehe ich mich versah, hatte sie den Tresen umrundet und mich in ihre Arme geschlossen.

„Davon hörte ich bereits“, sagte sie kryptisch und ich hob nur eine Braue. „Du warst nicht mal ganz in der Stadt und bist in meine entzückende Nichte gerannt. Wann wirst du endlich lernen, die Zeichen des Universums zu deuten, mein Lieber?“

Ich legte den Kopf in den Nacken und lachte. „Du meinst wohl, sie hat mich beinahe umgefahren.“

„Haarspalterei.“ In Margies Augen funkelte es. „Und darf ich mich geehrt fühlen, dass du mir dennoch einen Besuch abstattest?“

„Natürlich, nachdem es deine Schuld ist, dass ich überhaupt hier bin." Zu meiner Überraschung stellte ich einen verärgerten Unterton fest, der sich gegen meinen Willen in meine Stimme eingeschlichen hatte.

Sie hob eine feingeschwungene gemalte Augenbraue. „Das nimmst du mir also übel?" Zu meiner Verwunderung lächelte sie.

Ich stöhnte und strich über meine Mütze. „Entschuldige, ich hab es nicht so gemeint."

„Und wie du es so gemeint hast, Owen. Ich habe dich aus deiner Komfortzone gerissen und in eine unbequeme Lage gebracht. Denke nicht, dass ich das nicht weiß, mein Lieber."

„Und welche Komfortzone soll das sein?", fragte ich ungläubig.

„Sie befindet sich für dich überall außer an diesem Ort", entgegnete sie spitzfindig.

Ich sparte mir den Protest und atmete tief durch. „Eigentlich war ich schon wieder auf dem Weg zurück nach Chicago."

„Und was hat deine Meinung geändert?" Margie beäugte mich neugierig unter ihren stark getuschten Wimpern hervor, was mir das Gefühl vermittelte, dass sie mehr wusste, als sie zugeben wollte.

„Nicht was, sondern wer. Ich habe Molly kennengelernt."

Margie lächelte entzückt. „Großartig, wie sich alles fügt, nicht wahr?"

Aus einem Impuls heraus rollte ich mit den Augen und erntete dafür einen Klaps gegen den Oberarm, der mehr einem Tätscheln glich.

„Ihr seid euch so ähnlich – Kaylee und du. Ihr habt immer schon eure Augen vor dem verschlossen, was direkt vor euch liegt.“ Sie ging hinter ihren Tresen und begann, dort zu hantieren. „Möchtest du Tee?“

Ich nickte, nicht, weil ich tatsächlich einen Tee wollte, sondern vielmehr deswegen, weil Widerstand erfahrungsgemäß zwecklos war. Sie stellte eine winzige Porzellantasse auf den Tresen, gab Tee hinein und legte ein paar Kekse auf die Untertasse.

„Du hast ein paar Entscheidungen zu treffen, die dir sicher nicht leicht fallen werden. Bist du deswegen hier? Soll ich dir auf die Sprünge helfen?“

„Ähm … bitte nicht“, war alles, was mir zu ihrem Angebot einfiel. Margie liebte es, die Menschen neugierig zu machen, sodass sie Fragen stellten, die sie nur durchs Handlesen beantworten konnte, was zufälligerweise einige Dollar kostete. Es war eine Angewohnheit, die sie vermutlich auch bei ihrer Familie und ihren Freunden nicht ablegen konnte.

„Koste davon. Die Kekse sind einfach köstlich.“

Ich kam mir vor wie der sprichwörtliche Elefant im Porzellanladen, als ich den feingeschwungenen Henkel der Tasse mit meinen Wurstfingern ergriff und einen Schluck Tee nahm. Ich stand nicht sonderlich auf Tee, aber es war leichter, die Tasse wie die verdammte Queen aus England hinunterzukippen, als Margie davon zu überzeugen, keinen Durst zu haben. Anschließend biss ich in einen Keks und riss überrascht die Augen auf. Dieses Gebäck war zu gut, um wahr zu sein. Butterweich, als wäre es eben erst aus dem Ofen gekommen, und mit genau der richtigen Mischung aus Schokoladenstückchen.

„Wie geht es ihm denn? Deinem Vater, meine ich.“

Die Hand mit dem Keks erstarrte auf dem Weg zu meinem Mund in der Luft und meine Finger verkrampften sich um das zarte Porzellan.

Mürrisch verzog ich mein Gesicht zu einer Grimasse. „Es ist keine leichte Situation."

Sie beugte sich über den Tresen und streckte ihre Hand nach meinem Arm aus, um ihn erneut zu tätscheln. Mitgefühl stand in ihrem Gesicht. „Nein, mein Junge, dein Leben war wahrlich nicht leicht. Und diese Ungerechtigkeit bedauere ich jeden Tag."

Plötzlich schluckte ich gegen einen immensen Kloß in meinem Hals an. Wo kam der denn auf einmal her? Ob nun ausgelöst durch ihre mitfühlenden Worte oder die Berührung, konnte ich nicht sagen, aber das erste Mal, seit ich hier war, regte sich mehr in mir als simple Überforderung. Womöglich hatte es mehr damit zu tun, dass ihr Mitgefühl nicht nur das bevorstehende Ableben meines Vaters, sondern seine generelle Existenz in meinem Leben mit einbezog.

Tante Margie, wie ich sie seit meiner jüngsten Kindheit nennen durfte, war die kinderliebste kinderloseste Frau, die ich kannte. Sie hatte schon damals immer Tee gekocht und Kekse für mich gehabt und nie – wirklich nie – ein Vorurteil gegen mich oder meinen Säufervater gehegt. Im Gegenteil, bei ihr hatte ich immer ein offenes Ohr gefunden und das hatte sich bis heute nicht geändert. Das lag mit Sicherheit vor allem auch daran, dass sie selbst von den Einwohnern der Stadt häufig mit einem herablassenden Blick bedacht wurde. Und das nur, weil sie sich wie ein Paradiesvogel kleidete und in jedem zweiten Satz das Wort Schicksal oder Universum fiel.

Mühsam rang ich den drohenden Gefühlsausbruch nieder. „Danke, wobei ich mich beinahe schuldig fühle, weil ich erleichtert bin, dass es bald vorbei ist."

„Fühle dich keineswegs schuldig, mein Lieber. Du hast so viel getan, viel mehr, als man von dir hätte erwarten können. Immerhin bist du kein Feigling und wartest meilenweit entfernt auf diesen Anruf. Nein, du bist hergekommen, um dich deinen Dämonen und Ängsten zu stellen. Du bist mutig."

Das war die Übertreibung des Jahrhunderts. Wie ein Feigling hatte ich mich vor dem Krankenzimmer herumgedrückt und im erstbesten Moment die Flucht ergriffen. „Wenn das nur so wäre, Margie. Ich bin nicht zu ihm gegangen."

„Du bist ja auch noch hier. Vielleicht brauchst du nur einen Schubs oder ein wenig Anlauf."

„Ich bin dir trotzdem dankbar, dass du mich angerufen hast."

„Genau genommen war es Clarks Idee."

Verdutzt riss ich die Augen auf. „Vom Doc?" Es kam mir merkwürdig vor, dass ausgerechnet Kaylees Vater dafür gesorgt hatte, dass ich zurückkam. Er war nicht unbedingt ein Fan von mir gewesen und hatte die Freundschaft seiner wohlerzogenen Tochter mit dem Sohn des stadtbekannten Säufers nicht sehr entspannt betrachtet. Vor allem dann nicht, als ich älter wurde und selbst häufiger für Gesprächsstoff gesorgt hatte.

„Er ist der Arzt deines Vaters. Ich hatte keine Ahnung, wie es um den alten Kauz stand, aber bedingt durch seine Schweigepflicht durfte Clark dich nicht einweihen. Weswegen wir es ... anders bewerkstelligt haben."

„Das überrascht mich nun aber."

„Ach was, seine Vorbehalte galten nie dir persönlich, mein Junge. Es hing immer mit der Sorge um seine einzige Tochter zusammen." Margie rollte mit den Augen, doch ich verstand Clark Manning nur zu gut. Das war einer der Gründe, wieso ich aus der Stadt geflohen war.

„Ich habe diese Sorge nie verstanden, denn die größte Gefahr geht doch immer von denen aus, die sich scheinbar gut in die Gesellschaft integrieren, nicht wahr? Ash zum Beispiel. Er war mir von der ersten Sekunde an suspekt. Vor ihm hätte mein Bruder Kaylee warnen sollen." Achselzuckend ging sie darüber weg.

„Ash?", echote ich überrascht.

„Weißt du es gar nicht?", fragte Margie ungläubig, doch ich traute ihr keinen Meter über den Weg.

„Was weiß ich nicht?"

„Ash ist Mollys Vater."

Diese Neuigkeit fühlte sich für mich wie ein Fausthieb in den Magen an. Mein ganzer Körper schmerzte und schien ‚Verrat' zu rufen. „Ash ist Mollys Vater?", wiederholte ich exakt ihre Worte und konnte mein Entsetzen kaum verbergen. Eine Faust schien sich um mein Herz zu legen und zuzudrücken.

Margie bestätigte das mit einem Nicken.

Ash war in der Highschool das komplette Gegenteil von mir gewesen und hatte keine Gelegenheit ausgelassen, mich das auch spüren zu lassen. Er war Footballstar, gut aussehend und der Sohn eines Deputys, was ihn allein deswegen zum unangefochtenen Liebling aller machte. Zum ungekrönten perfekten Schwiegersohn in spe für alle Eltern mit Mädchen im passenden Alter. Er hatte damals schon einen Narren an Kaylee gefressen, vor allem deshalb, weil sie ihn rigoros abgelehnt hatte. Das hatte sich nach meinem Fortgang dann wohl schlagartig geändert. Siedende Eifersucht machte sich wie ein Lauffeuer in mir breit.

„Was ist zwischen Ash und Kaylee damals geschehen?", fragte ich möglichst beiläufig, doch Tante Margie warf mir einen wissenden Blick zu, während sie mein blumenverziertes Tässchen mit heißem Tee aufgoss. Mein Magen rebellierte sogleich.

„Ist dein Interesse rein inhaltlicher Natur oder versuchst du, deinen Kontrahenten zu analysieren?"

Kopfschüttelnd lachte ich, um zu unterstreichen, wie albern das war. „Wie kommst du denn darauf? Wir sind doch nicht im Kindergarten und ich werde nicht bleiben“, antwortete ich nachdrücklich, um ihr jede Illusionen zu rauben.

„Nun ja, zum einen habe ich vor langer Zeit den Wink des Schicksals gesehen, den du konsequent ignoriert hast …“ Ich stöhnte. Offenbar hatte ich vergessen, mit wem ich sprach. „Und zum anderen hat Amelia Hastings, eine Freundin vom Bridge-Club, mir heute erzählt, dass sie dich und Kaylee gestern Abend zusammen gesehen hätte.“

Ich stöhnte. „Wie habe ich nur vergessen können, wo ich mich befinde?“

Vergnügt legte sie mir mehr von den köstlichen Keksen auf die Untertasse. „Außerdem ist es immer ein sehr sicheres Zeichen, dass meine Nichte in Herzensdingen aufgeregt ist, wenn sie Unmengen Gebäck herstellt. Die hat sie vorhin vorbeigebracht, wobei die erste Fuhre von gestern nicht mal aufgegessen war.“ Bekümmert starrte Margie die Kekse an und seufzte. „Wenn du uns allen einen Gefallen tun willst, bitte sie um ein Date. Andernfalls wird diese Stadt bald aus allen Nähten platzen. Also bitte, hab Erbarmen mit uns alten Frauen, deren Stoffwechsel mit den Wechseljahren eine Bremse eingesetzt bekommen hat.“ Demonstrativ klopfte sie sich auf die Hüften, die eher knöchern satt wohlgerundet waren.

Ich lachte verlegen, weil Tante Margie wie immer geradeheraus war. „Sie hat das Backen immer schon geliebt und uns alle mit Köstlichkeiten versorgt.“

„Daran hat sich auch nichts geändert. Es wäre ein herber Verlust, wenn sie ihren Traum von einem eigenen Café nicht erfüllen könnte. Das letzte Mal, dass es so ausgeufert ist, ist allerdings schon ein Weilchen her. Sagen wir rund elf Jahre?“

Sie zwinkerte mir bedeutungsschwer zu. „Und das hatte nur wenig mit Ash zu tun, falls du dich das fragst."

„Ash ist also Mollys Vater?", wiederholte ich erneut und mehr für mich selbst, als könnte mein Hirn diese Information immer noch nicht ganz verarbeiten. Ein heißer Stich voll Eifersucht durchfuhr meine Eingeweide. Ausgerechnet Ash. Fassungslos schüttelte ich den Kopf. Es bestürzte mich nicht, dass sie nach meinem Fortgang ihr Leben fortgeführt hatte. *Er* war das Problem. Ausgerechnet dieser Typ, der mir das Leben auf der Highschool derart schwer gemacht hatte.

Tante Margie seufzte. „Ich bin dafür, dass du diese Geschichte aus erster Hand erfährst. Aber da ich sicher bin, dass meine Nichte ein viel zu gutes Herz hat, um Ash öffentlich anzuprangern, erzähle ich es dir."

Gespannt gab ich drei Zuckerstücke in den Tee, rührte ihn um und biss herzhaft in den nächsten Keks.

„Die sind einfach unfassbar köstlich", schwärmte ich und ergab mich dem Verlangen meines Körpers.

„Sag ich doch! Wie soll man da widerstehen können, nicht wahr?" Unbeirrt fuhr sie fort: „Jedenfalls hatte die kurze und flüchtige Affäre, die vor allem aus Trotz geschah, wenn du mich fragst, entzückende Folgen."

„Molly."

Ein liebevolles Lächeln tauchte auf Margies Gesicht auf. „So ist es, unsere kleine zauberhafte Molly. Sie ist ein Sonnenschein."

„Das ist sie." Ich lächelte, als ich an das Mädchen dachte.

„Jedenfalls hatten sich Ashs und Kaylees Eltern in den Kopf gesetzt, dass es am besten wäre, wenn die beiden heirateten. Es war klar, dass Kaylee das Studium in Berkeley nicht beginnen würde, und ich sage dir, sie hätte es nie fertiggebracht, ihr Baby zurückzulassen. Kaylee und Ash stimmten nach all dem Druck zu, doch ich wusste immer, dass diese Verbindung nur Unglück bringen würde. Bis heute ist Ash zu flatterhaft. Ein paar Wochen vor der Hochzeit zog Kaylee die Reißleine. Ash verschwand darauf nach Las Vegas, heiratete dort eine Stripperin und ließ Kaylee hochschwanger zurück."

Meine Hand ballte sich zur Faust. „Er hat sie allein gelassen? Warum?"

„Womöglich aus verletzter Eitelkeit, weil Kaylee ihn nicht heiraten wollte? Ich weiß es nicht."

„Dennoch, Molly ist seine Tochter. Er hätte Kaylee beistehen können."

„Bis heute ist Ashs Pflichtgefühl so langlebig wie das Leben einer Eintagsfliege." Sie zuckte bekümmert mit den Achseln. „Kaylee managt alles allein, versucht, ihr zweites Standbein mit ihrem Catering aufzubauen. Es war bisher kein leichtes Leben, aber es gehörte allein ihr und Molly. Unabhängigkeit hat eben ihren Preis. Sie hätte auch den auf den ersten Blick leichteren Weg wählen können, aber dann hätte sie sich und ihre Vorstellung von Glück verraten. Ich war nie stolzer auf meine Nichte. Und vielleicht ist bald jemand bereit, dieses hart erkämpfte Leben mit ihr zu teilen."

Ihr Blick ruhte nachdenklich auf mir, bis mir ganz komisch dabei wurde. Ein leichtes Surren lag in der Luft, das sich nach und nach auf mich ausdehnte. Beinahe kam es mir vor, als könnte ich hören, wie mir jemand zuflüsterte: *„Sie meint dich, Kumpel."*

„Das wünsche ich ihr, habe ich mir schon immer für sie gewünscht", hörte ich mich sagen, hob die winzige Porzellantasse an meine Lippen und trank den Rest des warmen Tees in einem Zug leer. „Ich mach mich dann mal los, Margie. Es war schön, dich zu sehen, und danke auch für die Kekse." Ich reichte ihr die Tasse, um zu verhindern, dass sie mir erneut nachschenken konnte.

„Schön, dass du mich alte Lady noch besuchen gekommen bist, Owen. Ich freu mich schon auf unsere Wiedersehen." Ich lächelte über die Bestimmtheit, mit der sie das sagte.

Ein frischer Wind erfasste mich, sobald ich einen Fuß auf die Straße setzte. Die Betriebsamkeit in dem winzigen Örtchen hatte etwas zugenommen, doch jeder waschechte Chicagoer hätte darüber gelacht. Meine Heimat wurde nicht umsonst auch Windy City betitelt.

Ich lief die Straße entlang, begutachtete die Fensterläden und fragte mich, wann ich zuletzt so liebevoll selbst dekorierte Schaufenster in dieser Fülle gesehen hatte. In Chicago gab es nur imposante Fenster, die mit der neuesten Mode eingekleideten Schaufensterpuppen bestückt und grell ausgeleuchtet waren – super modern und dennoch irgendwie steril. Hier hingegen richteten die Ladeninhaber ihr Aushängeschild mit viel Mühe und Kreativität her. Mit unübersehbarer Liebe zum Detail waren Blumen und Schmetterlinge neben Kosmetikartikeln drapiert, um eine Blumenwiese nachzuahmen, während der Feinkostladen seine Köstlichkeiten mithilfe pyramidenähnlicher Gerüste ausstellte. Der Anblick über die malerische Kleinstadt mit den frisch erblühten Blumen in den Kästen, die sich um jede Laterne säumten, weckte zu meiner eigenen Verwunderung angenehme Erinnerungen. Schon als Junge hatte ich diesen Anblick geliebt.

Bakers Valley lag im Herzen von Montana am Fuße der Rocky Mountains. Es gab genug Regen, der dafür sorgte, dass jeder unberührte Fleck ergrünte und im Sommer nicht verdorrte. Es war wie eine Oase, die sich vehement und sehr erfolgreich gegen den schlechten Einfluss der Hitze während der Sommermonate wehrte. Ich hatte vergessen, wie schön es war, sich ständig im Grünen aufzuhalten. Chicago hingegen hielt nur eine gepflasterte Landschaft bereit, deren Anblick vor allem durch ihre architektonischen Bauten bestach. Um dort Natur zu erleben, musste man in einen der diversen Parks fahren.

Aus den Augenwinkeln bemerkte ich die Blicke der Menschen, wie sie die Köpfe zusammensteckten und über meine Anwesenheit tuschelten. Die Haare in meinem Nacken stellten sich auf und plötzlich fühlte ich mich wieder wie fünfzehn, als ich dabei beobachtet wurde, wie ich meinen Vater volltrunken von einer Parkbank aufsammelte. Der Junge von damals, der sich tief in mir verbarg, hätte am liebsten kehrtgemacht. Der erwachsene Owen straffte jedoch die Schultern und tat das, was ich in den vergangenen Jahren gelernt hatte. Gedanklich zog ich meine Ausrüstung an und ertrug jeden Tiefschlag mit Haltung. Jeden Blick ließ ich an mir abprallen und lief stoisch weiter.

Meine Silhouette spiegelte sich als gräulicher Schatten in dem Fenster von *Sue's Diner* wider und mit einem Mal fiel die Hektik, die von den Blicken der anderen verursacht worden war, von mir ab. Hinter dem Fenster sah ich ein Mädchen, das mir sehr bekannt vorkam. Molly hockte auf ihren Knien auf der Bank, hatte sich halb über den Tisch gebeugt und kritzelte in ein Heft. Diesmal bedeckte keine Kappe ihren Kopf, denn sie lag achtlos auf dem Platz neben ihr. Ihr Haar war kinnlang und bis auf einzelne Strähnen hinter die Ohren geklemmt. Dafür trug sie noch immer einen Pullover, der zwei Nummern zu groß war. Obwohl sie hochkonzentriert schien, hob sie ihren Blick und sah mich an, als hätte ich ihren Namen gerufen.

Ein breites Lächeln erschien auf ihren Zügen und sie winkte mir aufgeregt zu. Eine ungeahnte Ruhe überkam mich und plötzlich hatte ich nicht mehr das Bedürfnis, mich in den Leihwagen zu setzen und die Stadt fluchtartig verlassen zu müssen. Ich zögerte kurz, ehe ich nickte und die Tür zu *Sue's Diner* öffnete. Sofort schlug mir der köstliche Duft von Pancakes und Kaffee entgegen. Auch wenn ich das bittere Getränk nicht ausstehen konnte, der Geruch von gerösteten Kaffeebohnen war einfach appetitlich.

„Owen", begrüßte Molly mich strahlend.

„Hey, Molly. Das nenn ich mal einen Zufall."

Sie rollte mit den Augen. „Nicht in dieser Stadt."

Ich lachte und blieb mit den Händen in den Hosentaschen vor ihrem Tisch stehen.

„Wolltest du nicht zurück nach Chicago?"

Ich zuckte mit den Achseln. „Tja, offensichtlich habe ich meine Meinung geändert."

„Hast du Lust auf Pancakes?", fragte sie und deutete auf den Teller, der vor ihr stand. Ihre Pancakes sahen wirklich gut aus, auch wenn sie sie förmlich in Sirup ertränkt hatte. „Die besten der ganzen Stadt, vielleicht sogar der ganzen Welt."

Automatisch wollte ich widersprechen und sie darauf hinweisen, dass die Welt mit all ihren Köstlichkeiten und Möglichkeiten unendlich weit war, verkniff es mir aber. Immerhin hatte ich mir ja auch eingestehen müssen, dass ich niemals wieder so leckere Milchshakes getrunken hatte, wie es sie hier gab. Und ich war zumindest in den USA weit rumgekommen. Amüsiert hob ich eine Braue. „Wenn das so ist, dann kann ich ja schlecht Nein sagen."

Mollys Augen sprühten Funken vor Freude und ein bezauberndes Lachen erhellte ihre Züge. Vielleicht freute sie sich genauso sehr, mich zu sehen, wie ich sie. Ich quetschte mich auf die Bank ihr gegenüber und betrachtete, ihre Unterlagen. „Was machst du denn hier?"

„Algebra", brachte sie mit einem Würgelaut hervor. „Mom zwingt mich dazu." Dramatisch rollte sie mit den Augen und schob die Sachen unachtsam zur Seite.

„Vielleicht sollte ich dich besser nicht dabei stören?"

„Bitte störe mich", bat sie mich. Ich unterdrückte ein Grinsen.

„Mathe ist wohl nicht dein Ding, was?"

Molly zog ihre Nase auf die gleiche Weise kraus, wie Kaylee es oft tat. Jetzt wurde mir klar, warum Molly mir gestern schon derart vertraut gewesen war. „Schule ist nicht mein Ding." Sie vermied es, mir ins Gesicht zu sehen.

„Liegt es an den Lehrern oder den Schülern?"

Molly schwieg.

„Bei mir lag es definitiv an den Schülern", plauderte ich drauflos und sofort hatte ich ihre Aufmerksamkeit gewonnen.

„Du hattest Probleme in der Schule?", fragte sie ungläubig.

„Und ob", entfuhr es mir leichtfertig.

„Bist du noch lange hier? Oder musst du zum nächsten Spiel nach Pittsburgh?"

Überrascht runzelte ich die Stirn. „Du kennst unseren Spielplan?"

„Ich weiß alles über dich, seitdem ich dich gestern gegoogelt habe. Owen Edwards, stärkster Right Wing der Ice Tigers und dritt-bester Torjäger der Liga. Mit sechsundvierzig Strafminuten in dieser Saison gehörst du zu den gefürchtetsten Gegenspielern. Deine Schusseffizienz liegt bei über dreiundzwanzig Prozent. Das bedeutet, ungefähr jeder vierte Schuss aufs Tor ist ein Treffer. Vor allem im Powerplay erzielst du viele Tore“, zählte sie eifrig auf.

Sprachlos starrte ich sie an. Es war beängstigend, meine beruflichen Qualitäten in der Zusammenfassung einer Elfjährigen zu hören. Eine Statistik im Übrigen, die mir völlig fremd war. „Das klingt nicht so, als hättest du große Probleme mit Mathe.“

Ihre Wangen färbten sich rosa. „Onkel Ethan und ich haben dich gegoogelt.“

„Onkel Ethan?“, hakte ich nach. Meiner Meinung nach war Kaylee ein Einzelkind.

„Er wohnt bei uns.“

Ich schluckte. Hatte Kaylee etwa einen festen Freund?

„Er ist nicht mein echter Onkel oder so. Er ist Moms bester Freund, so wie Andrew meiner ist.“

Ich nickte und spürte zu meiner Verwunderung, wie Erleichterung durch die mühsam aufgerichtete Mauer sickerte. Ich musste dringend damit aufhören, nach den Männern in Kaylees Leben zu forschen. Das würde mich noch in Teufels Küche bringen.

Fieberhaft überlegte ich, wie ich vom Thema ablenken konnte, doch Molly quasselte einfach weiter. „Du hättest vor zwei Jahren für eine riesige Ablösesumme zu den Florida Panthers gehen können, hast das aber abgelehnt.“ Es war eine Feststellung, die jedoch wie eine Frage klang. „Jeder andere hätte das gemacht.“

„Geld ist nicht alles“, entgegnete ich.

„Was ist denn wichtiger?“

„Familie. Freunde. Spaß an dem, was man tut.“

Molly sah mich auf eine ehrfürchtige Art an, die mich innerlich wachsen ließ. Noch nie war es mir so wichtig gewesen, was jemand anderes über mich denken könnte, wie in diesem Moment.

„Mein Team vereint all diese Dinge und ich würde sie für nichts in der Welt eintauschen." In meiner Brust nahm der Druck stetig zu, der mir das Atmen erschwerte. Es stimmte, doch eine alles verzehrende Angst meldeten sich prompt. Die Wahrheit war, dass ich auf einer Bombe saß, deren Timer sich bereits dem Ende näherte. Was würde ich tun, wenn mein Körper diesen Strapazen nicht mehr länger standhielt? Das Loch, in das ich fallen würde, wäre tief, und ich fürchtete die Dunkelheit darin jetzt schon. Mit dreißig Jahren war man sicherlich nicht kurz vor dem Karriere-Aus, doch meine Verfassung und die daraus resultierende Anstrengung, nicht erneut in diese Spirale zu fallen, aus der es diesmal womöglich kein Zurück mehr gab, machte mir eine Scheiß-Angst.

Der Ausdruck in Mollys Augen verdüsterte sich zusehends und ich brauchte einen Moment, ehe ich den Grund erkannte.

„Da ist der Edwards-Junge", hörte ich jemanden sagen.

„Ich hab schon gehört, dass er wieder da ist."

„Sein Vater liegt im Sterben."

„Diese Leute sind ätzend", verkündete Molly und warf ihnen über meine Schulter bitterböse Blicke zu. Als wolle sie sich selbst vor den Anfeindungen der Leute schützen, zog sie die Kapuze ihres Pullis über den Kopf.

„Achte nicht auf sie. Ich bin es gewohnt, dass keiner mit mir, sondern vor allem über mich redet."

„Das kenn ich." Ihre Stimme klang seltsam hohl. Den Daumen hatte sie durch ein Loch am Ärmel ihres Pullovers durchgesteckt und nagte nun unsicher an ihrem Nagel herum. Plötzlich wirkte ihre aufmüpfige Art wie eine Fassade, die mir sehr bekannt vorkam.

„Wieso kennst du das? Reden die Leute über dich?“

„Macht es dir nichts aus, wenn sie all das Zeug über dich sagen?“, wich sie mir aus.

„Ich hab gelernt, damit zu leben.“

„Und wie?“, fragte sie.

„Irgendwann hab ich erkannt, dass das Zeug, das alle über mich erzählen, nichts mit mir zu tun hat. Es sagt nichts über mich aus. Die Menschen, die nur über einen reden, lernen einen niemals wirklich kennen.“

„Und wenn es richtig schlimme Sachen sind?“

Mich beschlich das Gefühl, dass wir nicht mehr nur über mich sprachen. „Was sagen sie denn so?“, fragte ich und lehnte mich entspannt auf der Bank zurück.

Sie strich ihr kurzes dunkles Haar verlegen hinter ihr Ohr und nagte an ihrer Unterlippe. „Unterschiedliches Zeug.“

Abwartend beobachtete ich, wie sie unruhig auf ihrer Bank herumrutschte. Ich setzte darauf, dass ihre Neugierde ihre Scham bezwang.

„Dein Vater ist TJ Edwards, oder?“

Ich nickte.

„Bist du zurück, weil er krank ist?“

Wieder nickte ich.

„Ist er wirklich krank?“, hakte Molly nach und pulte mit der Gabel in ihren Pancakes herum.

„Ja, sogar sehr krank.“

„Wird er sterben?“

„Ja.“

„Bist du traurig deswegen?“

„Nicht besonders“, gab ich zu und erklärte: „Wir haben kein gutes Verhältnis zueinander.“ Diesmal vermied ich es, sie anzusehen.

Molly sagte nichts dazu und überließ mich meinen Gedanken, wofür ich ihr sehr dankbar war. Ich konnte nicht sagen, warum, aber plötzlich wurde mir klar, was das vermutlich für die meisten Menschen bedeutete. Wenn der Vater starb, dann war das sicher mit einer der schwersten Verluste im Leben.

Ich dachte an Jay und Mia, die Eileen verloren hatten. Mia hatte schrecklich gelitten, als ihre Mutter gestorben war. Das war Normalität. So sollte es für Menschen sein, wenn ein geliebter Angehöriger starb. Und wieder einmal wurde mir bewusst, wie anders ich war. Schon damals war bei Schulveranstaltungen jedes Mal der Platz leer geblieben, der für meinen Vater bestimmt gewesen war. Nach meinem Schulabschluss hatte es keine Feier in einem Restaurant gegeben. Stattdessen hatte ich meinen Vater volltrunken im Bad gefunden und aus der eigenen Kotze gehievt, um ihn ins Bett zu bringen. Damals war ich sogar dankbar dafür gewesen, ihn schon im Delirium anzutreffen und mich nur noch um sein Erbrochenes auf dem Boden kümmern zu müssen, statt verbalen oder körperlichen Schlägen unter der Gürtellinie ausgesetzt zu sein.

Mein Vater gehörte selbst im nüchternen Zustand nicht zu den netten Menschen, sobald er jedoch getrunken hatte, wurde er sogar bösartig. All die mitleidigen Blicke waren Beweise dafür gewesen, wie aussätzig ich war. Auch jetzt noch, nachdem ich mir so viel zurückerobert und an Normalität gewonnen hatte, spürte ich es wieder in Momenten wie diesen.

„Was ist mit deiner Mutter?“

Eine Frage, die ich seither verdrängt hatte. Alles, was ich über sie wusste, war, dass sie mich als Baby verlassen hatte. Bis heute wusste ich nicht, wen meiner Eltern ich mehr dafür verachtete, was sie mir angetan hatten. Dass TJ mich geschlagen oder meine Mutter es zugelassen hatte, indem sie mich bei ihm zurückgelassen hatte. Wie erklärte man einem nicht mal elf Jahre alten Mädchen solch menschliche Abgründe? Das Schlimmste, worüber sie sich in ihrem Alter sorgen sollte, waren eine schlechte Schulnote, Nachhilfe oder ein Streit mit dem besten Freund.

„Ich kenne sie nicht." Und das war die Wahrheit. Alles, was ich über sie wusste, waren die bösartigen Spitznamen, die mein Dad ihr gegeben hatte. Die Tatsache, dass sie mich hilflos bei ihm zurückgelassen hatte, hatte sie auf ewig disqualifiziert, mein Interesse zu wecken.

Molly riss ungläubig die Augen auf, dann zuckte sie achtlos mit den schmalen Achseln. „Ich hab auch keinen Kontakt zu meinem Dad, obwohl er hier lebt", murmelte sie. „Meistens denkt er nicht mal an meinen Geburtstag ..."

Ihr Achselzucken täuschte Gleichgültigkeit vor, aber ich spürte sofort, dass es nicht echt war. Eine Sehnsucht umgab sie, die mir vertraut vorkam. In meinem Fall war es weniger die Sehnsucht nach *meinem* Vater, sondern vielmehr nach *einem* Vater. Vielleicht ging es Molly ähnlich. Vor Wut ballte ich die Hand, die unter dem Tisch auf meinem Bein ruhte, zur Faust. Wie brachte es ein Kerl nur fertig, ein Kind derart zu vernachlässigen? Sah Ash denn nicht, wie clever, herrlich ironisch und lustig Molly war?

Ich sagte jedoch ebenfalls nichts dazu, denn ich wusste genau, wie ätzend sich Mitleid anfühlte. Es unterstrich nur noch mehr, dass einem etwas fehlte, das für andere normal war.

Eine Person tauchte neben unserem Tisch auf und ich sah zu ihr hoch. Sue erkannte mich und ein breites Lächeln zog sich über ihre schmalen rot geschminkten Lippen. „Owen Edwards. Na, sieh mal einer an. Ich habe schon darauf gewartet, dass du herkommst. Die ganze Stadt spricht schon über deine Rückkehr."

„Hey, Sue, ich hätte nicht gedacht, dass du mich erkennst."

„Natürlich, du bist seit damals ein paar Köpfe größer geworden und auch breiter ...", sie lächelte, während sie näher an den Tisch kam, „... aber meinen besten Erdbeershake-Kunden vergesse ich nicht."

Ich erwiderte ihr Lächeln und wusste nicht genau, warum mich diese Begegnung so unerwartet rührselig machte. Sue war eine schmale Frau mit hohen Wangenknochen und hübschen grau-blauen Augen. Früher waren die Jungs der Highschool der Reihe nach in sie verschossen gewesen und auch heute noch, einige Jahre später, konnte sie sich durchaus sehen lassen. Das Schönste an ihr war jedoch immer schon ihr großes Herz gewesen, denn sie hatte häufig länger geöffnet gelassen und mich auf einen Shake eingeladen, wenn ich hier Zuflucht vor meinem maroden Elternhaus gesucht hatte. Damit ich nicht früher als unbedingt nötig nach Hause musste. Zu dem Vater und der Tracht Prügel, die mich vielleicht wieder erwartete.

Für die Mehrheit der Stadt war ich nur eine Kopie meines Vaters gewesen. Unruhestifter, Trunkenbold und schlechter Umgang. Nur wenige hatten sich die Mühe gemacht, hinter die Fassade zu blicken. Für einen Moment kam es mir vor, als erinnerte sie sich auch an diese Zeit.

„Kaffee, Owen?", fragte Sue und deutete mit der halbgefüllten Kaffeekanne in der Hand an, mir einen Becher einschütten zu wollen.

„Willst du mich etwa vergiften?", fragte ich und zwinkerte ihr zu.

„Also doch lieber einen Erdbeershake?" Sue lachte und zog von dannen.

„Erdbeershake?“, echote Molly mit angewiderter Miene und holte mich zurück ins Hier und Jetzt. „Du solltest unbedingt Moms Pancakes kosten.“

„Deine Mom? Sie arbeitet hier?“, fragte ich verwundert, doch noch während wir da saßen und ich mich darüber wunderte, schwang die Tür der Küche auf und heraus kam … Kaylee. Ich erstarrte, rührte mich keinen Millimeter und sah zu der Frau, die gestern genauso wie damals wie eine Naturgewalt durch mein Leben gefegt war. Mir wurde heiß und kalt und ich erschauerte. Sie würde ganz und gar nicht erfreut sein, mich hier zu sehen.

Abrupt hielt sie inne, als sie mich entdeckte, und ihre Miene verfinsterte sich. „Owen.“ Ihr Tonfall war frostig, beinahe so eiskalt wie der Gletscher auf den Rocky Mountains. Ein Schauer lief mir über den Rücken. „Du bist also noch immer hier.“

„Ich konnte nicht gehen, ohne alte Freunde zu besuchen“, hörte ich mich sagen.

„Ganz was Neues“, murmelte sie kaum hörbar durch zusammengebissene Zähne.

„Verrückt, dass wir uns überall über den Weg laufen, oder nicht?“

„Nicht in dieser Stadt“, entgegnete Kaylee in demselben Wortlaut wie ihre Tochter nur kurze Zeit zuvor und legte in typisch mütterlicher Besorgnis ihren Arm um Mollys Schulter. Diese ließ das nur widerstrebend zu. „Wolltest du nicht etwas für die Schule tun, Molly?“

„Von wollen kann nicht die Rede sein. Du hast mich dazu gezwungen.“

„Was unnötig wäre, wenn du nicht die Schule geschwänzt hättest“, entgegnete Kaylee scharf. Ihr freundlicher Ton war wie ausgelöscht und ihre Miene verdüsterte sich noch mehr.

„Owen hat mir von seinem Leben als Profisportler erzählt."

„Hat er das?"

Oh, oh! Das war gar nicht gut. Der Blick, mit dem sie mich taxierte, weckte den Fluchtinstinkt in mir. „Na, das müssen ja spannende Geschichten sein." Ein säuerlicher Zug zeigte sich um Kaylees Mundwinkel. Was dachte sie denn bitte, was ich ihrer Tochter für Geschichten erzählte?

„Schnecke, geh und sieh mal kurz nach Sue und den Pancakes. Vielleicht kannst du sie retten." Molly schaute neugierig zwischen uns hin und her, tat jedoch, was ihre Mom sagte. Wahrscheinlich fürchtete sie weiteren Ärger und nutzte diese Gelegenheit, um sich kurz davonzustehlen. Lächelnd sah ich ihr nach. Ich hätte es ganz genauso gemacht.

„Was zur Hölle willst du her?", herrschte Kaylee mich an und schaute mir unerbittlich in die Augen. Ihr Temperament beeindruckte mich, auch wenn es sich gegen mich richtete. Ich wusste aus erster Hand, wie furchteinflößend Kaylee Manning sein konnte. Wie eine feurige Amazone, die sich vor nichts und niemandem fürchtete. Damals hatte sich ihr Zorn allerdings meistens gegen andere gerichtet, was für mich zweifellos angenehmer gewesen war als in diesem Moment.

„Pancakes essen. Ich habe gehört, sie sollen die besten des ganzen Landes sein. Eine solche Chance kann ich mir nicht entgehen lassen."

Ihr entfuhr ein verächtliches Schnauben. „Treib nicht dieses Spielchen mit mir, Owen, und bitte, setz Molly keinen Floh ins Ohr. Sie … macht gerade ohnehin eine schwierige Phase durch. Ich möchte nicht, dass du sie mit wilden Geschichten durcheinanderbringst."

„Keine Sorge, sie hat mich zwar ausgefragt, aber ich weiß sehr wohl, welche Themen für die Ohren einer Elfjährigen bestimmt sind“, entgegnete ich sofort. Eigentlich hatte ich keinen blassen Schimmer. Aus irgendeinem Grund hatte ich jedoch das Gefühl, dass diese Worte für einen kurzen Waffenstillstand nötig waren.

Kaylee schwieg und eine unangenehme Stille breitete sich zwischen uns aus, die glücklicherweise von Molly unterbrochen wurde.

„Das sind sie, Owen. Die besten Pancakes der Vereinigten Staaten.“ Sie hatte ihre Kapuze vom Kopf gezogen und balancierte einen Teller in ihren Händen, der gefüllt war mit Pancakes. Glücklich strahlte sie mich an. „Meine Mom ist die beste Köchin der Welt.“

„Danke für dieses überschwängliche Kompliment, Molly.“ Ehrliche Überraschung zeigte sich auf Kaylees Gesicht, ehe sie sich wieder mir zuwandte und mich ihr frostiger Blick traf, der mit unangenehmen Erfrierungen drohte. „Aber Owen hat bestimmt keine Zeit für ein Frühstück, Molly. Er muss sicher los.“

Ich zog bereits meine Lederjacke aus und legte sie auf die freie Bank neben mich. „Als ob ich mir diese Chance entgehen lassen würde, die besten Pancakes und den leckersten Erdbeershake ganz Amerikas zu futtern.“

„Ich muss zurück in die Küche, bevor Sue das Frühstück der anderen ruiniert“, presste Kaylee wütend hervor.

Ich sah ihr nach, bewunderte ihren selbstsicheren Gang und den Schwung ihrer langen Haare, die zum Zopf gebunden waren und bei jedem Schritt wie eine Pendeluhr über ihren Rücken schwangen. Als mein Blick den von Molly auffing, die mich neugierig musterte, schoss mir die Hitze in meine Wangen. Sie hatte mich beim Starren ertappt. Verdammt!

„Also … Du und meine Mom … kennt ihr euch gut?"

Ich räusperte mich. „Ja, wir … Als Kinder waren wir Freunde."

„So wie Mom und Ethan?"

„Ethan?", hakte ich irritiert nach, weil ich in Gedanken noch immer mit Kaylees verdammt sexy Hüftschwung beschäftigt war.

„Ja, wie ich schon sagte, er ist Moms bester Freund, aber von dir hat sie noch nie gesprochen."

Also hatte Kaylee ihr nichts von uns erzählt, was mich schwer traf. Andererseits war es nur allzu verständlich, und doch nagte es an mir.

„Das ist schon lange her", wich ich aus, um es Kaylee zu überlassen, was sie Molly erzählen wollte.

Obwohl mich diese Information unerwartet tief traf, konnte ich es Kaylee nicht verübeln. Schließlich hatte ich sie im Stich gelassen. Ohne ein Wort des Abschieds hatte ich dem einzigen Menschen, der immer mehr in mir gesehen hatte als alle anderen, den Rücken zugekehrt.

„Jetzt erzähl doch mal. Was für eine Sportart treibst du so gern?"

Mollys Augen leuchteten auf und sogleich plapperte sie drauflos, während sie mir wie selbstverständlich Ahornsirup rüberschob, in dem sie ihre Pancakes bereits ertränkt hatte. Volltreffer.

# KAPITEL 6

KAYLEE

Immer wieder lugte ich durch das Bullauge, das in die Küchentür eingelassen war, und beobachtete Molly und Owen. Sie sprachen eifrig miteinander und lachten immer wieder. Meine Tochter hatte schon eine ganze Weile nicht mehr so viel mit mir gesprochen, wie sie es mit ihm tat – schon gar nicht freiwillig. Vom Lachen wollte ich lieber gar nicht erst anfangen. Doch mit Owen schien sie sich prächtig zu amüsieren. Es machte den Eindruck, als wäre sie völlig hingerissen von ihm und ich konnte es ihr nicht verübeln.

Jetzt, da ich Zeit hatte, ihn unbemerkt genauer unter die Lupe zu nehmen, musste ich mir eingestehen, dass er noch viel besser aussah als damals. Er trug eine dieser angesagten Lederjacken, die jetzt neben ihm auf der Sitzbank lag und jedem Kerl ein unverschämt verwegenes Äußeres verlieh. Das blaue Langarmshirt lag eng an seinem Oberkörper an, die Knopfleiste stand offen und gab ein Stück seines Schlüsselbeins und eines

Tattoos preis, das unter dem Stoff verschwand. Ein geheimnisvolles Tattoo, das er damals noch nicht gehabt hatte. Jeans, die eng um seine Hüften saßen, und Boots rundeten sein lässiges Outfit ab. Ganz der Bad Boy Typ eben – so wie ich ihn in Erinnerung hatte. Dennoch war er nicht eitel. Sein schwarzes Haar war verstrubbelt, weil er zuvor noch eine Beanie-Mütze getragen hatte, die jetzt auf dem Tisch neben Mollys Kappe lag.

Schon damals hatte ihn eine verwegene und geheimnisvolle Aura umgeben, die mich schon im zarten Alter von zwölf Jahren angezogen hatte wie das Licht eine Motte. An den Händen trug er ein paar Ringe, die jedoch mehr an Modeschmuck erinnerten, statt an einen Ehering. Warum mir das auffiel, war mir ein Rätsel. Meine Wut war ungebrochen. Immerhin sah ich vor allem eins in ihm: eine Gefahr.

„Na, was riecht hier denn so verdächtig angebrannt?", ertönte Sues Stimme und riss mich aus meiner Grübelei.

„O verdammt", fluchte ich und schimpfte drauflos wie ein Rohrspatz. Ich hatte den Apfelstrudel vergessen. Hastig rannte ich zum Ofen, schnappte mir einen hitzebeständigen Handschuh und zog die Kuchenform heraus. Ich betrachtete den kohlrabenschwarzen Kuchen, der sein Ende nicht im Magen der Kunden finden würde, sondern im Restmüll.

„Geht dir seine Rückkehr derart unter die Haut, meine Liebe?", fragte Sue kichernd.

„Wie kommst du denn darauf?", schnappte ich, vermied jedoch, ihr ins Gesicht zu sehen, damit sie die verräterische Röte in meinem nicht sah.

„Ach bitte, du lässt doch sonst nie etwas anbrennen. Außerdem backst du schon wieder wie eine Verrückte. Ein sicheres Zeichen dafür, dass dich etwas aus der Bahn geworfen hat. Und ganz ehrlich, wenn ein Kerl wie Owen dich nicht aus der Bahn wirft, dann musst du einen Enthaltsamkeitsschwur abgelegt haben oder wahnsinnig sein."

„Rede mir keinen Unsinn ein", warnte ich meine Chefin. „Du weißt, wir waren schon als Kinder dicke Freunde."

„Warst du nicht auch mit Ash befreundet? Und wenn ich mich recht entsinne, ist er der Vater deines Goldschatzes und ihr hättet beinahe geheiratet." Sues Argumentation war stichhaltig, das musste man ihr lassen.

„Das war etwas anderes", redete ich mich heraus.

„Genau, Owen und du, ihr standet euch noch viel näher, und wenn ich mich recht erinnere, war da auch mal weit mehr."

„Owen hat sich nicht als Freund erwiesen. Im Gegenteil. Also ist er quasi ein Nichts für mich."

„Dafür scheinst du an einem Nichts besonders großes Interesse zu haben", warf Sue ein und ich schnaubte verärgert. Warum zum Teufel konnten die Einwohner von Bakers Valley ihre Nasen nicht aus anderer Leute Angelegenheiten raushalten?

„Das Letzte, was ich im Moment will, ist ein Mann, der mein Leben verkompliziert, glaub mir."

„Vielleicht ist Owen aber genau das, was du im Moment brauchst." Sue schlich zur Tür und schaute wissend zu mir zurück. „Komm und sieh dir das an."

Ich wollte nicht gehen. Wirklich nicht. Doch dann ließ ich die Schultern hängen und ergab mich der Neugier, die mich mit einer Mistgabel voranzutreiben schien. Obwohl ich ahnte, worauf unser Gespräch hinauslaufen würde, wischte ich meine Hände an der Schürze ab und ging schließlich zu ihr. Erneut schaute ich durch das Guckloch und sah Owen, der Molly mit dem Pfeffer- und Salzstreuer wahrscheinlich ein paar Spielzüge demonstrierte. Er hatte mir so oft versucht, die Regeln des

Eishockeys zu erklären, dass ich genau wusste, was er dort tat. Es war ein beängstigendes Gefühl, zu glauben, ihn gut genug zu kennen, und gleichermaßen kaum etwas über ihn und sein jetziges Leben zu wissen. Nun gut, bis auf das, was Ethan mir gestern Abend noch erzählt hatte, während ich haufenweise Cookies gebacken hatte. „Ich habe weiß Gott schon genug Probleme."

Liebevoll strich Sue die lose Strähne, die sich aus meinem Zopf gelöst hatte, zurück und tätschelte meine Schulter. „So wie ich das sehe, könnte er auch die Lösung all deiner Probleme sein."

Mit diesen Worten und dem Anblick von Owen und Molly ließ sie mich zurück und ich biss mir verstohlen auf die Unterlippe. Ethan hatte den halben Abend damit zugebracht, mir beim Backen zuzusehen, Wein zu trinken und nach Owen zu googeln. Zu meiner Überraschung gab es neben unzähligen Interviews auch viele Spielszenen bei YouTube. Die hatten mir vor Augen geführt, wie brutal dieser Sport war. Leider hatte Mr. Google nichts über eine feste Freundin ausgespuckt. Ein Thema, das mich für meinen Geschmack viel zu brennend interessierte. Dafür war die Anzahl an Begleiterinnen – eine hübscher als die andere – ziemlich groß. Hatte er etwa mit all diesen Frauen Sex gehabt? Noch immer quälte mich dieser Gedanke, wie die Stiche in meiner Magengegend bewiesen. Zu allem Überfluss kam ich mir jetzt auch noch wie eine irre Stalkerin vor und machte dieser Bezeichnung alle Ehre, indem ich ihn schon wieder stalkte, diesmal durch das Bullauge in der Küchentür.

O Gott! Wie verzweifelt musste ich sein? Und ob ich das war! Was dachte ich mir nur? Er war abgehauen – ohne ein einziges Wort des Abschieds. Ohne sich in elf Jahren je zu melden und sich auch nur danach zu erkundigen, wie es mir ergangen war. Ein Freund, oder gar ein fester Freund, tat so etwas nicht. Nicht mal jetzt war er meinetwegen zurückgekommen, sondern weil sein Vater im Sterben lag. Wäre es nicht an dem, wäre er auch jetzt nicht hier. Und dann hatte er sogar noch die Frechheit gehabt, mir zu unterstellen, ich hätte ihm sein Kind vorenthalten.

Owen war ein klassischer Herzensbrecher und ich täte gut daran, einen weiten Bogen um ihn zu machen und die kurze Zeit, die er wieder hier war, mich in meinem Haus anzuketten, um dieser sexuellen Anziehung, die von ihm ausging, zu entgehen. Egal welch kryptische Dinge Tante Margie gesagt oder welch gut gemeinte Ratschläge Ethan und Sue mir gegeben hatten. Owen wäre bald wieder fort, dann wäre der Spuk vorbei und dieses Monster, das plötzlich aufgetaucht war, würde sich in quälende Dornen verwandeln.

Aber wie sollte ich mich ihm entziehen, wenn er einfach immer wieder wie durch Zauberhand auftauchte und - was noch viel schlimmer war – Molly für sich einnahm? Jetzt sah ich zu, wie er sie auf diese herzliche Weise zum Lachen brachte. Nicht mal Ethan - der Spaßonkel – hatte das in den vergangenen Wochen geschafft. Verdammt! Ich musste dem ein Ende setzen, und zwar schnell. Bevor er Mollys Herz im Sturm eroberte und es anschließend in Tausende Teile zerbrach, so wie er es bei mir getan hatte. Wie ein Tornado würde er über unser Leben hinwegziehen und ein Trümmerfeld hinterlassen. Das musste ich um jeden Preis verhindern.

Eine halbe Stunde später beendete ich meine Schicht, eher als sonst, um mit Molly den unangenehmen Weg zur Schule anzutreten. Der Termin mit der Lehrerin verstärkte die bereits bestehenden Bauchschmerzen, denn Owen und Molly saßen noch immer gemeinsam am Tisch. Sie waren ganz vertieft in ihr Gespräch, als ich neben ihnen zum Stehen kam und Molly abwartend ansah. Als ihr Blick meinen traf, verdüsterte er sich sofort. Na wunderbar. Meine Tochter hasste mich und machte nicht einmal einen Hehl daraus.

„Wir müssen los, Molly", verkündete ich mit angespannter Stimme. Obwohl ich es vermied, Owen anzusehen, spürte ich den Moment, als sein Blick mich streifte. Ein Schauer lief über meinen Körper und die feinen Härchen richteten sich auf. Mein Herz schlug aufgeregt gegen meine Rippen und ein sanftes Kribbeln breitete sich in meiner Magengegend aus. Wieso hatte er nur diese Wirkung auf mich, obwohl seine Anwesenheit mich maßlos ärgerte? Plötzlich kam ich mir so schwach und hilflos vor. Ich hasste das Gefühl, die Kontrolle zu verlieren.

„Muss ich wirklich mit?" Molly zog eine Grimasse, die deutlich machte, wie wenig Lust sie auf diesen Termin hatte. Genauso wenig wie ich. Sie sah zu Owen und plötzlich erhellten sich ihre Gesichtszüge. „Ich könnte vielleicht solange bei Owen bleiben, wenn dir das nichts ausmacht, Owen?"

Zu meinem Entsetzen nickte Owen nicht weniger begeistert, was meine schlimmsten Befürchtungen bestätigte, und ich kam mir wie eine blöde Spielverderberin vor.

„Auf keinen Fall, denn mir macht es was aus", entfuhr es mir heftig. „Dieser Termin betrifft dich, Molly, und du kommst mit."

„Na toll", ätzte sie und sammelte mit unverhohlenem Widerwillen ihre Sachen ein. Hefte wurden demonstrativ aufeinander geklatscht und ihre Stifte wurden gewaltsam in das bunte Federmäppchen gerammt. Dabei ließ sie sich unglaublich viel Zeit, eindeutig um mich zu quälen. Wahrscheinlich spürte sie mein Unbehagen, das ich in Owens Nähe fühlte, und hoffte womöglich, dass ich meine Meinung änderte, wenn sie mich nur lange genug auf die Probe stellte und Druck ausübte. Ich hatte jedoch schon Schlimmeres überstanden und ließ mich sicherlich nicht von meiner elfjährigen Tochter provozieren. Nach einer gefühlten Ewigkeit stand Molly missmutig neben mir.

„Verabschiede dich bitte von Owen und geh zum Wagen. Ich komme sofort."

Molly rollte mit den Augen, versäumte jedoch nicht, Owen auf Wiedersehen zu sagen.

„Ciao, Molly, bis bald", erwiderte Owen zu meinem Unmut. Wie lange würde er seinen Abschied noch vor sich herschieben?

Mollys Stimmung schien dieser Abschied, der ein baldiges Wiedersehen einschloss, zu heben, im gleichen Maß wuchs jedoch meine Sorge. Ich konnte nicht zulassen, dass das weiterging, deswegen wartete ich, bis das Klingeln der Tür des Diners ertönte und damit signalisierte, dass Molly draußen war.

„Was denkst du dir eigentlich?", herrschte ich Owen in der Sekunde an, als Molly den Laden verlassen hatte. Die ungeteilte Aufmerksamkeit der Gäste war mir sicher und ich spürte die verwunderten Blicke der anderen in meinem Rücken.

Owen hob verwundert seine Brauen und richtete sich zu seiner vollen Größe auf, wodurch ich mir plötzlich winzig vorkam. War er immer schon so groß und breitschultrig gewesen? In aller Seelenruhe zog er die Lederjacke über und strich mit seiner beringten Hand durch sein dunkles strubbeliges

Haar. Eine Erregung durchfuhr mich, die nichts mit meiner Wut zu tun hatte. Gar nichts. Im Gegenteil.

„Was habe ich denn jetzt wieder getan?“, fragte er und schaute mich aus seinen braunen Augen forschend an.

„Was du getan hast?“, echote ich ungläubig. Obwohl mein Unmut nicht verblasst war, reagierte mein Innerstes mit gänzlich anderen Signalen. Ein Prickeln überlief meine Haut und meine Brustwarzen richteten sich ihm entgegen. Verdammt! Er war unglaublich anziehend und mein untervögelter Körper sendete eindeutig die falschen Signale, was meine Wut noch anfachten. Das Bedürfnis, einen Graben zwischen uns und vor allem zwischen ihm und Molly zu ziehen, wurde übermächtig. Ich durfte ihm nicht erneut die Macht geben, uns derart zu verletzen. Mollys Vater hatte bereits einen zu großen Schaden angerichtet. Das musste für ein ganzes Leben reichen.

„Abgesehen von all den unverzeihlichen Dingen in unserer Vergangenheit“, fügte er hinzu.

„Du kannst nicht einfach hier auftauchen und dich in Mollys und mein Leben schleichen, bis sie dich mag, nur um sie dann klammheimlich zu verlassen und ihr kleines Herz in unzählige Teile zu sprengen.“

Die Worte waren einfach so da, ohne dass ich vorher ausgiebig darüber nachgedacht hatte. Sie gaben so viel mehr preis, als ich gewollt hatte, und füllten mein Herz mit einer altbekannten Traurigkeit. Eine Traurigkeit, die ich nie gänzlich hatte verbannen können.

Owens Augen schlossen sich gequält und ein Teil in mir fühlte sich schlecht, ihn derart vor den Kopf zu stoßen. Immerhin lag sein Vater im Sterben und ich glaubte zu wissen, in welcher Gefühlsachterbahn er sich befand. Doch diesmal ging es um mehr als nur um mein Herz. Es ging um Molly.

Die Versuchung war riesengroß, meine Hand nach seinem Oberkörper auszustrecken, um wenigstens ein einziges Mal die Wärme seines Körpers an meiner Handfläche zu spüren. Bevor ich dem eindringlichen Bedürfnis nachgeben konnte, machte ich auf dem Absatz kehrt. Auf wackeligen Beinen lief ich hinaus und sog erleichtert die frische Luft ein. Ich fokussierte mein Auto. Nur noch ein paar Meter, dann könnte ich meine Wackelpudding-Beine ausruhen, ohne meine Integrität einzubüßen. Hinter mir erklangen Schritte und ehe ich mich versah, griff jemand sachte nach meinem Arm.

„Kaylee!", sagte Owen unsäglich sanft. Das Timbre seiner Stimme war tief und dunkel, ganz und gar verlockend, als wollte es mich um den Finger wickeln und gleichzeitig vor sich warnen.

Das Kreischen einiger Vögel, die sich gerade über die Essensreste im Hinterhof des Diners hermachten, durchbrach die Stille der Stadt, die ich so sehr liebte. Obwohl ich wusste, dass die Einwohner dieses Ortes wahrscheinlich ihre Nasen am Fenster plattdrückten, um möglichst genau mitzuverfolgen, was zwischen Owen und mir geschah, ignorierte ich dieses Unbehagen.

Ich wirbelte zu ihm herum und starrte in die braunen und traurigsten Augen, die ich je gesehen hatte. Owens Griff glitt meinen Arm hinab, ehe er meine Finger zu fassen bekam. Seine Hand war groß, viel größer als meine, und die Wärme, die von ihm ausging, gaukelte mir ein Wohlgefühl vor, das blitzartig meinen Arm hinaufschoss und sich in meinem Inneren ausbreitete. Sekundenlang sah ich ihn in einer jüngeren Ausgabe vor mir, wie er sich zu mir hinabbeugte, um mich nach allen Regeln der Kunst zu verführen. Ein Prickeln breitete sich von dort, wo sich unsere Finger berührten, über meinen ganzen Körper aus und trieb mir zweifellos die Hitze ins Gesicht. Ob er sich auch gerade daran erinnerte?

„Es tut mir leid, Kay. Ich dachte nicht, dass …"

„Nein, du denkst nicht, das weiß ich sehr wohl", schoss ich zurück und riss mich von ihm los. Ich durfte nicht zulassen, dass er mein Herz derart in Aufruhr versetzte, dass es wie ein hungriger Tiger im Käfig auf und ablief. Begierig darauf wartend, von ihm geliebt zu werden, so wie ich ihn liebte.

*‚Geliebt hatte'*, korrigierte ich mich selbst entrüstet. „Alles, woran du denkst und was dir wichtig ist, bist du selbst. Niemand sonst kommt in deiner Gleichung vor." Ich holte tief Luft und sammelte Kraft für die Worte, die ich sagen musste: „Du musst gehen, Owen. Es wäre für alle das Beste, wenn du diese Stadt einfach wieder so schnell wie möglich verlässt. Also geh zu deinem Vater. Tu das, weswegen du hergekommen bist, und dann geh."

Er nickte und obwohl es das war, was ich von ihm wollte, hallte die Enttäuschung dumpf in meinem Inneren nach. „Ich wollte Molly und dir ganz bestimmt nicht zu nahe treten. Bitte entschuldige."

Abwartend stand er da, wie ein Fels in der tosenden Brandung, als könnte ihn zumindest äußerlich nichts, was ich sagte, aus der Fassung bringen. Doch es kam mir vor, als würde in diesen sanften braunen Augen in der Sekunde ein Licht erlöschen, in der ich ihn von mir stieß.

Tränen stiegen in meine Augen, die ich vehement fortblinzelte, und ich wandte mich endgültig von ihm ab. Ich öffnete die Fahrertür meines Wagens, sprang hinein und zog die Tür mit Wucht hinter mir zu, als würde sie allein als Barriere dafür sorgen, dass alle Sehnsüchte, Hoffnungen und Träume, die ich mit Owen je verbunden hatte, abstarben.

OWEN

Seit einer Ewigkeit stand ich hier vor dem Krankenhaus. Ich starrte die graue Fassade an, die mir schrecklich vertraut und mittlerweile zu einer traumatischen Erinnerung aus einer längst verdrängten Erfahrung mutiert war. Die Psyche eines Menschen stellte erstaunliche Dinge an, um zu überleben und weiterzumachen. Selbst wenn das bedeutete, dass ich mein gesamtes bisheriges Leben in der verdammten Dämmerung verbracht hatte. In meiner Kindheit war ich viel zu oft hier gewesen. Zu wissen, dass er, der mich ständig hierher befördert hatte, jetzt dort lag und jede Sekunde seinem Schöpfer gegenübertreten konnte, verursachte ein Chaos in meinem Kopf. Doch das war gelogen. Heftig schlug ich mit der Faust gegen das Lenkrad und strich durch mein zerzaustes Haar.

Für das Durcheinander in meinem Kopf sorgte Kaylee. Kaylee, die wild und ungezähmt wie eine Löwin ihr Junges beschützt hatte. Vor mir. Und sie hatte recht damit gehabt. Mein Leben lang hatte ich mich wegen dieser Entscheidung, Kaylee sang- und klanglos zurückzulassen, gegeißelt, doch erst heute war mir vor Augen geführt worden, was ich tatsächlich damit angerichtet hatte.

Jeder bittere Tropfen ihrer Enttäuschung hatte in ihren Augen geschwommen, als sie sich schließlich mit einem flehenden Ausdruck im Blick, ich möge sie bitte gehen lassen, von mir abgewandt hatte. In dieser Sekunde hatte ich erkannt, was ich ihr angetan hatte. In jener Nacht vor elf Jahren hatte ich vielleicht geglaubt, das Richtige zu tun. Doch hatte ich das wirklich getan? Oder war ich nur zu schwach gewesen und einem einfachen Instinkt gefolgt, den Weg des geringsten

Widerstandes zu wählen? Ich hatte Kaylee vor etwas beschützen wollen, was ich selbst erlebt hatte, und doch hatte ich in ihr Leben gepfuscht.

Sobald ich meine Augen schloss, sah ich mich vor mir: blutjung, mit leerem ausdruckslosem Blick, viel schmächtiger als heute und mit blutverschmierten Händen. Diesmal war es jedoch nicht mein eigenes Blut, das an meinen Händen geklebt hatte. Mein Herz zappelte wild in meiner Brust, wie ein Fisch in der Hand eines Anglers, verzweifelt um sein Leben ringend. Der Druck in meiner Lunge nahm zu, die Kehle fühlte sich an wie zugeschnürt und ich schnappte nach Luft. Ich spürte, wie die Panikattacke nach mir griff, mich mit ihren langen Tentakeln umwickelte und mich unwiderruflich mit in die Dunkelheit riss. Eine Dunkelheit, vor der ich mich fürchtete und die meinen Untergang bedeutete.

Das Klingeln meines Handys riss mich aus meiner persönlichen Hölle und löschte das Feuer wie eine Art Blizzard, der durchs Auto fegte. Ganz plötzlich gab mich die Panik wieder frei und ich kehrte mit einem Ruck ins Hier und Jetzt zurück. Die Angst fiel von mir ab und wurde durch blankes Entsetzen ersetzt. Ob das das Krankenhaus war?

Wie mechanisch griff ich nach dem Handy, das ich achtlos auf den Beifahrersitz geworfen hatte. Auf dem Display stand *‚Captain of the Universe‘* und ich atmete hörbar aus. Mika. Natürlich. Noch nie war ich meinem besten Freund dankbarer gewesen für seine aberwitzige Eigenliebe und das Gespür für das richtige Timing.

„Captain of the Universe?“, fragte ich mit belegter Stimme und erntete Gelächter vom anderen Ende der Leitung.

„Ziemlich treffend, denkst du nicht?“

„Und ich dachte, ich hätte ein paar Tage Ruhe vor deiner glorifizierten Heiligkeit“, gab ich unumwunden zurück.

„Ach, tu doch nicht so! Du hast mich in der Sekunde vermisst, als du in den Flieger gestiegen bist. Ich weiß es genau. Wir sind wie Bud Spencer und Terence Hill.“

„Woher kennst du die beiden? Ich dachte, du bist viel zu grün hinter den Ohren.“

„Nur, weil ich nach jedem Training noch keine Rheumadecke brauche wie du, heißt das nicht, dass ich keinen guten Geschmack habe. Meinetwegen kann ich dir noch andere Beispiele nennen. Wir sind wie Bonny und Clyde, Jack Sparrow und Will Turner, Anna und Olaf …“

„Anna und Olaf?“, hakte ich überrascht nach.

„Na, komm schon. Was ist los mit dir? Mia redet von nichts anderem mehr. Sie hat die Schneekönigin sicher ein Dutzend Mal angesehen.“

„Ich verstehe“, sagte ich schmunzelnd. „Und wer ist in diesem entzückenden Vergleich der sprechende Schneemann mit dem Überbiss?“

„Ich bin natürlich Olaf, schließlich bin ich der Witzigere von beiden. Außerdem stehen mir Röcke nicht.“

„Wieso frag ich überhaupt? Die Ähnlichkeit zwischen dir und Olaf ist frappierend. Allein der Überbiss …“ Ich lachte, wie immer, wenn ich mit Mika sprach, was weit mehr bedeutete als seine mitreißende Freundschaftserklärung. Im letzten Jahr hatten wir beide unsere Differenzen beigelegt. Meinungsverschiedenheiten, die vor allem darin begründet waren, dass ich mich von seiner arroganten Haltung und Selbstliebe hatte blenden lassen. All die Partyexzesse, seine Sucht nach Sex, die vor allem in der verzweifelten Suche nach Zerstreuung begründet war, und sein kindisches Verhalten hatte ich nicht verstanden, bis ich hinter diese Fassade geblickt hatte. Er war ein feiner Kerl, dessen Humor man einfach lieben musste, und seit dieser Zeit mein bester Freund. Er kannte einige meiner Dämonen, wenn auch nicht alle, und war neben Greg und unserem Cap der einzige Teamkollege, der wusste, wo ich gerade wirklich steckte. Für alle anderen, ebenso für die Öffentlichkeit, befand ich mich noch immer in Rehabilitation aufgrund meiner Verletzung, die mich weit mehr quälte, als sie nach all der Zeit noch sollte. Die Tatsache, dass Mika McKiernan mich mehr zum Lachen brachte als jeder andere Mensch in meinem Leben, hatte ihn sozusagen über Nacht zu meinem besten Freund befördert.

„Wie läuft es bei dir so?", fragte er plötzlich ernster und erinnerte mich daran, dass ich viel zu weit weg von Zuhause war. Ich seufzte.

„Könnte besser sein", druckste ich rum, ehe ich in meiner Verzweiflung hinzufügte: „Es ist eine Katastrophe."

Obwohl Mika, ebenso wie Jay, einer der wenigen Menschen war, die Auszüge aus meiner schwierigen Kindheit kannten, fiel es mir weiterhin schwer, mit ihm darüber zu sprechen. „Und, hast du ihn gesehen?"

„Ich habe mit dem Arzt gesprochen. Sieht nicht gut aus."

„Mhm", brummte Mika. Zu Recht entsetzte ihn die Tatsache nicht sonderlich, dass mein Erzeuger bald das Zeitliche segnen würde.

„Genau genommen ist das keine Neuigkeit. Margie hätte mich nie angerufen, wenn es nicht ernst wäre."

„Also warst du bei ihm?", hakte Mika nach. Er durchschaute mich und meinen Versuch, ihn abzulenken, viel zu gut.

„Ich konnte nicht. Keine Ahnung, ob ich es überhaupt tun

sollte." Die Verzweiflung in meiner Stimme klang selbst in meinen Ohren extrem.

„Du musst es nicht tun, wenn du nicht willst. Schon gar nicht seinetwegen. Du schuldest ihm nichts, rein gar nichts."

„Ich weiß", entgegnete ich. „Das Verrückte ist, ich wünschte mir fast, er wäre einfach gestorben, dann hätte das Schicksal mir keine Wahl gelassen. Doch jetzt, da ich diese Wahl habe, scheint es unmöglich, eine zu treffen."

„Ich denke, dass du bereits vor Jahren eine Entscheidung getroffen hast, als du gegangen bist und nie wieder zurückgesehen hast."

Das stimmte nur zur Hälfte, denn ein Teil von mir hatte den Fortgang immer bedauert. Immer. Davon wussten die Jungs jedoch nichts. Meine tragische Liebesgeschichte mit Kaylee hatte ich tief in meinem Innersten verborgen, als hätte ich sie in einer Kiste verschlossen und mit einem Schloss versehen, dessen Schlüssel ich entsorgt hatte. Jenes Schloss, das mit einer Brechstange gewaltsam geöffnet worden war.

„Also bist du jetzt auf dem Rückweg?", fragte Mika verwirrt.

„Das war ich, aber dann hab ich ein Mädchen getroffen ..."

„Ein Mädchen?", echote Mika nahezu euphorisch. Ich konnte sein breites Grinsen und die vor Neugier glänzenden Augen förmlich vor mir sehen. Seit er seine große Liebe Josie gefunden hatte, war es ihm ein persönliches Anliegen, mich ebenfalls zu verkuppeln. „Du bist keine achtundvierzig Stunden da und hast schon eine Frau klargemacht? Dass ich das noch erleben darf. Owen Edwards ist ein Aufreißer."

„Du hörst wie immer nicht richtig zu. Sie heißt Molly und ist fast elf."

Stille.

Im Rückspiegel beobachtete ich mich selbst, wie ich die

Augen verdrehte. „Vor elf Jahren hatte ich was mit ihrer Mom", ließ ich die Bombe platzen und hörte Mikas erleichtertes Ausatmen. Mein Gott, was dachte er nur von mir?

„Du denkst doch nicht, dass … Könnte sie von dir sein?"

Ungeduldig raufte ich meine Haare, bis sie wild vom Kopf abstanden, und stöhnte. „Für eine kleine Weile habe ich dasselbe gedacht", gab ich zu und korrigierte mich innerlich. Ich hatte es sogar gehofft. Wo war das auf einmal hergekommen? „Leider hat sich das nicht bewahrheitet."

„Leider? Das klingt, als würdest du das bedauern."

Ich zuckte mit den Schultern, ehe mir klar wurde, dass Mika das nicht sehen konnte. „Fragst du dich nicht manchmal, was dein Leben eigentlich für einen Sinn hat?"

Stille am anderen Ende der Leitung. Ich wartete darauf, dass er loslachte, weil Mika nichts je wirklich ernst nahm. „Natürlich, seit Josie weiß ich, dass das Leben mehr zu bieten hat als einen Puck, einen Schläger und geschliffene Kufen."

„Für kurze Zeit habe ich gedacht, dass ich nicht nur wegen meines Erzeugers hierher hatte zurückkommen müssen. Ich habe gedacht, hier gäbe es vielleicht mehr als meine Dämonen." Ich war enttäuscht. Enttäuscht darüber, dass Molly nicht meine Tochter war. Es machte mich traurig, keine Zeit mehr mit ihr verbringen zu dürfen, doch ich würde Kaylees vehemente Bitte respektieren. Seufzend lehnte ich mich in den weichen Autositz zurück und schloss die Augen.

„Was ist damals mit ihrer Mom und dir passiert?"

Schmerzhafte Erinnerungsfetzen huschten vor meinen geschlossenen Augenlidern hin und her. „Ich habe einen unverzeihlichen Fehler gemacht. Eines Tages bin ich einfach auf und davon." Das Atmen fiel mir plötzlich schwer und das schlechte Gewissen lastete auf meine Schultern.

Mika schwieg und seine unausgesprochene Missbilligung, die durchs Telefon hallte, war kaum zu ertragen. Wenn Mika, der, bis er seine Peanut gefunden hatte, ein ernsthaftes Impulskontrollproblem gehabt hatte und nicht für seine Rücksichtnahme bekannt gewesen war, es verwerflich fand, dann steckte ich echt in Schwierigkeiten.

„Hör zu, Owen, wenn ich jetzt einen Flug buche, bin ich heute Abend da. Ich könnte dir helfen. Du musst das alles nicht allein machen."

Der Druck auf meiner Brust wurde von einem warmen Gefühl abgelöst, das sich in meinem Inneren ausbreitete und mich lang und tief ein- und schließlich wieder ausatmen ließ. Allein das Wissen, dass es irgendwo auf dieser Welt eine Person gab, die hinter mir stand, war eine Wohltat. „Mach keinen Unsinn. Die Jungs brauchen dich, Mika. Ich komm schon klar."

„Ach was, die Tigers kommen auch mal ein oder zwei Spiele ohne mich aus."

„Du weißt, dass das nicht stimmt. Rodriguez hat diese Kapselverletzung. Morales erholt sich noch von seiner OP und ich bin auch noch weg. Auf dich können sie unmöglich verzichten, und das weißt du."

„Das ist mir scheißegal. Die Wilkens-Brüder sind fit und ziehen den Karren für uns aus dem Dreck, wenn es sein muss."

„Diese jungen Kerle brauchen einen erfahrenen Spieler, damit sie keinen Scheiß verzapfen", warf ich ein.

„Hast du mich etwa gerade erfahren und damit alt genannt?", empörte sich Mika in seinem üblichen flapsigen Ton.

Wieder lachte ich und Mika stimmte mit ein. „Ja, kaum zu fassen, nicht wahr? Das klingt fast, als hätte ich dich vernünftig genannt. Ausgerechnet dich – Mika McKiernan. Was würde Josie dazu nur sagen?"

„Das wäre einer Beleidigung gleichgekommen."

„Ich meine es ernst, Mika, Jay und der Rest brauchen dich, gerade nach den letzten schwierigen Spielen. Die letzten Punkte sind bitter nötig, nachdem wir die letzten abgeben mussten."

„Und was ist mit dir? Kannst du auf mich verzichten?", fragte Mika ungewöhnlich sanft.

„Ich bin schon groß, und so wie es aussieht, gibt es für mich hier nichts mehr. Morgen bin ich bestimmt wieder auf dem Rückweg." Ich hielt kurz inne und fügte hinzu: „Ich weiß, du meinst es gut, aber ich muss das mit mir allein ausmachen, Mika. Ich brauch einen klaren Kopf und wenn du Irrer hier bist, werde ich nur damit beschäftigt sein und …"

„Willst du etwa damit sagen, dass ich dir peinlich bin?"

Ein Lächeln erschien auf meinem Gesicht, das mir im Rückspiegel begegnete. „Natürlich, du bist jedem peinlich. Sogar Josie."

„Das traust du dich nur zu sagen, weil du meilenweit entfernt bist und damit nicht meine Rache befürchten musst." Unser Geplänkel ging weiter und für eine kleine Weile schien es so, als wäre meine Welt wieder in Ordnung.

# KAPITEL 7

Kaylee

Mit zitternden Knien saß ich im Auto, kämpfte mit einem riesigen Kloß im Hals und ignorierte Mollys vorsichtige Seitenblicke. Verdammt! Zweifellos war ich ein nervliches Wrack, wenn sogar meine Fast-Teenagertochter, die auch noch sauer auf mich war, ihre Wut auf mich vergaß. Enthusiastisch drehte ich die Musik auf und versuchte mich an einem Lächeln, was mir nur einen mitleidigen Blick von Molly einbrachte. Ich war eine schreckliche Schauspielerin.

„Du und Owen …“, begann Molly schließlich. Ich hatte diese Frage erwartet und doch gehofft, dass Mollys Laune uns einen Aufschub für dieses Gespräch geben würde.

„Das ist sehr lange her, Molly.“

„Das ist keine Antwort!“, ereiferte sie sich.

Ich schluckte. „Owen und ich waren Freunde.“

„Das sagtest du schon. Warum behandelst du mich immer

noch wie ein Baby? Warum bist du so wütend auf ihn? Weißt du nicht, dass es ihm ziemlich schlecht geht?“

Mein schlechtes Gewissen regte sich für den Bruchteil einer Sekunde, dann wurde es von all der Wut begraben, die ich noch immer in mir trug. Meine Tochter war ungeheuer feinfühlig, was sie oft unter ihrer rauen Schale verbarg. Wie konnte ich das nur verkennen?

„Das ist kompliziert, Molly.“

Frustriert schnaubte Molly und der Druck auf meiner Brust nahm zu. Ich fühlte mich in eine Ecke gedrängt.

„Warum durfte ich nicht bei ihm bleiben?“ Unbarmherzig bohrte sie weiter nach.

„Weil ich deine Mutter bin und solche Entscheidungen einfach treffen darf“, stieß ich heftig aus und erschrak mich vor mir selbst. Es kam äußerst selten vor, dass ich so laut wurde. Seit elf Jahren hatte ich stets einen ruhigen Umgang mit ihr gepflegt und war davon überzeugt, dass genau diese Art der Erziehung Mollys und meine bis vor Kurzem gute Beziehung begründete. Es hatte bisher nur wenige Momente gegeben, in denen ich derart heftig aus der Haut gefahren war. Heute war einer davon und ich wusste, dass es meine Pläne, auf dem Weg zur Schule ins Gespräch zu kommen, unmöglich machte. Verfluchter Owen. Ich seufzte, fuhr rechts ran und hielt den Wagen an.

„Es tut mir leid.“ Betroffen schaute ich Molly an. „Ich möchte ganz einfach nicht darüber reden, okay? Bitte respektiere das“, sagte ich behutsamer. „Du bist im Moment auch nicht sonderlich kommunikativ, oder?“

Molly verschränkte mit Grabesmiene die Arme vor der Brust und ich fühlte mich noch schlechter. Momentan kam mir jeder Schritt, den ich tat, falsch vor. Und alles, einfach alles hatte mit Owens Rückkehr zu tun. Dieser verfluchte Owen, schimpfte ich im Stillen. Warum musste er nur wieder herkommen? Den Rest der Fahrt verbrachten wir schweigend und einzig die Klänge aus den Lautsprechern erfüllten den Wagen mit mehr als mit unausgesprochenen Vorwürfen.

Als wir schließlich auf den Parkplatz der Hobson School fuhren, ertönte ein lauter Gong und kündigte das Ende der Stunde an und somit für einige Kinder das Ende des Unterrichts. Molly zog ihre Kapuze über ihre Kappe und folgte mir mit gesenktem Kopf, als versuchte sie, unsichtbar zu werden. Von dem glücklichen Strahlen, das sie Owen geschenkt hatte, war endgültig nichts mehr übrig.

Der Strom von Schülern, die alle hinausdrängten, war eine schlechte Kombination mit zwei Menschen, die versuchten, in das Gebäude hineinzugelangen. Das alte Haupthaus war mir sehr vertraut, weil es das gleiche war, in das ich sieben Jahre gegangen war. Ich hatte diesen Ort geliebt, so sehr Kinder eine Schule lieben konnten. Deswegen hatte ich auch keine Bedenken gehabt, Molly nach der Primary School hierher zu schicken.

Auf dem Weg zum Klassenzimmer ließ ich meinen Blick durch die Gänge schweifen, während Molly sich immer weiter zurückfallen ließ. Überall waren Kinder, die kaum mehr wie welche aussahen, sondern vielmehr den Eindruck erweckten, mitten in der Pubertät zu sein. Ganz im Gegensatz zu Molly, meiner kleinen süßen Motte, die immer noch viel zu jung für diesen Ort schien. Vor Mollys Klassenraum wartete ich darauf, dass sie zu mir aufschloss. Mrs. Pratchett war allein im Raum, als ich klopfte und meinen Kopf hineinstreckte.

„Ah, Miss Manning", sagte sie. Obwohl ich Mollys Lehrerin schätzte, hasste ich die Art, wie sie mich ansprach. Eine erwachsene Frau mit ‚Miss' anzusprechen, war archaisch und stammte vermutlich wie sie selbst aus den Fünfzigern. Genau genommen war es korrekt, doch musste man echt die ganze Welt darauf hinweisen, dass ich nie geheiratet hatte?

Statt Mrs. Pratchett eine Hand zu reichen, legte ich einen Arm um Mollys Schultern und führte sie an meiner Seite in den Raum.

„Hallo, Molly, schön, dass du dich entschlossen hast, mitzukommen."

Molly warf mir einen giftigen Blick zu. „Genau genommen war es nicht ihre Entscheidung gewesen", räumte ich ein. „Ich möchte Mollys Problemen auf den Grund gehen."

„Setzen wir uns dazu doch", schlug sie vor und deutete auf den Stuhl, der vor ihrem Pult stand. Mrs. Pratchett stellte einen weiteren dazu. Sie strich über das blaue Twinset, das sie trug, bevor sie sich auf ihren eigenen Stuhl niederließ. Ihre helle Haut, die offenbar nur selten die Sonne sah, stand im krassen Kontrast zu ihren gefärbten dunklen Haaren. Eine Brille saß auf ihrer etwas zu großen Hakennase und ihr Mund war verkniffen, was ihr ein unglaublich strenges Aussehen verlieh. Keine Sekunde zweifelte ich daran, dass Molly es schwer mit ihr hatte. Sie gehörte zweifellos zum älteren Semester, wie die Fältchen, die sich wie ein Kranz um ihre braunen Augen zogen, bewiesen.

Wir folgten ihrer Bitte und in diesem Moment war jede Aufregung wegen Owen aus meinem Gedächtnis gelöscht, dafür schlug die Nervosität erbarmungslos zu. Das erste Mal seit einer Ewigkeit verfluchte ich es, allein zu sein. Allein verantwortlich für dieses bezaubernde Mädchen neben mir, das es verdient hatte, dass man sich für sie einsetzte. Was ich gern tun würde, wenn ich wüsste, was ich hier los war. Allein mit all den Entscheidungen, die mir oft den Schlaf raubten, aus Sorge, die falschen zu treffen. Allein damit, um Mollys Besonderheit zu wissen. Niemand kannte sie so gut, wie ich es tat, und auch wenn ich im Moment das Gefühl hatte, von ihr ausgeschlossen zu werden, wusste ich tief in mir drin, dass sie immer noch sie war. Mrs. Pratchetts Blick richtete sich auf Molly.

„Ich habe deine Mom hergebeten, um mit ihr über deine Fehlstunden und dein Verhalten beim Sportunterricht zu sprechen." Molly senkte den Blick und rutschte unruhig auf ihrem Platz hin und her. „Möchtest du uns vielleicht erzählen, was vorgefallen ist?"

Molly schüttelte den gesenkten Kopf und starrte verbissen auf ihre Schuhe.

Ungeduldig schlug ich ein Bein über das andere und die Anspannung in meinem Inneren wuchs.

„Nun gut, dann werde ich deiner Mom erzählen müssen, was Mr. Delaney beobachtet und mir erzählt hat." Sie hielt einen Moment inne, als warte sie darauf, dass Molly ihre Meinung änderte, doch das geschah natürlich nicht. Ich kannte meine Tochter zu gut dafür. Den Dickkopf hatte sie von mir geerbt und wenn sie sich erst einmal etwas in den Kopf gesetzt hatte, dann zog sie es auch durch. Das war vermutlich auch der Grund, warum ich immer noch an meinem wahrscheinlich aussichtslosen Traum festhielt, ein eigenes Café zu eröffnen.

„Im Sportunterricht gab es eine Rangelei zwischen Andrew und Aaron, für die Molly mitverantwortlich ist. Dabei wurde ihr Klassenkamerad Aaron so fest geschlagen, dass er zur Krankenschwester musste."

Ich erstarrte. Das war ... eine Überraschung. Ich blinzelte und sah zwischen Molly und Mrs. Pratchett hin und her. „Wie bitte? Inwiefern war Molly dafür verantwortlich?"

„Das konnte bisher nicht gänzlich geklärt werden", sagte die

Lehrerin mit ernster Miene. Es schien, als müsste sie ihre gesamte Geduld aufbringen, um nicht ruppig zu werden.

„Das verstehe ich nicht. Eine Rangelei, bei der ein Junge verletzt wurde, ist bedauernswert, aber wenn Molly ihn nicht geschlagen hat …"

„Andere zu einem solchen Verhalten anzustacheln, ist genauso verwerflich wie die Tat selbst."

„Sie sagten doch aber, dass die Sache nicht aufgeklärt werden konnte. Deswegen sind wir hier, nicht wahr?" Ich warf Molly einen Blick von der Seite zu und streckte eine Hand nach ihr aus, um sie an der Schulter zu berühren. „Sagst du uns, was geschehen ist?"

Molly zuckte bloß mit den Achseln und entzog sich meiner Berührung. Ich schluckte. Das hier war schlimm. Viel schlimmer, als ich je für möglich gehalten hätte. Und das nicht nur, weil es Ärger mit einem Jungen gab. Molly hatte sich in den vergangenen Wochen verändert. Es war ein schleichender Prozess gewesen, den ich zuerst auf die Veränderungen mit der Schule zurückgeführt hatte. Doch ihre Reizbarkeit war immer schlimmer geworden, es hatte seitdem viel weniger Mutter-Tochter-Momente gegeben und sie hatte sich immer stärker vor mir verschlossen.

Mrs. Pratchett schnaubte, doch ich ignorierte sie. „Sie werden verstehen, Miss Manning, dass Aarons Eltern aufgebracht sind. Sie mussten mit ihrem Sohn in die Notaufnahme. Ein derartiges Verhalten können wir nicht dulden, es muss Konsequenzen geben. Weswegen wir geneigt sind, sie für eine Weile vom Baseball-Training auszuschließen."

Mein Blick galt Molly, doch bei dem Wort ‚ausschließen' sah ich entsetzt zu ihr zurück. „Entschuldigung, aber die Sache ist doch nicht geklärt oder gar bewiesen."

„Molly tut jedoch auch nichts, uns dabei zu helfen, nicht wahr?"

„Also ist sie deswegen automatisch schuldig?", hakte ich empört nach. Mrs. Pratchett presste die Lippen fest aufeinander, sodass ein schmaler farbloser Strich entstand.

„Ist schon gut, Mom." Molly rutschte unruhig auf ihrem Stuhl hin und her.

„Nichts ist gut, Molly. Für wie lange soll diese Konsequenz gelten?"

„Eine Weile. Vielleicht bis Molly uns hilft, diese Sache aufzuklären."

„Meine Tochter gehörte bislang nicht zu den Kindern, die ihre Fäuste sprechen lassen. Wie können Sie dann davon ausgehen, dass sie bloß aus einer Laune heraus einen Jungen dazu animiert hat, einen anderen zu schlagen?"

„Miss Manning, ich verstehe Ihre Bestürzung. Glauben Sie mir, ich war gleichermaßen entsetzt. Auch wenn Molly in den vergangenen Wochen häufiger durch ungewöhnliches Verhalten aufgefallen ist, habe ich ein solch drastisches Fehlverhalten nicht erwartet. Aber diese Schule duldet das nicht. Die beiden anderen Kinder wurden für drei Tage von der Schule verwiesen."

„Von welchem weiteren Fehlverhalten sprechen Sie?"

„Sie hat häufiger gefehlt, vor allem hat sie regelmäßig ihr Baseball-Training geschwänzt und sich von ihren Mitschülern abgesondert. Vor allem die mündliche Mitarbeit im Unterricht lässt im Augenblick sehr zu wünschen übrig."

„Und das wollten Sie mir wann genau sagen?"

„Miss Manning", begann sie wieder und mein Körper spannte sich an. „Wir haben einige Kinder in dieser Klasse. Ich werde mich nicht bei jeder Kleinigkeit mit den Eltern in

Verbindung setzen. Da liegt die Verantwortung vor allem auch im Elternhaus."

„Wollen Sie mir sagen, dass ich eine schlechte Mutter bin?", fragte ich gereizt.

„Mitnichten. Genauso wenig, wie Sie mir unterstellen wollten, ich sei eine schlechte Pädagogin, nehme ich an?" Sie lächelte freundlich und ich nahm mein Temperament zurück.

Der Punkt ging an sie. So viel musste ich zugeben. „Also sind wir nur hier, um die Bestrafung meiner Tochter zu erfahren? Und ich dachte, bei unserem Gespräch sollte es heute vor allem darum gehen, herauszufinden, was zu Mollys auffälligem Verhalten führt", entfuhr es mir enttäuscht.

„Ich bin sicher, dass es einen Grund gegeben hat für Mollys Wut, aber leider weigert sie sich, darüber zu sprechen. Fraglich ist auch, ob der Grund in dieser Schule gesucht werden muss. Sie sehen, meine Hände sind gebunden."

„Entschuldigen Sie, aber ich stimme da nicht mit Ihnen überein. Für mich klingt das so, als machen Sie es sich ziemlich einfach. Und verstehen Sie mich nicht falsch, ich möchte das mögliche Fehlverhalten meiner Tochter nicht unter den Tisch kehren. Ich erwarte lediglich von Ihnen, dem Problem, das es gegeben haben muss, auf den Grund zu gehen. Immerhin sind Sie den Tag über mit den Schülern zusammen und können anhand Ihrer Beobachtungen viel eher beurteilen, worin das Problem liegt."

„Miss Manning", sagte Mrs. Pratchett erneut und mir schwoll innerlich der Kamm. „Am Ende bleibt es dabei, und die Schule vertritt da eine ganz klare Linie, dass es keine Rechtfertigung für körperliche Gewalt gibt. Deswegen wird es einen Ausschluss vom Training für Molly geben, bis sie sich entscheidet, mit uns zu reden."

„Ist schon gut, Mom." Ich starrte sie entsetzt an, atmete drei Mal hörbar ein und aus, was dazu führte, dass Molly mir das erste Mal einen beunruhigten Blick zuwarf. „Wenn das alles ist, was Sie dazu noch zu sagen haben, werde ich meine Tochter jetzt nach Hause fahren und mir ein wenig Zeit nehmen, mir Mollys Sicht der Dinge anzuhören."

Ich stand auf und bedeutete Molly, mit mir zu kommen. Sie stand schweigend auf. „Ich erwarte dich, Molly, morgen zur gewohnten Unterrichtszeit wieder hier."

Mit diesen Worten im Schlepptau verließ ich mit Molly den Klassenraum und lief eiligen Schrittes aus dem Schulgebäude hinaus. Molly folgte mir schweigend und erst, als wir an der frischen Luft waren, holte ich tief Luft und sah meine Tochter an. Immer noch wich sie meinem Blick aus und ich machte einen behutsamen Schritt auf sie zu. Doch sogleich wich sie zurück. Dunkle Wolken hingen schwer und ausladend über uns und kündigten einen Wetterumschwung an. Seltsamerweise spiegelten sie exakt meine Stimmung wider.

„Lass uns nach Hause fahren", murmelte ich und ertrug ihre Zurückweisung nur mühsam mit Fassung.

Diesmal lief sie im Eilschritt voraus zu unserem Wagen und ich folgte ihr über den Schulhof, der nach wie vor überfüllt von Schülern war. Die Blicke der heranwachsenden Jungs ignorierte ich geflissentlich und schulterte meine Tasche. Mollys gesenkter Blick und die Kappe, die sie tief ins Gesicht gezogen hatte, wirkten, als wollte sie verhindern, gesehen zu werden. Ihre verschränkten Arme zeigten mir wiederum, dass sie nicht reden wollte. Ich seufzte. Es war schon schwer genug, zuzusehen, wie mein Baby, das Sport-Ass, groß wurde und sogar auf die Junior-Highschool ging, mit dem besten Baseball-Team der

Gegend. Aber mitzuerleben, wie schwer sie es hatte, war die Hölle.

Ich verstand es einfach nicht. Molly hatte immer Freunde gehabt. Sie mochte nicht das typische Mädchen sein, denn sie interessierte sich weder für Puppen noch Make-up oder irgendwelche YouTube-Tutorials übers Haareflechten, doch sie hatte nie Probleme gehabt, Anschluss zu finden. Nie. Bis jetzt. Womöglich hing das damit zusammen, dass die Mädchen langsam weniger für Sport übrighatten als für süße Jungs, die ihn spielten.

„Hey, Molly, ist dieses heiße Gestell etwa deine Mom?“, rief ein Junge zu uns rüber, dessen Hose viel zu tief hing und einen Teil seiner Shorts preisgab. Seine Kappe erweckte den Eindruck, als hätte er einen Wasserkopf, weil sie nur wie ein Hütchen auf dem Kopf saß, sich aber nicht daran anschmiegte. Und seine Gesten erinnerten mich an einen Zoobesuch, an die Paviane, die wir im Zoo gesehen hatten, um genau zu sein. Umringt von einigen Mitschülern schien er sich ziemlich stark zu fühlen, obwohl er höchstens ein, zwei Jahre älter war als Molly. Direkt neben ihm befand sich ein Junge, der es vermied, uns anzusehen. Er hatte ein Veilchen und über der Nase klebte ein Tape. Das musste Aaron sein.

„Bist du etwa adoptiert worden?“, setzte eins der Mädchen hinzu und erntete lautes Gelächter der Umstehenden. Sie schien sich bestens mit diesen Make-up Tutorials auszukennen. Viel zu gut, denn sie wirkte viel älter als Molly.

Ich war viel zu geschockt, um darauf zu reagieren, stattdessen folgte ich meiner Tochter, die den Kopf wie eine Schildkröte in ihr Haus eingezogen hatte und zum Auto lief, als hinge ihr Leben davon ab. In diesem Moment zweifelte ich keine Sekunde daran.

Erst als ich auf dem Fahrersitz neben ihr Platz genommen hatte und die Tür ins Schloss gefallen war, ließ Mollys Anspannung nach und ein Seufzer der Erleichterung, der ihr kaum bewusst zu sein schien, kam ihr über die Lippen.

„Wer war das?", fragte ich entsetzt.

„Schüler der Hobson Highschool."

„Das dachte ich mir schon, aber kennst du sie näher?"

„Was glaubst du, Mom?" Mit ihrem Blick durchbohrte sie meinen Körper förmlich, doch das war es nicht, was mich entsetzt sein ließ. Der hilflose und tief verletzte Ausdruck in ihren Augen traf mich mitten ins Herz. Er nahm mir schier die Luft zum Atmen. Hier ging viel mehr schief, als ich für möglich gehalten hatte.

„Können wir bitte endlich fahren?", drängte sie und wandte mir sprichwörtlich die kalte Schulter zu.

Für den Bruchteil einer Sekunde wollte ich sie ausfragen, sie zwingen, mir alles genau zu erzählen, damit ich hinausgehen und diese Kinder kräftig schütteln konnte. Ich wusste natürlich, dass ich das nicht wirklich tun konnte, wenn ich Molly nicht in noch mehr Schwierigkeiten bringen wollte. Schließlich war sie erst seit Kurzem auf der Junior High, wuchs in den nächsten Jahren zu einem Teenager heran und würde damit schon genug zu kämpfen haben. Ich musste ihr die Zeit hier nicht noch zusätzlich erschweren. Trotzdem wollte ich nichts lieber tun als rausgehen und diese Gören ordentlich durchschütteln.

Menschen in unserem näheren Umfeld sagten mir nach, dass ich irrational handelte, sobald es um mein Mädchen ging. Mit anderen, weniger schmeichelhaften Worten: Ich wurde zur Furie. Meine kleine süße Tochter war mein Ein und Alles und es war schon schlimm genug, dass sie ohne einen Dad aufwuchs. Wahrscheinlich hatte ich deswegen das Gefühl, She-

Hulk, Supergirl und Wonder Woman in einer Person für sie sein zu müssen. Und zwar jederzeit. Doch diesmal brauchte Molly keine Superheldin. Sie benötigte etwas anderes und ich wusste nicht genau, was das war. Doch eins war mir bewusst: Würde ich jetzt da rausgehen, würde ich diese Situation nur verschlimmern. Owen kam mir in den Sinn und plötzlich erinnerte ich mich genau, wie grausam Kinder sein konnten.

Deswegen - und nur, weil sich der Ausdruck in ihren Augen in mein Hirn gebrannt hatte - steckte ich den Autoschlüssel wortlos in das Zündschloss, startete den Wagen und setzte, nach einem langen bitterbösen Blick auf die Gruppe, aus der Parklücke zurück. Stille. Doch es war mehr als das. Dieses Schweigen war so laut, dass es mir in den Ohren schmerzte. Es war eine Qual, sie zu ertragen. Die wenigen Minuten, die ich mit schwitzigen Händen neben ihr saß, krochen langsam dahin. Dank der bedrückenden Atmosphäre um uns herum, bekam ich kaum noch richtig Luft. Es war zum Verrücktwerden. Wann war das passiert? Molly und mich hatte bis vor wenigen Wochen ein inniges Band zusammengehalten. Es war beinahe zu schön gewesen, um wahr zu sein. Natürlich hatte es auch daran gelegen, dass wir allein waren. Wir hatten nur uns, waren ein eingeschworenes Team und ich hätte es mit einem hungrigen Wolfsrudel aufgenommen, um sie zu beschützen. Doch in den letzten Monaten hatte sich etwas verändert.

Die ersten Regentropfen fielen auf die Scheibe. Angespannt umklammerte ich mein Lenkrad und überfuhr glatt ein Stoppschild. O Gott, ich würde bald als Organspenderin enden, wenn ich nicht aufpasste.

Immer wieder schielte ich auf die Uhr des Armaturenbretts und beobachtete, wie die Minuten endlos langsam vergingen. Molly hatte sich von der Welt zurückgezogen und leider auch von mir. Es war ein schleichender Prozess gewesen, der dazu geführt hatte, dass sie einen Wutanfall nach dem anderen erlebte. Zu Hause flogen mittlerweile wegen vermeintlicher Nichtigkeiten regelmäßig Türen und ich hatte schon befürchtet, das wären bereits die ersten Anzeichen einer frühen Pubertät. Doch nein, es war viel mehr als das, wie ich gerade miterleben musste. Meine Tochter hatte nicht nur Anschlussprobleme in der neuen Schule. Nein, sie wurde gemobbt. Die Wut in meinem Magen köchelte leise vor sich hin, erhitzte das Blut in meinen Adern und fachte mein ohnehin überbordendes Temperament an. Doch in dieser Sekunde wusste ich, dass meine Wut Molly nichts brachte. Im Gegenteil, sie würde alles nur verschlimmern.

Dann kam mir ein Gedanke. „Hast du Lust, ein Eis zu essen?“, fragte ich.

„Nein“, kam die barsche Antwort vom Beifahrersitz, die mich überraschte. Bisher hatte ein riesiger Eisbecher noch alles zwischen uns bereinigen können.

„Wenn ich Eis sage, dann meine ich einen riesigen Eisbecher mit Schokoladensauce, den Streuseln, die du so gern magst, und einem Becher Sahne“, erhöhte ich mein Angebot.

„Nein!“

„Aber ein Eis tut der Seele doch gut und …“

„Du kannst nicht alle Probleme mit Kuchen oder Eis lösen.“

„Aber ich kann es wenigstens versuchen“, warf ich ein.

„Du solltest dringend weniger essen, sonst passt dir diese Hose auch bald nicht mehr.“

Hörbar schnappte ich nach Luft. Ihr Angriff kam überraschend und tat deswegen womöglich noch mehr weh. „Was hast du gerade gesagt?“, fragte ich und trat fest aufs Bremspedal vor der roten Ampel, die ich vor Schreck beinahe auch noch überfahren hätte. Haarscharf hielt ich noch auf der Haltelinie und schaute meine Tochter an.

Molly wandte sich von mir ab und sah zum Fenster hinaus. „Nichts", murmelte sie nur.

„Es wird niemand auf sein Äußeres reduziert. Und welche Kleidergröße ich trage, geht dich nichts an, mein Fräulein. Seit wann ist es in unserer Familie wichtig, wie jemand aussieht?"

*„Familie?"*, schrie Molly und Tränen bildeten sich in ihren Augen. „Das ist keine Familie. Du bist eine alleinerziehende Mutter, die nichts auf die Kette kriegt, und ich deine Tochter, die niemand mag. Kein Wunder, dass Dad dich nicht heiraten wollte und sich seit Monaten nicht meldet."

Aus den einzelnen Tropfen war ein richtiger Regenschauer geworden, dem meine Scheibenwischanlage nicht Herr werden konnte. Ich schluckte, umklammerte das Lenkrad fest mit beiden Händen und starrte angestrengt auf die Straße. In Mollys Worten schwang so viel Schmerz mit, dass es mir kurzzeitig die Luft zum Atmen raubte. Die Wut über ihren Ausbruch war wie weggeblasen, weil ich all meine Befürchtungen bestätigt sah. Molly litt. Ob es nun wegen der Kinder in der Schule oder durch ihren Nichtsnutz von Vater ausgelöst worden war, spielte keine Rolle. Sie litt und ich hatte es mit einer präpubertären Stimmungsschwankung abgetan.

„Wäre nur jemand wie Owen mein Vater, dann …", fügte sie hinzu.

Meine Angst, Molly könnte Owen bereits zu sehr in ihr Herz gelassen haben, erdrückte mich wieder. Ich holte tief Luft.

„Molly, Owen spielt in unserem Leben keine Rolle. Ich möchte auch nicht, dass du ihn weiterhin siehst. Er …"

„Was?", rief sie und starrte mich aus großen Augen entsetzt

an. „Wieso? Was ist dein Problem? Er hat dir überhaupt nichts getan."

„Er ist nicht lange in der Stadt. Sobald sein Vater gestorben ist, lässt er alles hier zurück und verschwindet."

„Das weißt du doch gar nicht. Du hast ja kaum mit ihm gesprochen. Ich aber schon."

„Er hat es mir selbst gesagt, Molly. Er muss zurück nach Chicago zu seinem Team."

Aus Mollys Augen strömten Tränen, was mich völlig entsetzte. „Du willst ihn bloß nicht hier haben. Wenn er die Stadt verlässt und nie wiederkommt, dann nur wegen dir. Wer will sich schon gern von dir anschreien lassen?", rief sie und war im Begriff, aus dem Auto zu stürzen. Doch diesmal griff ich nach ihrem Arm und hielt sie fest.

„Molly, ich liebe dich bis zum Mond und zurück und ich weiß, du willst das gerade nicht hören, aber egal, wie sehr du mich wegstößt, ich werde nicht loslassen. Verstehst du das? Und wir sind eine Familie. Die einzige, die ich haben möchte."

Ich wusste, dass sie diese Worte nicht hören wollte, aber so dringend hören musste. Jemand hupte hinter uns und bedeutete mir, dass die Ampel längst auf Grün gesprungen war. Molly schwieg, bis wir zu Hause ankamen, aber das Schniefen verriet mir, dass ich recht gehabt hatte. Ich hatte kaum in unserer Einfahrt hinter Ethans Auto geparkt, als Molly sich auch schon abschnallte und aus dem Wagen sprang. Ich sah ihr nach. Als wäre sie auf der Flucht vor einem Monster, stürmte sie ins Haus. Ich war davon überzeugt, dass in diesem Augenblick ich das Monster war. Erschöpft, als hätte ich gerade einen Marathon zurückgelegt, lehnte ich mich gegen den Sitz, legte die Hand vor meinen Mund, um die aufsteigenden Tränen hinunterzuschlucken, und schloss die Augen.

Wann war all das so schrecklich schief gegangen? Wo hatte ich bitte den Hinweis übersehen, dass ich meine Tochter verlor? Owens Fortgang hatte ich ertragen, ebenso wie die Schmach, alleinerziehend zu sein. Meinetwegen ertrug ich es auch, ewig allein zu bleiben. Aber die gute Verbindung zu meiner Tochter verlieren? Nein, das würde ich nicht ertragen. *‚Dance Monkey'* ertönte und riss mich aus meinen trüben Gedanken. Wie in Trance griff ich nach meinem Handy und sah die Nummer des Sheriffs. Sofort ging ich dran.

„William, was ist los?"

„Sag mal, Kaylee, wegen Owen … Fährt er einen Challenger?"

Ich stöhnte und legte meine Stirn auf das Lenkrad. Warum sprach eigentlich jeder über diesen unmöglichen Kerl? Hatten sie nichts Besseres zu tun? Die traurige Wahrheit war: nein. Es nervte mich, weil jedes Mal, wenn jemand seinen Namen aussprach, mein Herz einen verräterischen Hüpfer machte.

~

OWEN

Die Regentropfen trommelten in ihrem ganz eigenen Rhythmus auf mein Autodach und schienen sich zu einer ganz besonderen Melodie zu vereinen, die nicht mit der aus dem Radio zusammenpasste. Ich drehte die Musik leiser, weil sie mich beim Nachdenken störte. Das geschah sonst nie. Normalerweise drehte ich die Musik laut auf, damit sie all meine Gedanken übertönte, bis sie schließlich verstummten.

Nachdem ich die vergangenen Stunden damit zugebracht hatte, eine Krankenhauszimmertür mit der Nummer 306 anzustarren, gestaltete mein Ausblick sich nun wenigstens abwechslungsreicher. Immerhin. Durch die Schlieren auf der Frontscheibe, die die Wassermassen dort hinterließen, konnte ich zwar kaum etwas erkennen, aber das war auch nicht nötig. Die heruntergekommene Fassade, die von Unkraut überwucherte Einfahrt - die blaue Tür zur Hölle, wie ich sie stets genannt hatte. Der Anblick hatte sich bereits vor Jahren in mein Hirn gebrannt. Jahrelang hatte ich mich regelmäßig in den Büschen rechts von meinem Auto herumgedrückt, um ein Auge auf das Haus und die Stimmung des Bewohners darin zu werfen. Brennendes Licht im Haus hatte alles Mögliche zur Folge haben können, weswegen ich äußerst selten früh heimgegangen war. Finsternis oder die Lichtflecke des Fernsehers, die in der Dunkelheit glommen, konnten zwei Dinge bedeuten: Entweder hatte er sich bereits ins Koma gesoffen und war vor der Glotze eingeschlafen, oder er hatte auf mich gewartet, um seinen Frust über den nicht gemähten Rasen an mir auszulassen.

Obwohl ich genau wusste, wo der Ersatzschlüssel versteckt war, und die einzige Bedrohung, die von dem Haus je ausgegangen war, wie ein Wurm in einem Krankenhausbett vor sich hin vegetierte, schaffte ich es einfach nicht, aus dem Auto auszusteigen. Wovor hatte ich also Angst? Dass die Küchengeräte sich zu einer Revolte verschworen hatten und mich aus einem Hinterhalt angreifen würden?

Mir entfuhr ein freudloses Lachen. Bald würde ich wahnsinnig werden, wenn ich nicht endlich den Mut aufbringen konnte, mich dem zu stellen, was vor mir lag. Ich war ein erwachsener Mann und seit etwas mehr als elf Jahren hatte ich es niemandem mehr gestattet, mich zu verdreschen. Im Gegenteil. Ich hatte keine Gelegenheit ausgelassen, mein Team oder mich zu verteidigen. Und trotzdem schaffte ich es nicht, aus dem Wagen zu steigen und dem Schrecken meiner Kindheit die Macht zu nehmen. Es ging einfach nicht.

Der immense Druck in meinem Magen nahm zu. Lange würde ich dieses Gefühlschaos nicht mehr ertragen, bevor es mich zerriss. Von der Verzweiflung getrieben, rieb ich mit beiden Händen über mein Gesicht, schob die Beanie-Mütze, die ich immer noch trug, vom Kopf, warf sie neben mich auf den Beifahrersitz und verstrubbelte mein Haar. Ich war schwach. Nach all den Jahren war ich wiedergekommen, um den Mann zu beerdigen, der mir die Hölle auf Erden bereitet hatte, und was tat ich? Ich war schwach. Ein elender Feigling!

*„Was bist du nur für ein elender Wurm? Komm schon, du Feigling. Schlag endlich zurück. Du kannst nicht mein Sohn sein, wenn du dich nicht wehrst.“*

Die kratzige lallende Stimme war wieder da, wie ein Geist, der mich stets auf Schritt und Tritt verfolgte, genau wie die Erinnerungsfetzen jener Nacht, sobald ich die Augen schloss. Sie begleiteten mich, wohin ich auch ging, und würden mich niemals freigeben.

„Und jetzt sitzt du hier und starrst dieses Haus an“, sagte ich leise zu mir und lauschte einem Lachen, das einem Wahnsinnigen gehören könnte. „Wie erbärmlich!“

Frustriert schlug ich gegen mein Lenkrad und schloss die Augen. Sofort sah ich Kaylee vor mir, wie sie mit Tränen in den Augen vor mir stand, und wieder einmal kam ich mir wie der letzte Arsch vor. Ich war jämmerlich und schwach. Ich sollte mich verdrücken, wie sie es gesagt hatte. Ich brachte Mollys und ihr Leben nur unnötig durcheinander. Das war das Letzte, das ich tun wollte, und dennoch saß ich immer noch in meinem Auto und brachte es nicht fertig, zu verschwinden. Fuck!

Wie lange würde ich noch zulassen, dass meine Anwesenheit alle durcheinanderbrachte?

Entschlossen drehte ich endlich die Zündung und zog den Schlüssel heraus, wodurch das Radio und die Heizung erstarben. Mit Schwung öffnete ich die Fahrertür, stieg aus und trat in die vom Regen aufgeweichte Erde. Meine Stiefel versanken im Moder. Die Regentropfen fielen auf mich herab und durchweichten meine Kleider in der Sekunde, in der ich das Auto verließ. Doch der Regen war mir egal. Ich fasste das Haus ins Auge, das einer Ruine glich. Jeder Cent war offenbar in Alkohol gesteckt worden, statt in Reparaturen des Hauses. Im Laufschritt joggte ich auf das Haus zu, sparte ein paar größere Pfützen aus und nahm gleich zwei Stufen der brüchigen Veranda auf einmal. Ich bückte mich und tastete den Holzboden nach dem losen Dielenbrett ab, unter dem der Ersatzschlüssel versteckt war. Wassertropfen rollten von meinen nassen Haaren über meine Nase und fielen zu Boden. Endlich fand ich es, griff hinein und fand nichts.

„Suchst du den hier?", fragte eine weiche Stimme hinter mir und ich zuckte zusammen. Schwer atmend richtete ich mich auf und wandte mich der Person hinter mir zögerlich zu. Da stand Kaylee. Einfach so. Und sie hielt den Schlüssel in ihrer Hand, den ich gesucht hatte. Die pinke Regenjacke, die sie trug, schirmte sie zwar weitestgehend vor dem sintflutartigen Regenguss ab, der sich über Bakers Valley ergoss, doch ihr Haar war genauso nass wie meins und klebte strähnig an ihrem Kopf.

Überrascht hob ich die Brauen, wischte mir über das nasse Gesicht und stemmte die Hände in die Hüften. „Wieso hast du ihn?"

„TJ hat meinen Vater gebeten, jemanden zu finden, der sich um seinen Kater kümmert. Tante Margie versorgt ihn."

Ich lachte ungläubig. „Einen Kater? Wieso zum Teufel schafft er sich ein Tier an? Er schafft es ja nicht einmal, sich um sich selbst zu kümmern."

Kaylee zuckte mit den Achseln und hielt mir den Schlüssel hin. Ich machte zwei Schritte auf sie zu und nahm ihn an mich, sehr darauf bedacht, ihre Haut nicht zu berühren.

„Weißt du, dass du die Leute nervös machst?"

Ein unbekümmertes Grinsen erschien auf meinem Gesicht und achselzuckend antwortete ich: „Diese Wirkung habe ich oft auf Frauen."

„Ach ja? Und rufen sie dann normalerweise die Polizei?", fragte Kaylee entwaffnend, während ihr mürrischer Blick auf mir ruhte.

Ich sah mich nach einem Streifenwagen um. „Sie haben die Polizei gerufen?" Ungläubig warf ich den Kopf in den Nacken und lachte.

„Du solltest wissen, dass es hier eine sehr aufmerksame Nachbarschaft gibt. Wenn jemand stundenlang aus einem Auto die Häuser anstarren würde, hätte ich auch Angst."

Ich schüttelte den Kopf.

Die viel wichtigere Frage war, wieso war *sie* hier und nicht die Polizei? „Was tust du dann hier?"

„Irgendjemand musste dir doch den Schlüssel bringen, oder nicht?"

„Und das musst ausgerechnet du sein, nachdem du mich eben noch zum Teufel gejagt hast?"

Sie biss auf ihre Unterlippe, was ein winziges Zeichen ihrer eigenen Unsicherheit war. „Der Sheriff hat gehört, dass du hier bist und eins und eins zusammengezählt", antwortete sie achselzuckend.

„Und dann hat er dich angerufen, statt selbst herzukommen?“, hakte ich ungläubig nach.

„Erinnerst du dich an William? Ashs Dad?“

Ich nickte.

„Er ist seit ein paar Jahren der Sheriff und er dachte sich, dass es die diplomatischere Lösung wäre, wenn ich mit dir rede.“

„Das hat er tatsächlich gedacht?“, fragte ich kopfschüttelnd. „Dann kennt er dich aber schlecht.“

Langsam bewegte ich mich auf die Tür zu, steckte den Schlüssel rein und schob sie auf. Nach etwas mehr Druck und einem lauten Knarzen gab die Tür endlich nach. Die Scharniere quietschten und etwas alte blaue Farbe bröckelte ab.

„Die Szene aus Sue's Diner hat sich offenbar noch nicht weit genug rumgesprochen. Ist aber auch erst kurze Zeit her“, hörte ich Kaylee sagen, während ich in den dunklen Raum trat. Dabei klang sie, als wäre nichts dabei, dass die halbe Stadt sich über uns das Maul zerriss. Ganz automatisch tastete ich an der Wand nach dem Lichtschalter und fand ihn sofort. So was vergaß man wahrscheinlich nie. Ich bemerkte, dass Kaylee mir langsam folgte.

Von innen erweckte das Haus keineswegs einen besseren Eindruck. Die Möbel stammten noch aus meiner Kindheit, überall standen Tüten mit leeren Bierflaschen herum, der Mülleimer quoll über vor leeren Whiskeyflaschen und mitten auf dem Tisch lag eine schwarze Katze. Sie blinzelte verschlafen gegen das Licht an. Der modrige Geruch war neu, genauso wie dieser Kater. Langsam näherte ich mich dem Tier, was es mit einem Fauchen kommentierte. Ich hielt inne.

„Margie sagte, dass der Kater wohl ein unfreundlicher Streuner ist.“

„Okay, das erklärt vermutlich, warum die beiden sich so gut verstanden haben“, murrte ich.

Ich schenkte dem Vieh einen verärgerten Blick. „Jetzt habe ich nicht nur einen Vater, der nicht sterben will, ein Haus, das ich ausräumen muss, sondern auch noch einen Kater, der vermittelt werden muss. Bei seinem sonnigen Gemüt wird das ein Kinderspiel.“ Die Ironie tropfte aus jedem einzelnen Wort.

Achtlos ging ich an ihm vorüber und sah mich um. Die Wohnung war genauso trostlos wie damals und obwohl ich jede Ecke des Hauses wie meine Westentasche kannte, fühlte ich mich seltsam fremd. Fremd in dem Teil meines Lebens, den ich versucht hatte, zu verdrängen. Langsam schlenderte ich durch die Küche und in das angrenzende Wohnzimmer. Das einzige Moderne, das sich in diesem Zimmer befand, war ein übermäßig großer Fernseher, der auf einem Schrank stand, unter dem sich unzählige DVDs befanden, die kein Cover hatten.

Er hätte sich besser eine Putzfrau leisten sollen, statt sich dieses Ungetüm anzuschaffen. Meine Stiefel blieben in klebrigen Rückständen auf dem Boden hängen und der Staub lag beinahe fingerdick auf den Möbeln. Mein Vater hatte in diesem Drecksloch gelebt, das schon damals kein Wohlfühlort gewesen war, aber durch meine Hand zumindest nicht derart verwahrlost ausgesehen hatte. Wie hatte er hier nur leben können? Der Aschenbecher quoll über und das Sofa war von Brandflecken übersäht, die zweifellos Zigaretten dort hinterlassen hatten. Ein Wunder, dass ihm ein vergessener Glimmstängel nicht eher zum Verhängnis geworden war. Ich seufzte, nicht wegen dem verbitterten Gedanken, sondern der dumpfen Enttäuschung, die mich deswegen erfüllte, dicht gefolgt von den üblichen Schuldgefühlen. Es kam mir vor, als hinge der alte Geist meines

Vaters in der Luft, wie der kalte abgestandene Rauch, der immer noch in den vergilbten Vorhängen hing.

Kaylee kam hinter mir her und riss ein Fenster auf, um ein wenig zu lüften. „Das hält ja keiner aus."

„Wie hat er nur so leben können? Unfassbar."

„Ich weiß es nicht. Deinen Vater werde ich wohl nie verstehen."

„Die Wege des TJ Edwards sind unergründlich. Das beruhigt mich irgendwie. Wenigstens etwas, auf das Verlass ist. Wo mag dieser Gestank nur herkommen?", fragte ich und öffnete das obere Fach des vergilbten alten Wohnzimmerschrankes. Vielleicht versteckte sich hier irgendwo eine tote Ratte? Zu meiner Verwunderung kamen noch mehr DVDs zum Vorschein. Ich öffnete die restlichen Schränke, doch überall waren weitere kleine unbeschriftete Plastikhüllen. „Was zur Hölle ...?", begann ich, doch da sah ich, wie Kaylee sich danach bückte. Sie zog eine heraus und öffnete die Hülle. „Minnesota Wilds gegen die Chicago Ice Tigers 16.03.2016", las sie laut vor.

„Wie bitte?", fragte ich und runzelte die Stirn. Ich überbrückte die Distanz zu ihr und sah auf die DVD.

„Ist das ...?"

„Mein Team. Damals haben wir nach einer langen Durststrecke das erste Mal gewonnen."

„Denkst du ...?", begann Kaylee ebenso verblüfft, wie ich es war.

„Das werden wir gleich herausfinden." Eifrig begann ich, die DVDs zu öffnen und fand beinahe jedes Spiel meiner Eishockey-Laufbahn auf DVD aufgenommen. Sprachlos starrte ich auf den Haufen DVDs, die sich um meine Füße ergossen.

„Weißt du, was das heißt, Owen?"

„Dass mein Vater ein Messie war?“, fragte ich und wusste kaum, wie mir geschah.

„Vielleicht, aber womöglich wollte er auch nur seinen Sohn sehen.“ Das konnte ich nicht glauben.

„Das ist unmöglich. Dieser Mann interessiert sich für kein Lebewesen auf dieser Welt, abgesehen von sich selbst. Und offenbar diesem Kater. Das Einzige, für das er brannte, war der Alkohol und seinen Sohn windelweich zu prügeln.“

„Denkst du nicht, dass Menschen sich ändern können?“, fragte Kaylee tonlos.

Ich hob den Blick bedeutungsschwer in Richtung des Mülleimers, in dem sich die Whiskeyflaschen türmten. „Glaubst du daran?“

Sie zuckte mit den Achseln. „Wenn wir nicht daran glauben würden, dann wäre das doch sehr hoffnungslos, oder nicht?“

Unsere Blicke trafen sich und mit einem Mal kam mir dieser Raum viel zu klein vor, als wäre hier nicht genug Platz für all die unausgesprochenen Gefühle zwischen uns.

„Warum bist du wirklich hier, Kaylee?“, fragte ich ruhig. Um zu verdeutlichen, dass ich keine Ausrede hinnehmen würde, verschränkte ich die Arme vor der Brust.

Für den Bruchteil einer Sekunde erstarrte sie. „Das habe ich dir doch schon gesagt. Der Sheriff hat mich informiert und Tante Margie hat mir gestern den Schlüssel gegeben, als hätte sie gewusst, dass du ihn heute brauchst.“

„Das ist trotzdem keine echte Antwort. Warum musstest du ihn mir bringen? Du hättest Nein sagen oder jemand anderen schicken können.“ Ich stemmte meine Hände in die Hüften. „Also, warum bist du wirklich hier, Kaylee? Gerade eben erst hast du mich von dir und Molly weggestoßen – zu Recht übrigens –, doch jetzt tauchst du einfach wieder auf, als hätte es diesen Moment bei Sue nie gegeben." Ich war es leid, dieses Chaos in meinem Inneren zu ertragen. Diese Sehnsucht nach dieser Frau, die jetzt wieder vor mir stand, anstatt mir fernzubleiben, wie es für sie besser wäre. Sie hatte die Gefahr schließlich erkannt und mich darum gebeten, mich von ihr fernzuhalten. Trotzdem stand sie nun wieder hier vor mir und quälte mich mit dem Verlangen, das ich nach ihr empfand. Mit jedem Mal, das wir uns begegneten, verzehrte ich mich mehr danach, meine Hände in ihr rotes langes Haar zu graben, über ihre weiche Haut zu streichen und von diesem Mund zu kosten. Wie eine verbotene Frucht befand sie sich in meiner Reichweite und verströmte diesen betörenden Duft der Verlockung, der sie schon seit meiner Rückkehr umgab. Womöglich hatte ich mich immer nach ihr verzehrt und jetzt waren all die Gefühle und Sehnsüchte zu neuem Leben erwacht.

Kaylee holte tief Luft und mied meinen forschenden unnachgiebigen Blick. „Ich weiß es nicht", murmelte sie und wirkte dabei so verzweifelt, wie ich mich fühlte.

„Warum tust du uns beiden nicht den Gefallen und lässt mich meine Dämonen allein bekämpfen? Sobald ich damit fertig bin, verschwinde ich. Und ich verspreche, in der Zwischenzeit komme ich weder dir noch Molly zu nah."

„Vielleicht will ich ja nichts lieber tun, als dir aus dem Weg zu gehen, denn du hast mir damals das Herz gebrochen. Ach, was sage ich? Du hast es genommen und wie eine Vase in Tausende Einzelteile zerbrochen. Wärst du doch nur in Chicago geblieben", brach es aus ihr heraus.

„Es tut mir leid, Kaylee." Gequält schloss ich die Augen und strich mir erschöpft durch mein Haar. „Kay …", setzte ich an, doch sie hob die Hand wie eine Polizistin, die den Verkehr stoppte.

„Lass gut sein, Owen, ich will deine Entschuldigung nicht hören", sagte sie und wirkte unendlich müde. Sie verschränkte die Arme vor der Brust und schüttelte den Kopf. Obwohl ihr ganzer Körper eine abwehrende Haltung eingenommen hatte, sagten ihre Augen etwas anderes. „Sie kommt elf Jahre zu spät."

„Was willst du dann? Warum tun wir uns das an, wenn es für uns beide so eine Qual ist, in der Gegenwart des Anderen zu sein?"

„Ich versuche es ja. Ich will dir fernbleiben, weil ich genau weiß, dass du mir nur wieder wehtun wirst, aber …", sie brach ab und in ihrer Miene war die Verzweiflung zu lesen, die ich ebenfalls empfand, „… ich schaffe es einfach nicht, denn du bist überall. Und zu allem Übel hat meine Tochter, die mich im Übrigen hasst und wahnsinnige Probleme in der Schule hat, einen Narren an dir gefressen. Die Aussicht, dich nicht mehr treffen zu dürfen, hat sie vorhin völlig ausflippen lassen. Sie hat verkündet, sie hätte gern dich zum Vater, und weißt du was, Owen? Das Traurige daran ist, es gab eine Zeit, in der ich mir genau das Gleiche gewünscht habe. Doch leider hast du mich damals sang- und klanglos verlassen. Und ich habe mich aus Wut darüber mit Ash eingelassen und …" Sie brach ab, als ihr klar wurde, was sie gesagt hatte, und ohne es beeinflussen zu können, machte ich zwei Schritte auf sie zu. Tränen traten in ihre Augen und der Schmerz in ihnen verschlug mir den Atem.

Mit einem Mal erkannte ich, wie gefährlich es tatsächlich für sie war, wenn sie hierblieb. Jede Sekunde, die verstrich, bewegten wir uns aufeinander zu, kamen uns näher und gingen ein Risiko ein. „Du solltest besser gehen, Kaylee."

„Ich werde nicht gehen." Entschlossen verschränkte sie die Arme vor der Brust und lehnte sich an den Tisch, der vor Unterlagen überquoll.

„Warum bist du nur so ein Sturkopf?", fragte ich durch aufeinandergepresste Zähne, begleitet von einem Knurren.

Kaylee zuckte lachend mit den Achseln. „Du hast mir Beharrlichkeit beigebracht. Anders wäre es mit dir nicht auszuhalten gewesen."

„Denkst du wirklich, dass ich dich nicht hinausbefördern könnte, wenn ich wollte?"

„Willst du es denn?", fragte sie herausfordernd und ein Hauch verführerisch.

Lange sah ich sie an. „Du bist eine Nervensäge, Manning."

„Ich weiß, aber du wirst mich nicht los. Du kannst um dich beißen und unfreundlich werden, aber ich bleibe hier. Solange bis …"

„Bis was?", hakte ich nach. Bevor sie darauf antworten konnte, schloss ich gequält die Augen. „Ich bin nicht gut für dich, okay?"

„Wie bitte?"

Ich streckte die Arme von meinem Körper weg und wiederholte lauter: „Du bist zu gut für mich, Kaylee. Sieh dich nur an. Du bist wundervoll, temperamentvoll, hartnäckig und eine Nervensäge, aber vor allem wundervoll. Ich dagegen war schon immer kaputt. Aus dem kaputten Jungen ist ein gebrochener Mann geworden. Sieh dir nur an, wo du bist. Im Haus von asozialem Pack. Von Whiskeyflaschen und Gewalt umringt. Wie sollte aus mir etwas anderes werden als das, was ich mein Leben lang vorgelebt bekommen habe? Du hast das nicht verdient. Deine Zukunft sah rosig aus. Du hattest eine Zusage von Berkeley, Kaylee, und die Welt lag dir zu Füßen. Ich dagegen war eine einzige Enttäuschung, perspektivlos und dir nur im Weg. Alle hier wussten es. Deine Familie, die Einwohner und ich. Selbst du hast es gewusst – tief in dir drin –, und wenn du ehrlich zu dir bist, gibst du es auch zu."

„Willst du damit sagen, dass du deswegen gegangen bist?", fragte sie fassungslos. „Wegen diesem Scheiß, den dir alle Welt eingetrichtert hat? Du warst alles, was ich wollte, Owen. Du warst der Einzige, der die Macht hatte, mich derart tief zu Fall zu bringen. Und in dem Moment, in dem du mich hast fallenlassen, war ich verloren. Wie im freien Fall, ohne Rettungsleine und doppelten Boden. Und jetzt bist du wieder da und sagst mir, du hättest das alles nur wegen dem Gerede der Leute getan."

„Du verstehst das nicht, Kaylee, das Gerede der Leute war nicht mein Problem. Ich habe die Unterschiede zwischen uns gesehen. Du nicht."

„O Owen", entfuhr es Kaylee verzweifelt. „Hättest du nur das gesehen, was ich damals in dir gesehen habe. Für mich warst du nie gebrochen, sondern der stärkste und mutigste Junge, den ich kannte. Nicht trotz dessen, was dir zugestoßen war, sondern gerade deswegen. Du verstehst Molly, gerade weil du weißt, wie hart es ist, von seinem Vater nicht gewollt oder geliebt zu werden. Du hast der Welt so viel zurückgegeben, obwohl sie dir so viel schuldete."

„Wenn es stimmt, was du sagst, warum stehe ich dann hier, sehe dich an, obwohl ich weiß, dass es besser wäre, so viel Distanz wie möglich zwischen uns zu bringen? Alles, woran ich denken kann, sind deine Lippen. Sind sie immer noch so weich wie damals? Wie weich sich deine Haut unter meinen Fingerspitzen angefühlt hat und dieses Verlangen … O Gott, Kaylee, dieses Verlangen nach dir droht, mich zu überwältigen."

Sie schluckte.

Ein warmes Gefühl breitete sich gegen meinen Willen von

meiner Brust aus. Kaylees und meine Beziehung war schon damals vielfältig gewesen. In einem Augenblick hatten wir uns lebhaft gestritten, im nächsten gelacht und gleich darauf … wild geknutscht. Die Erinnerung versetzte mich in eine längst vergangene Zeit zurück und plötzlich kam ich mir wieder vor wie siebzehn, als ich nicht genug von ihren samtweichen Lippen bekommen konnte, die immer ein wenig nach Keksteig und diesem Lippenpflegestift geschmeckt hatten. Ihre Haut war so weich gewesen wie die Oberfläche eines Rosenblattes und ihre wilden Locken hatten mich gekitzelt, sobald sie rittlings auf mir gesessen und mich mit einer Wildheit geküsst hatte, die auch jetzt noch meinen Schritt unangenehm eng werden ließ. Aus großen sehnsuchtsvollen Augen sah sie mich an. Dachte sie etwa auch daran?

„Du solltest wissen, dass du keiner der Gründe warst, die mich von hier fortgetrieben haben. Im Gegenteil. Du hast mich so lange hiergehalten."

„Danke", wisperte sie schließlich kaum hörbar in die von Gefühlen geschwängerte Luft und Kaylees Blick traf meinen. Stechend grüne Augen funkelten mich an. Beinahe kam es mir vor, als könnten sie auch nach all der Zeit ungefiltert bis tief hinunter auf meine schwarze Seele sehen. Und alles, was ich tun konnte, war Kaylee ansehen. Ihre wilde rote Lockenpracht, die sich stark von ihrer weichen hellen Haut abhob, von der ich wusste, wie zart sie an bestimmten Stellen ihres Körpers war.

Ein Ziehen breitete sich in meiner Magengegend aus und mit jedem schneller werdenden Herzschlag wurde ein Verlangen nach Kaylee durch meine Adern gepumpt, das in Sekunden meinen ganzen Körper lahmlegte. Ich schluckte gegen den Kloß in meinem Hals an, der es mir unmöglich machte, auch nur noch ein Wort zu sagen. Kaylees grüne Augen wurden dunkler wie ein Rasen nach einem kräftigen Regenschauer, und der Ausdruck in ihrem Blick wechselte von Mitgefühl zu Begehren. Sie wollte mich, tief in ihr drin verzehrte sie sich nach mir, auch wenn ihr Verstand wusste, wie falsch all das war.

Ich sollte mich zurückhalten, ihren Wunsch ernstnehmen. Doch konnten wir wirklich zurück? War nicht in der Sekunde, als ich vor wenigen Tagen das Ortseingangsschild passiert hatte, alles auf diesen einen Moment hinausgelaufen? Das Verlangen wurde so stark, dass der Reißverschluss meiner Jeans unangenehm drückte und das Pulsieren in meinem Schritt mir unmissverständlich klarmachte, dass es nach Erlösung verlangte. Ich beugte mich vor, streckte eine Hand nach ihrem Gesicht aus und berührte ihre Wange.

„Owen“, murmelte sie flehentlich und ich konnte nicht sagen, ob sie mich bat, endlich die Distanz zu ihr zu überbrücken, oder es nicht zu tun. Ich war jedoch unfähig, mich dieser Anziehung zu entziehen. Es kam mir vor, als hätten sich unsere Blicke ineinander verhakt, wären miteinander verschmolzen und dazu verdammt, für den Rest unseres Lebens nur noch einander anzusehen. Unsere Gesichter kamen sich immer näher, so nah, dass mir ihr Atem entgegenschlug. Schließlich beugte ich mich vor und berührte ihre Lippen mit meinen.

O mein Gott! Sie waren weich und voll – genauso perfekt, wie ich sie in Erinnerung hatte, und sie schmeckte nach … Erdbeere. Ein Seufzen entfuhr ihr und sogleich öffnete ich meinen Mund und strich mit meiner Zungenspitze einladend über ihre Unterlippe. Beinahe sofort kam sie dieser Bitte nach und unsere Zungen umkreisten sich. Meine Hände umfassten ihr Gesicht, glitten in ihren Nacken und in ihr Haar. Wild und ungezügelt küssten wir uns, ich drängte Kaylee gegen die Wand hinter ihr und vertiefte unseren Kuss. Jeder Zentimeter meines Körpers drängte sich gegen ihren. Ihre Hände glitten unter meine Jacke, das nasse Shirt und trafen auf meine nackte Haut oberhalb meiner Jeans. Ein blitzartiger Schauer überzog meine Haut mit einem Prickeln. Behutsam tasteten sich ihre Fingerspitzen vor, als wäre jeder Zentimeter ein Sieg, den sie eingefordert hatte. Meine Hände umfingen ihr Gesicht, strichen tiefer ihren Hals hinab, bis mein Daumen an der kleinen Mulde ihres Schlüsselbeins verharrte und ich ihren rasenden Puls spüren konnte. Ich begehrte sie so sehr. Jeden Zentimeter ihrer Haut wollte ich spüren, ihren Körper mit meinen Fingerspitzen zum Beben bringen, bis sie in völliger Ekstase um Erlösung bettelte. Ihr Körper, weich und anschmiegsam, drängte sich gegen meinen harten durchtrainierten. Noch nie hatte es sich besser angefühlt, als seien wir wie zwei Puzzleteilchen genau dafür gemacht worden. Ein Stöhnen entwich mir in ihrem Mund, als sie ein Bein um mich schlang und ihre warme Mitte an meinem pulsierenden Schwanz rieb. Heilige Scheiße, ich würde das nicht lange aushalten. Dafür war es viel zu lange her.

Kaylee ließ nicht von mir ab, meine Arme schlangen sich unter ihre Jacke und meine Hände schoben das störende Shirt hoch, bis ich endlich ihre weiche Haut berührte. Ihr Atem ging schneller und ich wünschte mir so sehr, den lästigen Stoff zwischen uns loszuwerden, doch ich konnte Kaylee unmöglich hier in diesem Haus nehmen …

Das Klingeln ihres Handys durchbrach den Vorhang der Lust, der uns eingehüllt hatte. Unsere Lippen lösten sich voneinander und wir sahen einander tief in die Augen. Ihr lustverhangener Blick traf meinen und ich hörte sie leise murmeln: „Verflucht noch mal."

Der Signalton des Mobiltelefons verstummte und wir

starrten uns wortlos an, zu überwältigt von dem, was gerade zwischen uns geschehen war. Kaylee schloss gequält die Augen und die Schirme aus unzähligen langen Wimpern bildeten zwei kleine Halbmonde auf ihrer Haut.

Statt sie freizugeben, wie es sicher richtig gewesen wäre, streichelte ich zärtlich über ihre Wange. Ihre Lider flogen auf und unsere Blicke trafen sich erneut. In diesem Augenblick erkannte ich, wie verletzlich sie war. Obwohl sie wie eine Amazone für ihre Tochter gekämpft hatte, wirkte sie in diesem Moment unsäglich verletzlich auf mich. Entsetzt erkannte ich, womit ich hier spielte: Mit der zerbrechlichen Seele einer Frau, die in jeder Sekunde darum kämpfte, stark zu sein. Ich war ein schwanzgesteuerter Arsch. Was dachte ich mir nur? Sie hatte mich sogar darum gebeten, sie in Ruhe zu lassen, und was tat ich? Ich brachte uns in diese Misere.

Das Klingeln ihres Telefons erklang erneut und diesmal ging Kaylee schweratmend ran. „Ja?"

„Endlich gehst du ran", hörte ich auf die kurze Distanz zu ihrem Handy eine aufgebrachte Männerstimme. Etwas regte sich in meinem Inneren. Ein unangenehmes Gefühl, als würde eine Hand nach meinem Herzen fassen und es zusammendrücken. War das womöglich Ash? Oder ihr Freund? Bisher hatte ich zwar erfahren, dass Ash Mollys Vater war und Kaylee mit diesem Ethan befreundet war, aber niemand hatte ein Wort zu ihren sonstigen Männerbekanntschaften verloren. Gab es vielleicht jemanden in ihrem Leben? Ich ließ von ihr ab, obwohl es mich eine gehörige Portion Kraft kostete.

„Was ist passiert?" Alarmiert drehte Kaylee sich von mir weg. Die Leere, die ich dabei empfand, schmerzte für den Bruchteil einer Sekunde. „Sag das noch mal, Ethan!"

Ethans Antwort, die ich nicht mehr mithören konnte, trieb Entsetzen in ihr plötzlich kalkweißes Gesicht.

„O mein Gott, ich komme sofort!", sagte sie und legte auf. Ihre Hand zitterte leicht, als sie fahrig durch ihr zerwühltes Haar strich.

„Was ist passiert?", hakte ich nach, weil ich ahnte, dass etwas Schlimmes geschehen sein musste.

„Es ist Molly", brachte sie kurzatmig hervor. „Sie ist fort."

„Was heißt fort?"

„Weggelaufen", fügte sie ungeduldig hinzu, zog ihre Kapuze über und stieß die Haustür auf. Noch ehe ich etwas sagen konnte, sprang sie die Stufen hinab und lief im Laufschritt die Straße entlang. Für einen Moment sah ich ihr nach, hin- und hergerissen zwischen dem Bedürfnis, ihr hinterherzulaufen und nach dem bezaubernden Mädchen zu suchen, und Kaylees Wunsch, mich zurückzuhalten, zu erfüllen. Meine Knie zitterten, während ich meine Möglichkeiten abwog und ihr aus dem Haus folgte. Ich lief zum Wagen, stieß den Schlüssel in das Zündschloss und startete den Motor, der mit einem Röhren aufheulte. Überrascht schaute sie mich an, als ich mit heruntergelassenem Fenster neben ihr herfuhr. „Steig ein!"

„Aber …"

„Wir finden Molly."

# KAPITEL 8

KAYLEE

*„Wir finden Molly."*

Dieser Satz hallte immer und immer wieder in mir nach, während Owen den Wagen zu mir nach Hause fuhr. Er fuhr schnell, nicht zu schnell, aber zügig genug, dass ich nicht das Bedürfnis bekam, selbst zu fahren. Von ihm ging eine Ruhe aus, die mich in diesem Moment erdete und meine Fantasie zügelte. Normalerweise war ich besonders gut darin, mir alle Horrorszenarien auszumalen, die ich in jedem guten Krimi bereits gelesen hatte. Allerdings sprach er kein Wort und unterließ es, mir nervtötende Fragen zu stellen, auf die ich keine Antworten gehabt hätte, wie es meine Mom oder Ethan mit Sicherheit getan hätten.

*„Wir finden Molly."*

Drei Worte, die in diesem Moment mein Anker, meinen ganzen Halt bedeuteten. Zum ersten Mal in meinem Leben war es kein *,Du machst das schon.'* oder *,Ihr kriegt das schon hin.'* Nein, dieses Mal war es ein Wir. Und auch wenn ich wusste, dass das rein gar nichts zu bedeuten hatte, entzündete es eine kleine Flamme in mir. Plötzlich kam es mir vor, als wären keine elf Jahre vergangen. Zum ersten Mal seit seinem Fortgang fühlte es sich an wie damals: Owen und ich gegen den Rest der Welt. Und mir schien, als könnte ich alles schaffen. Solange er nur an meiner Seite war.

Bevor ich es so recht realisierte, bremste Owen und der Wagen kam zum Stehen. Ich sah Ethan, der wie ein Tiger auf der Veranda auf und ab lief. Ich schnallte mich ab, öffnete die Tür, sprang hastig aus dem Wagen und hielt auf ihn zu. Das zweite Türknallen verriet, dass Owen auch ausgestiegen war, doch ich konzentrierte mich auf Ethan, der mir entgegeneilte.

„Sie hat ihre Spardose geplündert. Das lag daneben", berichtete er.

Hastig überflog ich den Brief. *,Mach dir keine Sorgen, Mom'*, stand darauf.

Sofort zog ich mein Handy aus der Tasche und wählte ihre Handynummer. Natürlich ging sie nicht dran und ich fluchte im Stillen über ihren Dickkopf, den sie zweifellos von mir geerbt hatte. „Wir müssen sofort los, um sie zu suchen", entfuhr es mir und mein Blick glitt zur vom Regen getränkten Straße vor mir. Ich schlug meine Hand vor den Mund und strich durch mein Haar, das nass und mit Sicherheit wirr von meinem Kopf abstand. Ich stand völlig neben mir, selbst meine Beine zitterten vor Sorge um mein kleines Mädchen. Nur zu gern hätte ich nachgegeben und mich eine Weile auf die Veranda vor unserer Eingangstür niedergekauert.

Owen trat hinter mich und sogleich glitt ein wohliger

Schauer über meinen Rücken, der das Ohnmachtsgefühl abmilderte, das mit seinen langen Tentakeln nach mir griff. Seine warmen großen Hände umfassten meine Schultern und diese simple Berührung ließ mich die Augen schließen und tief durchatmen. Als ich die Lider wieder öffnete, starrte Ethan uns mit weit geöffnetem Mund an. Zweifellos hätte ich über seine verdatterte Miene gelacht, wenn ich nicht so besorgt gewesen wäre.

„Habt ihr ihre näheren Bezugspersonen angerufen? Vielleicht sucht sie bei Freunden Zuflucht."

Ich wandte mich zu ihm um und sah seinen glühenden Blick. Ich dachte an seine nächtlichen Besuche in unserer Kindheit zurück, wenn er von zu Hause ausgebüxt war. In dieser Sekunde wurde mir klar, dass er von uns allen am besten wusste, was ein Kind auf der Flucht so trieb.

„Wir müssen Andrew anrufen und sicherheitshalber auch Stella", zählte ich auf und Ethan nickte mechanisch.

„Außerdem solltest du den Sheriff anrufen. Als Großvater hat er bestimmt ein großes Interesse, Molly zu finden, und kann mit seinen Deputys die Einwohner informieren, damit alle nach Molly Ausschau halten. Das ist es schließlich, was diese Stadt besonders gut kann."

Ich nickte, dankbar für seine Rationalität.

„Ich kann rumfahren und auf der Straße nach ihr suchen, wenn das okay ist." Es war ein Angebot, das ich ablehnen konnte, wenn ich wollte, das signalisierte er mir mit seiner Miene eindeutig. Doch ich dachte im Traum nicht daran, seine Hilfe auszuschlagen.

„Bitte nimm mich mit. Ich kann unmöglich hier rumsitzen und nichts tun. Ich muss bei ihr sein, wenn du sie finden solltest."

Owen warf Ethan einen Blick zu. „Einer sollte hierbleiben, falls sie doch zurückkommt." Ethan nickte stumm.

„Rufst du meine Eltern und Margie an?", fragte ich Ethan. „Ich kümmere mich um William und die Kinder. Und wenn sie kommt …"

„… dann rufe ich dich sofort an", vollendete er meinen Satz. Bevor ich auf dem Absatz kehrtmachen konnte, um mit Owen zum Auto zu laufen, hielt er mich jedoch am Arm zurück. „Owen?", fragte er mit hochgezogener Augenbraue.

„Ich erzähl dir alles später", gab ich nur zur Antwort und hastete Owen nach, der ohne Kapuze am Auto im Regen stand und zu mir zurücksah.

Die Heizung im Wagen lief auf Hochtouren, schaffte es jedoch nicht, die Kälte aus meinem Inneren zu vertreiben. Das Rauschen der Heizung wurde sekündlich von den quietschenden Scheibenwischern unterbrochen, die die sintflutartigen Regenmassen von der Scheibe wischten. Ansonsten lag ohrenbetäubende Stille zwischen uns. Niemand sprach ein Wort und ich war Owen dankbar dafür. Unmöglich hätte ich jetzt ein Gespräch am Laufen halten können, denn alles, was es zwischen uns zu bereden gab, hätte den Gefühlssturm in mir nur verstärkt.

Weder Andrew noch Stella hatten gewusst, wo Molly sich aufhielt, aber sie hatten versprochen, sofort anzurufen, falls sich daran etwas ändern sollte. Mein Gefühl sagte mir jedoch, dass sie nicht auf dem Weg zu einem von ihnen war. William und seine Deputys hatten mir sofort Hilfe zugesagt und befanden sich auf der Straße, um ebenfalls nach Molly Ausschau zu halten. Unter größter Kraftanstrengung versuchte ich, durch die Schlieren am Fenster auf der Beifahrerseite zu sehen und die Umgebung auszumachen. Doch nichts. Niemand war auf der Straße, was bei dem Wetter kein Wunder war. Es wurde bald dunkel und die Angst kroch in Form von bitterer Galle meine Kehle herauf und ließ sie brennen. Ich musste Molly finden. Warum war sie nur weggelaufen?

Ein gequälter Seufzer entfuhr mir. Owens große Hand legte sich auf mein Knie und wärmte es auf unglaublich angenehme Weise. „Wir werden sie finden", wiederholte er seine Worte von eben.

Ich biss mir auf die Unterlippe, so fest, dass sie blutete.

„Quäl dich nicht! Du bist eine gute Mutter."

„Woher willst du das wissen? Du warst die letzten elf Jahre nicht hier, um das beurteilen zu können", schnappte ich.

Er senkte den Kopf und mich packte sofort das schlechte Gewissen. Auch wenn es stimmte, war es unfair, meine Angst an ihm auszulassen. Es war nur seinem kühlen Kopf zu verdanken, dass wir methodisch bei der Suche vorgingen.

„Entschuldige", murmelte ich.

„Du hast recht, ich war nicht hier. Aber ich kenne dich besser als sonst irgendjemanden. Kannst du dich noch an diesen Vogel erinnern? Der, der gegen das Fenster geflogen war und den du tagelang gesund gepflegt hast? Damals wusste ich schon, dass du mal eine großartige Mutter sein würdest. Du hast dich um jede verlorene Seele gekümmert, auch um mich. Es war dir egal, wie kaputt ich war und was alle andere über mich gedacht haben."

„Sie lagen ja auch falsch", sagte ich mit brüchiger Stimme.

Owen lächelte traurig. „Nicht mit allem."

Ich schüttelte den Kopf.

„Was ich damit sagen will, ist: Molly macht vielleicht gerade eine harte Zeit durch, aber sie wird das hinkriegen, weil sie dich zur Mutter hat."

Tränen stiegen mir in die Augen. Obwohl ich ihnen nicht traute, waren diese Worte genau das, was ich gerade hören musste. Beiläufig wischte ich mir über die Augen.

„Ich hoffe, du hast recht." Ich erhaschte einen Blick auf etwas Rotes, das in den Büschen aufblitzte, und rief: „Warte! Siehst du das?"

Doch es war bloß ein verloren gegangener Regenschirm. „Verdammt!"

Die Verzweiflung überkam mich. „Molly, wo steckst du nur?" Mit eiskalten Fingern tippte ich eine Nachricht an Ethan.

*Schon was Neues?*

*Nein, leider nicht. Alle sind alarmiert und suchen mit.*

Owen räusperte sich. „Was ist mit Ash?"

„Was mit Ash ist?", echote ich ungläubig. Das fragte er mich doch nicht gerade im Ernst.

„Könnte Molly bei ihm sein?"

Ich starrte ihn kopfschüttelnd an. „Ash spielt keine Rolle in unserem Leben. Ich kann mich nicht mal erinnern, wann er Molly zuletzt besucht hat. Er ist eindeutig keine Bezugsperson."

„Dennoch ist er ihr Vater, oder nicht?"

„Leider hat er sich als solcher recht früh disqualifiziert."

Owen lenkte den Wagen an den Straßenrand und hielt. Dann wandte er sich mir zu. „Als ich Molly kennengelernt habe, hat sie mir von ihrem Vater erzählt. Und – egal wie enttäuschend der eigene Vater auch sein mag –, alles, was man sich wünscht, ist von ihm geliebt zu werden. Ich weiß auch nicht, es ist nur so ein Gefühl …"

Ich schluckte.

„Es kann doch nicht schaden, bei ihm vorbeizufahren, oder?"

Ich dachte an Mollys Worte vom Mittag und nickte. Mit

möglichst knappen Erklärungen leitete ich ihn zu der letzten bekannten Adresse von Ash. In meinem Magen rumorte es und es fühlte sich völlig falsch an, zu ihm zu fahren. Obwohl diese Stadt winzig klein war und man ständig überall vorbeikam, hatte ich es geschafft, dieses Mehrfamilienhaus in den letzten drei Jahren zu meiden. Mit der Zeit hatte ich gelernt, damit zurecht zu kommen, ihn regelmäßig in der Stadt, beim Einkaufen oder aber bei William zu Hause zu sehen, wenn ich Molly zu ihnen brachte. Ich war diejenige gewesen, die die Hochzeit damals hatte platzen lassen, und ich hatte das nie bereut, denn Ash wäre ein noch mieserer Ehemann gewesen, als er es als Vater war. Doch es hatte mir wehgetan, zu sehen, womit Ash seine Zeit lieber verbrachte, als mit seiner kleinen Tochter, die sich mehr als alles andere auf der Welt einen richtigen Vater wünschte.

Das heruntergekommene Haus an der Palmton Street kam in Sichtweite. Im Dunkeln hob sich dieser hässliche alte Klotz nur geringfügig von der grauen Wolkendecke ab. Er galt als Schandfleck von Bakers Valley und ich seufzte, als ich das Haus sah. Owen parkte davor und stellte den Motor ab.

„Hier wohnt er?“, fragte er mit unverkennbarer Verwunderung in der Stimme.

„Japp“, sagte ich und schluckte gegen das Übelkeitsgefühl an. Ich wusste genau, was er dachte. Zu unserer Highschool-Zeit war Ash so was wie der Traum aller Schwiegermütter gewesen. Er war gut aussehend, charmant und der Star der Footballmannschaft gewesen. Sein Vater war ein angesehener Deputy in der Stadt und niemand hatte sich vorzustellen gewagt, dass sein Sohn kein Musterknabe sein und in einer Absteige wie dieser hier enden könnte.

Ashs Vorzüge waren jedoch nur wie die aufgehübschte Fassade eines uralten Hauses, einzig und allein dazu gedacht, um von all seinen Schwächen, den kleinen Rissen und den feuchten Stellen abzulenken. Ashs Makel im Gemäuer war seine unersättliche Gier nach Aufmerksamkeit und Bewunderung. Er war unfähig, sich selbst zurückzustellen, um anderen den Vortritt zu lassen, und süchtig nach Bewunderung. Meistens vom weiblichen Geschlecht. Er langweilte sich schnell, was zwangsläufig dazu führte, dass man ihn ständig in anderen Betten fremder Frauen wiederfand.

Es hatte mich verletzt, dass er es mit anderen getrieben hatte, während ich damit beschäftigt gewesen war, mir die Seele aus dem Leib zu kotzen und seine Tochter in mir wachsen zu lassen. Es war schwer genug gewesen, meinen Traum von Berkeley aufzugeben. Andererseits konnte ich es ihm nur geringfügig übelnehmen, denn ich selbst hatte ihn auch betrogen. Zwar nur im Herzen, aber aus meiner Sicht wog dieser Umstand ein Vielfaches mehr als sein Betrug. Ich warf einen vorsichtigen Blick zu Owen, der mich ansah.

„Soll ich mitkommen?“

„Nein“, entfuhr es mir hastig und ich ärgerte mich sogleich darüber. „Oder doch … Aber nur, wenn es dir nichts ausmacht.“

Ein Lächeln erhellte seine Züge und wir stiegen aus dem Auto aus. Ohne uns wegen des Regens zu sorgen, liefen wir zur Haustür, die offenstand. Der Geruch nach kaltem Rauch und Urin schlug uns entgegen. Ich verzog mein Gesicht zu einer Grimasse und hielt den Ärmel meiner Jacke vor meine Nase. Der Aufzug war kaputt, weswegen wir die Treppe ins erste Geschoss nahmen. Kindergeschrei untermalt von einem viel zu laut eingestellten Fernseher war durch die Flure zu hören. Das

Gebrüll zweier Erwachsener schwoll mit jedem Schritt in das nächste Geschoss weiter an. Vor der dritten Tür vom Treppenhaus aus blieb ich stehen, holte tief Luft und klopfte. Nichts. Alles blieb ruhig. Ich warf einen unsicheren Blick zu Owen und hämmerte erneut gegen die Tür. Doch auch diesmal tat sich nichts.

Ich wandte mich zum Gehen und zog beim Laufen mein Handy aus meiner Hosentasche. „Ich rufe auf seinem Handy an und hinterlasse ihm eine Nachricht. Nur für den Fall." Während ich mein Handy ans Ohr hielt und der Voicemail-Ansage lauschte, sah ich den trostlosen Gang entlang. Hatte die geplatzte Hochzeit von Ash und mir mich vor diesem Schicksal bewahrt? Hätte er Molly und mich mit in diesen Abgrund gezogen?

„Hallo, Ashton, hier ist Kaylee, bitte ruf mich zurück, sobald du diese Nachricht abhörst. Es ist wichtig", sprach ich in den Hörer und fügte hinzu: „Es geht um Molly."

„Kay", sagte Owen plötzlich und ich hob den Blick zu der Stelle, auf die er deutete.

Hinter der Nische des Aufzugs blitzte etwas Rotes hervor und mein Herz setzte für einen Moment aus, ehe es mit voller Wucht und aus tiefster Erleichterung wieder zu schlagen begann. Molly! In dieser Sekunde wusste ich es. Sie war es! Ich ließ das Handy in die Hosentasche gleiten und hastete vor. Nach nur wenigen Metern blieb ich wieder stehen. Dort hockte sie, mein kleines Mädchen, zusammengekauert auf dem Fußboden. Sie sah derart verloren aus, dass sich meine Erleichterung in Luft auflöste.

Vorsichtig näherte ich mich ihr. Schluchzer brachten ihre kleinen Schultern zum Beben und sie wirkte so jung und verletzlich auf mich wie ein gerade erst geborenes Rehkitz. Ich war drauf und dran, mich auf sie zu stürzen und mit all der Liebe zu überschütten, die ich für sie empfand, als sie sagte: „Geh weg, Mom."

Als hätte man mich mit einem Eimer eiskalten Wassers überschüttet, blieb ich stehen. Die Ablehnung war nur schwer zu ertragen, dennoch folgte ich ihrem Wunsch. Etwas, das ich immer getan hatte. Jeder Mensch, egal wie klein er auch war, sollte selbstbestimmt durchs Leben gehen dürfen. Doch noch nie zuvor in meinem Leben hatte es mir mehr abverlangt als jetzt. Hin- und hergerissen zwischen dem Wunsch, ihren zu erfüllen und ihre Welt wieder in Ordnung zu bringen, sah ich hilflos zu Owen. Er zögerte nur für den Bruchteil einer Sekunde, dann ging er vor Molly in die Hocke und sagte: „Wir haben uns solche Sorgen gemacht, Molls."

Unbewusst und ganz selbstverständlich verwendete Owen den Spitznamen, den ich Molly gegeben hatte, und füllte mein Herz. Er streckte eine Hand aus und schob sanft Mollys wirre Haarsträhnen aus dem Gesicht. Sie hob den Blick.

„Es tut mir leid. Ich …" Sie wischte sich mit der vom Regen durchweichten Jacke über ihre Nase.

„Das muss es nicht. Wir sind nur unglaublich froh, dich endlich gefunden zu haben."

„Ich wollte zu meinem Dad."

Owen nickte verständnisvoll.

„Aber er …"

„Ich weiß … Ist schon gut." Molly und Owen sahen sich an und ich fühlte mich wie ein Außenseiter. In diesem Moment erkannte ich, dass die beiden etwas miteinander verband. Etwas, das ich nicht verstehen würde, weil ich schon immer geliebt wurde. Außer vielleicht von dem einen Mann, dem ich bereit gewesen war, meine Liebe zu schenken. Mein Herz wummerte schmerzhaft gegen meine Rippen.

Wie selbstverständlich streckte Molly die Arme nach ihm aus und Owen hob sie hoch. Ein wenig ungelenk kam er mit dem zusätzlichen Gewicht von Molly auf die Füße und drückte sie an sich. Er richtete seinen verunsicherten Blick auf mich und es kostete mich alle Kraft, mich weiterhin zurückzuhalten. Es war kaum zu ertragen und doch tat ich es. Ich nickte ihm aufmunternd zu und bedeutete ihm, sie ins Auto zu bringen. Wie in Schockstarre folgte ich ihnen durch den Regen zum Auto zurück.

Owen

Mein Herz hämmerte wie wild gegen meine Brust, als ich Molly in meinen Armen zum Auto trug. Mein rasender Puls brachte mich aus dem Takt, sodass ich kurz vor dem Auto beinahe gestolpert wäre. Das Gefühl, das ihr entgegengebrachtes Vertrauen in mir auslöste, war überwältigend. Sanft schmiegte sie ihre Wange an meine Brust und ich drückte sie an mich, bevor ich sie ins Auto setzte.

„Wir bringen dich nach Hause, okay?", sagte ich zu Molly und sah ihr in das Gesicht, das furchtbar niedergeschlagen wirkte.

„Okay", antwortete sie so kraftlos, wie sie zuvor in meinen Armen gelegen hatte. Die Rückfahrt zu Kaylees und Mollys Haus verbrachten wir stillschweigend. Es lag Unbehagen in der Luft und Kaylee warf mir immer wieder nervöse Blicke von der Seite zu. Ich wusste nicht, was sie derart verunsichert hatte. Nahm sie es mir übel, dass Molly sich von mir hatte beruhigen lassen? Oder war es gar noch etwas anderes, was ihr sauer aufstieß? Ich beobachtete, wie sie eine kurze Nachricht ins Handy tippte, es dann zur Seite legte und ihren Ellbogen am Fensterrahmen abstützte. Sie lehnte ihren Kopf gegen ihre Handfläche und sah nachdenklich aus dem Fenster.

Bakers Valley bewies einmal mehr, wie winzig es war, denn nach nur wenigen Minuten waren wir wieder bei ihrem Haus. Ich staunte nicht schlecht, als ich das Aufgebot an Fahrzeugen vor Kaylees Tür entdeckte. Ein Polizeiwagen und zwei weitere standen vor Kaylees Tür.

„O Mann", murmelte Molly auf der Rücksitzbank und sank möglichst tief in die Polster, um sich vor den neugierigen Blicken zu verstecken. „Musstest du gleich alle anrufen?"

„Sie machen sich Sorgen." Kaylee sah sich zu ihr um. „Was denkst du dir denn, was passiert, wenn du ausreißt und so einen Zettel hinterlässt? Dass ich nicht nach dir suche?"

Ich beobachtete im Rückspiegel, wie Molly den Kopf abwandte. Ein deutliches Zeichen, dass sie nicht reden wollte. Kaylee und ich tauschten einen Blick miteinander und sie seufzte. Ich spürte, wie sehr Mollys Zurückweisung sie verletzte und wie hilflos es sie machte. Mich überkam der Impuls, sie in meine Arme zu nehmen, doch bevor ich etwas tun konnte, sagte Kaylee: „Lasst uns reingehen." Sie öffnete die Tür und stieg aus dem Auto.

Ich zögerte und warf einen Blick auf die Veranda, auf der ein paar Menschen standen, auf deren Begegnung ich gern verzichten würde. Wollte ich wirklich diese Art Wiedersehen mit Menschen aus meiner Vergangenheit? Molly und ich blieben sitzen.

„Kommst du mit?", hörte ich Molly von der Rückbank fragen. Sie wirkte derart hilflos, wie sie da saß und auf das Haus schaute, das ihr Zuhause war, dass ich alle Bedenken über Bord warf.

„Na klar, was denkst du denn?"

Ich stieg aus und begleitete Molly hinein. Jeder Schritt auf das Haus zu wurde zögerlicher und Molly zog den Kopf ein, als müsse sie sich wappnen. Kaylee wartete auf Molly, wahrte jedoch genügend Abstand zu ihr.

„Molly, Gott sei Dank", hörte ich die ersten vor Erleichterung sagen, und noch während einer nach dem anderen Molly in seine Arme schloss, stieg in mir das Gefühl von Bitterkeit auf. Was hätte ich als Kind dafür gegeben, wenn sich nur eine Person derart um mich bemüht hätte? Ich schob den Gedanken zur Seite und stand plötzlich Doktor Manning gegenüber. Nach wie vor hatte er die Größe und die Schulterbreite eines Rugbyspielers und auch wenn ich ihm mittlerweile körperlich in nichts nachstand, strahlte er etwas Machtvolles aus.

Um seine Körpermitte hatte er ein paar Zentimeter zugelegt, seine Schläfen waren vollständig ergraut und seine sonnengegerbte Haut wies einige Falten mehr auf als früher. Er hob seine breite Nase in die Luft, während er mich betrachtete, und ich sah ihm seine Überraschung an. „Owen", entfuhr es ihm eine Spur zu hastig. „Mit dir hat hier keiner gerechnet."

„Tja, und doch bin ich da, nicht wahr?" Molly drängte sich neben mich, wurde jedoch sofort von ihrem Großvater an sich gezogen.

„Hey, meine Kleine, du hast uns einen ordentlichen Schrecken eingejagt."

„Entschuldige, Grandpa", murmelte sie. Auch wenn Clark Manning nie einen Hehl daraus gemacht hatte, was er von der Beziehung von seiner Tochter und mir hielt, konnte ich es ihm nie so recht übelnehmen. Denn der einzige Grund für seine

Skepsis war seine unermessliche Liebe für seine Tochter. Falls ich je eine Tochter haben sollte, wünschte ich mir genau dasselbe. Und so wie er seine Enkelin ansah, fühlte er für sie das Gleiche wie für Kaylee.

Mittlerweile waren alle aufgebrochen, nur ich stand noch unsicher, mit den Händen in meinen Hosentaschen in dem kleinen Haus und sah mich um. Auch Ethan hatte sich verabschiedet, um Marc Bescheid zu geben. Ich kannte dieses Haus, wenn auch nur flüchtig. Es hatte damals Kaylees Großmutter gehört und ich erinnerte mich daran, dass es hier immer wunderbar nach Keksen und Kuchen geduftet hatte. Grandma Manning hatte mir immer ein riesiges Kuchenstück eingepackt.

Es war erstaunlich, was Kaylee aus diesem kleinen Häuschen gemacht hatte. Sobald man eintrat, stand man bereits im Wohnzimmer, das an die Küche mit einem kleinen behaglichen Essbereich grenzte. Zwei Sofas, eins rot mit vielen bunten Kissen und eins aus Leder, standen nebeneinander. Ein altes aufbereitetes Sideboard stand links daneben, auf dem unzählige Fotos drapiert waren, die ich mir nur zu gern angesehen hätte. Doch Kaylee konnte jeden Moment zurück sein und ich wollte keinesfalls den Eindruck erwecken, herumzuspionieren. Ein kleiner Fernsehtisch stand in Reichweite und ein Garderobenständer war überfüllt mit Taschen, Jacken und Tüchern aller Art. Überall standen Blumentöpfe und Vasen, selbstgemalte Bilder mit Kinderzeichnungen verzierten den Kühlschrank und die Wände. Lichterketten und Lampen sorgten für gedämpftes Licht, das Kaylees Heim eine gemütliche Atmosphäre verlieh.

Mich erinnerte dieses Zuhause an Hollys und Jays Häuschen, das sie nach einiger Suche in Chicago gefunden hatten. Auch wenn es hier um Längen chaotischer zuging, was zweifellos daran lag, dass es hier weniger Platz gab. Dennoch gefiel es mir sofort. Ob Kaylee hier je mit einem Mann, der nicht Ethan war, gelebt hatte?

„Sie möchte nur mit dir sprechen", verkündete Kaylee tonlos und riss mich aus meinen Gedanken. Ich wandte mich zu ihr um und bemerkte sofort ihre missmutige Miene. Sie verschränkte die Arme und lehnte sich gegen die Wand zum Flur.

„Ist es denn für dich in Ordnung, wenn ich kurz zu ihr gehe?"

Kaylee zuckte mit den Achseln, vermied es jedoch, mich anzusehen. „Natürlich, wenn sie es so möchte."

Ich ging auf sie zu und nahm ihr Gesicht in meine Hände, sodass sie mich ansehen musste. Wir waren uns so nah, dass ich ihren Kaugummi-Atem wahrnahm, der nach Erdbeere roch. Unwillkürlich lächelte ich. Nach all der Zeit hatte sie noch immer dieses Laster. Es war tröstlich, zu wissen, dass sich manche Dinge nie änderten. „Manchmal ist es am schwersten, die Menschen, die wir am meisten lieben, an uns ranzulassen. Glaub mir, ich weiß, wovon ich spreche."

Sie schluckte und ihre Augen füllten sich mit Tränen. Dann deutete sie den Flur entlang. „Das erste Zimmer auf der linken Seite. Du siehst es sofort."

Und ob ich es tat. Auf der weißen Tür stand in großen bunten selbstgeschliffenen und bemalten Holzbuchstaben Mollys Name. Sie war nur angelehnt, dennoch klopfte ich, bevor ich sie aufschob.

„Darf ich?", fragte ich, als Molly mich ansah und lächelte. Sie trug bereits einen Schlafanzug, der die gleichen Farben wie ihre Kappe besaß und ein Vereinslogo prangte auf ihrem Bauch. Sofort sprang sie von ihrem Bett auf, um mir auf ihrem Schreibtischstuhl Platz zu machen. Während sie einen Stapel Bücher auf ein Regal hievte, sah ich mich in dem Mädchenzimmer um, das diesem Namen nach kein Klischee erfüllte. Die Wände waren mit Postern gefüllt, die jedoch keine Ponys oder Boygroups zeigten, sondern vor allem Bilder von Baseballmannschaften und deren Spieler, Wimpeln in den entsprechenden Farben und unzähligen kleinen Trophäen. Es hätte mich überraschen sollen, tat es jedoch nicht. Von der ersten Sekunde an war Molly mir besonders vorgekommen. Molly ließ sich auf ihr Bett sinken und nahm ihr Glas Milch in die Hand. „Meine Mom sagt, ein Glas Milch vertreibt Kummer und Sorgen."

„Tatsächlich?" Ich lächelte, weil ich mich gut daran erinnerte, wie Kaylees Mom mir jedes Mal ein Glas Milch zugeschoben hatte, wenn ich zu Besuch gekommen war. „Darf ich?", fragte ich und schob den Schreibtischstuhl mit dem Fuß in den Raum. Sie nickte und ich nahm Platz. „Sind das etwa alles deine Pokale?"

Ein Hauch Rosa zog sich über ihre Wangen, doch ihre Augen spiegelten auch eine Portion Stolz wider. Ein Gefühl, das ich gut kannte.

„Du musst richtig gut sein, wenn das alles deine Auszeichnungen sind."

„Ich hab einen guten Wurfarm, sagt mein Trainer."

„Wow! Zeigst du ihn mir mal?"

Sie zögerte und ich spürte, dass da etwas war, was sie enorm belastete. Der Stolz in ihrem Blick wich Ablehnung und Traurigkeit. „Ich spiele im Moment nicht."

„Ich auch nicht, aber mir fehlt es jetzt schon. Geht dir das auch so?"

Mollys Blick huschte zwischen mir und den Pokalen hin und her. „Ja, schon", gab sie zu, doch ich spürte sofort, dass da noch mehr war.

„Wofür hast du all diese Pokale gewonnen?", lenkte ich ihre Aufmerksamkeit wieder auf die Auszeichnungen.

Molly stand auf, stellte ihr Glas Milch auf den Schreibtisch und betrachtete das Regal näher. Ich kam ebenfalls auf meine Beine. Achselzuckend nahm sie einen Pokal in ihre Hand und wischte beinahe andächtig über das goldige Metall. „Der hier war für das große Ligaspiel meiner Mannschaft im letzten Jahr."

„Wow, das ist eine ganz schöne Ehre, findest du nicht? Ihr müsst ziemlich gut sein."

„Mag sein, aber am Ende haben wir nicht gewonnen."

„Das spielt keine Rolle. Ich meine, natürlich will man gewinnen, darum geht es schon irgendwie im Sport. Aber eigentlich ist nur wichtig, dass man das tut, was man so sehr liebt. Letztes Jahr ist mein Team das erste Mal in die Playoffs gekommen. Wir haben unglaublich hart dafür gearbeitet und galten als die Underdogs. Niemand hat gedacht, dass wir auch nur ein Spiel gewinnen würden. Doch schließlich sind wir bis ins Halbfinale gekommen und auf dem vierten Platz gelandet. Und weißt du was? Es war die verdammt beste Saison, die ich je erlebt habe. Als Team waren wir uns nie näher, nie eine größere verschworene Einheit."

„Wirklich? Und dieses Jahr?"

„Wir spielen gut, auch wenn wir einige der letzten Spiele verloren haben. Wir hoffen dennoch, uns dieses Jahr direkt für die Playoffs zu qualifizieren. Allerdings war ich sehr oft verletzt und …" Ich spürte, wie dieses Thema zunehmend an mir nagte.

„Sagen wir so, seit ich die Dreißig erreicht habe, verstehe ich, wieso Profi-Sportler mit Mitte, Ende Dreißig ihre Karriere aus gesundheitlichen Gründen beenden. Es sei denn natürlich, sie haben keinen besseren Grund, es vorher schon zu tun."

„Welchen zum Beispiel?"

Mein Blick fiel auf ein Foto, das auf Mollys Schreibtisch stand und Kaylee und sie in einer innigen Umarmung zeigte. „Der Familie wegen zum Beispiel."

„Hast du eine? Familie, meine ich."

„Meine Teamkollegen sind meine Familie."

„Also hast du keine Frau?"

„Nein."

„Wieso nicht?"

Ich lächelte und Molly grinste verlegen. „Ich hab wohl noch nicht die Richtige gefunden."

„Also möchtest du eine?"

Ich zuckte mit den Achseln. „Natürlich."

„Und Kinder?"

Ich lächelte und stimmte zu. „Aber nur, wenn sie so toll werden wie du." Molly errötete, blieb jedoch stumm und ich spürte, dass dies der geeignete Zeitpunkt war, um nachzuhaken. „Wieso spielst du nicht mehr? Was hält dich davon ab?"

Für einen Moment fürchtete ich, sie könnte sich vor mir verschlossen haben, weil sie sich abwandte und ruckartig den Pokal zurückstellte, als könne sie ihre Hände daran verbrennen.

„Mädchen spielen kein Profi-Baseball."

„Tatsächlich?", fragte ich überrascht. „Warum nicht?"

Molly zuckte mit den Achseln. „Es gibt keine echten Teams."

„Ich erinnere mich da zum einen an diesen Film, der von einer Frauenmannschaft in den Fünfzigern oder Sechzigern handelt ..."

„Eine Klasse für sich“, entgegnete Molly und ein Lächeln stahl sich auf ihr Gesicht. „Aber das war nur ein Film.“

„Der aber auf einer wahren Begebenheit beruht“, korrigierte ich sie.

Wieder folgte ein achtloses Schulterzucken, als ginge sie das nichts an.

„Und es gibt echt keine Baseball-Frauen-Liga?“ Ich musste zugeben, dass ich mich damit noch nie befasst hatte. In der Tat gab es nur wenige Profi-Ligen für Frauen, die auf einem ähnlichen Level mitspielen konnten, aber keineswegs, weil sie nicht gut genug waren. Vor allem in den letzten Jahren bin ich einigen begegnet, die wahnsinnig talentiert waren. Mich ärgerte dieses alte Zwei-Klassen-Denken.

Molly seufzte. „Seit 2004 gibt es eine Weltmeisterschaft für Frauen-Baseball. Die Letzte hat 2018 stattgefunden, aber das ist nicht das Gleiche.“

„Und du denkst, das ist ein Grund, das aufzugeben, was du liebst?“

Molly schwieg, doch ich sah ihr an, dass etwas in ihr darauf wartete, herauszubrechen. „Die anderen in meiner Schule sagen, ich bin ein Freak.“

Erstaunt hob ich eine Braue. „Das sagen sie?“

„Die Mädchen, weil ich mich nicht für Make-up interessiere, und die Jungs, weil ich besser bin als sie.“

„Das ist doch Bullshit“, entfuhr es mir und ich strich verlegen wegen meines Ausbruchs durch mein Haar. „Hör mir mal zu, Kleines, du solltest kein bisschen auf sie hören. Erstens …“, ich hob demonstrativ einen Finger in die Luft, „… du bist viel zu hübsch, um dein Gesicht mit Make-up zu verschandeln. Zweitens …“, ich nahm einen weiteren Finger dazu, „… diese Jungs, die dich einen Freak nennen, sind neidisch, weil du viel besser bist als sie. Wir Jungs können leider ziemliche Arschlöcher sein, wenn wir uns in unserem Ego gekränkt fühlen. Und glaub mir, Kleines, all diese Dinge, die dich einzigartig machen und für die andere dich als Freak bezeichnen, sind auch exakt die Dinge, die dich besonders machen. Du darfst ihnen auf keinen Fall den Gefallen tun und mit dem aufhören, das dich glücklich und einzigartig macht."

Molly schniefte und ehe ich mich versah, stürzte sie sich in meine Arme. Ich war derart überrumpelt, dass ich den Bruchteil einer Sekunde brauchte, um meine Arme um sie zu schlingen. Diese Zuneigungsbekundung kam überraschend und traf mich so tief, dass ich die Intensität der Gefühle, die mich überkamen, kaum ertrug. Es war, als hielte ich die Sonne selbst im Arm, die mich mit ihrer Intensität bis ins Mark erwärmte. Ich erkannte, wie hohl und ausgekühlt ich mich in den letzten Jahren gefühlt hatte. Ausgebrannt und vollkommen leer.

Dieses Mädchen hatte eine ganze Menge Sorgen und dennoch gab sie mir in diesem Moment so viel. Dass ausgerechnet ich derjenige war, der sie nun halten durfte, war ein Geschenk. Die Spuren meines seelischen Rückschlags, für die mein Vater verantwortlich war, waren wie weggewischt. Alles, was ich spürte, war diese angenehme Wärme, die man mit einem heißen glücklichen Sonnentag vergleichen konnte.

„Ich habe keinen einzigen Freund in der neuen Schule. Alle hassen mich", schluchzte sie und drückte ihr kleines Gesicht fest an meine Brust, direkt unterhalb meines Kinns. Sanft strich ich über ihren Rücken, der von ihren Schluchzern geschüttelt wurde.

„Das kann ich einfach nicht glauben."

„Doch, ich bin mir ganz sicher."

Sanft umfasste ich mit meinen Fingern ihr Kinn und hob es

an, um ihr in das verzweifelte Gesicht zu sehen. „Als ich nur ein, zwei Jahre älter war als du jetzt, habe ich mich genauso gefühlt. Ich hatte keine Freunde. Der Ruf meiner Familie hatte dafür gesorgt, dass alle Kinder entweder Angst vor mir hatten oder sich, dank dem Zureden ihrer Eltern, von mir abwandten. Ich weiß ganz genau, wie du dich gerade fühlst. Aber weißt du, was dann geschehen ist?"

Sie schüttelte den Kopf.

„Deine Mom ist passiert. Sie hat mich zu ihrem neuen Freund auserkoren, einfach so. Und nach einem seltsamen verrückten Augenblick waren wir die besten Freunde."

„Was für ein verrückter Augenblick?"

Ich lächelte bei der Erinnerung an jenen Tag. „Ich wurde trotz meines gebrochenen Arms von einigen Jungs herumgeschubst und plötzlich ist deine Mom in ihrem Cheerleader-Kostüm aufgetaucht und hat alle Angreifer in die Flucht geschlagen. Wie eine Kriegerin aus einer Fantasy-Verfilmung hat sie sich zwischen mich und diese Jungs gestellt und ihr Essenstablett wie eine Waffe geschwungen."

„Wow", sagte Molly ehrfürchtig.

„Du sagst es. Am gleichen Tag wurde sie von ihren Freundinnen geärgert und ich bin mit ihr nach Hause gelaufen. Ich denke, ab diesem Moment waren wir Freunde, und ich werde nie verstehen, warum."

„Weil man sich nicht gemeinsam in den Krieg stürzen kann gegen eine solche Meute, ohne dicke Freunde zu werden", erklang plötzlich eine Stimme von der Tür und wir drehten uns beide zu Kaylee um, die dort im Türrahmen lehnte und uns ansah. Sie hatte eine Strickjacke übergezogen, die ihr bis zu den Waden reichte, und sie fest um ihren Körper gewickelt. Das Haar trug sie offen und allein ihr kurvenreicher Umriss, der sich vor dem gedimmten Licht des Wohnzimmers abzeichnete, war verheißungsvoll. Räuspernd strich ich durch meine wahrscheinlich wild abstehenden Haare, als sie lächelnd herein kam und sich auf das Bett ihrer Tochter setzte. Sie schenkte mir nur einen kurzen Moment ihre Aufmerksamkeit, ehe ihr Fokus auf Molly fiel.

„Das ist also der Grund, warum du Aaron geschlagen hast? Er war gemein zu dir, weil du im Sportunterricht besser bist als er?“

Molly presste die Lippen fest aufeinander und schüttelte den Kopf.

„Was hat er gesagt, dass meine Tochter ihm die Nase gebrochen hat?“

„Du hast ihm die Nase gebrochen?“, entfuhr es mir und ich schaffte es nicht, den unverkennbaren Stolz aus meiner Stimme zu verbannen, wofür Kaylee mir einen warnenden Blick zuwarf. Ich räusperte mich verlegen und hob unschuldig die Hände.

„Ich nicht. Es war Andrew, der ihn geschlagen hat.“ Molly schüttelte den Kopf und ich sah, wie sie ihre Hände zu Fäusten ballte. „Ich möchte aber nicht sagen, warum.“

„Molls, du kannst mir alles sagen. Das weißt du doch, oder?“

Molly schlug verlegen ihre Augen nieder und wich dem Blick ihrer Mom aus. Mir kam ein Verdacht und obwohl ich nicht sicher war, dass mir zustand, etwas dazu zu sagen, wagte ich es dennoch. „Er hat etwas über deine Mom gesagt, nicht wahr?“

Molly schniefte wieder und sah aus, als hielte sie nur mit Mühe ihre Tränen zurück. „Er hat gesagt, meine Mom müsse eine Hure sein, weil sie nicht verheiratet ist und schon eine so große Tochter hat.“ Molly wischte sich über das Gesicht.

Kaylee schloss für einen Moment gequält ihre Augen, ehe sie mich ansah. Ich spürte, wie schrecklich schuldig sie sich fühlte, weil ihre Tochter ihretwegen gehänselt wurde, und gleichzeitig erleichtert darüber war, endlich den Grund zu erfahren, was im Leben ihrer Tochter wirklich los war.

„Bist du deswegen zu deinem Dad gelaufen?“, fragte Kaylee vorsichtig.

„Ich wollte ihn fragen, warum er uns … mich nicht gewollt hat.

„O Liebling,“, entfuhr es Kaylee und sie breitete die Arme aus. Wie Molly zuvor mir in die Arme gefallen war, stürzte sie sich jetzt in die Umarmung ihrer Mom.

Eine Weile sah ich zu, wie die beiden sich in den Armen lagen und sich einfach aneinanderklammerten. Ehe das Gefühl, zu stören, zunahm, blickte Kaylee mich an und formte mit ihren Lippen das Wort „Danke“. Ich wusste zwar nicht, wofür genau sie sich bedankte, dennoch nickte ich und verließ leise den Raum, um ihnen Zeit zu geben.

Eine Weile stand ich ratlos im Wohnzimmer der Mannings und begann schließlich, Tassen zusammenzuräumen, ehe Kaylee zu mir ins Wohnzimmer trat.

„Und, wie geht's ihr?“, fragte ich.

Kaylee lächelte erschöpft, aber glücklich. „Besser. Sie ist eingeschlafen. Gleich morgen werde ich Mrs. Pratchett eine saftige E-Mail schreiben.“ Mit grimmiger Miene schüttelte sie den Kopf. „Keine Ahnung, wie du das geschafft hast“, sagte sie beinahe ehrfürchtig und ich schaute zu ihr.

„Was meinst du?“

Sie lächelte und schüttelte erneut den Kopf. „Das sieht dir ähnlich. Du vollbringst ein Wunder und weißt es nicht mal.“

Verständnislos zuckte ich bloß mit den Achseln.

„Molly hat sich in den letzten Wochen sehr verändert und vor mir verschlossen. Ich hatte keine Chance, zu ihr durchzudringen. Ich wusste einfach nicht, was los war. Und heute wurde sie vom Baseball-Training ausgeschlossen, weil sie einen Jungen verletzt hat. Sie wollte mir nicht sagen, was passiert war, doch du … du kitzelst all diese Dinge in kürzester Zeit aus ihr heraus. Wie hast du das nur geschafft?"

„Ich habe scheinbar diese Wirkung auf Frauen", entgegnete ich und klang dabei ganz wie Mika. Verwundert sah ich Kaylee zu, wie sie den Kopf in den Nacken warf und lachte. „Du willst doch nicht etwa das Gegenteil behaupten?", fragte ich entsetzt, grinste jedoch.

„O nein, das fiele mir nicht im Traum ein. Schließlich weiß ich noch genau, wie du Susanna Smith um deinen Finger gewickelt hast."

Natürlich spielte sie auf den peinlichsten Moment meiner ersten Schwärmerei an, die in einem Fiasko geendet war. Susanna Smith war zwei Klassen über mir gewesen, hatte mich um ganze drei Köpfe überragt und immer etwas Wildes an sich gehabt. Als heimlicher Verehrer hatte ich ihr einen Liebesbrief auf der Rückseite eines Arbeitsblattes geschrieben, auf dem mein Name stand. Kaylee lachte unverhohlen und ich warf ein Kissen nach ihr, das sie lachend auffing und zu mir zurückwarf.

„Im Ernst, Owen, ich danke dir dafür, dass du Molly all diese Dinge gesagt hast, die sie so dringend hatte hören müssen."

„Welche meinst du?"

Kaylees Augen glänzten verräterisch. „Dass all diese Dinge, die sie einzigartig machen und für die andere sie als Freak bezeichnen, die Dinge sind, die sie besonders machen. Ich glaube, es war wichtig, dass sie sie von einer Person hört, die sie nicht schon ihr Leben lang kennt. Ihr seid euch erst vor wenigen Tagen das erste Mal begegnet und trotzdem hast du sofort bemerkt, wie unglaublich sie ist."

„Aber es ist wahr. Alles davon. Sie ist ein besonderes Kind."

Ein glückliches Lächeln stahl sich auf Kaylees Lippen und sie blinzelte die aufsteigenden Tränen fort. „Ich weiß." Wir schwiegen eine Weile und sahen uns nur betreten an.

„Darf ich dich was fragen, Cookie?"

Bei diesem alten Kosenamen verzog sie das Gesicht. „Klar", antwortete sie.

„Du und Ash …", begann ich vorsichtig, ehe ich so recht wusste, was ich genau hatte sagen wollen.

„Das ist kompliziert." Kaylee seufzte. „Wir waren sogar verlobt, doch Ash … Wir haben die richtige Entscheidung getroffen und es nicht durchgezogen. Es wäre in die Hose gegangen."

Tante Margie hatte recht gehabt. Kaylee ließ kein schlechtes Haar an Ash und für einen Moment stieg Ärger in mir auf. Es war sogar mehr als das. War ich etwa eifersüchtig? Auf den ersten Blick war Ash immer die bessere Wahl für Kaylee gewesen. Im Gegensatz zu mir stammte er aus einer intakten Familie und hatte, dank seines Sportstipendiums, Kaylee immer mehr zu bieten gehabt. All das machte einen jedoch nicht zum besseren Menschen, wenn man einen miesen Charakter besaß.

„Weißt du, für eine Weile … dachte ein Teil von mir … wünschte er sich, Molly wäre von mir."

Kaylees Kopf ruckte zu mir herum und sie blinzelte erstaunt. „Du …"

„Ja, ich weiß, das ist albern, nicht wahr?" Verlegen schüttelte ich den Kopf und schämte mich, diesen inneren Wunsch mit ihr geteilt zu haben. Ich wandte ihr den Rücken zu, doch Kaylee hielt mich am Arm zurück. Sie ging auf ihre Zehenspitzen und näherte sich meinen Lippen.

„Nein, ganz und gar nicht. Das ist ungefähr … das Schönste, das je jemand zu mir gesagt hat." Zärtlich streichelte sie meine Wange, sah mir tief in die Augen und küsste mich behutsam. Ihre Lippen hauchten einen Kuss auf meine, ihr Atem strich über meine Haut, als sie sich langsam von mir löste und mir wieder in die Augen sah. Ein Aufruhr glitt durch meinen Körper. Dieser Kuss war anders als der im Haus meines Vaters. Dort war die Leidenschaft mit uns durchgegangen. Dieser hier übermittelte etwas ganz anderes. Ein Gefühl, das mir aus längst vergessener Zeit vertraut war: Geborgenheit.

„Du machst es mir unmöglich, Owen, mich von dir fernzuhalten." Die Glut in ihrem Blick entfachte ein Feuer in mir, das nur sie allein besänftigen konnte. Das alles war keine gute Idee, es wäre besser, wenn ich mich von ihr abwandte, denn ich war mir sicher, ich wäre ihr Untergang. Doch es war unmöglich, mich ihr zu entziehen. Von der Sekunde an, als ich Margies Anruf erhalten hatte, waren wir dazu bestimmt gewesen, an diesem Tag in dieser Küche zu stehen und uns unserem lange unterdrückten Verlangen hinzugeben.

Meine Hände umfassten ihr Gesicht, ich beugte mich vor und eroberte ihren Mund, glitt mit meiner Zunge zwischen ihre Lippen und forderte ihre zum Duell heraus. Ihr Duft nach Lavendel und Erdbeere betörte meine Sinne, und ihr Geschmack war atemberaubend. Sie klammerte sich an meine Schultern und ich spürte, wie ihre Beine nachgaben. Sofort umschlangen meine Arme ihren Körper, hielten sie und bewahrten sie vor dem sicheren Sturz. Hatte ich tatsächlich diese Wirkung auf sie? Genugtuung erfüllte mich, als sie endlich ihren warmen weichen Körper gegen meinen drängte, sodass jeder Zentimeter meiner Haut in Flammen stand. Unsere Lippen verschmolzen zu einem langen innigen Kuss und meine Hände glitten über ihren Po und hoben sie in einer einzigen fließenden Bewegung an. Sie schlang ihre Beine um mich, sodass ich sie besser bis zu der Kücheninsel tragen konnte, auf der ich sie behutsam absetzte. Ihre warme Mitte presste sich gegen meinen pulsierenden Schaft und ich verfluchte die Kleidungsstücke, die unsere Körper voneinander trennten. Die innere Ungeduld, sie endlich ganz und gar mein zu nennen, kämpfte gegen das Bedürfnis, jeden Moment in vollen Zügen auszukosten. Es war ein wilder Kampf, der in mir tobte, wie zwei Stürme, die sich auf offener See trafen, darauf brennend, alles mit sich zu reißen, was sich ihnen in den Weg stellte.

Meine Hand glitt unter ihr Shirt und ich bekam ihren BH zu fassen, den ich, ohne recht zu wissen wie, am vorderen Verschluss öffnete. Meine Fingerspitzen trafen auf ihre Brustwarzen, die sich zu zwei süßen Knospen zusammengezogen hatten und mich förmlich um Erlösung anbettelten. Kaylees Körper bäumte sich auf, sie beugte sich vor und ihr entfuhr ein lustvolles Stöhnen. Sanft strichen meine Lippen ihren Hals entlang und über die Stelle, unter der ich ihren rasenden Puls spürte, glitt über ihr Dekolleté und umschloss mit meinen Lippen ihre Brustwarze.

„O Owen", stöhnte sie, ehe sie sich plötzlich versteifte. „Ethan", entfuhr es ihr und ich sah sie verdattert an. Ihre Brust hob und senkte sich schnell und sie schob mich von sich, als hätte sie ihre Meinung geändert. Verständnislos sah ich ihr dabei zu, wie sie ihre Kleidung hastig wieder richtete. Sie sprang von der Küchenanrichte und kam neben mir zum Stehen. „Ethan", sagte sie erneut, jedoch diesmal nicht zu mir.

Und endlich begriff ich, als ich eine Tür hinter uns ins Schloss fallen hörte.

„Ähm … Ich störe doch nicht etwa, oder?“

Langsam wandte ich mich zu ihm um, strich durch mein zerzaustes Haar und hörte, wie Kaylee entgegnete: „Wie kommst du denn darauf?“ Der Klang ihrer Stimme war viel zu hoch – ein sicheres Zeichen, dass sie log.

Ein wissendes Grinsen zeigte sich auf Ethans Gesicht und er deutete auf die Tür. „Ich könnte noch mal gehen und, sagen wir, in einer Stunde wieder da sein.“

Mein Innerstes jubelte ihm zu, doch Kaylee winkte ab. „Mach keinen Quatsch, Owen wollte ohnehin gerade gehen.“

„Wollte ich das?“, fragte ich lahm und Kaylee rammte mir ihren Ellbogen in die Seite.

Ein rosa Hauch überzog ihre Wangen und aus ihren grünen Augen sprühten Funken. Alles an ihr wirkte so lebendig, so voller Leidenschaft, dass es mir reichen würde, sie den Rest meines Lebens einfach bloß anzusehen.

„Natürlich. Es ist spät, Molly ist hier und ich gehöre auch ins Bett.“

Ich grinste und ließ mich von ihr zur Tür schieben. „Wenn du das sagst.“

„Das sage ich“, sagte sie mit fester Stimme und trat mit mir auf die Veranda hinaus, um Ethans neugierigem Blick zu entgehen.

„Bist du sicher?“, fragte ich und kam ihr so nah, dass unsere Nasen sich berührten. Zärtlich rieben sie gegeneinander, meine Hand streichelte über ihre Wange und anschließend durch ihr Haar.

Sie biss auf ihre Unterlippe und schien in dieser Sekunde alles anderes als überzeugt zu sein. Hilflos schüttelte sie den

Kopf. „Das Letzte, was ich will, ist, dass mein neugieriger Mitbewohner ganz offen an meiner Zimmertür lauscht."

„Mir machen Zuhörer nichts aus."

Ihre sehnsuchtsvolle Miene veränderte sich in eine bedauernde. „Ich bin keins deiner Betthäschen, Owen. Ich bin eine alleinerziehende Mom, deren Tochter dich anbetet und nur durch eine dünne Wand von meinem Schlafzimmer getrennt ist. Ich habe Verantwortung. Sie ist schon verwirrt genug und ich will sie keinesfalls noch weiter verwirren. Verstehst du?"

Das Argument verstand ich, auch wenn mich ihre Zurückweisung mehr verletzte, als ich zugeben wollte.

„Ich verstehe", sagte ich und zog mich hastig von ihr zurück. Übermütig sprang ich über den Zaun, der die Veranda umgab, in den Regen, und Kaylee sah mir lachend hinterher. Sie lehnte sich gegen den weißen Holzbalken, der von Blumen umrankt war und sah mir nach.

„Ach … und Kaylee …?" Der Regen prasselte auf mich nieder und hatte innerhalb von Sekunden meine Kleidung bis auf die Haut durchnässt. „Du warst nie bloß ein Betthäschen", rief ich ihr zu. Ihr Lachen ebbte ab und sie wirkte ernst.

„Versprichst du mir was, Owen?", rief sie mir hinterher, als ich im Begriff war, mich in mein Auto zu flüchten.

Abwartend sah ich sie an. Ich blieb im Regen stehen, der mir nicht das Geringste anhaben konnte, denn mein Innerstes war von der Glut, die von meinem Herzen durch meinen Körper gepumpt wurde, erwärmt.

„Verabschiedest du dich diesmal, bevor du fährst? Nicht nur wegen mir, sondern auch wegen Molly. Sie … hat einen Abschied verdient."

„Das habt ihr beide. Sobald ich fahre, werde ich mich verabschieden, Kaylee. Versprochen."

Ich hob die Hand zum Abschied, warf ihr einen langen Blick zu und setzte mich klatschnass in das Auto. Ein zartes Kribbeln breitete sich von meinem Magen bis in meine Gliedmaßen aus. Es war sanft, so zart wie das Flügelschlagen eines Schmetterlings, aber so intensiv, dass ich es nicht ignorieren konnte. Das war mehr als Lust und Begehren. Das war … nicht gut! Gar nicht gut. Um genau zu sein: Es war eine Katastrophe.

# KAPITEL 9

KAYLEE

*„Das habt ihr beide. Ich werde mich verabschieden, Kaylee. Versprochen"*, hallten Owens Worte in mir nach und ich seufzte. Mein Herz trommelte noch immer wie wild in meinem Brustkorb, als ich Owens Leihwagen dabei zusah, wie er um die Ecke bog. Nur mit Mühe schaffte ich es, den Blick von der Stelle abzuwenden, an der er eben noch zu sehen gewesen war. Mein Körper war wie erstarrt und ferngesteuert. Seine Berührungen, seine Lippen und jede Fingerkuppe hatten eine Spur wie ein Brandmal auf meiner Haut hinterlassen, die vor Verlangen glühte. Es schien, als hätte er jedes Haar an meinem Körper elektrisiert. Eine sanfte Energie durchlief mich, seit ich vor Stunden in seinen Wagen gestiegen war. Es glich einem Gefühl, das mir vertraut und doch völlig fremd war. Als kannte ich es aus einem längst vergessenen Leben, das jemand anderem gehörte.

Langsam lehnte ich mich mit dem Rücken gegen die Tür

und schloss die Augen. Dies war die denkbar schlechteste Situation, in der ich mich befinden konnte. Wieso ließ ich zu, dass Owen diese Gefühle in mir weckte? Ich wünschte wirklich, ich hätte mich besser im Griff, aber aus einem unerfindlichen Grund kam ich mir wie ein aufgescheuchtes Huhn vor, das den Fuchs im Hühnerstall fürchtete. Andererseits sehnte ich mich nach ihm und der Gefahr, die von ihm ausging. Bevor ich weiter darüber grübeln konnte, wurde die Tür hinter mir aufgezogen und riss mich aus meinen Gedanken. Ethan hatte dieses unmögliche Grinsen im Gesicht, das mir sagte, dass er uns durchs Fenster beobachtet hatte. Neben Tante Margie war Ethan die wohl größte Nervensäge des Ortes und wenn er sich erstmal in etwas verbissen hatte, dann ließ er nicht locker.

„Hey, Zuckerpuppe. Du hast da was in den Augen."

O nein, hatte ich mich vollkommen zum Affen gemacht, indem ich mit verwischter Wimperntusche Owen angehimmelt hatte? Dank des Wolkenbruchs wäre alles andere undenkbar. Panisch wischte ich mir übers Augenlid und schob mich an ihm vorbei in den Flur, um einen verunsicherten Blick in den Spiegel zu werfen. In dem entdeckte ich jedoch nichts, abgesehen von ein paar dunkleren Rändern und Sorgenfältchen. Ich kniff die Augen zusammen und sah Ethan vorwurfsvoll an, der mich unschuldig anlächelte und „Herzchen" antwortete.

Ich boxte ihm meine Faust gegen den Oberarm. Nicht annähernd so fest, wie er es verdient hatte, dennoch rieb er sich die Stelle mit schmerzverzerrter Miene. Er war schon immer eine Drama-Queen.

„Okay, das hab ich wohl verdient, aber ich konnte einfach nicht widerstehen."

Augenrollend schloss ich die Tür hinter uns, ging in die Küche und hielt zielstrebig auf den Kühlschrank zu. Um das

Brennen in meiner Kehle zu löschen und mich eine kurze Weile vor Ethans forschendem Blick zu verstecken, nahm ich eine gekühlte Flasche Wasser heraus, setzte sie an und nahm ein paar tiefe Schlucke.

„Owen also, ja?" Es war eine Feststellung, auf die ich glücklicherweise nicht antworten musste. „Und?", hakte Ethan nervigerweise nach. Natürlich ließ er nicht so schnell locker.

„Was und?"

„Na, erzähl schon. Wie ist es dazu gekommen, dass ihr gemeinsam zurückgekommen seid und ich euch jetzt hier in flagranti auf dem Küchentresen erwischt habe?"

„Wir sind nicht …", setzte ich an und hielt inne, als ich Ethans hochgezogene Brauen sah. „Du hast uns gesehen?"

„Ich bin am Fenster vorbeigelaufen. Ich hätte blind sein müssen, um das nicht zu sehen."

„Und dann dachtest du nicht daran, mir ein wenig mehr Privatsphäre zu gönnen?"

„In Anbetracht dessen, dass Molly sich nur ein paar Meter von euch entfernt in ihrem Zimmer befunden hat –, dachte ich, es wäre dir vielleicht lieber, wenn ich euch unterbreche."

Ich errötete und biss mir verlegen auf die Unterlippe. Molly hatte ich kurzzeitig vollkommen ausgeblendet. „Danke", murmelte ich kleinlaut.

„Gern geschehen. Falls du gern von Owen an bestimmter Stelle gekratzt werden willst, dann geh nur zu ihm. Ich hab gern ein Auge auf Molly."

Sofort schüttelte ich den Kopf. „Vergiss es. Ich werde sie auf keinen Fall allein lassen."

Ethan legte eine Hand in die Hüfte. „Wieso überrascht mich das nicht, kleiner Feigling? Lass das mit dem schlechten Gewissen. Owen sah aus, als wäre er sehr gern bereit, dir diesen Dienst zu erweisen, und du solltest dir diese Chance nicht entgehen lassen. Ich mein, hast du seine Armmuskeln gesehen?"

Demonstrativ rollte ich mit den Augen, um ihm deutlich zu zeigen, was ich von seiner überflüssigen Frage hielt. „Es ist kompliziert, Ethan."

„Das war es schon immer zwischen euch, aber manche Dinge – Dinge wie Sex – müssen nicht kompliziert sein. Sieh Marc und mich an. Wir bumsen, wenn es uns gefällt, und überspringen das ganze restliche Drama."

„So einfach ist das nicht. Ich habe Molly. Ich kann nicht ..."

„Entschuldige, Süße, aber das ist Unsinn. Du bist mehr als nur eine alleinerziehende Mom. Hinter dem Schild hast du dich jetzt lange genug versteckt. Du hast Bedürfnisse und das ist nur menschlich. Außerdem ... Was willst du deiner Tochter vorleben? Dass ein gesundes Sexualleben für eine Frau nicht erstrebenswert ist, bloß weil man Mutter geworden ist?"

Gegen meinen Willen spürte ich, wie meine Wangen warm wurden. „Das spielt keine Rolle. Er ist nur kurz hier, weil sein Vater im Sterben liegt." Meine nüchterne Erinnerung, was tatsächlich gerade los war, riss Ethan nicht aus seiner Träumerei.

„Und dennoch scheint er häufig in eurer Nähe aufzutauchen. Das sind, wenn man bedenkt, wie kurz er erst hier ist, eindeutig zu viele Zufälle. Denk nur an Tante Margie. Laut ihr gibt es so was nicht."

„Seit wann glaubst du an Tante Margies Esoterik-Kram?"

Ethan hob einen Finger in die Luft. „Na ja, seit ich den Ruf des Schicksals selbst laut höre ..."

„Du meinst, als du über den Sportlehrer in einer Schule hergefallen bist und ich quasi live bei einem deiner Orgasmen dabei war?", fiel ich ihm ins Wort und hob vielsagend meine Brauen.

„Das klingt ja, als sei ich zum Zombie mutiert und hätte wie Liv Moore sein Hirn geplündert." Natürlich spielte er auf unsere neueste Suchtserie *iZombie* an und schüttelte den Kopf. „Als ich zuletzt nachgeschaut habe, war er noch quicklebendig und sehr glücklich über unser Intermezzo."

„Ich dachte, du wolltest ihn nicht mehr treffen, solange er nicht bereit ist, mehr als dein kleines schmutziges Geheimnis zu sein." Ich war Profi darin, Ethan von unangenehmen Themen abzulenken, indem ich ihn auf sein eigenes seltsames Liebesleben hinwies.

Er zuckte nur mit den Achseln. „Marc ist einfach zu gut darin, mich an der Stelle zu kratzen, an der es mich meistens juckt."

„Und was ist mit deiner Sorge um gebrochene Herzen?"

„Hat es dich schon mal richtig gejuckt?" Dann kniff Ethan plötzlich seine Lider zusammen und zeigte mit dem Finger auf mich. „Du Luder willst mich nur von dir und Owen ablenken."

„Ich? Wie käme ich denn dazu? Vor allem da es kein Owen und mich gibt."

„Das sah aber eben ganz anders aus."

Ich schenkte ihm einen bitterbösen Blick. „Owen hat einen Durchbruch bei Molly erzielt." Und dann erzählte ich ihm alles, ließ mich von ihm in den Arm nehmen und genoss seinen Rückhalt, der mich immer aufbaute.

„Hey, Kaylee, du weißt doch, wie Mädchen in diesem Alter sind. Molly macht eine schwierige Phase durch. Die neue Schule, das neue Team und all die neuen Schüler, die sich solche fiesen Geschichten ausdenken. Das ist einfach ein bisschen viel auf einmal. Es hat nichts mit dir zu tun, verstehst du? Ihr beide seid immer noch die Gleichen, ihr seid ein großartiges Team. Ihr macht nur grad eine von mehreren schwierigen Phasen durch – das ist alles."

„Wahrscheinlich hast du recht."

„Ich weiß. Rate, was ich noch weiß! Owens Rückkehr geht dir ziemlich unter deinen Schlüpfer ... äh ... die Haut."

„Ethan, du bist unmöglich."

„Auch das weiß ich, also erzähl mir alles." Unverhohlene Neugier blitzte in seinen Augen auf.

Ich holte tief Luft. „Er ... Ich weiß auch nicht, warum mich seine Rückkehr derart aus der Bahn wirft."

„Wahrscheinlich, weil du dich seit eurem Ding damals – kurz vor seiner Flucht und dem anschließenden Verrat dir gegenüber – fragst, wie dein Leben mit ihm verlaufen wäre."

Etwas, das ich an Ethan wahnsinnig schätzte, war seine absolute Ehrlichkeit, doch in diesem Fall wünschte ich mir, er hätte gelogen.

„Er war immer dein Schwachpunkt, Kaylee. Ash war deine Trotzreaktion. So einfach war das. Deine Beziehung mit ihm hat dein gesamtes Leben auf den Kopf gestellt, und das nimmst du Owen insgeheim übel."

„Ich liebe Molly und alles, was mein Leben mir dadurch beschert hat."

„Du liebst Molly und niemand würde je etwas anderes behaupten. Du bist die verdammt beste alleinerziehende Mom, die es gibt, und das nach allem, was in den vergangenen elf Jahren geschehen ist. Aber du hasst es, welchen Verlauf dein Leben nach der Geburt genommen hat. Du musstest dein Studium abbrechen, hast zwei Jobs angenommen und musst dir schon die ganze Zeit alles hart erkämpfen."

„Das klingt anstrengender, als es wahrscheinlich war."

„Du bist eine Kämpferin. Niemand weiß das besser als ich. Doch auch jede Kämpferin will geliebt werden, und Owen … Owen ist der eine Typ, der dir nie aus dem Sinn gegangen ist. Die Frage lautet nur: Warum? Weil er den gewissen Reiz ausübt oder weil er der Eine ist?"

Ich verschränkte die Arme vor der Brust. „Eine Romanze ist auch heute noch unmöglich. Er steht mit einem Fuß schon wieder im Flieger nach weiß der Kuckuck wohin."

„Chicago. Er lebt in Chicago und wir beide wissen, dass du es weißt."

„Chicago ist zu weit weg für ein … irgendwas. Außerdem, wer weiß denn schon, ob er überhaupt interessiert wäre."

„O Baby, glaub mir, er ist so was von interessiert. Ich hab diese riesige Beule in seinem Schritt gesehen und …"

„Ich meine nicht daran, sondern an … mehr", korrigierte ich ihn.

„Hör auf, alle Möglichkeiten, wie sich etwas entwickeln könnte, durchzuspielen. Hör auf, nachzudenken, und tu es einfach."

„Er hat gesagt, dass er sich wünschte, Molly wäre von ihm", murmelte ich und Ethan lächelte.

„Das zeigt nur, welch guten Geschmack er hat und dass er sehr wohl an mehr interessiert ist. Außerdem wäre er ein viel besserer Vater."

„Woher willst du das wissen?"

„Das wäre nicht schwer, oder?"

„Dennoch ist Ash ihr Dad und sie sehnt sich nach ihm. Denkst du, ich sollte noch mal versuchen, die beiden zusammenzubringen?"

Ethan holte tief Luft. „Ich bin wahrscheinlich der schlechteste Ratgeber, wenn es um Ash geht. Ich finde, ihr seid besser dran, wenn er meilenweit weg von euch ist.“ Ethan und Ash verband schon seit Jahren eine wahre Hass-Liebe, wobei der Hass deutlich ausgeprägter war. Sie konnten einander nicht ausstehen und beide liebten es, den jeweils anderen aus tiefstem Herzen zu hassen.

„Wir haben sie bei ihm gefunden.“

„Ich weiß, sie hat es mir vorhin gesagt.“

„Meinst du, ich hätte ihre Beziehung zu Ash mehr fördern sollen?“

Ethan griff nach meinen Schultern und sah mir fest in die Augen. „Du hast verdammt noch mal alles getan, was nötig und möglich war. Genau genommen hast du weit mehr getan, als von einer Frau in deiner Situation zu erwarten gewesen wäre. Hast du mich verstanden? Ash ist und bleibt ein Versager. Als Verlobter, als Freund und vor allem als Vater. Du kannst daran nichts ändern. Mit dieser Bürde muss Molly leider klarkommen, auch wenn sie die beste Vaterfigur der Welt verdient hat.“

„Wenigstens hat sie den besten Onkel.“

Ein breites Lächeln erschien auf Ethans attraktiven Zügen und seine Schultern strafften sich vor Stolz. „Und nicht zu vergessen den bestaussehenden.“

Ich kicherte und für eine kleine Weile war meine Welt in Ordnung. Ohne Ash. Ohne Liebe. Und sogar ohne Owen.

## OWEN

Das goldene Licht der Morgensonne flutete die Anhöhe, auf der ich stand, ließ das grüne Gras noch viel saftiger erscheinen und züchtete tiefe und lange Furchen in Form von Schatten, die die Bäume warfen, die mich umgaben.

Der Duft von Frühling hing in der Luft und das Summen der Bienen und das Zwitschern der Vögel verstärkten den Eindruck noch. Mein Brustkorb hob und senkte sich heftig nach dem halben Marathon, den ich hinter mir hatte, um genügend Sauerstoff in meine Lungen zu ziehen. Mein Herz hämmerte wie wild gegen meine Rippen, um besagten Sauerstoff durch meine Adern, bis zu den schmerzenden Muskeln zu transportieren. Mein verschwitztes Haar klebte mir am Kopf und kitzelte mich im Nacken. Es war viel zu lang und ich sollte es endlich mal wieder schneiden lassen. Wäre ich in den vergangen Wochen im normalen Spielbetrieb gewesen, hätten mich die langen Zotteln bereits in den Wahnsinn getrieben.

Ich rollte meine schmerzende Schulter und verzog das Gesicht zu einer Grimasse. Viel zu lange beschäftigte mich diese Verletzung schon, was eindeutig ein Problem war, das mit meiner Vergangenheit verknüpft war. Ich war es leid, dieses Kreuz auf meinen Schultern zu tragen. Aufgrund meiner Weigerung, Schmerzmittel zu nehmen, dauerte der Heilungsprozess länger. Das mochte sich seltsam anhören, hatte aber viel mit der Schonhaltung zu tun, die man nur aufgab, wenn man keine oder kaum Schmerzen hatte. Wenn ich geglaubt hatte, dass die postoperativen Beschwerden die Hölle gewesen waren, dann hatte ich mich getäuscht. Reha ohne vernünftige Medikamente hatte mir die Tränen in die Augen getrieben.

Um wieder auf volle hundert Prozent meiner Leistung zu kommen, müsste ich eigentlich jede freie Minute in mein Training stecken. Stattdessen war ich hier, am Fuß der Rocky Mountains, und blickte über die kleine Stadt, die ich hasste. In den letzten Tagen hatte ich viel zu viel Zeit im Auto statt mit dem Training verbracht. Auch dieses Mal hatte mich meine

Schlaflosigkeit aus dem Hotelzimmer getrieben. Und meine Dauergeilheit.

Ich seufzte frustriert und schloss die Augen. Sofort dachte ich wieder an Kaylee und wie sie sich mit ihren weichen Kurven an meinen Körper gepresst hatte. Mit jeder Faser ihres Körpers hatte sie mir signalisiert, wie sehr sie mich wollte. Und wie sehr hatte ich meinen Schwanz in ihr vergraben wollen. Dieser animalische Drang war so überwältigend, dass ich seit gestern Abend an nichts anderes mehr denken konnte. Selbst nachdem ich mir Erleichterung unter der Dusche verschafft hatte. Auch jetzt floss eine Unmenge meines Blutes in meine Leistenregion und ich stöhnte. Das war doch zum Verrücktwerden. Ich konnte an nichts anderes mehr denken als an sie. Ihre weichen Lippen, ihren betörenden Duft, ihre vollen langen Haare, die mich wie ein Vorhang eingeschlossen hatten. Dabei gab es wirklich genug anderes, um das ich mir Gedanken machen sollte. Eishockey zum Beispiel, mein nicht vorhandenes Training oder meine unzufriedenstellende Leistung während des letzten Spiels. Die Punkte, die uns verloren gingen, weil einige Spieler verletzt waren und ich nun auch noch fehlte. Oder um den Mann, wegen dem ich überhaupt zurückgekommen war und der vielleicht in diesem Moment das Zeitliche segnete.

Ein unangenehmes Ziehen meldete sich in meiner Magengegend. Ich musste endlich eine Entscheidung treffen. Doch alles, woran ich denken konnte, war Kaylee. Ich kam mir vor wie ein pubertierender Teenager. Schon damals hatte sie diese Wirkung auf mich gehabt.

Nicht mal die Schönheit der Natur um mich herum schaffte es, mich abzulenken. Ich war verloren. Ich warf einen Blick auf meine Uhr, die mir meine steigende Herzfrequenz anzeigte, und entschied, den Weg zurück zum Hotel zu starten. Im Laufschritt lief ich über den unebenen Waldweg zu den Klängen von *‚Supermassive Black Hole'* von *Muse*. Wenigstens meine Kondition konnte sich sehen lassen. Dennoch brauchte ich aufgrund meiner vermaledeiten Schulterverletzung Schusstraining auf dem Eis. Nur so konnte ich meine Schulter auf das vorbereiten, was auf sie zukäme, sobald ich wieder zu Hause wäre.

Im Hotel angekommen, stellte ich mich zuerst unter die Dusche, wusch den Schweiß mithilfe des Duschgels von meinem Körper und ließ meine Muskeln vom abperlenden heißen Wasser durchwärmen. Der Spiegel war vom Wasserdampf so beschlagen, dass ich mich selbst nur als trüben Schatten darin erkennen konnte. Ein Geräusch ließ mich innehalten. Hatte da jemand an die Tür geklopft? Noch ehe ich mir etwas überziehen konnte, hämmerte es erneut an der Tür meines Hotelzimmers. Was zur Hölle konnte jetzt so wichtig sein? Kurzerhand rubbelte ich mir mit meinem Handtuch flüchtig über die Haare, die sich im Nacken wild kräuselten, und schlang es mir anschließend um die Hüften. Die Klopfgeräusche erklangen wieder.

„Ich komm ja schon", rief ich, riss die Tür auf und hielt verdutzt inne.

Grüne Augen trafen meine, wanderten an meinem Gesicht hinunter zu meiner nackten Brust, die nicht mal richtig abgetrocknet war. Kaylee.

„Oh!", entfuhr es ihr geschockt und eine leichte Röte zog sich über ihre Wangen. Verlegen strich sie durch ihre roten Locken, die sie heute mit einer Spange am Hinterkopf zu bändigen versuchte. Sofort regte sich mein Schwanz und ich legte meine Hand auf das Handtuch, um alles an Ort und Stelle zu halten.

„Kaylee", sagte ich und räusperte mich.

„Ich … ähm … ich …"

Mir gefiel die zarte Rötung ihrer Wangen und die Art, wie ihre Augen begierig über meinen Körper glitten.

„Möchtest du reinkommen?" Mein süffisantes Grinsen, gegen das ich für den Moment machtlos war, brachte sie dazu, ihre Arme vor der Brust zu verschränken und ihre Augen zu Schlitzen zu verengen.

„Nein, besser nicht. Ich bin hier, um dich darin zu unterstützen, weswegen du hergekommen bist."

Mein Lächeln erlosch und ich strich durch mein nasses Haar. Enttäuschung erfüllte mich. „Ach ja? Und warum?"

Sie zuckte mit den Achseln. „Wozu sind gute Freunde denn sonst da?"

„Willst du mich etwa loswerden?"

Schweigend sahen wir uns an.

„Du hast mich gestern nicht im Stich gelassen. Ich schulde dir was."

Sie reichte mir einen Pappbecher, nach dem ich griff. Für einen Augenblick berührten sich unsere Finger und mir kam es vor, als stünde die Zeit still. Unsere Blicke versanken ineinander und ich fragte mich einmal mehr, wie ich sie je hatte zurücklassen können. Das Klingen des Aufzugs am Ende des Ganges weckte uns aus unserer Trance. Hastig ließ Kaylee den Becher los, den ich an mich nahm und vorsichtig daran roch.

„Grüner Tee, wie du ihn hoffentlich immer noch gern trinkst."

Überrascht hob ich die Brauen und lächelte. „Danke. Du bist also hier, um mich dazu zu bewegen, meinen Vater zu sehen?"

„So sieht es aus."

„Was macht dich so sicher, dass ich das überhaupt will?"

„Es ist an dir, diese Entscheidung zu treffen, aber ich möchte, dass du es wenigstens versuchst."

Meine Miene verdüsterte sich, als ich an den Abend vor so vielen Jahren zurückdachte, der mein ganzes Leben auf den Kopf gestellt hatte. „Ich war im Krankenhaus und habe mit dem Arzt gesprochen, aber ich konnte mich einfach nicht dazu überwinden, die Schwelle zu seinem Zimmer und zu ihm zu übertreten. Ich habe mir in den letzten Jahren oft vorgestellt, dass ich einen Anruf aus einem Krankenhaus oder von einem Polizeirevier bekommen würde und mir jemand mitteilt, dass er tot in einem Graben gefunden wurde. Doch dass ich die Wahl haben würde, ein letztes Mal mit ihm zu reden, damit habe ich nicht gerechnet. Warum sollte ich es also noch mal versuchen, wenn es beim letzten Mal schon nicht funktioniert hat? Was ist heute anders?"

„Ich bin dabei. Ganz einfach! Was ist, wenn du die Entscheidung längst getroffen hast?"

„Du meinst, in dem Moment, als ich damals gegangen bin?", fragte ich und dachte an Mikas Worte während unseres Telefongesprächs.

Kaylee schüttelte den Kopf. Ihre Augen liefen über vor Mitgefühl. „Du bist hergekommen. Weswegen?"

„Ich wollte dafür sorgen, dass er vernünftig gepflegt wird. Er hat sicher keine Krankenversicherung und …"

Sie schüttelte energisch den Kopf. „Nein, das meine ich nicht. Weswegen bist du von einem auf den anderen Tag zurückgekommen?"

Verdutzt sah ich sie an und schloss schließlich die Augen, als mir klar wurde, worauf sie hinauswollte.

„Du hättest im Krankenhaus anrufen und dafür sorgen können. Du hättest dir Zeit lassen können. Darauf warten können, dass dieser Anruf aus dem Krankenhaus kommt und dann herfliegen können, um seine Beerdigung in die Wege zu leiten. Doch du bist sofort geflogen, um … was zu tun?"

„Um ihn noch einmal zu sehen", erkannte ich und wusste schließlich, dass Kaylee recht hatte. Ich war hergekommen und hatte mich dementsprechend beeilt, weil ich hier sein wollte. Nicht, weil ich seine Hand halten wollte, wenn er starb, und schon gar nicht, damit er, bevor er das Date mit seinem Schöpfer haben würde, seinen Frieden mit mir machte, sondern für mich. Es ging nicht um ihn. Es ging um mich.

Wir schwiegen. Ich, weil ich ihre Worte wieder und wieder durch meinen Kopf gehen ließ. Kaylee, weil es für sie wahrscheinlich nichts weiter zu sagen gab.

„Gib mir ein paar Minuten", sagte ich, stellte den Pappbecher auf den Schrank neben uns und lief zurück ins Bad. Um uns beide vor uns selbst zu schützen, drückte ich die Tür ein wenig fester in das Schloss.

Den Weg zum Krankenhaus war ich in den vergangenen Tagen ein Dutzend Mal gefahren und auch dieses Mal dachte ich kaum darüber nach, an welcher Kreuzung ich abbiegen musste. Doch Kaylees Anwesenheit lenkte mich ab. Innerlich unruhig trommelten meine Finger auf das Lenkrad. Kaylee warf mir einen vorsichtigen Seitenblick zu, sagte jedoch nichts. Es war erschreckend, wie gut sie selbst nach all der Zeit wusste, wann sie sprechen und wann sie schweigen musste. In ihrer Gegenwart fühlte ich mich noch immer unsäglich wohl, auch wenn meine Nerven zum Zerreißen gespannt waren.

Auf dem Parkplatz des Krankenhauses stellte ich den Motor ab und stieß die Luft aus, als hätte ich den gesamten Weg hierher den Atem angehalten. Ich vermied es, Kaylee anzusehen.

„Ich weiß nicht, ob das wirklich eine gute Idee ist."

„Du bist deswegen hergekommen", erinnerte sie mich.

Endlich sah ich zu ihr. „Bin ich wirklich deswegen hier?"

„Du hast es gestern selbst gesagt. Jedes Kind wünscht sich insgeheim nichts mehr als die Liebe seiner Eltern."

„Von ihm kann ich keine Liebe erwarten."

„Was, wenn doch?" Kaylee, die den ganzen Weg peinlich darauf geachtet hatte, genügend Abstand zu mir zu halten, berührte meinen Arm. „Und du dir diesen Moment aus Furcht, enttäuscht zu werden, nimmst? Das Leben hält auch Liebe für dich bereit, Owen Edwards."

Entschlossen öffnete ich die Fahrertür und stieg aus. Glaubte ich ihr? Oder wünschte ich mir nur, dass sie mich nicht für einen Feigling hielt? Was es auch war, es trieb mich an, einen Fuß vor den anderen zu setzen. Kaylee folgte mir, stärkte meinen rechten Flügel, wie Mika es meistens auf dem Eis tat, und ich fühlte mich sicher, als ich das Krankenhaus betrat.

Der typische Krankenhaus-Duft hüllte mich ein, noch ehe ich die Schwelle komplett überschritten hatte, und weckte all diese widersprüchlichen Gefühle in mir. Dieses Mal wurde ich nicht von den schlechten Erinnerungen geflutet. Keiner beachtete mich, als ich durch das Foyer schritt. Entweder hatten die Schwestern sich an mein regelmäßiges Auftauchen gewöhnt, oder niemand nahm Notiz von mir. Das war ein gutes, beinahe berauschendes Gefühl. Erst im dritten Stock hörte ich jemanden – wahrscheinlich Schwester Sybil – meinen Namen rufen, doch dieses Mal durfte ich mich nicht von meinem Weg abbringen lassen. Es war, als hätte Kaylee mir die Augen geöffnet, mir den Weg gewiesen, den ich schon längst beschritten hatte. Vor Zimmertür 306 zögerte ich für den Bruchteil einer Sekunde. Ich betrachtete die Zahlen, die ich seit Tagen nur angestarrt hatte, und ignorierte die beängstigenden Zweifel, die mich in Form von klauenartigen Fängen zurückhalten wollten. Es gab viele Gründe für mich, jetzt einfach umzudrehen, und nur einen, weswegen ich all die Meilen hierher zurückgelegt hatte.

Ich dachte an Kaylees Worte, die aufgenommenen Spiele in seinem Haus, an all die Jahre, die mich meine Feigheit bereits gekostet hatte, und wusste, dass es entscheidend für meine Zukunft war, ob ich diese Tür nun öffnete oder wieder kehrtmachte. Ich umfasste das kühle Metall der Klinke und endlich drückte ich sie hinunter.

Eine unerwartete Finsternis empfing mich. Die Rollladen waren runtergelassen und ließen das Tageslicht nur durch die winzigen Spalten herein. Bis auf den unerheblichen Schein einer Tischlampe am Ende des Raumes und die blinkenden Kurven auf einem Monitor, an den der Mann im Krankenbett angeschlossen war, war es dunkel. Das Piepen einer Maschine durchbrach die Totenstille. Meine Augen brauchten einen Moment, bis sie sich an das dämmrige Licht gewöhnt hatten, dennoch überwand ich die Schwelle.

Ich warf einen Blick zu Kaylee zurück und wartete, bis sie an mir vorbei in den Raum getreten war. Ich würde das nur mit ihr machen. Obwohl ich mir immer gern einen Fluchtweg offen hielt, was scheinbar eine alte Angewohnheit war, die ich aus meiner Kindheit übernommen hatte, schloss ich die Tür hinter mir. Beinahe kam es mir vor, als wäre der Tod bereits da, als lauerte er hinter dieser Tür - heimtückisch und allgegenwärtig, um endlich nach dem Mann zu greifen, den er viel zu lange schon verschont hatte.

Mein Blick fiel auf das Bett, das neben dem Fenster umringt von einigen Maschinen stand. Eine abgemagerte Gestalt, angeschlossen an unzähligen Kabeln und kaum mehr als der Mann zu erkennen, der mir den Start meines Lebens versaut hatte, befand sich darin. Regungslos lag er da und es schien, als schliefe er.

Langsam trat ich näher an das Bett heran, meine Hand fest zur Faust geballt. Kaylee hatte mich zwar erfolgreich daran erinnert, dass ich schon lange nicht mehr der kleine Junge war, der angsterfüllt vor seinem wütenden Vater kauerte. Doch kaum hatte ich das Zimmer betreten, flammte bereits eine altbekannte Angst in mir auf, die ich nicht abschütteln konnte. Schon damals war jedes Zusammentreffen mit meinem Erzeuger mit einem kaum überwindbaren Gefühl der Panik verbunden gewesen. Von seinem Gemütszustand und der Menge an bereits getrunkenen Flaschen Whiskey hatte für mich – kaum größer als eine Parkuhr – alles abgehangen. Das allein hatte darüber entschieden, ob ich den Abend in Ruhe meine Hausaufgaben hatte machen können, oder ob ich mir für den nächsten Tag wieder unzählige Ausreden und Entschuldigungen für die fehlenden Aufgaben und all die blauen Flecke ausdenken musste.

Obwohl sich seitdem alles geändert hatte, war ich in diesem Moment wieder der kleine sechsjährige Junge, der bei jedem Klirren zusammenzuckte und sich zum Schutz vor einem möglichen Angriff die Hände über den Kopf hielt. Natürlich war mir bewusst, dass elf Jahre ins Land gegangen waren. Während sie aus mir eine Sportmaschine gemacht hatten, hatten sie am Körper von TJ Edwards ebenfalls deutliche

Spuren hinterlassen. Sein Gesicht war ausgemergelt und die gelbliche Haut so dünn wie Pergament. Feine Äderchen schienen hindurch. Was mich am meisten entsetzte, waren die Knochen, die überall spitz hervorstanden. Sein Brustkorb hob und senkte sich unter beängstigender Kraftanstrengung bei jedem Atemzug, den er tat.

Der angsteinflößende Riese, der aus Sicht eines Kindes den Eindruck eines wütenden Grizzlybären gemacht hatte, war zu einem winzigen Männlein geschrumpft. Ich hatte noch nie einen Menschen so nah an der Schwelle zum Tod gesehen, aber ich glaubte dem Arzt sofort, dass er kurz davor war, seinem Schöpfer entgegenzutreten.

Abgesehen von der Panik war da plötzlich vor allem ein anderes Gefühl … Genugtuung. Vielleicht gab es Karma doch und womöglich bekam am Ende jeder das, was er verdiente. Die Vorstellung, dass sein Leben endete und mich schlussendlich freigab, war irritierend. So oft hatte ich es mir gewünscht, diesen erlösenden Anruf zu bekommen, doch nun, da dieser Wunsch kurz vor seiner Erfüllung stand, war da überraschenderweise … nichts. Kein Glück, keine Erleichterung, so wie ich es mir gedacht hatte. Im Gegenteil. Eine Wagenladung Bedauern wurde in den riesigen Graben zwischen uns geschüttet. Bedauern darüber, dass wir nie eine Familie hatten sein können. Dass er zwar biologisch gesehen mein Vater war, es sich jedoch niemals so angefühlt hatte. Alles, was blieb, war das Bedauern über eine unerwiderte Liebe von einem kleinen Jungen zu seinem Vater. Ein Junge, der sich einfach nur gewünscht hatte, zurückgeliebt zu werden. Jetzt zu erkennen, dass für eine zweite Chance keine Zeit mehr blieb, war unerwartet hart. Diese Gefühlsregung überraschte mich, denn bislang hatte ich mir nicht mal eingestanden, dass diese

Möglichkeit bestanden hätte. Ob ich das wirklich gewollt hätte?

Ich schob meine Hände in die Taschen meiner Jeans, wandte TJ den Rücken zu, um meine aufsteigenden Tränen vor ihm zu verbergen. Das langsame, aber stete Piepen der Maschine erdete mich, sodass der unerwartete Gefühlssturm abebbte, und Kaylees Anwesenheit erfüllte mich mit Sicherheit.

„Ganz schöner Scheiß-Laden hier, oder?", vernahm ich plötzlich eine kratzige Stimme, die mich erneut in eine längst verdrängte Zeit zurückkatapultierte. „Wann gibt's endlich das gute Zeug?" Ein pfeifendes Geräusch begleitete sein Ausatmen.

Verwundert wandte ich mich zu dem Menschen im Bett um und sah in seine blutunterlaufen gelbverfärbten Augen. Sie erinnerten mehr denn je an Krötenaugen, weil sie wahrscheinlich durch seinen körperlichen Verfall oder ein Medikament hervorquollen.

„Ich bin nicht dein Arzt", entschlüpfte es mir schroff. „Aber wenn du so mit den Menschen in deinem Umfeld redest, wirst du sie kaum dazu bewegen, dir einen Gefallen zu tun."

„Heilige Scheiße!", entfuhr es TJ und ich konnte an seiner Mimik erkennen, wie überrascht, um nicht zu sagen, geschockt er war, mich zu sehen. „Du bist es."

„Ja, ich bin es!"

Sogleich schüttelte ihn ein heftiger Hustenanfall, der zu seltsamen Unterbrechungen der Monitorüberwachung seines Herzens führte. Er würde doch jetzt nicht wegen meinem Anblick einen Herzinfarkt bekommen? Trotzdem stand ich bloß da, ohne einen winzigen Impuls zu verspüren, ihm helfen zu wollen, und ein Schuldgefühl schlich sich ein. Langsam ebbte der Anfall ab und TJ lehnte sich kraftlos in seinem Kissen zurück.

„Oder bin ich bereits tot?"

„Und dann denkst du, begegnest du ausgerechnet mir? Ich hoffe sehr, dass es dir nicht so leicht gemacht wird."

„Von leicht kann keine Rede sein. Vielleicht ist es meine persönliche Hölle, meine Zeit mit dir zu vergeuden." Er holte rasselnd Luft und meine Hand ballte sich zur Faust. Was hatte ich nur erwartet? Dass dieses Monster in den letzten Jahren geläutert worden war?

„Mein ganzes Leben hast du mir gesagt, dass ich so liebenswert bin wie die Scheiße unter deinem Schuh. Ich habe keine Sekunde erwartet, dass sich daran etwas geändert hat."

„Weswegen bist du dann hier? Ich habe ihnen gesagt, dass sie dich nicht informieren sollen."

Gegen meinen Willen lächelte ich süffisant. „Weil es dort draußen Menschen gibt, die sich nicht im Ansatz vorstellen können, dass ein Vater seinen eigenen Sohn dermaßen ablehnen oder gar hassen kann. Diese Menschen haben dafür gesorgt, dass ich herkomme, damit wir uns voneinander verabschieden können. Eine dumme Idee, wie ich bereits geahnt habe."

„Und dennoch bist du hier."

Ich schwieg und fühlte mich so schwach wie nie.

Ein überlegener Zug erschien um seinen Mund und ich wusste, er wertete es als Schwäche, dass ich hier war. Ich kam mir so dämlich vor. „Irgendjemand muss sich am Ende um deinen Scheiß kümmern. So einfach ist das."

Er holte ein weiteres Mal rasselnd Luft. „Dich hat es jahrelang nicht interessiert, was mit mir los ist. Warum willst du wissen, wo ich verscharrt werde?"

Heiße ungezügelte Wut loderte in mir auf, brachte mich beinahe um den Verstand. Ruckartig baute ich mich über ihm auf, zweifellos, um meine Überlegenheit zu demonstrieren.

„Hast du dich je um mich geschert? Darum gesorgt, ob ich genug zu essen bekam oder meine Hausaufgaben erledigt waren? Hat es dich je interessiert, ob ich deine letzte Tracht Prügel überleben würde?“

In seinen ungesunden Augen las ich für einen Augenblick so etwas wie Unsicherheit, die beinahe sofort von Gleichgültigkeit abgelöst wurde. Die einzige Gefühlsregung, die ich je darin gelesen hatte. „Ich wollte, dass aus dir kein Weichei wird. Und wie man so hört, ist mir das durchaus gelungen.“

Für einen Moment schloss ich die Augen, um nicht die Beherrschung zu verlieren. Eine Ahnung überkam mich. Der einzige Grund, warum er meine Spiele gesehen hatte, war die eigene Beweihräucherung. Der einzige Treibstoff für einen Narzissten war, seine Brut zu sehen und sich damit zu brüsten. „Mach dir nichts vor, das ist nicht dein Verdienst. Alles, was ich bin und was aus mir geworden ist, hat nichts mit dir zu tun. Es war ein Fehler, herzukommen und zu hoffen, dass ein letztes Gespräch mit dir irgendeinem von uns beiden noch etwas bringen könnte. Du bist und bleibst der größte Abschaum und Versager, den ich je gezwungen war, kennenzulernen.“

„Leider hat keine der unzähligen Affären deiner Mutter uns den Gefallen getan, sie zu befruchten.“

„Also ist es das, was du mir nachträgst? Dass der Vaterschaftstest positiv war und du aus diesem Grund dazu gezwungen warst, Verantwortung für mich zu übernehmen?“, fasste ich grob zusammen und ertappte mich dabei, wie ich mich emotional distanzierte. Andernfalls hätte ich dieses Gespräch nicht ertragen.

„Du kannst mir verdammt dankbar sein, dass ich dich großgezogen habe, aber ja. Es war ein Fehler, in dieser Nacht kein Gummi benutzt zu haben.“

Ich schluckte. „Ich war ein Kind. Ein Baby. Und ich hätte das Beste sein können, was aus dieser Beziehung entstanden ist. Doch du hast dich dazu entschieden, mich für all das zu bestrafen, was sie falsch gemacht hat. Und das Einzige, was deine Anwesenheit mir gebracht hat, ist der Ehrgeiz, das komplette Gegenteil von dir zu werden. Es ist vielmehr so, dass ich trotz deines Einflusses der geworden bin, der ich nun bin. Kein Versager. Kein Säufer. Und erst recht kein Schläger." Fassungslos schüttelte ich den Kopf und spürte Kaylee, die hinter mich trat und sanft nach meinem Arm griff, den ich ihr sofort wieder entzog. Ich wollte nicht, dass sie all das mitbekam, und ärgerte mich plötzlich darüber, sie mitgenommen zu haben.

„Sieh dich nur an, du dummer Junge, unser letztes Aufeinandertreffen hat bewiesen, dass du ganz genauso bist wie ich. Du hast mich blutig geschlagen und dich hätte es nicht gekümmert, wenn mich die Hunde angenagt hätten, nicht wahr? Wie ein Feigling bist du davongelaufen, um deinen feinen Freunden …", er deutete auf Kaylee, „… nicht deinen wahren Charakter zeigen zu müssen. Aber davon willst du nichts mehr wissen. Du bist ganz genau wie ich und das wird mir ein Trost sein, wenn ich in der Hölle schmore. Jedes Mal, wenn du in den Spiegel siehst, wirst du dich an mich erinnern und wissen, dass mein Blut durch deine Adern fließt."

Eine Schwester betrat den Raum, angelockt von dem alarmierenden Piepen der Überwachungsmaschine. „Was ist denn hier los?", sagte sie in die von Hass verseuchte Luft und blickte von ihm zu mir und schließlich zu Kaylee. Hastig setzte sie die Sauerstoffmaske auf das Gesicht ihres todgeweihten Patienten.

„Informieren Sie mich, sobald er seinem Schöpfer gegenübergetreten ist. Ich werde nicht wieder herkommen", sagte ich mit all der Härte in meiner Stimme, die sich in mein Innerstes geschlichen hatte. Der Mann, der bereute, mich gezeugt zu haben, sah mir nach, wie ich ohne ein letztes Wort an ihm vorbei aus dem Zimmer lief.

Getrieben von einem altbekannten Gefühl der Enttäuschung schob ich mich ungeduldig an den Menschen vorüber, doch anstatt zu gehen, hastete ich förmlich zum Ausgang. Das Blut rauschte in meinen Ohren und mir war, als käme ich einer Ohnmacht nahe. Zweifellos lag das daran, dass ich kaum hatte Luft holen können. Erst als ich an der frischen Luft im Freien war, atmete ich tief durch und füllte meine Lungen mit Sauerstoff. Das Schwindelgefühl nahm ab, dennoch griff ich nach dem eiskalten Handlauf aus Metall, der mir die drei Treppenstufen hinunterhelfen sollte. Jemand fasste nach meiner Schulter. Ich brauchte mich nicht umdrehen, um zu wissen, wer es war. Kaylee schob sich in mein Blickfeld, doch ich wandte mich ab. Niemals könnte ich ihren Blick ertragen. Ein Blick, der Enttäuschung und Entsetzen zeigte, über all die Dinge, die sie eben über mich erfahren hatte.

„Owen, bitte …"

„Lass gut sein, Kaylee. Es war ein Fehler zurückzukommen. Ich hab es immer gewusst. In dieser Stadt gibt es nichts für mich."

Sie schreckte zurück, als hätte ich sie von mir gestoßen, was genau genommen mein Plan war. Damals wie heute. Ich musste sie beschützen, vor dem Monster, das tief in mir schlummerte.

Die Welt schien sich im Schnelldurchlauf zu drehen und mein Herz quoll über vor all der Trauer, die der kleine Junge in mir immer noch empfand. Er hatte doch nur geliebt werden wollen. Seit elf, fast zwölf Jahren hatte er sich mit Schuldgefühlen geplagt, weil ich es gewagt hatte, meinen Vater geschlagen zu haben. Seit jüngster Kindheit hatte mich die Angst beherrscht, genauso zu werden wie mein Vater. Und nun hatte er all das Hässliche meines Seins vor Kaylee entblößt. Dieser Mann würde sterben und ich würde trotzdem mit diesem Makel weiterleben müssen. Meine Lungen brannten wie nach einem Zehn-Meilen-Lauf von Gregs härtesten Trainingseinheiten und ich wusste, ich würde zusammenbrechen.

„Wenn du weißt, was gut für dich ist, Kaylee, dann bleibst du weit weg von mir."

Machte mich diese Gefühlskälte nicht noch mehr zu einem Ebenbild meines Vaters? Plötzlich stürzte diese Welle aus Scham, Schuld und Angst auf mich ein, die weniger mit dem Ableben meines Vaters zu tun hatte als mit meiner Selbstwahrnehmung. Ich wollte so viele Meilen wie möglich zwischen mir und diese Stadt, aber vor allem zwischen mir und Kaylee und ihre Tochter bringen. Ich war nicht gut. Nicht für sie, nicht für meinen Vater – für niemanden. Ich gehörte hier nicht her. Nicht jetzt. Niemals. Mit einer einzigen fließenden Bewegung sprang ich über die Brüstung und lief. Ich lief so schnell ich konnte und bis meine Lungen brannten.

# KAPITEL 10

KAYLEE

Verwundert riss ich meine Augen auf und starrte in die Dunkelheit. 2.13 Uhr stand in großen rot leuchtenden Lettern auf meinem Wecker. Er hatte mich also nicht aus dem Schlaf gerissen, nachdem ich mich stundenlang hin und her gewälzt hatte und gefühlt erst vor zehn Minuten eingeschlafen war. Mein Fuß stieß gegen etwas Warmes und ich wandte mich auf die linke Seite, um Molly zu betrachten.

Zärtlich strich ich über ihre Wange und schob ihr eine ihrer Haarsträhnen aus dem Gesicht, die sie offensichtlich an der Nase kitzelten, worauf das Rümpfen ihrer Nase hindeutete. Wie immer hatte sie sich freigestrampelt und im ganzen Bett ausgebreitet. Im Schlaf sah sie noch viel jünger aus. Ihre Züge erinnerten mich mehr denn je an ihre ersten Jahre und mein Herz quoll über vor Liebe für dieses zauberhafte Wesen. Auf wie viel ich in meinem Leben auch hatte verzichten müssen, ich hätte Molly gegen nichts davon eintauschen wollen. Sie war meine größte Freude. Ihre Anwesenheit in meinem Bett machte mich unglaublich glücklich. Sie bewies, dass wir auf einem guten Weg waren und ich immer noch ihr Halt, ihr Sicherheitsnetz war. So wie früher. Etwas, wofür ich Owen dankbar sein musste. Owen.

Mein Lächeln erlosch und ich spürte ein unangenehmes Ziehen in meinem Innern. Die Erinnerung an den vergangenen Tag zerriss mich förmlich und trieb mich schließlich aus dem Bett. Behutsam breitete ich die Bettdecke über Mollys kleinen Körper aus und lächelte, als sie den freien Platz direkt für sich nutzte. Auf leisen Sohlen schlich ich in die Küche zu meinem Handy. Als ich das Symbol eines Briefes auf dem Display aufleuchten sah, erhöhte sich mein Puls. Ob er mir geschrieben hatte? Doch als ich den Messenger öffnete, sah ich Ethans Namen und eine Nachricht, in der stand, dass er heute nicht mehr heimkäme. Seinem gut gelaunten zwinkernden Smiley streckte ich die Zunge raus. Ethans Sexleben nervte mich gerade tierisch.

Ich öffnete den Kühlschrank, nahm den Kanister Milch heraus und goss mir ein Glas ein. Meine Schuldgefühle lasteten so sehr auf mir, dass mir den ganzen Tag übel gewesen war und ich kaum etwas gegessen hatte. Ein Glas Milch und ein Stück der Brownies, die ich den ganzen Tag über gebacken hatte, würden meinen knurrenden Magen sicher ein klein wenig besänftigen. Mit dem Glas in der Hand lief ich zum Fenster, das sich zur Straße hin befand, und blieb dort stehen. Ich öffnete es einen Spalt breit und atmete die kühle Nachtluft ein.

Sobald ich die Augen schloss, sah ich Owen vor mir, groß, breitschultrig und … in sich zerbrochen. Ich klammerte meine Hände fest um das Glas. All die Worte dieses Mannes, geschärft zu einer Klinge, die einzig darauf abgezielt hatte, Owen so schwer wie nur möglich zu verletzen, gingen mir wieder und wieder durch den Kopf. Und ich war schuld. Ich hatte Owen dazu animiert, seinen Vater ein letztes Mal zu sehen. Wie sollte ich mit diesem Gefühl leben?

Den halben Nachmittag hatte ich darauf gewartet, dass er zurückkehrte. Doch nichts war geschehen. Hatte er Bakers Valley womöglich längst wieder verlassen? War er zurück nach Chicago geflogen? Ein bitterer Geschmack breitete sich in meinem Mund aus und mein Brustkorb fühlte sich an, als wäre er eingeschnürt, sodass mir das Atmen schwerfiel. Waren das die Auswirkungen meiner Gefühle oder doch der zu leere Magen?

Ich nahm einen Schluck der Milch und versuchte, das Brennen in meiner Kehle zu löschen, ehe ich meine Augen wieder öffnete. Eine dunkle Gestalt, groß und breit, hob sich in meinem Vorgarten von der mondhellen Nacht ab. Beinahe hätte ich mein Glas Milch fallengelassen und einen Schrei ausgestoßen, doch dann hämmerte mein Herz aufgeregt in meiner Brust, als hätte es längst erkannt, wer dort stand.

Hastig stellte ich mein Glas ab und lief zur Tür. Die kalte Luft strömte wie ein zutrauliches Katzenbaby um meine Beine und kroch mir die Schlafanzughose hinauf. Ungeachtet der Kälte hastete ich auf Owen zu, der mitten auf der Veranda stand. Mein erster Impuls war eine Schimpftirade, die mir bei seinem Anblick sogleich wie ein Knäuel im Hals stecken blieb. Seine breiten Schultern hingen herab, den Kopf hatte er eingezogen und die Hände tief in seinen Jeanstaschen vergraben. Er wirkte derart hilflos und verloren, dass meine Füße mich wie von selbst zu ihm trugen. Ohne zu zögern, breitete er seine Arme aus, hob mich hoch und ich schlang meine Beine um seine Mitte.

Jeder Zentimeter meines Körpers berührte seinen, wollte

ihn heilen von der lebenslangen Strapaze, die er durchgestanden hatte. Wie ein Ertrinkender klammerte er sich an mich und hielt mich, als wöge ich nicht mehr als eine Feder. In diesem Moment spürte ich, wie mein Herz jede Mauer einriss, die es als Abwehrmaßnahme gegen Owen um sich errichtet hatte. Und es war okay, denn dieser Mann verdiente es mehr als jeder andere, geliebt zu werden. Langsam ließ er mich hinunter und lehnte seine Stirn gegen meine.

„Es tut mir leid“, wisperte er.

„Was genau?“

„Dass ich dich einfach stehen gelassen habe. Schon wieder!“

„Lass uns reingehen“, sagte ich leise zu ihm und nahm ihn an der Hand.

„Können wir uns vielleicht einfach eine Weile hierhersetzen?“

Er deutete auf die Hollywoodschaukel mit der geblümten Auflage, die schon zu Lebzeiten meiner Granny auf der Veranda gestanden hatte und von der ich mich einfach nicht trennen konnte. Ich schlang die Arme um meinen Körper, weil ich bereits jetzt fror, nickte jedoch. Owen schien das zu merken, zog seine Jacke aus und legte sie mir um die Schultern. Wie ein großer Umhang fiel sie um meinen Körper und hüllte mich in Owens Duft. Angenehm frisch und herb, mit Spuren seines Aftershaves und einer ganz persönlichen Note, die mich an Anis erinnerte. Für einen Moment schloss ich die Augen und kam mir vor wie früher, als wir uns heimlich auf dem Spielplatz, unserem geheimen Treffpunkt mittig zwischen unseren Häusern, getroffen hatten und er seine Arme fest um mich geschlungen hatte. Schon damals hatte ich diesen Duft geliebt, hatte ständig seine Pullover getragen und mir meine Augen in einem von ihnen ausgeweint. Noch immer lag er verwaschen in der hintersten Ecke des untersten Fachs meines Kleiderschranks. Bis heute hatte ich es einfach nicht übers Herz gebracht, ihn wegzuschmeißen. Als Owen neben mir auf der Schaukel Platz nahm und ich ihm in das Gesicht blickte, wusste ich warum. Harte Züge, ein kantiges breites Kinn, eine große gerade Nase und der dunkle Schatten seines Dreitagebartes, der ihn verwegen wirken ließ. All das stand im krassen Kontrast zu seinen warmen dunklen Augen, in denen ich seine Verletzlichkeit erkannte.

Ich wusste nicht, warum, aber in diesem Moment gab ich jede Vorsicht und Zurückhaltung auf. Ganz selbstverständlich legte er einen Arm um meine Schultern. Mein Herz setzte aus und in dieser Sekunde war ich wieder siebzehn und schrecklich verliebt in den einen Jungen, dessen Charakter alle anderen verkannten. Ruhig saßen wir da, blickten der friedlich vor sich hinschlummernden Nacht entgegen und lauschten unserem Atmen. Das leise Rufen eines Vogels, der gedämpfte Widerhall eines Motors einige Straßen entfernt und das sanfte Vibrieren der Luft, die der Wind durch die Äste der Bäume zu uns trug. In diesem Moment war mir bewusst, wie gut das Leben trotz all seiner Widerstände zu mir gewesen war. Im Gegensatz zu Owen war ich genauso wie Molly mein Leben lang geliebt worden.

Mit einem Fuß stieß Owen sich ab, gab uns einen Schubs, dass ein ohrenbetäubendes Quietschen ertönte und die Stille durchbrach. Sofort hielt er die Hollywoodschaukel wieder an, sah erschrocken zu mir, woraufhin wir beide in Gelächter ausbrachen. Schlagartig wurden wir wieder still und ich brachte es endlich über mich, die Worte zu sagen, die mir seit gestern auf den Schultern lasteten. „Es tut mir so leid, Owen."

„Was sollte dir leidtun?"

„Dass ich dich dazu gedrängt habe, ihn zu besuchen. Obwohl ich gewusst habe, was er für ein Scheusal war, hatte ich die Hoffnung, dass diese DVDs etwas zu bedeuten hätten. Ich kann immer noch nicht fassen, was er zu dir gesagt hat …" Ohne es zu wollen, traten mir Tränen in die Augen.

Sanft umfing Owen mit seiner freien Hand meine Wange und hob mein Gesicht an, damit ich ihm in die Augen sah. „Es gibt nichts, wofür du dich entschuldigen müsstest. Im Gegenteil." Er holte tief Luft, stand abrupt von der Schaukel auf und trat zum Geländer der Veranda. Einige Sekunden schwieg er und ich überlegte fieberhaft, was ich sagen sollte.

„Heute Abend habe ich im Fathers & Sons gesessen und vor mir stand ein doppelter Whiskey. Ich habe ihn angestarrt, bestimmt drei Stunden, das Glas in meiner Hand gehalten, die goldbraune Flüssigkeit begutachtet und mich gefragt, wie lange dieses Zeug wohl bräuchte, bis es mich endgültig in eine jüngere Version meines Vaters verwandeln würde."

Ich schnappte nach Luft, um ihm zu widersprechen, doch Owen schüttelte den Kopf.

„Mein ganzes Leben hat mich diese Sorge, ach was, eine regelrechte Panik begleitet, dass ich genauso werden könnte wie TJ Edwards. Jede noch so kleine Entscheidung hat mich dazu gebracht, alles zu hinterfragen. Würde mich diese Wahl oder jene mehr zu einem Abbild von ihm machen? Und dann sind Dinge geschehen, die ich nur bedingt beeinflussen konnte. Anfang zwanzig habe ich mir eine schwere Verletzung zugezogen …" Er hielt inne, rollte seine Schultern und verzog dabei sein Gesicht zu einer Grimasse, als quälten ihn immer noch furchtbare Schmerzen. „So stark, dass ich operiert wurde und starke Schmerzmittel nehmen musste. Du musst wissen, dass der Profisport neben all seinen glänzenden Seiten auch einige

Schatten zu bieten hat. Erfolgsdruck ist einer davon. Ich hatte gerade erst bei einem Spitzenverein unterschrieben, mich noch nicht vollständig bewiesen und hatte große Sorge, entbehrlich zu sein. Also schluckte ich Tabletten, und zwar viele davon, nur um wieder auf die Beine, schnell durch die Reha und noch schneller zurück aufs Eis zu kommen.“ Sein Blick schweifte in die Ferne an mir vorbei, als würde er sich an diese Zeit erinnern. „Eishockey ist …“, er schüttelte den Kopf, „… mein Leben. Endlich hatte ich etwas gefunden, in dem ich gut war. Dort waren Jungs, mit denen ich Gemeinsamkeiten hatte, die mich mochten und sogar bewunderten. Doch am meisten verführte mich eine Tatsache: Ich war Teil von etwas Großem. Alles, was ich wollte, war auf dem Eis zu stehen, bei meinem Team zu sein und nicht in der Isolation und Einsamkeit, die ich nur zu gut aus meiner Vergangenheit kannte. Ich war jung und dumm. Vicodin ist mehr als nur ein Schmerzmittel, es macht abhängig, und Menschen wie ich …“ Er wandte den Blick ab und sah auf seine Schuhe, als würde er sich schämen. „Bei Menschen mit suchtkranken Eltern gibt es ein um ein Vielfaches höheres Risiko, eine Sucht zu entwickeln. Damals war ich überzeugt davon, genauso zu enden wie mein Erzeuger.“ Gequält schloss er seine Augen und schwieg einige Sekunden. „Mit der Hilfe eines großartigen Freundes habe ich es geschafft, davon loszukommen. Seitdem gilt für mich die eiserne Regel, um jedes Schmerzmittel und jeden Tropfen Alkohol einen großen Bogen zu machen. Und dann saß ich heute in dieser Bar, starrte diesen Drink an und war stärker versucht als je zuvor, diese Regel zu brechen.“

„Du hast sie nicht gebrochen, richtig?“

Ein schwaches Lächeln erschien auf seinem Gesicht. „Ich habe dich schrecklich enttäuscht, dich zurückgelassen und trotzdem sitzt du hier und sagst mir auf den Kopf zu, dass ich es nicht getan habe. Wieso? Wieso denkst du nur immer das absolut Beste von mir, Kaylee?"

Ich zuckte mit den Achseln und war glücklich um die Dunkelheit, die die verräterische Hitze in meinen Wangen kaschierte.

„Ich habe es nicht getan, und weißt du wieso? Wegen dir und diesem unerschütterlichen Glauben in mich. Ich wollte nicht den gleichen Fehler machen, den ich vor so vielen Jahren gemacht habe. Denn es gibt etwas, dass ich dir unbedingt erzählen sollte. Nein, von dem ich dir erzählen will." Er holte tief Luft, wandte sich um und setzte sich wieder neben mich auf die Schaukel. „An dem einen Abend, meinem letzten in dieser Stadt, ist etwas geschehen. Etwas, durch das ich die Freiheit gewann, das Eishockeyspiel für mich zu entdecken und dieses Leben zu führen, aber das mich auch alles gekostet hat. Erinnerst du dich noch an den Tag, als deine Zusage für Berkeley kam? Wir wollten das feiern und hatten uns am St. Mary Lake verabredet, wo wir … ähm …"

Er brauchte es nicht aussprechen, denn diese Nacht würde ich nie vergessen, weil sie mein Leben grundlegend verändert hatte. „Ich erinnere mich sehr gut daran."

Owen ballte die Hand, die auf seinem Bein lag, zur Faust. „An dem Abend hatte TJ wieder einmal eine Flasche Whiskey geköpft. Er … suchte Streit, brauchte einen Prellbock und dieses eine Mal war ich unaufmerksam. Ich sagte etwas zu ihm. Ich kann mich nicht mehr daran erinnern, was es war, aber es führte dazu, dass wir miteinander rangelten und ich die Flasche zerbrach. Seine Wut war zügellos und er ergriff den Flaschenhals und ging damit auf mich zu. An dem Abend habe ich das erste Mal zurückgeschlagen. Doch eigentlich ist das weit untertrieben. Ich habe ihn windelweich geprügelt, dass ich schreckliche Sekunden lang glaubte, ihn umgebracht zu haben. Überall war Blut und ich wusste nicht, welches von ihm und welches von mir war." Ich schluckte, lauschte dem Rauschen in meinen Ohren und rührte mich nicht, aus Angst, eine falsche Bewegung könnte ihn verschrecken und zum Schweigen bringen.

„Nachdem ich mir schließlich in der Dusche das Blut von meinem Körper gewaschen hatte und mich darauf im Spiegel anschaute, da habe ich ihn gesehen. Ich war mir sicher, zu einer Version meines Vaters zu werden." Owen verstummte und die Sekunden schlichen qualvoll dahin.

Ich beobachtete, wie er einige Male schluckte, sich schließlich von mir abwandte, um die Tränen zu verbergen. Also rückte ich näher an ihn ran und legte vorsichtig meine Hand auf seine Schulter. Sein Körper fühlte sich überraschend warm an meiner Handfläche an, obwohl er nur im T-Shirt vor mir saß. „Das könntest du nie, Owen."

„Das klingt so, als wäre es total normal für einen gerade erst volljährigen Jungen, dass er seinen Vater fast totschlägt."

„Natürlich. Dein Vater hat dich dein ganzes Leben geschlagen. Du hast unzählige Male im Krankenhaus gelegen und keiner weiß, wie du das überleben konntest. Es war dein gutes Recht zurückzuschlagen, Owen."

„Findest du?", fragte er und sah mich endlich an. Der Blick in sein vom Mond beleuchtetes Gesicht war überwältigend. Niemals zuvor hatte ich mehr Schmerz, Schuldgefühle und Stärke in einem Gesicht gesehen. „Ich ertrage den Gedanken kaum und hasse mich seit diesem Tag."

„O Owen", flüsterte ich und hob meine Hand an sein Gesicht. Sanft strich ich über seine kratzige Wange und er griff nach meiner Hand, klammerte sich wie ein Ertrinkender daran fest.

„Ich wollte nie so sein wie er und an jenem Tag war ich es doch. Und wenn du glaubst, ich hätte mich nur verteidigt, dann irrst du dich. Ich war es, der zuerst zugeschlagen hat. Ich habe ihn so fest geschlagen, als wollte ich ihn umbringen, und manchmal …", er brach ab, als fürchtete er, seine Stimme hielte der Belastung durch dieses Geständnis nicht stand, „… glaube ich, ich hätte es als Nebenwirkung akzeptiert. Wenn er also ein Monster war, der seine Frau und sein Kind geschlagen hat, was war dann ich?"

„Du warst ein mutiger junger Mann, der sein Leben lang ums Überleben gekämpft hat. Nicht nur in jenem Augenblick, sondern schon Jahre zuvor. Niemand hat dir je geholfen, bis du dich selbst gerettet hast, Owen. Du … du bist kein Monster. Du bist der Held in dieser Geschichte."

Die Verzweiflung, die sich im Laufe der Jahre tief in seine Knochen gegraben hatte, begann wie eine Gipsschicht zu bröckeln. Sie war immer noch da und hielt ihn gefangen, das konnte ich sehen, doch dieses Mal schlug sie nicht ihre langen Krallen in ihn und drohte, seine Seele zu zerfetzen.

„Und doch hatte ich Angst. Angst davor, so zu werden wie er und … nicht der Mann, den du verdienst. All die Stimmen in meinem Kopf, die mir immer gesagt hatten, dass du jemanden anderes verdient hättest. Jemanden …"

„… wie Ash?", fragte ich trocken und mit einer gewissen Verbitterung in der Stimme.

„Ja, damals dachte ich das. Ich wusste, du hättest jeden haben können. Jeden von diesen reichen privilegierten Jungs, die wie du auf eine Elite Uni gehen würden."

„Der Einzige, den ich je wollte, warst du, Owen."

„Ich hätte es nie übers Herz gebracht, dir vielleicht ein Schicksal wie meiner Mutter aufzuerlegen. An dem Abend war die Angst übermächtig."

Ich schloss die Augen und spürte wieder die Verzweiflung und die nagende Ungewissheit in mir. Solange hatte ich geglaubt, Owen hätte mich verlassen, weil er ein aufregendes Leben ohne Klotz am Bein führen wollte. Nichts hatte mich jemals wieder so sehr verletzt wie sein Weggang. Nicht mal Ashs Betrug.

Als ich ihm wieder in die Augen sah, erkannte ich die Wahrheit. Jedes einzelne Wort stimmte. Und während ein Teil in mir erleichtert war, fühlte sich der andere schrecklich betrogen um all die Jahre, die seine Entscheidung uns genommen hatte.

„Alles, was ich je wollte, war, dass du glücklich wirst. Und ich wusste tief in meinem Inneren, dass ich nicht der richtige Kerl dafür bin."

Plötzlich konnte ich nicht mehr anders und pikste ihm mit dem ausgestreckten Finger in die Brust. „Wie konntest du nur so eine dämliche Entscheidung ohne mich treffen? Hast du nie daran gedacht, dass ich ein Wörtchen mitzusprechen gehabt hätte?"

„Ich dachte nicht, dass du eine gute Entscheidung treffen würdest."

„Aber du schon?", stieß ich wütend aus und schluckte gegen den Kloß in meinem Hals an. „Du bist solch ein Idiot, Owen!"

„Ich dachte, du würdest irgendwann einen tollen Kerl finden und …"

„Tja, das ist nur leider nicht passiert, Edwards."

„Vielleicht ist dir nur noch nicht der richtige Kerl begegnet."

„Oder der einzig richtige hat mich verlassen."

Ich wischte mir über die Wange und wandte Owen den

Rücken zu. Sanft, aber bestimmt drehte er mich zu sich zurück. „Weißt du, was mich heute wirklich davon abgehalten hat, den Drink runterzukippen?"

„Dein eiserner Wille?"

Er schüttelte den Kopf, nahm mein Gesicht in seine Hände und sah mir in die verweinten Augen. „Du warst es. Du und Molly. Ich habe erkannt, dass meine Gene mich nicht automatisch zu meinem Vater machen, sondern dass es meine Entscheidungen sind, die mich so werden lassen können wie er … oder eben auch nicht. Und das Letzte, was ich will, ist diesen Fehler von vor elf Jahren zu wiederholen."

„Nein?"

„Nein."

Unsere Lippen kamen sich näher, trafen sich schließlich und verschmolzen regelrecht miteinander. Unser Kuss war unendlich sanft und leicht, er fühlte sich richtig an – perfekt.

OWEN

Als die ersten Sonnenstrahlen Kaylee an der Nase kitzelten, erwachte sie in meinem Arm. Wir saßen noch immer auf der Hollywoodschaukel. Ich hatte Kaylee in einige Wolldecken und meine Lederjacke eingehüllt und nah an mich gezogen, um sie vor der frischen Morgenluft zu schützen. Ich fror keine Spur. Wahrscheinlich war ich von den vergangenen Ereignissen derart aufgewühlt, dass diese Glut, diese alles verzehrende Leidenschaft, die Kaylees Worte in mir entfacht hatten, mich von innen durchwärmte.

Mittlerweile zeichnete sich die goldene Morgensonne über den Baumkronen des Waldes nahe ihres Hauses ab und forderte die Welt heraus, den neuen Tag zu beginnen. Ich konnte es kaum erwarten und fühlte mich seltsam aufgekratzt. Plötzlich schien die Welt gerade gerückt worden und alles möglich zu sein. Insgeheim konnte ich es kaum fassen, dass Kaylee sich nach meinem Geständnis an mich schmiegte. Mehr noch. Es kam mir beinahe vor, als seien wir uns dadurch noch viel näher gekommen. Näher, als uns unsere heißen Küsse je hätten bringen können.

Kaylee blinzelte gegen die Helligkeit. „Hast du überhaupt die Augen zugemacht?"

„Keine Sekunde", antwortete ich lächelnd, beugte mich vor und gab ihr einen sanften Kuss auf ihren Nasenrücken.

„Warum nicht?"

„Ich will keine Sekunde mehr verpassen."

Sie lachte und ich liebte es, wie sich dabei ihre Nase kräuselte. Durch den Schein der Sonne kam es mir vor, als tanzten ihre Sommersprossen im Klang ihres Lachens, das auf ewig mein liebstes Geräusch sein würde. „Also wirst du nie wieder schlafen?"

Bevor ich darauf etwas sagen konnte, klingelte mein Handy und wir sahen uns an, als fürchteten wir uns beide davor, ranzugehen. Ich zog es hervor und nahm nach einem kurzen Blick auf das Display den Anruf an. Kaylee richtete sich auf und zog sich zurück, als wolle sie mir den Raum geben, den ich brauchte.

„Mr. Edwards?", fragte eine Stimme, die mir vage bekannt vorkam.

„Ja?"

„Hier spricht Doktor Pearson, der behandelnde Arzt ihres Vaters. Es tut mir leid, dass ich Sie so früh stören muss, aber ich muss Ihnen leider mitteilen, dass Ihr Vater vor knapp einer

Stunde verstorben ist."

Mein Hals war plötzlich wie ausgedörrt und mein Hirn brauchte ein paar Sekunden, um diese Information zu verarbeiten, was vermutlich am Schlafmangel lag.

„Mr. Edwards? Sind Sie noch dran?"

„Ja … ja, ich … bin da. Ich danke Ihnen für den Anruf."

„Es ist immer schwer, diese Nachricht zu empfangen, aber ich bitte Sie, im Laufe des Tages ins Krankenhaus zu kommen, damit wir die letzten Formalitäten klären können."

„Na…türlich. Ich werde da sein."

Ohne mich zu verabschieden, beendete ich einfach das Gespräch, stand von der Hollywoodschaukel auf und stützte mich auf die Veranda von Kaylees Haus. Zu meiner Überraschung begann sich in meinem Kopf nicht alles zu drehen, es tat sich auch keine sichtbare Schlucht vor meinen Augen auf, um die Seele meines Vaters in die Hölle zu befördern, und ich brach auch nicht zusammen. Weder vor Erleichterung noch vor Trauer. Genau genommen fühlte ich wie schon im Krankenhaus nichts. Nichts, außer dem unendlichen Bedauern, dass ich niemals eine Vater-Sohn-Beziehung erlebt hatte oder erleben würde, wie sie normale Menschen führten. Sollte ich nicht noch irgendwas anderes fühlen? Plötzlich war da eine Hand, die sich auf meine legte. Ich hob den Blick und traf auf Augen in sattem Grün, die im Schein der aufgehenden Sonne etwas von einer mit Morgentau überzogenen Wiese hatten.

Mein Herzschlag beschleunigte sich und all die Gefühle der vergangenen Nacht kehrten mit Wucht zurück. Ich fühlte etwas. Glück vor allem, aber auch Liebe und Geborgenheit.

„Morgen", erklang eine Stimme hinter uns, zu der wir uns umdrehten. Molly stand mit verstrubbelten Haaren in der Tür, schirmte ihre Augen vor der Sonne ab und lächelte verschlafen, als sie mich erkannte.

„Owen!", rief sie und eilte auf uns zu. „Bist du etwa zum Frühstück da? Mom können wir Pancakes machen? Die richtig guten mit den Schokostückchen?"

Kaylee bedachte mich mit einem vorsichtigen Blick und ich lächelte. Sobald ich den ersten Schritt getan hatte, wich meine Bedrücktheit purer Erleichterung. „Hab ich da etwa was von Schokostückchen gehört?"

Gemeinsam mit Molly und Kaylee in der Küche zu stehen und auf die Suche nach sämtlichen Zutaten zu gehen, fühlte sich richtig gut an. Vor allem Molly machte sich einen Spaß daraus, mich zum Mehl zu dirigieren, und kicherte ausgelassen, als ich ganze drei Anläufe brauchte, um den richtigen Schrank zu öffnen.

„Ich hoffe, du hast Molly keinen Kaffee mitgebracht. Dafür ist sie nämlich noch viel zu jung", witzelte Kaylee, nachdem ich vom Café um die Ecke zurückkam und ein paar Pappbecher auf den gedeckten Tisch stellte, weil die Kaffeemaschine kaputt war. Ebenso wie der Wasserhahn tropfte und die Hollywoodschaukel quietschte. Mit gespielt geschocktem Gesichtsausdruck, schlug ich eine Hand vor meinen Mund. „Du hast doch nicht etwa Kaffee für eine Zehnjährige geholt?", fragte Kaylee entsetzt.

„Ich bin schon fast elf!", korrigierte Molly empört.

Ich grinste breit. „Natürlich nicht. Was denkst du bloß von mir? Koffein ist in jedem Alter ungesund. Ich habe Molls und mir lieber einen Becher heißen Kakao mit Sahne mitgebracht. Ich hoffe, den magst du?", fragte ich Molly.

Molly jubelte und Kaylee grummelte: „Als wären Sahne und Käse so viel gesünder."

„Und ob! Käse enthält viel Protein und steht nach wie vor ganz weit oben auf meinem Essensplan. Der wurde sogar von Greg abgesegnet." Genüsslich rieb ich mir über den Bauch und das Wasser lief mir bereits im Mund zusammen.

„Manche Dinge ändern sich wohl nie, oder?"

Ich zog meine Jacke aus, wobei mein Shirt ein Stück von meinem Bauch freigab. Kaylee warf mir einen Blick zu und ich trat langsam neben sie an den Herd. „Das ist wohl so."

Wir lächelten uns an und der Blick in ihren Augen, die mich auf diese wilde Art anfunkelten, brachten mich dazu, für einen Moment alle Sorgen zu vergessen.

„Mom? Die Pancakes!", rief Molly besorgt und Kaylee wandte sich hastig zum Herd um, auf dem, dem Geruch nach zu urteilen, gerade die Pancakes verbrannten. Verdammt!

Ich warf einen Blick über ihre Schultern und verzog mein Gesicht zu einer Grimasse. „Das riecht nicht gut."

„Hab ein bisschen Vertrauen", sagte Kaylee tadelnd und wendete die Pfannkuchen, die von der einen Seite kohlrabenschwarz waren.

„Oh, Vertrauen sollte ich haben, ja?"

Sie entsorgte die Pfannkuchen postwendend in den Mülleimer und verteilte neuen Teig in der Pfanne. „Wenn du noch etwas zum Frühstück haben möchtest, solltest du lieber aufhören, mich abzulenken."

Unschuldig hob ich beide Hände und trat von ihr zurück.

„Ich lenke dich also ab, ja?", fragte ich und brachte Kaylee zum Erröten. Ihre Nase kräuselte sich leicht, genau wie Mollys manchmal. Ich liebte diesen hinreißenden Gesichtsausdruck.

„Owen", mahnte sie mich.

„Selbstverständlich. Ich bin schon still."

Die Pancakes, die Kaylee schließlich zauberte, mit Schokostückchen, Blaubeeren und Sirup verzierte, als würde sie den Teller für ihre Gäste herrichten, waren göttlich.

„O Gott, wie soll ich mein Trainingsdefizit nur ausgleichen, wenn du solches Essen zubereitest?", fragte ich mich selbst.

„Mom ist einfach die beste Köchin."

Kaylee hob überrascht eine Braue. „Ach ja? Das ist das Netteste, was du seit Langem zu mir gesagt hast. Danke, Pumpkin", sagte sie und beugte sich zu Molly, um ihr sanft über das Haar zu streichen.

„Was darfst du denn noch alles essen?", fragte Molly mich.

„Vor allem gesundes Zeug, aber auch nahrhafte Sattmacher. Vollkornbrot, Bananen und Proteinshakes zum Beispiel. Um in Form zu bleiben, braucht es natürlich auch regelmäßiges Fitnesstraining. Es gibt hier eine tolle Strecke, die ich regelmäßig gelaufen bin."

„Und wie viel trainierst du so?"

„Nicht annähernd genug. Ich müsste vor allem meine Schusskraft trainieren", erklärte ich Molly, die unerwartet verständnisvoll nickte.

„Wenn du willst, trainiere ich mit dir, solange du hier bist."

Mein Blick huschte zu Kaylee, die es vermied, mich anzusehen, und lächelte schließlich Molly zu. „Sehr gern. Dann würde ich vor allem mal deinen Wurfarm kennenlernen. Was denkst du, werfen wir morgen ein paar Bälle? Wenn deine Mom es erlaubt natürlich."

„O ja, Mommy, darf ich? Bitte sag ja."

Kaylee schmunzelte, als sie Molly zusah, wie sie auf ihrem Stuhl aufgeregt auf und ab sprang.

„Natürlich, wenn Owen dafür Zeit hat. Ich muss morgen ohnehin den Auftrag für den Frauenverein abarbeiten. Ethan hat hoffentlich die Küche gebucht. Dabei fällt mir ein, dass ich gleich noch zum Großmarkt muss, um die Zutaten einzukaufen, die der Club nicht stellt …", überlegte sie laut und wurde von einem Freudenschrei übertönt. Hastig stand sie auf, offenbar auf der Suche nach einem Stift und einem Zettel. Es klopfte und Molly schob lautstark ihren Stuhl über den alten Parkettboden zurück, ehe sie zur Tür eilte.

„Falls das Ethan ist, sag ihm, er hat das Frühstück verpasst", rief Kaylee und grinste diabolisch.

„Wie ist es überhaupt dazu gekommen, dass Ethan hier eingezogen ist?", wollte ich wissen.

„Irgendwann habe ich ihn aufgenommen, als in seinem WG-Zimmer ein Rohrbruch war, und er ist einfach nie wieder gegangen." Kaylee schüttelte amüsiert den Kopf, konnte aber einen glücklichen Zug um den Mund nicht verbergen. „Mit Ethan ist das eine seltsame Sache. Wie ein kleines verschmustes Kätzchen kommt er in dein Leben gekrochen und geht einfach nie wieder. Er ist wie der nervige kleine Bruder, den ich nie hatte. Eine Tratschtante, ein unmöglicher Besserwisser und ich verdanke ihm einfach alles." Kaylees Augen füllten sich mit Tränen. „Von der ersten Sekunde an hat er Molly geliebt, ihr den Kotzeimer gehalten, als wir beide mit einer Magen-Darm-Grippe im Bett lagen, sie als Baby getragen, wenn sie Bauchweh hatte und ich vor Erschöpfung nicht mehr konnte. Unzählige Male hat er mich gerettet, mein Leben bunt gemacht, wenn es grau war. Ich … wüsste nicht, was ich ohne ihn täte."

„Ich bin froh, dass du ihn hast."

„Hast du auch so jemanden in deinem Leben?"

„Sogar mehrere. Mein Freund Mika ist genauso wie Ethan. Er treibt mich in den Wahnsinn, aber ohne ihn und den Rest vom Team könnte ich mir mein Leben nicht mehr vorstellen."

„Mom, das ist Andrew. Er fragt, ob ich mit ihm zum Sportplatz komme."

„Andrew?", fragte Kaylee und wir beide sahen uns zu Molly und dem Jungen im Wohnzimmer um. Er war schmächtig und beinahe einen halben Kopf kleiner als Molly. Sein braunes Haar war wie meins viel zu lang und stand an den Ohren ab, was den Eindruck verstärkte, er hätte Segelohren. Über seiner Nase zog sich eine ganze Schaar Sommersprossen und seine Schneidezähne wirkten viel zu groß für seinen Mund.

„Oh, du bist Andrew." Kaylee zählte offenbar auch eins und eins zusammen. „Ich bin Kaylee, Mollys Mom." An Molly gewandt fügte sie hinzu: „Natürlich, wenn du dein Handy mitnimmst. Ich beginne heute mit den Vorbereitungen für morgen und du isst bei Grandma. Sie muss dich erreichen können."

„In Ordnung, ich hole eben meine Jacke."

Andrews Blick glitt zu mir, während ich den Tisch abräumte und kurz die Hand hob. „Hi, ich bin Owen."

Sofort fiel ihm seine Kinnlade herunter. „Sie sind … Owen Edwards, oder nicht?"

Kaylee warf mir einen verwunderten Blick zu, während ich mir verlegen über die Brust strich. „Ja, das stimmt wohl. Schuldig im Sinne der Anklage."

„Das ist ja der Wahnsinn", staunte er. „Sie sind einer der besten Stürmer der National Hockey League."

„Na ja … es gibt einige gute Stürmer, die sicher noch besser sind als ich." Ich zwinkerte ihm zu.

„Wow, wenn ich das meinem Dad erzähle. Das glaubt er mir nie." Unsicher trat er vom rechten auf das linke Bein.

„Lass uns doch einfach ein Beweisfoto machen." Mittlerweile spürte ich, wenn Menschen sich zierten, mich um ein

Autogramm oder ein Foto zu bitten, weswegen ich diesen Eiertanz umging und es ihnen einfach vorschlug.

Sofort kramte Andrew in seiner Hosentasche und reichte Kaylee sein Handy. „Das wäre endkrass."

Ich beugte mich zu ihm hinunter und zog Molly ebenfalls zu uns. Gemeinsam grinsten wir in die Kamera, ehe Andrew sein Handy wieder an sich nahm. „Danke, Mr. Edwards."

„Du kannst mich Owen nennen."

Ehrfürchtig nickte er und ließ sich von Molly rausschieben. Sie grinste zu uns zurück.

„Nimm bitte deine Jacke mit, Molls!", rief Kaylee ihr hinterher, woraufhin sie ihre Jacke vom Haken nahm und mit Andrew verschwand.

„Hast du gehört? Ich bin endkrass", sagte ich stolz und Kaylee rollte mit den Augen. „Da scheint sich eine tolle Freundschaft anzubahnen, was denkst du?", fragte ich und Kaylee sah ihnen durch das Fenster nach.

„Es würde die Dinge für sie so viel leichter machen."

„Oder komplizierter …", warf ich leise ein und trat hinter sie.

Kaylee sah zu mir hoch. „Du hast mein Leben erst kompliziert gemacht, als du nicht mehr da warst."

Ich schluckte gegen den Kloß in meinem Hals an und schloss gequält die Augen. „Es tut mir leid."

Sanft nahm ich ihr Gesicht in meine Hände und lehnte meine Stirn an ihre.

## KAYLEE

Ich steckte mit beiden Händen bereits im

Kuchenteig, ehe Ethan zu mir stieß. Zielgerichtet betrat er unsere gemietete Küche. Seine Aufmachung bildete einen starken Kontrast zu den kargen, klinisch weißen Kacheln. Wie sehr ich mir eine eigene große Küche wünschte, die ich ganz nach meinen Vorlieben gestalten und benutzen konnte. Obwohl es in den vergangenen Wochen echt mau gelaufen war, war ich noch nicht bereit, meinen Traum vom eigenen Catering aufzugeben. Die Vorstellung, meine Kreativität auszuleben, Gerichte ausprobieren, Kochkurse zu geben oder Kindern in den Ferien das Backen beizubringen, war meine persönliche Hoffnung. Meine Leidenschaft zu meinem Beruf zu machen, würde bedeuten, nie wieder auch nur einen Tag wirklich arbeiten zu müssen. Dass Ethan diesen Traum mit mir träumte, war mein größtes Glück.

„Wann willst du mir endlich jedes prekäre Detail über deine Nacht mit Owen erzählen?“, rief Ethan über das Rauschen des laufenden Wasserhahns hinweg. Er trocknete sich die Hände an einem Papiertuch ab und kam mit einem breiten Grinsen im Gesicht zu mir herüber.

Ich übertönte seine lauten Worte mit einem Zischen und deutete mit den teigverschmierten Händen in Richtung der Doppelflügeltür. „Maeve ist noch hier“, wisperte ich, ehe ich lauter hinzufügte: „Woher weißt du überhaupt davon?“

„Ach, weißt du … als ich heimkam, lag er mit nassem Shirt unter unserer Spüle und reparierte irgendwas.“

„Tatsächlich?“, echote ich überrascht.

„Ein wirklich netter Empfang für mich.“ Ethan grinste von einem Ohr zum anderen. „Ich hoffe, ihr treibt es öfter miteinander. Vielleicht bekomme ich ja mehr von ihm zu sehen.“ Er zwinkerte mir zu.

„Herrgott noch mal, sag nicht so was, sonst versetzt du

damit vielleicht noch die ganze Stadt in Aufruhr. Du weißt genau, wie schnell sich solche Gerüchte hier verbreiten."

„Als ob sich dieses Gerücht seit der Szene vor Sue's Diner nicht längst verbreiten würde, spätestens aber seit Owen dich bei der Suche nach Molly unterstützt hat." Ethan rollte mit den Augen und lachte, während er mir wie selbstverständlich eine Platte für die Zimtschnecken überreichte, die ich aus dem fertig gekneteten Teig formte. „Die Damen vom Bridge Club reden über nichts anderes mehr."

„Das bezweifle ich zwar, aber daran wäre nichts großartig, Ethan. Bitte sorge dafür, dass diese Tuschelei um Owen und mich aufhört."

Aus großen Augen sah er mich an. „Du traust mir aber was zu. Meinst du echt, ich hätte eine solche Macht?"

„Wir beide wissen, dass es genau so ist. Lenk ihre Aufmerksamkeit einfach auf etwas anderes."

„Wohin denn? Was um Himmels Willen könnte interessant genug sein, um von euch abzulenken?"

„Was weiß ich denn? Wie wäre es mit Mrs. Hooks illegalem Geschäft? Sie verschachert ihren Selbstgebrannten bestimmt wieder unter den Senioren im Pflegeheim. Wenn nicht sogar bei Ebay. Oder erzähl ihnen von Pastor Pete und seiner Passion für Elenor." So unanständig sich das auch anhörte, aber Elenor war Pastor Petes Golden Retriever Welpe, mit dem der Pfarrer der Gemeinde ständig im Park umhertollte.

Ethan hob eine Braue. „Als könnte das ihr Interesse davon ablenken, wenn unser geliebtes Aschenputtel endlich auf ihren Prinzen trifft." Sein breites Grinsen ärgerte mich fast so sehr wie dieser Satz.

„Seit wann zählt Owen zu den Prinzen? Bevor er die Stadt verlassen hat, ist er von allen nur als Ärgernis wahrgenommen worden. Und zwar nur, weil er der Sohn des stadtbekannten Säufers ist … war." Ich verzog das Gesicht zu einer Grimasse. „Keiner hat sich je die Mühe gemacht, hinter seine Fassade zu blicken."

„Außer dir!" Ethan legte die Backutensilien nieder und sah mich von der Seite her an. Seine Miene war ernst und wirkte irgendwie wachsam. „Hör zu, wenn nur die kleinste Chance besteht, dass aus dir und Owen mehr werden könnte, dann musst du diesem Weg folgen."

Ich seufzte und stieß fluchend die geformte Zimtschnecke zurück in den Teigbehälter. Heute wollte mir einfach nichts gelingen. „Es ist aussichtslos, Ethan."

„Was? Wieso?", fragte er verwirrt. „Ich dachte, ihr hättet euch endlich ausgesprochen?"

Ich holte tief Luft. „Das haben wir, aber …"

„Und die Nacht zusammen verbracht."

„Schon, aber nicht auf die Art, die du denkst. Wir haben auf der Veranda gesessen und dem Morgengrauen zugesehen."

„Im Ernst? Wofür hab ich denn extra bei Marc geschlafen? Das war ja völlig umsonst."

Ich rollte mit den Augen und sah ihn bedeutungsschwer an. „Als ob das irgendwas mit mir zu tun gehabt hätte."

Ethan grinste verschmitzt und verschränkte die Arme vor der Brust. „Also habt ihr es echt nicht getan?"

Ich stieß ihn mit dem Ellbogen an. „Es war einfach … magisch."

„Wäre es nicht magischer gewesen, wenn er dir einen Orgasmus geschenkt hätte?"

„Ethan!", rief ich entsetzt und sah ihn entgeistert an.

„Was denn? Das, was ich gesehen habe, war … ziemlich heiß. Du kannst mir nicht erzählen, dass ihr nicht auf diese Sache zusteuert."

„Sein Vater ist gerade gestorben."

Ethan lehnte sich mit seiner Rückseite gegen die Küchenanrichte und schlug die Augen nieder. „Der Tod vom alten TJ macht schon die Runde."

„Tatsächlich?", fragte ich überrascht und rümpfte die Nase, denn ich dachte an TJs letzte Worte, die er zu Owen gesagt hatte, und mein Magen zog sich schmerzhaft zusammen. Es waren beschissene letzte Worte, die auf ewig in Owen widerhallen würden. Obwohl ich es mit eigenen Augen und Ohren gesehen und gehört hatte, konnte ich einfach nicht fassen, was sich zwischen ihnen abgespielt hatte. „Ich hätte gedacht, nach all den Dingen, die die Stadt mit ihm erlebt hat, würden sie seinem Tod mit Gleichgültigkeit begegnen."

„Zumindest hat Betty das heute Morgen Marc im Lehrerzimmer erzählt. Du weißt schon, Betty Simmons. Ihre Schwester arbeitet beim Bäcker auf der George Street, der mit den furchtbar trockenen Muffins." Ethan verzog sein Gesicht zu einer Grimasse und streckte die Zunge raus. „Unsere sind tausendmal besser. Jedenfalls hat sie es von Pete, dem Nachtportier von der Pforte im Krankenhaus, und er hat es von einer Reinigungskraft, die mit der Nachtschwester gesprochen hat, die wiederum …"

Eilig winkte ich ab und stöhnte. Ich war überzeugt, Ethan könnte den Hergang dieser Flüsterpost bis zu ihren Ursprüngen zurückverfolgen, aber das spielte keine Rolle.

Die Tür zu unserer gemieteten Küche schwang erneut auf und wir wandten uns der Person zu, die im Rahmen erschien.

„Ash?", fragte ich verwundert.

„Nicht zu fassen, dass wir das in diesem Jahrzehnt noch

erleben dürfen“, ergänzte Ethan mit säuerlichem Unterton. „Womit haben wir das nur verdient?“

Ash stand da, runzelte die Stirn und überlegte scheinbar, wie er auf diese unverkennbar feindliche Stimmung reagieren sollte.

„Hallo, Kaylee“, überging er Ethan schlichtweg. Die Zeit hatte es mit Ash ungerechterweise ziemlich gut gemeint. Optisch war er noch immer eine Augenweide. Die winzigen Fältchen um seine Augen, die die Zeit dort hinterlassen hatte, erweckten den Eindruck von einer Reife, die leider nicht vorhanden war. Trotzdem war er attraktiv. Das dunkle Haar trug er länger als früher, was ihn nur verwegener wirken ließ. Seine grauen Augen bildeten einen starken Kontrast zu seinem dunklen, fast rabenschwarzen Haar. Obwohl mich sein Aussehen kalt ließ, liebte ich diese Augen, weil er sie unserer Tochter vermacht hatte. Jeden Tag der letzten elf Jahre hatte sie mich damit angestrahlt und mein Leben und mein Herz auf eine Weise bereichert, die ich manchmal auch heute noch nicht fassen konnte. Sie war ein Geschenk für mich und daran hatte dieser Mann immerhin einen winzigen Anteil, wofür ich ihm auf ewig dankbar sein würde. Zweifellos hatte ich von ihm das einzig Beste bekommen, das er zu bieten gehabt hatte.

„Ethan“, grüßte Ash mit einem unterkühlten Nicken.

„Hier riecht es plötzlich, als hätte jemand vergessen, den Müll rauszubringen“, murrte Ethan, ohne auf seine Begrüßung einzugehen. „Oder als wäre irgendwo eine Ratte am Verwesen.“ Er war noch nie ein Fan von Ash gewesen. Weder damals, als ich mich auf eine wilde Affäre mit ihm eingelassen hatte, die einer Achterbahnfahrt geglichen hatte, noch als wir kurzzeitig verlobt gewesen waren, und schon gar nicht in den vergangenen Jahren, als er versäumt hatte, Molly ein Dad zu sein. Zum einen lag das an all den Dingen, die Molly und ich allein und ohne jede Form der Unterstützung durchmachen mussten, aber Ash hatte schon im Vorfeld durch seine homophoben Witze dazu beigetragen, dass Ethan ihn nicht ausstehen konnte. Er machte daraus auch keinen Hehl.

Ich rollte zwar mit den Augen, ging jedoch nicht darauf ein. „Was willst du hier?"

„Du hast mir eine Nachricht hinterlassen, in der es um Molly ging." Plötzlich erinnerte ich mich daran, dass ich ihm eine Nachricht auf seiner Mailbox hinterlassen hatte, auf die ich nie einen Rückruf erhalten hatte. Das hatte ich völlig ausgeblendet.

„Das war vor drei Tagen."

Ash schien nichts Seltsames daran zu finden, dass er sich erst jetzt dazu meldete.

„Für gewöhnlich wäre es jetzt für eine lebenserhaltende Organspende zu spät", mischte sich Ethan gnadenlos ein und ich warf ihm einen warnenden Blick zu. Ethan hob unschuldig die Hände, verschränkte dann seine Arme vor der Brust und machte keine Anstalten, die Küche und die angespannte Stimmung zu verlassen, um uns ein wenig Privatsphäre zu gewähren. Er wollte mich beschützen, so wie er es all die Jahre getan hatte, und ich liebte ihn dafür, doch ich war tough genug, es allein mit meinem Ex aufzunehmen.

„Glücklicherweise ist Molly kerngesund, aber sie war ausgebüxt und bei dir."

„Tatsächlich?"

„Du hast es nicht mitbekommen? Dein Dad hat dir nichts erzählt?"

Ash hob ahnungslos die Brauen, aber sein schauspielerisches Talent konnte mich nicht täuschen. Er war ein Feigling gewesen und einer Konfrontation aus dem Weg gegangen. Da war ich mir sicher. „Wann war das denn?"

„Vergiss es, Ash." Nur mit Mühe schaffte ich es, ihn nicht zu beleidigen.

„Warum bist du gleich so feindselig? Ich bin eben nicht ständig zu Hause."

„Warum ich so feindselig bin?", echote ich ungläubig. „Deine Tochter wurde von der halben Stadt gesucht, einschließlich des Sheriffs – deinem Vater. Und du schaffst es nicht einmal, zurückzurufen?"

„Ich bin doch jetzt hier, um nachzufragen, was los war." Ash schob seine Hände tief in die Hosentaschen seiner Jeans.

Verständnislos sah er mich an und ich fragte mich, ob er das Problem tatsächlich nicht erkannte, oder ob ihm jeder – wirklich jeder, abgesehen von ihm selbst – gleichgültig war. Wie erklärte man jemandem, wie man einen anderen Menschen lieben sollte, wenn er es einfach nicht verstand? Dieser Gedanke war für mich kaum zu ertragen und ich schloss kurz die Augen. Womöglich lag es an der Konfrontation von Owen und TJ, die ich miterlebt hatte. Alles, was ich mir für Molly wünschte, war ein Vater, der erkannte, wie wunderbar sie war und sie mit all ihren Stärken und Schwächen liebte. „Vergiss es einfach, Ash. Molly ist ziemlich durch den Wind im Moment."

„Wie hätte ich das wissen sollen?"

Wäre es nicht so traurig gewesen, hätte ich gelacht. Andererseits waren seine väterlichen Qualitäten nie besonders ausgeprägt gewesen. Statt ihn anzubrüllen, wie ich es vor wenigen Minuten noch vorgehabt hatte, seufzte ich und ergab mich der Situation, wie sie war.

„Womöglich wüsstest du das, wenn du dich irgendwann mal nach ihr erkundigen würdest", sagte Ethan unerbittlich.

„Was ist eigentlich dein Scheiß-Problem, Ethan?“, brach es aus Ash heraus, während er sich zu seiner vollen Größe aufrichtete. Er machte zwei Schritte auf Ethan zu, der ihm zu meiner Verwunderung auch noch entgegenkam.

„Möchtest du das wirklich wissen?“

„Ich brenne regelrecht darauf.“

„In meinen Augen bist du auf der ganzen Linie ein Versager. Bei deinem Anblick möchte ich am liebsten kotzen.“

„Gott sei Dank lege ich keinen Wert auf die Meinung einer Schwuchtel wie dir!“

Ethan und Ash standen sich nun Nase an Nase gegenüber und ich schob mich hastig zwischen sie.

„Spinnt ihr? In meiner Küche gibt es keine Rangelei, verstanden?“, brüllte ich und verschaffte mir wenigstens kurzzeitig ihre Aufmerksamkeit. „Wir sind doch nicht mehr auf dem Pausenhof der Grundschule.“

„Wenn dem so wäre, hätte ich ihm schon längst auf die Nase gehauen“, ereiferte sich Ethan und ich schob ihn entschlossen zur Küchentür.

„Als könntest du mir auch nur ein Haar krümmen.“

„Du würdest dich wundern. Molly hat was Besseres als dich verdient, du Versager.“

„So jemanden wie Owen?“, entgegnete Ash und überraschte damit wohl am meisten mich. Also waren diese Nachrichten sogar schon bis zu ihm vorgedrungen. War er vielleicht nur deswegen hier? Das wollte ich nicht glauben. Das durfte nicht der Grund sein.

„Und ob“, sagte Ethan und grinste breit.

„Ich habe schon gehört, dass er wieder hier ist. Aber was geht Owen meine Tochter an?“

„Im Gegensatz zu dir hat er in wenigen Augenblicken

erkannt, was sie für ein tolles Mädchen ist." Ashs gelassene Miene veränderte sich und sein Blick schien Ethan erdolchen zu wollen, sodass ich es für besser hielt, die Situation zu schlichten. Immerhin war Ash für seine Prügelattacken bekannt. „Ethan, würdest du bitte den Müll rausbringen?"

Mein bester Freund starrte angriffslustig zu Ash, als wolle er dieses Blickduell gewinnen, und rührte sich keinen Millimeter.

„Ethan", warnte ich.

„Ich würde ja gern den ganzen Dreck entsorgen, aber leider ist er diesmal besonders hartnäckig", richtete er seine Worte an Ash und an mich gewandt fügte er hinzu: „Wenn du mich brauchst, ich bin gleich vor der Hintertür."

Erst als Ethan die Müllbeutel geschnappt hatte und die Tür mit Wucht hinter ihm zufiel, holte ich tief Luft. „Was ist eigentlich dein Scheiß-Problem?"

„Meine Beziehung zu Molly geht ihn nichts an", schimpfte Ash und kam auf mich zu. Es hatte mal eine Zeit gegeben, in der seine Wutausbrüche mich eingeschüchtert hatten, doch diese lag weit hinter mir.

„Pass auf, Ash, Ethan ist fester Bestandteil von Mollys Leben. Er liebt meine Tochter und würde ihr, ohne mit der Wimper zu zucken, eine Niere spenden. Die halbe Stadt hat in den letzten Tagen mehr Interesse an Molly gezeigt, als du seit sie geboren wurde, also kannst du ihm seine Reaktion kaum übelnehmen."

„Und für dich ist es okay, wenn ein Fremder mit Molly loszieht?"

Überrascht hob ich meine Brauen. „Ein Fremder? Du kennst Owen so gut wie ich. Außerdem ist Owen nur wegen seinem Vater in der Stadt."

„Sei einfach vorsichtig."

Empört schnappte ich nach Luft und stemmte meine Hände in die Hüften. „Wer bist du überhaupt, so etwas zu mir zu sagen?", ging ich an die Decke. Es war unmöglich für mich, die Ruhe zu bewahren.

„Du blamierst dich. Die ganze Stadt spricht schon über Owen und dich."

„Also bist du deswegen hier? Weil du von Owen und mir erfahren hast?"

„Das spielt keine Rolle. Ich bin immerhin Mollys Vater und darf sehr wohl meine Meinung dazu äußern."

„Wenn es die letzten elf Jahre um die Pflichten eines Vaters ging, hast du das leider vergessen, also wage es nicht, mir mit deinen Rechten zu kommen. Soweit es mich und das Gericht betrifft, ist die Sachlage völlig klar. Ich habe das alleinige Sorgerecht. Der einzige Grund, warum ich jedes halbjährige Treffen dulde, ist Molly. Sie interessiert sich nämlich immer noch für den Versager-Vater, der du nun einmal bist. Also, wenn du hier bist, um einen Tag auszumachen, an dem du Molly sehen kannst, bin ich deine Ansprechpartnerin. Falls es hier aber um irgendein lächerliches Balzverhalten zwischen dir und Owen geht, weißt du, wo die Tür ist." Ich deutete mit dem ausgestreckten Finger hinter ihn.

Ich hörte, wie Ethan die Hintertür aufstieß.

„Owen bricht dir nur wieder das Herz. Du wirst schon sehen. Er hat dich einmal verlassen und er wird es wieder tun. Hier gibt es nichts, das ihn hält", mahnte Ash, ehe er uns den Rücken zuwandte und aus der Küche verschwand.

Normalerweise gingen Ashs Worte spurlos an mir vorüber, doch dieser Satz traf mich tief. Womöglich, weil mich diese Sorge selbst quälte.

Hastig verließ er die Küche und ich wandte mich

wutschnaubend zu Ethan um, der sehr zufrieden mit sich schien. „Was?“, herrschte ich ihn an.

„Wie ich sehe, kommst du sehr gut allein zurecht“, antwortete er grinsend.

Ich rollte mit den Augen. „Wieso musstest du nur so rumsticheln?“

„Ich weiß auch nicht, aber er hat etwas an sich, das mich meine gute Kinderstube vergessen lässt.“

„Das sagst du bei Marc auch. Sind es vielleicht seine hübschen Grübchen? Ich weiß, dass du ihn früher sexy fandest.“

„DAS ist lange her, meine Liebe.“ Ethan verzog sein Gesicht zu einer Grimasse. „Jetzt überwiegt eher sein rabenschwarzes Herz und das lässt ihn auf einer Zehner-Skala von einer Acht erdrutschartig auf eine Zwei sinken.“ Ethan schüttelte sich. „Ganz im Gegensatz zu Owen, der sich auf eine Neuneinhalb gemausert hat.“

Niedergeschlagen sah ich ihn an. „Was, wenn Ash recht behält?“

„Womit? Dass er eine Null ist?“, fragte Ethan und zwinkerte mir zu, ehe er meine Hand in seine nahm.

„Was denkst du? Wie lange bleibt er noch?“ Kaum hatte ich den Gedanken, der mich seit unserem gemeinsamen Frühstück verfolgte, laut ausgesprochen, da spürte ich bereits den vertrauten Stich in meiner Magengegend. So war es schon einmal gewesen. Owen und ich waren uns unglaublich nah gekommen und am nächsten Morgen war er fort gewesen, und zwar gänzlich aus meinem Leben verschwunden. Vielleicht hatte ich es deswegen noch nicht zum Sex kommen lassen? Weil ich insgeheim Angst davor hatte, dass danach alles vorüber sein würde.

„Ich hab das Gefühl, als hätte ich das schon einmal erlebt.

Wahrscheinlich ist es besser, ich konzentriere mich voll und ganz auf dieses Event morgen."

„Hör zu, Kaylee, ich weiß, dass Owen dich schon einmal auf ganzer Linie enttäuscht hat. Damals war er jung und vor allem schrecklich dumm. Hab ein bisschen Vertrauen. Ich weiß, du bist daran gewöhnt, die Kontrolle zu behalten. Du hast deine Regeln, die du auch ganz artig befolgst, aber dieses eine Mal musst du ein wenig lockerlassen. Gib dieser Sache eine Chance, sich zu entwickeln, Kay."

Ich seufzte, denn wie immer hatte er den Nagel auf den Kopf getroffen. „Wie soll das gehen? Er geht zurück nach Chicago und ich bin immer noch hier."

Sanft umfing Ethan meine Wange. „Mach nicht den Fehler, alles hinzuschmeißen, nur weil du jetzt noch nicht alle Antworten auf all diese Fragen hast. Sei mutig und lass es einfach geschehen."

## KAPITEL 11

KAYLEE

Es war spät, als ich Molly endlich bei meinen Eltern abholte – viel später, als ich vorgehabt hatte. Mollys anklagender Blick strafte mich genauso sehr wie mein schlechtes Gewissen. Ich wusste, dass sie längst ins Bett gehörte, ich ihre Hausaufgaben kontrollieren musste und dafür sorgen sollte, dass sie etwas Anständiges zu essen bekam. All diese Pflichten, die ständig mit meinen Selbstverwirklichungsplänen kollidierten, raubten mir manchmal den Atem. Es kam mir vor, als würde ich einen dieser lästigen Sporttests auf der Highschool absolvieren, bei denen man sich noch so sehr anstrengen konnte, doch man war einfach nie schnell genug.

In Momenten wie diesen, in denen Molly neben mir im Auto saß und mich mit ihrem Schweigen strafte, bereute ich fast alles. Vorrangig, dass ich ihr keinen besseren Dad ausgesucht hatte, der für sie da war und ihr Leben leichter machte. Und nicht zu vergessen - meins. Dass ich sie nicht später bekommen hatte, wenn ich ihr mehr hätte bieten können als nur ein Herz übervoll mit Liebe. Dann hätte ich meine Träume vielleicht schon erfüllt, hätte mit dem Catering bereits Fuß gefasst und müsste nicht mehr ständig versuchen, alles gleichermaßen zu bewältigen. Dass ich es einfach nie schaffte, die perfekte Mutter zu sein, die ihre Brotdose mit selbstgemachten Sachen für die Schule packte, immer zu ihren Spielen und Trainingszeiten kam und ständig auf irgendwelchen Schulevents Kuchen verkaufte. Ich schämte mich. In solchen Augenblicken war mir alles zu viel und ich war müde vom Müdesein und dem schlechten Gewissen, das mehr wog als ein Elefantenbaby.

Ich war viel zu erschöpft und hungrig, um rational nach einer Lösung für all unsere Probleme zu suchen. Um Molly ein Lächeln zu entlocken, stellte ich *‚I'm gonna be 500 miles'* an und drehte es laut auf. Zuerst zeigte sich auf ihrem Gesicht nur ein winziges Lächeln. Sie war fest entschlossen, weiter böse auf mich zu sein, weil sie bei ihrer Grandma nicht das Spiel der Yankees hatte gucken können. Im Gegensatz zu meinen Eltern besaßen wir diesen überteuerten Sport-Channel. Ich grinste, weil sie einen ebenso großen Dickschädel hatte wie ich. Deswegen begann ich einfach, laut und vor allem schief mitzusingen. Zuerst warf Molly mir nur einen genervten Blick zu, ehe sie kicherte und schlussendlich ebenfalls mitsang. Erleichterung erfüllte mich, dass wir nach dem klärenden Gespräch wieder wie früher miteinander umgehen konnten. So, oder so ähnlich, hatte ich es stets geschafft, sie aus ihren trotzigen Phasen zu locken. Als wir vor unserem Häuschen hielten, rief Molly: „Sieh mal, Mom!"

Lachend sprang sie aus dem Auto und rannte zur Veranda, als wäre der Teufel hinter ihr her. Mein Blick folgte ihr nach ihrem kleinen Jubelschrei zur Treppe, auf der jemand saß. Ein

Mann mit breiten Schultern und halblangen Haaren, die sein kantiges Kinn umspielten. Es war der eine Mann, der mir seit seiner Rückkehr einfach nicht mehr aus dem Kopf ging. Ach, was dachte ich da? Ich hatte ihn nie ganz vergessen können. Allein sein Anblick und die Aussicht, gleich eine Weile in seiner Nähe zu sein, reichten aus, um mein Herz in Aufruhr zu versetzen. Ich spürte sogleich die Erleichterung, die mich erfüllte. Er war noch hier.

Owen hatte zwar versprochen, sich zu verabschieden, aber ich fürchtete ständig, unsere Zeit könnte jeden Moment vorüber sein. Was mein Herz beinahe noch höherschlagen ließ, war weder sein anziehendes Äußeres oder die Erinnerung an das, was seine Finger mit meinem Körper machten, sondern die Art, wie er meine Tochter anlächelte. Bisher war es nur selten zu Dates mit Männern gekommen, und jeder von ihnen hätte Molly notgedrungen akzeptiert, aber nicht gewollt. Ich beobachtete, wie die beiden sich abklatschten, als kannten sie sich schon ewig, und sich mit aufgeregtem Gesichtsausdruck zu mir umwandten.

„Mom, sieh nur wer da ist."

Lächelnd schloss ich zu ihnen auf und konnte den Stimmungswechsel meiner launischen Tochter gar nicht fassen. „Ja, das sehe ich."

Owen grinste wie ein Honigkuchenpferd und hielt zwei Pizzakartons hoch. „Und ich habe Pizza mitgebracht - als Bestechung."

„Pizza", jubelte Molly und drehte sich überschwänglich im Kreis.

„Das war das einzig richtige Passwort, um Zugang in unsere Frauenhöhle zu erlangen", sagte ich anerkennend und blieb dicht vor ihm stehen, während Molly bereits die Tür aufstieß.

Ich legte den Kopf in den Nacken, um ihm ins Gesicht sehen zu können, und genoss es, wie er seine freie Hand zuerst über meine Schulter bis zu meinem Rücken gleiten ließ und mich an sich zog.

„Du bist heute mein persönlicher Superheld", fügte ich leise hinzu und hoffte, dass er noch ein klein wenig näher kam, damit ich ihn küssen konnte. Sein süßlich-herbes Aftershave gemischt mit seiner ganz eigenen Duftnote umgab mich und sorgte für einen wohligen Seufzer.

„Ich wusste doch, dass ich dich mit Pizza rumkriege", witzelte er, sah mich dann jedoch ernst an. Mit der freien Hand streichelte er sanft über meine Wange und ein aufregender Schauer durchfuhr mich. Mein Innerstes konnte es kaum erwarten, erneut von seinen großen starken Männerhänden berührt zu werden, und sei es auch nur, wenn er meine Wange streifte. Ich war verloren. „Du siehst ziemlich erschöpft aus. Geht es dir nicht gut?"

Ich zuckte mit den Achseln. „Seltsamerweise wurde mein Tag mit deinem Auftauchen um Längen besser und nicht nur meiner. Molly hat sich schon lange nicht mehr so über eine Pizza gefreut." Ich zwinkerte ihm zu.

Diese beiden simplen Sätze zauberten ein Lächeln auf seine Lippen. „Ach was, das liegt nur an dem köstlichen Duft von dem geschmolzenen Käse, der vor Fett triefenden Salami und dem Oregano. Das ist wie ein Aphrodisiakum."

Ich lachte, auch wenn ich eher an seinen Hormoncocktail dachte, der sämtliche Frauenherzen höherschlagen ließ. Ganz unvoreingenommen musste ich mir eingestehen, dass ich ihn anhimmelte. Die Tatsache, dass ich ihn mit dreizehn – schlaksig und mit Pickeln im Gesicht - auch schon interessant gefunden hatte, erhöhte jetzt nur seine Chancen. Es war zum Verrücktwerden. Dabei war Owen so ziemlich der Letzte, mit dem ich in dieser Hinsicht gerechnet hatte. Generell war mein Liebesleben auf der Stelle getreten, was zum einen an meiner unsäglich schlechten Erfahrung mit Ash lag und zum anderen kannte ich die Männer in diesem Ort wie meine Westentasche. Keiner von ihnen war für mich interessant genug gewesen, um für ihn meine aufgerichteten Mauern einzureißen. Doch wenn Owen mich mit seinen dunklen Augen ansah, als könnte er sich nicht erinnern, je ein schöneres Mädchen gesehen zu haben, war ich bereit, mir die Sachen vom Leib zu reißen. Das würde ich natürlich niemals zugeben. So fest entschlossen, wie ich vor wenigen Tagen noch gewesen war, ihn niemals wieder nah an mich ran zu lassen, hatte er wie von selbst einen Weg gefunden, um Einlass in mein Königreich zu bekommen. Ohne Frage war Molly der Schlüssel dazu gewesen.

„He, kommt ihr endlich? Ich sterbe vor Hunger", riss mich meine Tochter aus meinem tranceähnlichen Zustand. Ich hätte noch Stunden damit zubringen können, mich in Owens braunen Augen zu verlieren, aber eine hungernde Tochter ging eindeutig vor.

„O Gott, das können wir natürlich nicht verantworten", rief ich sarkastisch hinter Molly her, die aber schon wieder ins Haus rannte. Ich lächelte bei dem Anblick ihres vergnügt auf und ab wippenden Haares, das immer wieder auf ihre Schultern tippte. Scheinbar fand sie nichts Komisches daran, dass mir ein Mann derart nahe war. Womöglich weil es Owen war?

Den Gedanken verfrachtete ich innerlich ins Eisfach, um ihn dort zu konservieren und mir später erneut anzuschauen. So langsam lief mir ebenfalls das Wasser im Mund zusammen und der köstliche Duft der Pizza, die Owen hinter mir ins Haus trug, feuerte mein Magenknurren an. Während ich noch meine

Jacke auszog und über den weißen Garderobenständer im Eingang hing, deckte Molly bereits den Tisch mit Tischunterlagen, Servietten und einem Pizzaschneider. Und das tat sie ganz ohne Murren, was an sich schon ein Wunder war. Ihr Gemütszustand war praktisch in einem Sekundenbruchteil von deprimiert zu vor Freude jauchzend gewechselt. Ich beobachtete sie genau, wie sie mit Feuereifer die Pizzakartons von Owen entgegennahm. Sie klappte die Pappdeckel auf und rief erstaunt: „Das sind aber riesige Pizzen."

„Ich hab einfach zwei Familienpizzen besorgt und unterschiedlich belegen lassen. Wenn sich am Appetit deiner Mom nichts geändert hat, dann brauchen wir die auch." Neckend warf er mir einen schelmischen Blick zu.

„Komplimente sind nicht gerade deine Stärke, was?"

Er hob eine Hand und sagte: „Das kommt immer auf die Perspektive an. Ich persönlich liebe Frauen mit einem guten Appetit."

Seine Worte brachten mich zum Lächeln, doch sein eindringlicher Blick ging mir förmlich unter die Haut. Jedes Haar an meinem Körper richtete sich auf und mir wurde warm. Wie machte er das nur?

Um mir nichts anmerken zu lassen, antwortete ich salopp: „Da haben Sie gerade noch mal die Kurve bekommen, Mr. Edwards."

„Können wir dann endlich essen? Ich sterbe gleich vor Hunger."

„Na klar, haut rein." Molly schnappte sich ein riesiges Stück Salami-Pizza, an dem sich der Käse zog, genau so wie es sein musste.

Ich rollte zwar mit den Augen über die Theatralik meiner Tochter, nahm jedoch lächelnd zwischen den beiden Platz.

„Danke, Owen, für dieses überraschende Abendessen. Die Manning-Frauen waren kurz davor zu verhungern, wie du hörst. Du bist also unser Lebensretter.“ Dann nahm ich mir ein Stück mit Thunfisch und biss herzhaft hinein.

„Sehr gerne. Ich bin einfach nur froh, heute nicht allein essen zu müssen.“

Seine Worte waren so beiläufig ausgesprochen, doch ich spürte, wie viel Wahrheit darin steckte. Das Abendessen entpuppte sich als ungeahnt heilsam. Molly erzählte uns sogar von ihrem Schultag und dem Training. So erfuhr ich seit Wochen das erste Mal wieder etwas aus erster Hand. Der einzige Wermutstropfen war, dass sie es eigentlich nicht mir erzählte, sondern Owen. All diese Dinge schienen einfach aus ihr herauszupurzeln. Ein klein wenig neidisch war ich schon darauf.

Als es dann für Molly Zeit wurde, ins Bett zu gehen, änderte sich ihre gute Laune kurzzeitig wieder. Doch Owen erwähnte geschickt ihre Verabredung für den kommenden Mittag und Molly gab sofort nach. Nachdem Owen und ich in stiller Zweisamkeit die Küche aufgeräumt hatten, ging ich noch mal in Mollys Schlafzimmer. Sie trug bereits ihren Schlafanzug, und ihre Nachttischlampe, die eine Nachbildung eines riesigen Baseballhandschuhs war, tauchte das Zimmer in gedämpftes Licht. Molly bestand darauf, Owen noch einmal eine gute Nacht zu wünschen, also wartete ich geduldig und saß auf ihrem Bettrand.

Sanft strich ich mit meiner Hand über die Patchworkdecke, die meine Grandma mir damals zu Mollys Geburt geschenkt hatte. Sie war reine Handarbeit und auch nach etlichen Waschgängen noch wunderbar weich und vollkommen intakt. Jedes Mal, wenn ich Molly darin eingewickelt im Bett liegen sah, kam es mir vor, als würde sie in den schützenden Armen meiner geliebten Großmutter liegen, die nur wenige Wochen nach Mollys Geburt überraschend gestorben war.

Molly kehrte zurück und unterbrach meine Gedanken. Sie umarmte mich flüchtig und kuschelte sich zufrieden unter die Decke. Für einen kurzen Moment rückte ich zu ihr hoch und strich ihr zärtlich durch das offene Haar. „Bist du satt geworden?"

„Und wie", antwortete sie gähnend.

„Sehr gut, dann schlaf jetzt gut und träum was Schönes." Sanft beugte ich mich zu ihr und küsste sie auf die Stirn, ehe ich die Nachttischlampe ausmachte und zur Tür ging. Auf halbem Weg hörte ich Molly nach mir rufen und hielt inne.

„Wir haben noch nie eine richtige Familienpizza gegessen."

Ein beklemmendes Gefühl, wie ich es immer hatte, wenn Molly das Thema anschnitt, umgab mein Herz. Diesmal wurde es jedoch von einer Wärme begleitet, die sich mit jedem Herzschlag in meiner Brust weiter ausbreitete. „Ja, Süße, du hast recht. Vielleicht sollten wir das jetzt öfter machen."

„Kann Owen dann wieder zum Essen kommen? Dann braucht er nicht allein zu essen."

Ich lächelte und mein Herz schwoll an vor Liebe zu meinem empathischen Kind. „Natürlich, wenn Owen möchte, darf er jederzeit zum Essen kommen."

„Denkst du, er wird uns auch aus Chicago hin und wieder besuchen kommen?"

Ich schluckte und zögerte, um nach den richtigen Worten zu suchen. „Das hoffe ich sehr", antwortete ich schließlich.

„Gute Nacht, Mom."

„Gute Nacht, Molly."

Ich zog die Tür hinter mir ins Schloss und wartete ein paar

Sekunden, um ihre Worte ein wenig nachwirken zu lassen. Mollys Sehnsucht nach einer normalen intakten Familie war nicht neu, aber Owen schien etwas in ihr wachzurütteln, so wie er es auch in mir auslöste. Ich konnte nicht sagen, woran es lag, aber es fühlte sich gut an. Wie Hoffnung.

Eine Bewegung aus den Augenwinkeln ließ mich hochschrecken und ich sah Owen, der mit seiner Rückseite an der Küchenanrichte lehnte, den rechten Fuß am Knöchel lässig über den anderen gelegt hatte und mich aus dunklen Augen auf eine Weise musterte, die mir ungehörig vorkam und deswegen umso aufregender war. Er legte ein paar Werkzeuge beiseite, die ich nicht kannte, und rieb seine Hände an einem Küchentuch sauber. Verblüfft starrte ich ihn an.

„Ist was mit der Türklinke oder warum starrst du sie so gebannt an?“ Sein Grinsen entblößte gerade weiße Zähne und ließ zwei Grübchen in seinen Wangen auftauchen, die im Kontrast zu seinem kantigen Kinn standen und sein Gesicht viel weicher erscheinen ließen.

„Nein, ich war bloß … in Gedanken. Ich fürchte, Molly möchte dich adoptieren“, witzelte ich und fürchtete einen Moment, ein völlig falsches Signal gesetzt zu haben. Doch Owens Grinsen wurde nur noch breiter.

„Ich mag die Kleine auch wahnsinnig gern.“

„Sie ist toll, nicht wahr?“, fragte ich versonnen, ehe ich hinzufügte: „Wenn sie nicht gerade mit dem falschen Fuß aufgestanden ist, sie mich mit ihren Launen in den Wahnsinn treibt oder nicht genug Schlaf bekommen hat, meine ich natürlich.“

Ein tiefes Lachen entwich Owens Kehle. „Du machst das großartig, Kaylee.“ Er streckte beide Arme nach mir aus und zog mich zu sich heran. Mein Herz ging so schnell wie eine Dampflok.

„Denkst du? Dabei komm ich mir an Tagen wie heute vor wie die schlechteste Mutter Montanas. Ach was, des ganzen Universums." Er hakte seine Daumen in die Gürtelschlaufen meiner Jeans, die voller Teig- und Mehlflecken war. O Gott, wieso hatte ich die Zeit nicht schnell genutzt, mir etwas anderes anzuziehen? Sanft, aber bestimmt zog er mich an sich, schlang die Arme um meine Hüften und sein Gesicht kam meinem ganz nah.

„Ein Kind großzuziehen, ist wohl der härteste Job der Welt. Denk nur dran, wie viele darin versagen. Meine Eltern zum Beispiel. Sieh dir nur an, was aus Molly geworden ist. Sie ist toll und das ist ganz allein dein Verdienst."

Ich zuckte mit den Achseln. „Bis jetzt hat sie es mir echt leicht gemacht. Doch seit dem Schulwechsel geht es drunter und drüber bei uns." Meine Hände strichen über seinen dünnen Pullover, unter dem jeder einzelne Muskel zu ertasten war. Zu gern hätte ich seine nackte Haut mit meinen Fingerspitzen erforscht und seine vielen Tätowierungen inspiziert. Die Sehnsucht, ihm körperlich nah zu sein, wurde mit jeder Sekunde größer. Aber mir war klar, dass dies nicht der richtige Augenblick war. Sein Vater war noch keine vierundzwanzig Stunden tot, Molly lag nicht weit von uns und Ethan ... Ethan hatte schon genug zu sehen bekommen. Das mussten wir nicht unbedingt wiederholen, wenn er heimkam.

„Die Tochter meines Freundes ist gerade sieben Jahre alt geworden, vor ein paar Jahren ist ihre Mom bei einem Autounfall gestorben."

„O Gott, wie furchtbar, das tut mir leid. Es gibt nichts Schrecklicheres." Ich hielt erschrocken inne und fragte mich, wie furchtbar es für dieses Mädchen sein musste, so jung seine Mutter zu verlieren.

„Es war wirklich hart für sie, und ich bewundere Jay, wie er das alles bewältigt hat. Ähnlich wie du hat er die Bedürfnisse seiner Tochter immer an erste Stelle gesetzt. Das ist doch das, was Eltern tun sollten, oder nicht?“

Ich nickte und schluckte. „Manchmal komme ich mir so schäbig vor, weil es so viele schlimmere Schicksale als unseres gibt.“

Sanft umfing Owen mein Gesicht mit beiden Händen und streichelte mit seinen kräftigen Daumen über meine Wange. „Es ist nicht unbedingt leichter, alleinerziehend zu sein, nur weil jemand entschieden hat, euch zu verlassen. Ash ist ein verdammter Idiot, wenn du mich fragst, dass er dich und Molly verlassen hat.“

Ich zuckte mit den Achseln. „Eben wurde ich daran erinnert, wie leicht es trotz aller Widrigkeiten für uns war. Ich meine, ich habe die besten Eltern und Großeltern für Molly. Selbst Ashs Eltern und Tante Margie waren immer für Molly und mich da und nicht zu vergessen meine Grams.“ Ich schluckte und kämpfte gegen meine brüchige Stimme an. „Obwohl sie kurz nach Mollys Geburt starb, hat sie dafür gesorgt, dass Molly und ich ein Zuhause haben. Dieses Haus hat sie mir hinterlassen, damit ich meiner Tochter ein gutes und sicheres Zuhause geben konnte. Mir wurde es so viel leichter gemacht als vielen anderen Menschen da draußen. Menschen wie dir zum Beispiel.“

Meine Augen suchten seine und als sich unsere Blicke endlich begegneten, war da so viel unverhohlener Schmerz, der wie ein Ast an die Wasseroberfläche getrieben wurde. All die verdrängten schrecklichen Erinnerungen brachen aus dem

Unterbewusstsein hervor und verrieten mir, was ich längst wusste. Owens Sehnsucht glich der von Molly, und ich wünschte in diesem Moment, dass ich sie beide würde heilen können. Der Wunsch kam unvermittelt und war dermaßen überwältigend, dass ich beinahe zurückschreckte.

Ich hatte schon einmal so für ihn empfunden, doch damals – im zarten Alter von siebzehn Jahren – waren diese Gefühle langsam in mir gewachsen. Zuerst hatte ich nur dafür sorgen wollen, dass er seine Hausaufgaben bekam, wenn er wieder einmal im Krankenhaus gelegen hatte. Dann hatte ich nicht gewollt, dass er in diesen Krankenzimmern allein war. Später hatte ich gewollte, dass er viel Zeit in meinem Elternhaus verbrachte, warmes Essen bekam und überhaupt für die Schule lernte. Und dann hatte ich seinen Schmerz in mir gespürt, und alles, was ich ab dem Moment hatte tun wollen, war, seine inneren Wunden zu heilen. Kurz darauf war er verschwunden gewesen und hatte selbst eine Narbe hinterlassen, nicht an meinem Körper, aber an meiner Seele. Diese war bis heute nicht gänzlich verheilt, wie ich nun erkennen musste. Was würde geschehen, wenn wir weitergingen? Und mit ‚weiter' dachte ich an mehr als nur an Sex, der ein Bedürfnis befriedigte. Würde er mir wieder mein Herz brechen, so wie Ash es prophezeit hatte?

Der Duft seines Aftershaves, gespickt mit einer ganz eigenen persönlichen Note, umgab mich und betörte meine Sinne. Hatte er immer schon so gut gerochen? Ohne so recht zu wissen, wie es geschah, wer die Initiative ergriffen oder die letzte Distanz zwischen uns überbrückt hatte, berührten sich unsere Lippen. Als hätte jemand ein Feuerwerk entzündet, geschah alles auf einmal. Seine Arme umschlangen mich, zogen mich fest an seinen Körper, sodass kein Blatt Papier zwischen uns Platz hatte. Meine Brust presste sich gegen seinen festen Oberkörper, als hoffte ich, wir würden zu einer einzigen Person verschmelzen. Wie von selbst öffnete sich mein Mund, um seiner drängenden Zunge Einlass zu gewähren. Leidenschaftlich umkreisten und duellierten sie sich, als fochten sie um einen unbekannten Preis. Ein Preis, der meine ganze Welt ins Chaos stürzen, mein Herz endgültig brechen oder es heilen konnte. Seine Hände wanderten über meinen Körper, ein Schwindelgefühl überkam mich und brachte jeden Muskel zum Zittern. Meine Beine gaben nach. Hätte Owen mich nicht so fest im Arm gehalten, wäre ich sicher zu Boden gesunken.

Ein lauter Knall vor dem Haus erschreckte uns, dass wir uns hastig voneinander lösten. Owen scannte alarmiert die Umgebung, als erwartete er einen Eindringling oder … einen Angriff. Keine Ahnung, woher diese Gewissheit kam, aber diese ureigene Angst kam tief aus seinem Inneren und hatte zweifellos mit seiner Kindheit zu tun.

„Es war nur der Auspuff eines Autos vor der Tür", beruhigte ich ihn wispernd. Es kam mir unpassend vor, lauter zu sprechen, als könnten ihn meine Worte verschrecken.

Sein dunkler Blick traf meinen und diesmal waren seine Augen beinahe tiefschwarz wie eine sternenlose Nacht. Der Ausdruck in seinen Augen wandelte sich von dem unverhohlenen Verlangen zu etwas weitaus Bedeutenderem. Vielleicht bildete ich mir das aber auch nur ein.

OWEN

„Wie schwer war es?", fragte Kaylee unvermittelt und folgte mir nach draußen auf die Veranda, wo wir uns erneut auf die Hollywoodschaukel sinken ließen. Forschend sah sie mir ins Gesicht, als suche sie dort nach einer ehrlichen Antwort.

Sofort blitzten Bilder in meinem Kopf auf, die ich gern vergessen würde. All die Erlebnisse der vergangenen Tage hatten sich in mein Hirn gebrannt. Der eigene Vater und damit der letzte lebende Verwandte starb nun mal nicht jeden Tag. Ich kam mir vor, als hätte man mich durch den Fleischwolf gedreht. Den gesamten Tag hatte ich im Wechsel im Krankenhaus und beim Bestatter verbracht, ich war hin und her gependelt, um diverse Unterlagen zu unterschreiben und Entscheidungen zu treffen. Wie ich es erwartet hatte, hätten TJs finanzielle Rücklagen nicht gereicht, um eine Bestattung zu finanzieren. Das Krankenhaus und der Bestatter waren mehr als erleichtert gewesen, dass ich bereit war, mich um diese Dinge zu kümmern.

Der trotzige nachtragende Teil in mir hätte zu gern die Arme vor der Brust verschränkt und mit Nein geantwortet, doch der anständige und deutlich größere Teil in mir hätte sein letztes Erspartes dafür gegeben. Schon bevor ich nach Bakers Valley gekommen war, hatte festgestanden, wie ich in diesem Falle verfahren würde. Es würde ein anständiges Begräbnis geben, ohne Tamtam, aber mit Würde. Ich zweifelte keine Sekunde daran, dass er mir diesen Gefallen nicht erwiesen hätte, doch darum ging es nicht. Es ging weniger darum, ob mein Vater das verdient hatte, als darum, mich von ihm zu unterscheiden. Mein ganzes Leben hatte ich darum gekämpft, mich so weit wie möglich von ihm zu distanzieren und damit würde ich jetzt nicht aufhören.

Ich konnte nicht fassen, dass mein Vater tot war. Es war unvorstellbar für mich und ich konnte nicht mal erklären, warum mich diese Feststellung derart aus der Fassung brachte.

Mein Leben lang hatte ich diesen Mann verachtet für das, was ich wegen ihm durchgemacht hatte. Das Einzige, was ich von ihm erfahren hatte, waren Gewalt und Verachtung. Von Liebe keine Spur. Auch wenn das nichts daran änderte, dass ich niemals aufgehört hatte, mich genau danach zu sehnen. Nach allem, was er mir bei unserem letzten Gespräch um die Ohren gehauen hatte, trauerte ich jetzt um ihn? Jede Chance auf eine letzte Wiedergutmachung war fort. Die Verzweiflung, die sich im Laufe der Jahre tief in meine Knochen gegraben hatte, begann sich zu lockern. Sie war immer noch da, doch dieses Mal schlug sie nicht ihre langen Krallen in mich und drohte, meine Seele zu zerfetzen. Ich schüttelte den Kopf und seufzte, als ich der Sonne dabei zusah, wie ihr unterer Rand die Baumkronen des Waldes berührte und es aussah, als würden sie mit der glühenden rotgelben Lava des Himmels verschmelzen.

„Es war … schwer, auch wenn ich selbst nicht ganz verstehe warum. Übermorgen ist die Beerdigung."

Kaylee streichelte mitfühlend über meine Hand.

„Ich verstehe es wirklich nicht. Dieser Mann hat mir nie auch nur etwas Gutes getan. All die Jahre habe ich ihn gehasst. Wieso bringt sein Tod solche Gefühle in mir hoch?"

„Hass und Trauer sind Gefühle und die sind meistens nicht zu erklären, aber dennoch da."

„Selbst kurz vor seinem Tod hat er mir Furchtbares an den Kopf geworfen. Du hast es selbst gehört und dennoch bringt mich sein Tod völlig aus dem Takt."

„Er war dein Vater – trotz allem. Wahrscheinlich ist dieser endgültige Abschied das Problem. Du hast mir gesagt, dass jedes Kind sich nichts mehr als die Liebe der Eltern wünscht. Etwas, das du nie hattest, und mit TJs Ableben ist nun auch jede Chance darauf verloren. Vielleicht trauerst du weniger um ihn als um all die verpassten Chancen. Die Möglichkeiten, wie dein Leben hätte verlaufen können, wenn deine Mutter nicht gegangen und dein Vater kein Alkoholiker gewesen wäre."

Diese Antwort gefiel mir zwar nicht, aber ich fürchtete, sie ergab Sinn. „Ich verstehe nicht, warum er mich so gehasst hat", brach es aus mir heraus. Kaylees mitfühlenden Blick ertrug ich kaum. Mit beiden Händen strich ich durch mein Haar und wappnete mich vor der Welle an Gefühlen, die ich den ganzen Tag im Zaun gehalten hatte. Deswegen hatte ich mich vor der Welt und auch vor Kaylee versteckt. Ich wollte nicht, dass sie mich so sah. Verzweifelt. Verloren. Ganz allein auf dieser Welt.

„Weil er ein furchtbarer Mensch war, Owen. Ein Mensch, mit dem du nicht viel gemein hast. Nicht mehr als deine Haarfarbe." Kaylee beugte sich zu mir und musterte mich aus ihren großen grünen Augen sorgenvoll. „O Owen, manche Menschen sind unfähig zu lieben. Und diesen Menschen kann man nicht erklären, wie das geht oder was so besonders an dem anderen ist. Glaub mir, ich habe es jahrelang versucht und bin nur auf Gleichgültigkeit gestoßen."

Verständnislos sah ich sie an.

„Ich spreche von Ash und Molly. Ich habe nie verstanden, warum sein Desinteresse ihr gegenüber so groß ist. Erst heute habe ich das wieder gedacht und dann musste ich einsehen, dass ich es niemals schaffen werde, ihm zu zeigen, wie wunderbar sie ist. Alles, was ich tun kann, ist, sie einfach doppelt so sehr lieben." Tränen traten in ihre Augen. „Und dann kommst du daher, verbringst nur wenige Augenblicke mit ihr und schließt sie in dein Herz. Du hast dir sogar gewünscht, ihr Vater zu sein." Kaylee schüttelte fassungslos den Kopf.

„Du bist ganz und gar nicht wie dein Vater. Dein Herz ist groß und offen für die Menschen und du siehst sie mit all ihrem

Licht und auch ihren Schatten. Ich wünschte wirklich, du hättest auch so ein Glück gehabt."

Ihre Worte rissen die Mauer ein, brachten mich dazu, mich der Flut zu stellen. Die Angst, dass sie mich von den Füßen reißen, mich mit sich in das tosende Meer ziehen und schließlich unter sich begraben würde, war unnötig gewesen. Zwar kam sie jetzt, doch Kaylee war da, griff nach meiner Hand und hielt mich fest wie ein Anker. Und ich ertrug das Gefühl, gemeinsam allein zu sein.

Wir hielten uns fest, schwiegen zusammen und sahen den Bäumen des nahen Waldes dabei zu, wie sie sanft im Rhythmus des Windes hin und her schwangen. Das Rauschen der Blätter besänftigte mich tief im Inneren und mit einem Mal fühlte sich alles friedlich an.

„Moment mal", murmelte Kaylee plötzlich und richtete sich ein wenig auf. „Hörst du das?"

„Was?", fragte ich und ahnte bereits, worauf sie hinauswollte.

„Genau. Alles ist ruhig. Die Schaukel quietscht nicht."

Nun grinste ich breit und Kaylees Gesicht strahlte vor Glück.

„Hast du etwa was damit zu tun?"

„Vielleicht", murmelte ich geheimnisvoll.

„So wie auch mit der Kaffeemaschine und dem tropfenden Wasserhahn in der Küche?"

Ich stöhnte. „Ethan hat es schon verraten, nicht wahr?"

„Ich habe dich ja vor dieser elenden Klatschtante gewarnt." Sie kuschelte sich nah an mich heran und murmelte in mein Shirt: „Danke, dass du mein Leben reparierst."

„So wie du meines", gab ich zurück und drückte einen Kuss auf ihren Kopf. In diesem Augenblick war mein Leben ziemlich gut und ich genoss es in vollen Zügen.

# KAPITEL 12

OWEN

Der Weg zur Hobson High war mir genauso vertraut wie der zum Krankenhaus. Obwohl es eine Ewigkeit her zu sein schien, dass ich mit Kaylee in einem uralten verbeulten Camaro dorthin gefahren war. Eigentlich hatten Molly und ich einen Treffpunkt in der Stadt vereinbart, doch ich war viel früher bei dem Bestatter rausgekommen, als ich geahnt hatte, und ich brauchte dringend eine Ablenkung. Morgen war die Beerdigung und obwohl jedes Detail besprochen war, spürte ich in mir diese Unruhe. Es war unmöglich für mich, rumzusitzen und nichts zu tun.

Nach einer Weile kam die Schulturmspitze in Sicht und ich lenkte meinen Leihwagen in eine der freien Parkbuchten. Bis auf ein paar wartende Frauen, wahrscheinlich Mütter, war niemand zu sehen, und ein Blick auf meine Uhr bestätigte mir, dass die Schule noch nicht aus war. Also öffnete ich die Tür und ließ die warme Frühlingsluft in den Wagen. Es roch nach frisch gemähtem Gras, und der Klang der zwitschernden Vögel hinterließ ein wohlig warmes Gefühl in mir. Diese Umgebung entspannte mich. Etwas, das mir vor wenigen Tagen unmöglich erschienen war.

Aus den Augenwinkeln sah ich die Frauen, die mir verwunderte Blicke zuwarfen. Um keine weitere Aufmerksamkeit auf mich zu ziehen, lehnte ich mich in meinem Sitz zurück und zog den Schirm meiner Kappe tiefer ins Gesicht. Die Minuten krochen langsam dahin und leider schaffte ich es nicht gänzlich, die Gedanken an den morgigen Tag zu verdrängen. Die Beerdigung meines Vaters. Der Mann, der mich den größten Teil meines Lebens gequält hatte. Es würde keine Messe geben, sondern nur ein paar Worte von einem Pastor kurz vor der Beisetzung. Weder mein Vater noch ich waren besonders gläubig. Außerdem nahm ohnehin keiner der Stadt Anteil an seinem Ableben, was ich auch niemandem übel nahm. Ich verstand das nur zu gut. Ich haderte ebenfalls mit meinen Gefühlen und ich war sein Sohn.

Gedanklich sah ich mich bereits allein mit dem Friedhofswärter vor dem Sarg stehen. Natürlich hatte ich nicht die richtige Kleidung für solch einen Anlass eingepackt, sodass ich erst heute Morgen im Ort beim Herrenausstatter des gedrungenen Italieners Lorenzo einen Anzug gekauft hatte. Zu meiner eigenen Überraschung hatte er sich sofort bereiterklärt, alle nötigen Änderungen noch bis zum heutigen Abend fertigzustellen und mir den Anzug ins Hotel liefern zu lassen. Diese freundliche Geste, mit der ich nicht gerechnet hatte, hatte ich mit einem ordentlichen Trinkgeld entlohnt.

Der Gong der Schulglocke erklang und mit ihm schwangen die Türen der Schule auf und ein Strom von Schülern brach aus dem Innern des alten Gebäudes heraus. Unter all diesen

Menschen, die in unterschiedliche Richtungen davonliefen, konnte ich Molly nicht ausmachen und ich fürchtete schon, sie zu verpassen. Deswegen stieg ich nun doch aus und sah mich suchend um. In der Sekunde, in der ich aus dem Auto gestiegen war, spürte ich die verwunderten Blicke auf mir. Die Gruppe Frauen tuschelte hinter vorgehaltenen Händen.

Ich war es gewohnt, Aufmerksamkeit zu erregen, aber ich sorgte mich, keinen schnellen Abgang mit Molly machen zu können. Die Kappe schützte mich nicht vor den neugierigen Blicken der Schüler um mich. In Chicago war das anders. Man konnte viel leichter mit der Masse verschmelzen und dadurch unentdeckt bleiben. Doch in dieser kleinen Stadt wusste jeder, wer ich war, und im Augenblick kam es mir vor, als wäre mir mein Name als Leuchtreklame auf die Brust und den Rücken gepinnt worden.

Ich ließ meinen Blick über die unzähligen Gruppen von Kindern und Teenagern schweifen und sah am Rand des Platzes jemanden, der sich möglichst unauffällig an den anderen vorbeizuschieben versuchte und auf den Bus zuhielt. Wie immer trug Molly ihre Kappe und ein Sweatshirt, bei dem sie wegen der wärmeren Temperaturen die Ärmel hochgeschoben hatte.

„Molly", rief ich laut über den Platz und sie blieb stocksteif stehen. Wenn ich gedacht hatte, dass ich bisher Aufmerksamkeit erregt hatte, hatte ich mich geirrt. Einige wandten ihre Köpfe verwundert zu Molly und schließlich zu mir. Als Molly mich erkannte, hoben sich ihre Mundwinkel und dann hastete sie auf mich zu. Kurz vor mir blieb sie lächelnd stehen.

„Owen", murmelte sie glücklich.

„Ich dachte, ich hole dich ab. Ist das okay?"

„Ob das okay ist? Du ersparst mir eine Busfahrt inmitten

von Shelly Rysandts Parfümwolke.“ Sie verzog angewidert ihr Gesicht und rümpfte die Nase. Ich grinste. „Ich werde dir dafür ewig dankbar sein.“

„Lass mich das nehmen.“ Wir schlugen uns ab und ich nahm den riesigen Rucksack an mich, den sie nur über einer Schulter trug. „Was hast du denn da drin? Steine?“

Molly kicherte. „So ähnlich.“

„Hast du schon gegessen, oder wollen wir irgendwo kurz anhalten, bevor du mir zeigst, was dein Wurfarm drauf hat?“, fragte ich.

„Heute gab es Kichererbsen-Püree.“ Molly rümpfte die Nase.

„Okay, das klingt nach Pommes und Burger.“

„Super!“ Das glückliche Strahlen, mit dem Molly mich belohnte, sorgte dafür, dass mir mein Tag plötzlich viel heller vorkam. „Aber erzähl Mom nichts davon.“

„Ich werde schweigen wie ein Grab“, versprach ich.

Wir liefen zu meinem Wagen, ich öffnete zuerst den Kofferraum, um ihren Rucksack hineinzupacken, als eine Stimme erklang. „Hey, Molly, ist das etwa dein Dad?“

Ich schlug die Kofferraumklappe zu und wandte mich zu der Gruppe Jungs um, die unmittelbar neben meinem Auto standen. Mollys Gesichtsausdruck glich einer Grabesmiene.

„Hey, Molls, wer sind deine Freunde?“, fragte ich vorsichtig.

„Das sind nicht meine Freunde.“

Es waren drei Jungs, die zuerst mich und dann meinen Wagen neugierig musterten. Der Junge, der gesprochen hatte, trug eine Kappe, die den Eindruck erweckte, er hätte einen Wasserkopf. Seine Jeans hing deutlich zu tief auf seinen Hüften, sodass man zu viel von seiner Unterhose zu sehen bekam. Seinem Freund, der neben ihm stand, hing eine Sporttasche lässig über der Schulter. Und an dem Jungen, der sich hinter seinen beiden Freunden versteckte, erkannte ich Überbleibsel eines blauen Auges. Ich wusste sofort, wer dieser Typ war.

„Sind Sie nicht Owen Edwards? Dieser Eishockeyspieler?"

Ich richtete mich zu meiner vollen Größe auf und stellte mich mit vor der Brust verschränkten Armen hinter Molly. „Der bin ich. Wer will das wissen?"

„Sloan Harley. Coole Karre."

„Seid ihr etwa die Typen, die Molly das Leben schwer machen?"

Molly nickte grimmig. Sogleich duckten sich die drei Jungs, und der panische Ausdruck in ihren Gesichtern verschaffte mir Genugtuung.

„Ihr seid die Jungs, die Molly aus dem Team ekeln wollen, weil sie einen krasseren Wurfarm hat?"

„Das sind sie", bestätigte Molly mit vor der Brust verschränkten Armen.

„Das ist nicht wahr", stieß der blonde hübsche Kerl aus.

„Willst du etwa andeuten, dass Molly lügt?"

Sogleich senkte er den Blick. „Nein, Sir."

„Das … das musst du falsch verstanden haben, Molly", sagte der Kerl mit dem Wasserkopf.

„Glaubst du, dass du das falsch verstanden hast, Molly?", fragte ich grimmig, zwinkerte Molly jedoch zu, als sie zu mir aufsah.

„Nein", antwortete sie schlicht. „Er hat schließlich überall rumerzählt, meine Mom sei eine Hure, bloß weil sie nicht mit meinem Vater verheiratet ist."

Ich hob meine Brauen und sah den Jungen an, der mit seinen großen Schneidezähnen ungewöhnlich starke Ähnlichkeit mit einem Frettchen hatte. „Mollys Mom ist meine Freundin und niemand, absolut niemand, beleidigt Molly oder Mollys Mom, verstanden?“

„Verstanden.“

„Das heißt, verstanden, Sir.“

„Verstanden, Sir“, wiederholten alle drei unisono. Ich lächelte zufrieden und legte eine Hand auf Mollys Schulter. „Sollte ich also noch einmal irgendetwas von Molly hören, das mich glauben lässt, sie würde von ihrem Team nicht gut behandelt werden, komme ich wieder und werde mit euren Hintern jeden Quadratzentimeter des Bodens dieser Schule wischen. Klar so weit?“

„Klar so weit.“

„Das heißt, klar so weit, Sir.“

„Klar so weit, Sir.“

„Dann sind wir uns also einig, Jungs.“ Versöhnlich hielt ich ihnen meine Faust entgegen, gegen die jeder von ihnen seine legte.

„Und übrigens, Jungs: Es ist kein Zeichen von Stärke, einem anderen das Leben schwer zu machen, nur weil er besser im Sport ist. Ganz egal, ob er ein Junge oder ein Mädchen ist. Ein Team kann nur gewinnen, wenn es jede Stärke eines Spielers einzusetzen weiß.“

„Tut uns leid, Sir.“

„Das solltet ihr nicht mir sagen, sondern Molly.“

„Ähm, genau, wir … Tut uns leid, Molly.“

„Ja, tut uns leid.“

„Sorry“, fügte der letzte im Bunde hinzu.

Zufrieden sah ich Molly an und klatschte in die Hände. „Gut, dass wir das regeln konnten. Nicht wahr, Molly?“

Sie lächelte und nickte.

„Hey, Molly“, rief plötzlich ein anderer Junge. Es war

Andrew, der über den Platz angehetzt kam. Er trug seinen Rucksack unter dem Arm und hatte seine Jacke wohl nur eilig darüber geworfen, sodass ein Ärmel über den Boden schleifte. Schwer atmend kam er bei uns an und sagte japsend: „Ich … hab dich … überall gesucht."

Als sein Blick mich streifte, lächelte er. „Hey, Owen!"

„Hallo, Andrew."

„Schon gut, Andrew. Ich hab alles im Griff." Mollys schmale Schultern strafften sich und ich spürte, wie eine riesige Welle Stolz von mir Besitz ergriff.

„Sag mal, willst du mit uns fahren?", fragte ich Mollys Freund und wandte mich wieder meinem Wagen zu.

„Echt?", fragte er staunend und seine Augen wirkten hinter seinen Brillengläsern riesig. „Das wär einfach super!", rief er begeistert. „Ist das ein echter Challenger?"

„Sir?", rief einer der Jungs. „Wäre es vielleicht möglich, ein Autogramm von Ihnen zu bekommen?"

Eine diebische Freude überkam mich bei dieser Bitte. „Wir müssen jetzt los, aber ich gebe Molly ein paar Karten für euch mit."

Beschwingt stiegen Andrew und Molly ins Auto ein.

Sobald die Türen geschlossen waren, startete ich den Motor und drehte die Musik lauter. Aus den Lautsprechern ertönte ein rockiger Sound. Ich reichte Molly meine Sonnenbrille, um ihr den Abgang zu geben, den sie verdiente. Verdattert sahen uns nicht nur die drei Pappnasen nach, sondern auch alle anderen Menschen, die dort standen und auf den Bus warteten. Andrew grinste mich über den Rückspiegel breit an und Molly …? Molly strahlte über das ganze Gesicht. Ich hielt ihr eine geballte Faust entgegen, die sie sogleich mit ihrer berührte. Sieg auf ganzer Linie.

## Kaylee

In den letzten drei Stunden hatte ich das Gebäck für den Frauenverein fertiggestellt und für die Lieferung verpackt. Den Weg zum Mortimer Club, dem einzigen Golfclub für die wohlhabenden Einwohner und alle Touristen von Bakers Valley, schafften Ethan und ich ohne größere Zwischenfälle, was zweifellos daran lag, dass nicht ich am Steuer saß. Wir hatten ungefähr noch eine Stunde Zeit, um alles dekorativ auf Servierplatten und in Körben zu drapieren, bevor es losging. Um die Tischdekoration kümmerte ich mich kurzerhand gleich mit, auch wenn das eigentlich nicht abgesprochen war. Ich wollte einfach, dass der Brunch mit kalten und warmen Speisen und süßem Gebäck zu einem vollen Erfolg wurde. Auch wenn dieser Auftrag dank meiner Mom entstanden war, wollte ich sie keinesfalls enttäuschen.

Bevor die Gäste kamen, zupfte ich hier und dort ein paar Blumen zurecht, optimierte die Ausrichtung der Teller und spürte die schrecklich quälende Nervosität. Ethan trat neben mich, als die ersten Frauen in Begleitung ihrer Männer durch die Flügeltüren den Raum betraten und die Tischdeko bestaunten.

„Zupf nicht so an dir rum", mahnte mein Freund mich zwischen zusammengepressten Zähnen hindurch. Er hatte sein Zahnpastalächeln aufgelegt, sah wie aus dem Ei gepellt aus und schien die Ruhe selbst zu sein. Wie schaffte er das nur? „Wenn du weiter so an dir rumzupfst, kommen die Leute noch auf dumme Ideen und denken, deine Unterhose kneift."

„Das tut sie auch", zischte ich ihm zu. „Dieses Bauchweg-Höschen zwickt überall."

„Wozu brauchst du ein Bauchweg-Höschen?“, fragte er und nickte wie ich den Gästen zu, die uns von Weitem auf ähnliche Weise begrüßten.

„Damit es den Anschein erweckt, dass ich in guter Form bin.“

Ethan prustete los und ich stieß ihm meinen Ellbogen in die Seite. „Sei nicht albern, auf so einen Schwachsinn kannst auch nur du kommen.“

„Dieses Kleid verzeiht keine Röllchen, von denen ich mir in den letzten Wochen leider ein paar angefuttert habe“, gab ich wehmütig zu. Bei anderen hatte Stress die Wirkung, dass man vergaß zu essen. Bei mir hatte es leider stets den gegenteiligen Effekt.

„Du siehst toll aus, Kay. Deine Kurven sind gerade das, was die Kerle besonders reizvoll an dir finden. Das kannst du mir glauben. Aber seien wir doch mal ehrlich, dich interessiert nur, was ein ganz bestimmter Kerl denkt, wenn er dich sieht.“

„Hör auf damit.“ Ich errötete, weil ich mich ertappt fühlte. „Was denkst du, mögen die Leute unsere Sachen?“

Ethan seufzte und winkte plötzlich, als meine Mom und mein Dad auf uns zukamen. Meine Mutter sah schrecklich elegant in ihrem schwarzen Kostüm aus, trug ihr rotes Haar in ihrem Nacken zu einem Knoten und hatte neben einem schmeichelhaften passenden Lippenstift auch einen Hauch Parfüm aufgelegt. Der Duft, der mich umgab, als sie mich zur Begrüßung umarmte, weckte Erinnerungen an meine Kindheit. Wie oft hatte ich auf dem Badezimmerhocker gesessen und ihr dabei zugesehen, wie sie sich für ein Dinner mit meinem Vater herausputzte. Ich hatte diese Tradition geliebt und bewundert, wie sich meine Mom, die die meiste Zeit in Freizeitkleidung verbrachte und mit mir bastelte, backte und spielte, in eine Prinzessin verwandelte.

„Oh, mein Liebling, es ist wunderschön geworden. Ihr habt euch selbst übertroffen. Hallo, Ethan, mein Lieber."

Sie drückte auch Ethan kurz an sich, während ich meinem Dad einen Kuss auf die Wange hauchte. „Hallo, Liebling", murmelte er. „Du siehst fabelhaft aus."

„Ich habe gestern mit deinem Dad von dem Probegebäck gekostet, das du verteilt hast, und es war einfach köstlich. Wenn das keine Folgeaufträge nach sich zieht, dann weiß ich es auch nicht." Die Aufregung meiner Mutter war ansteckend und ich lächelte nervös.

„Du musst unbedingt die Canapés mit der Thunfischcreme und den Garnelen kosten. Ich bin gespannt, was du dazu sagst."

„Oh, Liebling, ich bin unsicher, ob ich vor lauter Aufregung auch nur einen Bissen herunterbekomme."

„Mom", stieß ich entsetzt aus. „Du musst etwas essen. Sonst werden die Leute denken, dass du das Essen deiner eigenen Tochter nicht magst."

„Elaine, mein Schatz, nun reiß dich zusammen. Das hier ist keine Prüfung, die du absolvieren musst", merkte mein Vater mit einer gehörigen Portion Ungeduld an.

„Es fühlt sich aber so an", entgegnete meine Mutter und schlug die Augen nieder, während sie mit ihrer Hand an ihrer Kette spielte.

Ich seufzte. Meine Mutter fühlte immer mit. In der Vergangenheit war es beinahe so gewesen, als würde sie zwei Mal mehr leiden als ich. Als ich die Hochzeit mit Ash hatte platzen lassen, hatte sie drei Tage geweint, und als ich kurz vor der Entbindung von Molly stand, hätte nicht viel gefehlt und sie hätte mich in den Wahnsinn getrieben mit all ihrem Mitgefühl und ihrer Fürsorge. Ich liebte sie, aber manchmal war sie einfach keine Hilfe. So wie gerade jetzt.

„In Ordnung, in Ordnung. Ich werde etwas essen und du wirst sehen, ich werde mir zwei Mal nachnehmen."

Ich lächelte gequält. Meine Mutter hatte das große Glück, essen zu können, was immer sie wollte, ohne je auch nur im Ansatz dick zu werden. Eine schreckliche Ungerechtigkeit, dass sie mir zwar ihr rotes Haar vererbt hatte, aber nicht ihren guten Stoffwechsel.

„Herrje, da vorn ist Mrs. Luca. Ich muss unbedingt zu ihr und mich nach ihrer Tochter erkundigen. Sie heiratet nämlich, musst du wissen." Mom zwinkerte mir zu, hakte sich bei meinem Vater ein, der mir einen hilflosen Blick zuwarf, und beide verschwanden in der Menge.

„Na toll, jetzt bin ich schrecklich aufgeregt", brummte Ethan und ich lächelte. Typischer Effekt von Elaine Manning.

Vier Stunden, unzählige nachgefüllte Tabletts und Körbe und aufregende Gefühls-Achterbahnfahrten später sackte ich neben Ethan auf einen leeren Stuhl. Die Gäste waren fort, die Kellner des Golfclubs räumten das benutzte Geschirr ab und ich sah zu Ethan, der erschöpft, aber glücklich alle Gliedmaßen von sich streckte. Ich hielt den Briefumschlag in meiner Hand hoch und fragte: „Bist du bereit?"

„Na klar, das ist der beste Teil von allem."

Ich öffnete den Umschlag, den meine Mom mir beim Abschied überlassen hatte, und zog den Scheck raus, den ich darin fand. Staunend starrte ich auf die Zahl mit den drei Nullen und reichte den Scheck an Ethan weiter. Seine Augen wurden tellergroß, ehe er einen lauten Schrei ausstieß und wild mit der Hand herumwedelte. Obwohl meine Füße von diesen Schuhen schmerzten, sprangen wir auf und hüpften auf und ab. Ausgelassen. Befreit. Voller Hoffnung.

„Diese fette Bonuszahlung hätte ich nicht erwartet. Ich fasse es nicht“, sagte Ethan schließlich matt und lächelte. „Ich glaube, ich werde deiner Mom die Füße küssen, wenn auch nur ein Bruchteil der Leute, die nach unserer Karte und Terminen gefragt haben, sich tatsächlich melden.“

Ich grinste. „Sie steht nicht so aufs Füße küssen, aber Fußmassagen fände sie bestimmt toll. Ich übrigens gerade auch.“

Ethan schmunzelte. „Ich werde es mir merken.“ Er schien abgelenkt und ich warf ihm einen Blick von der Seite zu. Er folgte mit seinen Augen dem gut aussehenden Kellner, der gerade sein Tablett volllud. „Siehst du den Kerl da? Ich glaub, der steht auch auf deine Kurven.“

„Wen meinst du? Doch nicht etwa den?“

„Natürlich den, wen sonst?“

„Ich glaube, ich bin nicht seine Kragenweite. Er scheint eher an dir interessiert.“

„Meinst du?“, fragte er skeptisch, richtete sich jedoch sofort auf und strich verhalten durch sein Haar. „Dabei hat sich mein Schwulenradar gar nicht gemeldet.“

„Mich hat er jedenfalls nicht angelächelt.“

Besorgt sah er mich an. „Denkst du, es ist kaputt?“

„Was?“

„Na, mein Schwulenradar!“, sagte er ungeduldig.

„Ich denke eher, dass es nicht anschlägt, hat mit der rosaroten Brille zu tun, die du seit Marc trägst.“

„Das mit Marc ist nur etwas Lockeres.“

„Dafür schläfst du aber sehr viel häufiger außer Haus als früher.“

Er zuckte geheimnisvoll mit den Achseln und hielt dann inne. „Oh, heißer Typ auf drei Uhr."

Reflexartig wandte ich mich um und sah Owen auf mich zukommen. Er trug ein lässiges Shirt, eng anliegende Jeans, Chucks und eine Kappe. Sein muskulöser Oberkörper zeichnete sich unter dem dünnen T-Shirt Stoff ab und ich schluckte bei den unzähligen Tattoos, die sich unter seinem Ärmel über die nackte Haut schlängelten. Mir wurde heiß. Zu gern hätte ich sie in voller Größe betrachtet. Er lächelte, als er uns sah, und kam auf uns zu.

„Wenn du mich fragst, solltest du endlich Nägel mit Köpfen machen, damit dieser Eiertanz zwischen euch ein Ende findet. Ich meine, die ganze Stadt wartet darauf, dass ihr es miteinander treibt."

„Sht", zischte ich ihm zu und Ethan hob unschuldig die Hand.

„Ich bin ja schon still."

„Was tust du denn hier?"

„Molly meinte, dass du ihr geschrieben hast. Es war wohl ein voller Erfolg? Ich dachte, du würdest dich vielleicht über ein wenig Hilfe freuen."

Owen deutete auf die unzähligen Tabletts und überfüllten Wagen, die wir noch in unseren Transporter räumen mussten.

Bevor ich etwas sagen konnte, sprang Ethan auf und klatschte in die Hände. „Ich für meinen Teil würde diese Muckis gern mal in Aktion sehen."

Ich rollte mit den Augen, doch Owen grinste nur. „Hi, Ethan. Schön, dich wiederzusehen."

„Oh, das kann ich nur zurückgeben. Du weißt gar nicht wie sehr."

„Das ist wirklich sehr lieb von dir", raunte ich ihm zu und strich ihm sanft über den nackten Arm. „Wo steckt Molly?"

„Sie ist bei Andrew geblieben. Irgendwie sind die beiden nach unserem Ausflug zum Sportplatz über irgendein Konsolenspiel ins Schwärmen geraten, dessen Name ich nicht mal aussprechen kann."

Ich lachte. „So geht es mir ständig."

Stirnrunzelnd schob Owen einen Wagen zur Seite und bückte sich nach einem Stapel Tabletts. „Ist das der Moment, an dem man merkt, wie alt man eigentlich ist?"

„O ja, das ist so einer. Ich habe die meiste Zeit keine Ahnung, wovon sie redet."

„Ich schreibe Molly einfach eine Nachricht, dass sie später zum Essen bei meinen Eltern erwartet wird."

Wir lachten und begannen gemeinsam, die restlichen Utensilien ins Auto zu räumen. Zu dritt war diese Aufgabe schnell erledigt. Als alles verstaut war, standen wir unsicher voreinander.

„Das solltet ihr unbedingt feiern."

„Ähm … Aber erst müssen wir das noch alles ausräumen und die Küche müssen wir auch noch an Mrs. Frey übergeben."

„Ich kümmere mich darum", bot Ethan großzügig an, was so gar nicht zu ihm passen wollte. Er hasste es nämlich, aufzuräumen.

„Bist du sicher?"

„Sagen wir einfach, ich tue der ganzen Stadt einen Gefallen. Es ist quasi eine ehrenamtliche Arbeit für das Allgemeinwohl."

Er zwinkerte uns vielsagend zu, sprang hastig in den Wagen und winkte. Dann stand ich allein vor Owen und ich kam mir ungewohnt linkisch vor. Meine Arme waren plötzlich viel zu lang und ich wusste nicht, wie ich sie am besten halten sollte.

Sollte ich sie verschränken? Oder lieber baumeln lassen? Warum machte ich mir überhaupt Gedanken darum?

„Ethan ist …“

„… alles andere als subtil.“ Owen lachte melodisch und ich war ganz bezaubert davon. Hatte ich ihn, seit er zurück war, je so echt und ungezwungen erlebt? Der Tod seines Vaters hatte ihn wohl doch von ein paar Dämonen befreit.

„Das kann man wohl laut sagen“, brummte ich, lächelte jedoch.

Owen streckte die Arme nach mir aus und zog mich sanft, aber bestimmt an sich. Seine braunen Augen verdunkelten sich vor Lust und ich schluckte. „Allerdings stimme ich ihm zu. Ich … verzehre mich nach dir, Cookie. Ich will dich.“

Jedes Haar auf meinem Körper richtete sich auf und die Schmetterlinge in meinem Inneren setzten zu einem Höhenflug an. „Und ich dich“, raunte ich ihm zu, stellte mich auf meine Zehenspitzen, bis unsere Nasenspitzen sich berührten.

Das Verlangen, ihm endlich auf diese Art nahe zu sein, wurde beinahe übermächtig. Zuerst strichen unsere Lippen nur sanft übereinander, doch in der nächsten Sekunde eroberte seine Zunge meinen Mund und nur zu gern ließ ich mich von ihm gegen die Beifahrertür seines Autos drängen. Die Ausbuchtung in seiner Jeans drückte gegen meinen Bauch, als wir uns aneinanderklammerten. Das Ziehen in meiner Mitte nahm quälende Ausmaße an.

„Wir können nicht zu mir“, murmelte ich zwischen zwei Küssen. „Molly könnte jeden Augenblick zurückkommen.“

„Ich habe ein Zimmer.“ Er grinste auf mich herab, küsste mich innig und ließ seine Hand aufreizend langsam über meinen Hintern gleiten. Dann öffnete er mir galant die Wagentür, bevor er um den Wagen lief und selbst einstieg.

Das Glänzen seiner Augen, als er vom Fahrersitz zu mir herübersah, zeugte von all der Vorfreude, die auch mich erfüllte.

Als ich vor einer knappen Woche das Lower Hotel betreten hatte, hatte es danach eine Vollkatastrophe gegeben. Ich hatte mich ziemlich blamiert, sodass ich nun unruhig zappelnd neben Owen zum Aufzug herlief. Mir war, als könnte ich die Blicke der Leute in unserem Rücken spüren und ihr leises Wispern hören. Wahrscheinlich wusste die ganze Stadt in weniger als einer halben Stunde, dass ich, Kaylee Manning, am frühen Abend mit Owen in seinem Hotelzimmer verschwunden war. Morgen würde ich mich dafür geißeln, doch in dieser Sekunde konnte ich den Moment, bis sich die Aufzugstür endlich hinter uns schloss und Owens Finger meinen Körper berührten, kaum erwarten.

Sogleich fielen wir übereinander her. Unsere Küsse heizten uns derart ein, dass wir beim Klingeln und Öffnen der Aufzugstüren wild keuchend auseinanderfuhren. Ein älteres Ehepaar stand vor dem Aufzug und wollte eigentlich zusteigen. Die Frau hinderte ihren Mann jedoch daran, einen Schritt in die Fahrstuhlkabine zu machen.

„Wir möchten nach unten und warten, bis er wieder runterkommt", sagte sie mit einem verständnisvollen Lächeln und zwinkerte mir unbemerkt zu.

Die Türen waren kaum geschlossen, als wir wie die Kinder kicherten und ich meinen Kopf in den Nacken legte, damit Owen fortfahren konnte, die empfindliche Seite meines Halses mit seinen Lippen zu liebkosen. Ich stöhnte und schlang ein Bein um seines. Meine Hände glitten unter sein Shirt und streichelten über die weiche Haut oberhalb seines Hüftknochens. Ich konnte es kaum erwarten, ihm endlich die lästige Kleidung vom Körper zu reißen und seinen nackten Körper in voller Pracht zu begutachten.

Beim nächsten Klingeln ließ Owen zögernd von mir ab, nahm meine Hand und zog mich gerade noch rechtzeitig aus dem Aufzug, bevor die Türen sich wieder schlossen. Den ganzen Weg, vom Fahrstuhl zu seinem Zimmer, hielten wir immer wieder inne. Owen drängte mich gegen die Wand, küsste mich und jeden Zentimeter meines Halses, was mir ein erregtes Stöhnen entlockte. Das Ziehen in meiner Mitte war übermächtig und ich wollte ihn. Ich wollte ihn so sehr und endlich in mir spüren, dass ich einen ungeduldigen Seufzer ausstieß.

Ein Räuspern erklang und wir ließen hastig voneinander ab. Wild atmend, mit zerwühltem Haar und wahrscheinlich lustverhangenem Blick wandten wir uns der Person zu, die uns so unpassend gestört hatte. Es war ein Typ, dessen Grinsen ich ihm gern aus dem Gesicht gewischt hätte. Sein blondes Haar war verstrubbelt und sein belustigter Blick trieb mir die Hitze in die Wangen. Owen hingegen reagierte alles andere als peinlich berührt.

„Mika?“, fragte er atemlos. „Was …?“

„… zur Hölle machst du hier?“, vollendete der Mann den Satz und ließ seinen Blick anzüglich über meinen Körper und anschließend zu Owen gleiten. „Stören offensichtlich. Dabei dachte ich, du wärst froh, wenn du mich endlich wieder um dich hast. Da hab ich mich wohl getäuscht.“

„Ich … ähm …“ Owen strich sich durchs Haar und warf mir einen verlegenen Blick zu. „Kaylee? Das ist Mika. Er ist mein Teamkollege und Freund.“

„Bester Freund“, korrigierte Mika und reichte mir eine Hand. Das unverschämte Grinsen saß noch immer wie festgetackert in seinem Gesicht, dennoch nahm ich seine Hand und schüttelte sie.

„Kaylee“, sagte ich ganz automatisch, ohne darüber nachzudenken.

„Freut mich“, erwiderte er, ehe er zu Owen gewandt hinzufügte: „Du hast mir gar nicht erzählt, wie wunderschön sie ist.“

„Hättest du nicht anrufen können?“

„Soll ich für ein paar Stunden gehen? Ihr könntet so tun, als wäre ich gar nicht hier.“

Owen schnaubte und wandte Mika den Rücken zu. „Ich hab ein Déjà-vu, und du?“

Als hätten wir beide eine kalte Dusche genommen, wussten wir, sobald sich unsere Blicke trafen, dass unsere Nacht aufgeschoben war. Ich las die Enttäuschung in seinen Augen. „Ich möchte, dass es etwas Besonderes wird und … auch wenn ich Mika gern schütteln möchte, werde ich dich heimbringen, okay?“

## KAYLEE

Als ich heimkam und die Tür zu meinem Haus öffnete, kam mein Vater mir entgegen und lächelte auf diese geheimnisvolle Art und Weise.

„Hey, Dad“, grüßte ich und sah ihn verdutzt an. „Was tust du denn hier?“

„Hallo, meine Kleine.“ Normalerweise kämpfte ich innerlich immer gegen den Drang an, bei diesem Kosewort mit den Augen zu rollen. Heute tat ich es jedoch nicht. Wahrscheinlich würde ich es niemals wieder tun, denn Owens missliche Familienverhältnisse hatten mir einmal mehr vor Augen geführt, wie viel Glück ich hatte. Womöglich würde ich für den Rest unseres Lebens Daddys kleines Mädchen bleiben. Eines Tages würde es mir mit Molly ähnlich gehen. Sie war jetzt bereits so groß geworden, dass mir häufig vor Wehmut die Tränen kamen. Wie musste es meinen Eltern damit gehen? Er kam gerade mit zwei Bechern in der Hand aus dem Kinderzimmer und sah mich an. Bevor er die Tassen auch nur abstellen konnte, umarmte ich ihn fest.

„Oh, womit hab ich diese Umarmung verdient?"

„Einfach nur, weil du du bist", entgegnete ich und ließ ihn wieder los. „Ich wusste nicht, dass du Molly herbringst. Ich dachte, Mom wäre da, weil du bei einem Hausbesuch bist."

Mein Dad stellte die Becher auf die Spüle, wo immer noch die mittlerweile getrockneten Teller unseres Frühstücks mit Owen standen, was mir das Herz wärmte. „Der wurde abgesagt. Mrs. Bannings konnte ihre Verstopfung selbst lösen, wofür ich ihr unendlich dankbar bin." Schelmisch grinste er, was man wegen seines dichten grau-blonden Bartes beinahe nur an den Augen erkennen konnte. Mein Vater gehörte zu den Männern, die mit jedem weiteren Jahr attraktiver wurden. Ihm machten seine grauen Haare nichts aus. Ganz im Gegensatz zu meiner Mom, die viel Geld und Zeit in Frisörsalons verbrachte, um dem Grau entgegenzuwirken.

Ich lachte. „Das glaube ich dir sofort."

Mrs. Bannings war eine der ältesten Patientinnen meines Dads, die schon sein Vater vor ihm betreut hatte. Sie lebte allein am Rande von Bakers Valley auf einer alten Farm mit einem ganzen Haufen Tiere, die sie laut eigener Aussage unmöglich allein lassen konnte, nicht einmal für einen Besuch beim Arzt. Deswegen kam es nicht selten vor, dass mein Dad abends noch einen Hausbesuch vornahm. Er war seit über dreißig Jahren

Hausarzt und hatte schließlich die Praxis meines Großvaters übernommen.

Obwohl er mir stets gepredigt hatte, eine gute Uni zu besuchen und anschließend die Welt zu bereisen, hatte er Letzteres nicht getan. Er hatte meine Mom während des Studiums kennengelernt, war, nachdem er seinen Doktortitel in der Tasche gehabt hatte, nach Bakers Valley zurückgekehrt und hatte mit ihr eine Familie gegründet. Er mochte von großen Abenteuern und weiten Reisen träumen, doch weiter als in den Sommerurlaub mit einem Campingwagen hatten wir es nie geschafft. Und er schien zufrieden damit zu sein. Etwas, das ich ihm nachempfinden konnte, auch wenn meine Wut auf die Einwohner der Stadt, die es Owen so schwer gemacht hatten, längst nicht verpufft war. Dennoch lebte ich gern hier, genoss die familiäre Stimmung, die stets herrschte, und hatte immer das Gefühl, Teil einer besonderen großen Gemeinschaft zu sein.

„Hast du gesehen? Ihr habt wieder warmes Wasser und der Wasserhahn läuft nicht mehr“, stieß Dad mit Verwunderung in der Stimme aus. Seit einer Ewigkeit hatte er mir damit in den Ohren gelegen und ich grinste.

„Das war Owen.“

Mein Dad hob überrascht die Brauen. „Und als wir nach Hause kamen, hat jemand etwas für dich und Molly vor der Tür stehen lassen“, fügte er grinsend hinzu, was seine geheimnisvolle Art erklärte. Er deutete auf den Tisch, auf dem ein Strauß mit Wildblumen stand, bei denen ich sofort wusste – auch wenn vielleicht kein Zettel daran befestigt war - von wem sie waren. Ich legte meine Tasche auf das Sofa und lief lächelnd auf den Strauß zu. Ein Zettel hing an dem Strauß, ich löste ihn ab und faltete ihn auseinander.

*Musste an dich denken, Owen.*

„Molly hat auch einen bekommen. Ihr scheint ja geheime Verehrer zu haben, und dann gleich beide auf einmal."

Ich überging seine Neugierde und drückte ihm stattdessen eine Schüssel mit aussortierten Kekse, Brownies, Zimtschnecken und allerhand anderen Köstlichkeiten in die Hand.

Mein Vater seufzte theatralisch. „Noch mehr Gebäck?", murmelte er. „Wenn das noch lange so weitergeht, dann wird die ganze Stadt an überhöhtem Cholesterinspiegel und seinen Folgen sterben."

„Was?", fragte ich unvermittelt.

„Du wirst uns alle noch mit deinen Köstlichkeiten umbringen", sagte er überdeutlich.

Ich winkte ab, hauchte ihm einen Kuss auf die Wange und lachte. „Ach was, das ist kein Gift, sondern nur ein paar Zimtschnecken und Brownies."

„Was bei Männern in meinem Alter auf das Gleiche hinausläuft wie Blausäure. Frag nur William." Mein Vater stöhnte.

Ich ignorierte ihn und faltete den Brief mit einem Lächeln zusammen.

„Owen, häh?", hakte mein Dad nach und blickte neugierig über meine Schulter.

Empört sah ich zu meinem Dad zurück. „Liest du etwa meine Nachrichten?"

Unschuldig hob er eine Hand, während er in der anderen noch immer die Schüssel mit den Keksen und Brownies hielt. „Ich wasche meine Hände in Unschuld. Es ist nur so, dass die ganze Stadt über dich und Owen redet."

„Du gibst doch nicht etwa was auf das Gerede?"

„Das nicht, aber Mollys Schwärmerei und das Strahlen in deinen Augen verrät mir genug."

Ich spürte, wie meine Wangen warm wurden.

„Nun gut und vielleicht hat Betty Simmons mit Thea, meiner Sprechstundenhilfe, getratscht. Ich kam nicht umhin, das ein oder andere aufzuschnappen.

Mein Vater lächelte, doch ich spürte, dass er Vorbehalte hegte, wodurch ich mich gezwungen sah, zu erklären: „Sein Vater ist gestorben und … er brauchte Hilfe. Wir sind Freunde. Warum sollte ich keine Zeit mit ihm verbringen?"

„Du brauchst dich nicht zu erklären, Kaylee. Du bist längst erwachsen und triffst deine eigenen Entscheidungen. Ich werde mich hüten, dir Ratschläge zu geben."

„Das klingt so, als würde ich mich mit dem Teufel höchstpersönlich einlassen. Du hast selbst gesagt, dass Owen viel zu viel Pech in seiner Kindheit hatte."

„Und das ist auch so."

„Warum hast du dann nie etwas dagegen getan? Ich meine, du wusstest, welch schlechte Zustände bei ihm zu Hause herrschten", warf ich ihm vor. Ich wusste selbst nicht, wie das Gespräch diesen Verlauf hatte nehmen können.

Mein Vater seufzte und legte sich eine Hand in den Nacken. „Vielleicht hätte ich das tun sollen, Kaylee. Doch die Wahrheit ist die, dass es Kindern, die in Heimen unterkommen, oft nicht besser geht. Ich war mir nicht sicher, womit ich Owen mehr helfen würde."

Mein Ärger auf ihn verflog genauso schnell, wie er gekommen war. Er schien so hilflos. Ihn dafür verantwortlich zu machen, war nicht fair. Kraftlos ließ ich mich auf das Sofa nieder. „Entschuldige. Es ist nur so, dass ich mich heute besonders über TJ ärgere und über Owens Kindheit. Früher haben die Einwohner von Bakers Valley in Owen nur einen Unruhestifter gesehen und jetzt, als gefeierter Profi-Sportler, wird der ehemals ausgegrenzte Junge als Held bejubelt. Statt damals über ihn und seine Familie zu tratschen, hätten sie etwas tun müssen. Helfen und nicht verurteilen."

„Nicht jeder Mensch ist so großherzig wie du. Du hast Owen schon damals eine echte Chance gegeben." Mein Vater kam um den kleinen Sofatisch herum, setzte sich neben mich und legte den Arm um meine Schultern.

„Er hatte sie genauso verdient wie jeder andere Mensch aus besserem Hause", beharrte ich.

Dad lachte. „Das hast du deiner Tochter vererbt. Sie ist mindestens genauso großherzig wie du. Und sie reagiert genauso allergisch auf Ungerechtigkeit. Sie ist ihm auch verfallen."

Nun errötete ich wieder. „Ich bin ihm nicht verfallen …"

„Tatsächlich nicht? Als dein Vater wird mir nie ein Kerl auch nur ansatzweise gut genug erscheinen. Welcher Mann möchte schon, dass jemand das Herz seines kleinen Mädchens bricht oder sie gar durchs ganze Land mit sich nimmt? Aber als er Molly nach Hause brachte und dann mit dir hier auftauchte, hatte ich so ein Gefühl … Aber was weiß ich schon. Schließlich dachte ich auch mal, dass es gut für dich wäre, wenn du Ash heiratest. Ich hab ja so was von danebengelegen." Er strich sich über das ergraute Haar, seufzte und nahm meine Hand in seine. „Alles, was ich mir wünsche, ist, dass du und Molly glücklich seid. Wenn das nur woanders geht und nicht in dieser Stadt, dann würde ich damit leben müssen."

Ich rollte mit den Augen. „Dad, über so was reden wir überhaupt nicht. Im Moment ist es einfach nur schön, ihn um mich zu haben. Außerdem hat er einen besonderen Zugang zu Molly."

„In gewisser Weise ähneln sich ihre Geschichten. Owens

Vater hat sich nicht um ihn gesorgt. Bei Molly ist es ähnlich. Und für sie ist es schwierig im neuen Team."

„Hat sie dir davon erzählt?"

Dads Miene verdüsterte sich. „Ein wenig."

„Wochenlang habe ich gerätselt, was mit Molly los war. Erst Owen hat sie dazu bringen können, uns davon zu erzählen. Ich hätte ihr gern früher geholfen."

„Wie hättest du das tun wollen?"

„Ich hätte mit ihrer Lehrerin gesprochen und mir diese Jungs vorgeknöpft."

„Manchmal verschlimmern Eltern die Situation nur noch, wenn sie zu früh eingreifen."

„Meine Tochter ist kaum elf Jahre alt und wird gemobbt, weil ich … mich entschieden habe, Ash nicht zu heiraten."

„Du darfst dich deswegen nicht schuldig fühlen, Kaylee. Ash nicht zu heiraten, war die beste Entscheidung deines Lebens. Ich bin verdammt stolz darauf, was du aus deinem und Mollys Leben gemacht hast."

„Ich arbeite in einem Diner", sagte ich trostlos. „Mein Catering läuft eher mau und den Traum vom eigenen Café habe ich erst mal auf Eis gelegt."

Er schüttelte den Kopf. „Weißt du, wie wertvoll die Emanzipation ist, habe ich erst so richtig begriffen, als ich Vater einer begabten Tochter und nun Großvater einer außergewöhnlichen Enkeltochter wurde. Die Männer in diesem und jedem anderen Land müssen noch viel lernen. Ich weiß das, weil du mich mehr beeindruckt hast als jede andere Frau in meinem Umfeld."

„Tatsächlich? Obwohl ich nicht nach Berkeley gegangen bin?"

„Gerade, weil du nicht nach Berkeley gegangen bist. Stattdessen hast du ein Baby bekommen, es ohne Vater zu einem herausragenden Mädchen aufgezogen und hast neben deinem Job deine Leidenschaft zum Beruf gemacht. Du verfolgst deine Ziele."

„Ohne Grandma, euch und Ethan hätte ich all das nie geschafft."

„Aber das schmälert deine eigene Leistung doch nicht. Im Gegenteil. Es ist eine Stärke, in den geeigneten Momenten, um Hilfe zu bitten. Dinge, die man nicht so gut kann, an jemanden zu delegieren, der besser darin ist. Sich seinen Stärken und Schwächen bewusst zu sein. So wie ich mir meiner Schwäche nach zuckerhaltigen Lebensmitteln und rotem Fleisch bewusst bin." Ich lachte.

Mein Dad umfing mein Gesicht mit beiden Händen. „Träume solltest du nie aufgeben, meine Kleine. Hast du eine Ahnung, wie es für deine Mutter und mich war, dich aufzuziehen? Eltern zu sein, ist der härteste Job der Welt und deine Mom und ich hatten es so viel leichter als du. Zum einen hatten wir einander, wir waren um einiges älter und in der komfortablen Lage, finanziell abgesichert zu sein. Alles Dinge, die du nicht hattest, und jetzt sieh dich und vor allem Molly an. Sie kann verdammt froh sein, dich zur Mutter zu haben. Ich kenne niemanden, der mit mehr Mut und Liebe dieser Situation gewachsen gewesen wäre. Das ist der Grund, warum ich so wahnsinnig stolz auf dich bin."

Seine Worte waren überwältigend und rührten mich zu Tränen. Ehe ich so recht wusste, wie mir geschah, stürzte ich mich in seine Arme, drängte mein Gesicht an seine Brust, und schluchzte – so wie ich es früher als Kind getan hatte. Sanft tätschelte er mir meinen Rücken.

„Nutze die nächsten Tage, um mit Molly zu reden, um mit ihr zu besprechen, was ihr tun könnt. Vielleicht ergeben sich

Dinge, an die du noch gar nicht gedacht hast. Überstürzt den Direktor deiner Tochter anzuschreien – was du zweifellos tun würdest, weil du meine Tochter bist –, ist nicht die einzige Lösung, okay? Molly geht es gut und ihr wird es weiterhin gut gehen, weil sie dich zur Mutter hat. Du wirst einen Weg finden, wie du es immer schon getan hast."

„Danke, Dad", schniefte ich in sein Hemd.

„Immer, und jetzt gebe ich meiner Enkeltochter einen Kuss und lass dich deinen Verehrer anrufen, damit du dich für diese Blumen bedanken kannst. Sie sind vom Feld der Montgomerys, oder? Schon damals hat er dir immer welche davon mitgebracht."

Es rührte mich, dass sogar mein Dad den Zusammenhang verstand. Welcher andere Mann würde sich sonst die Mühe machen, mir in einem Feld Blumen zu pflücken, wenn er sich auch Rosen aus einem Blumenladen leisten konnte? Die Tatsache, dass Owen es dennoch getan hatte, rührte mich von Herzen. Liebevoll berührte ich die Wildblumen und griff erneut nach dem Zettel von Owen. Vorsichtig strich ich mit meiner Fingerkuppe über die feingeschwungenen Linien, die ein Kugelschreiber auf dem weißen Papier hinterlassen hatte.

Die Wahrheit war, dass ich den ganzen verdammten Tag ebenfalls an ihn gedacht hatte. Er ging mir nicht mehr aus dem Kopf. Bei dieser Erkenntnis wurde mir mulmig, denn es führte mich auf unsicheres Terrain. Würde er mir mein Herz brechen, so wie Ash es prophezeit hatte? Ich schüttelte den Kopf, um jede Erinnerung an Ashs Auftauchen aus meinem Gedächtnis zu vertreiben. Das Letzte, was ich tun sollte, war ausgerechnet Ash in dieser Hinsicht zu vertrauen.

Ich zog mein Handy aus der Hosentasche und öffnete WhatsApp, um Owen eine Nachricht zu schicken.

*Tausend Dank für die Blumen und deine Nachricht. Ich hoffe, der alte Montgomery hat dich nicht dabei erwischt, wie du sein Feld geplündert hast?*

Zu meiner Überraschung antwortete er sofort und schickte einen grinsenden Smiley zurück.

*Keine Sorge, auch wenn ich ein wenig aus der Übung bin, hatte ich mein Leben lang genug Training, diesem Mann aus dem Weg zu gehen. Außerdem bin ich schnell. Ich kam mir wie ein Pirat vor, der für seine Freundin einen besonderen Schatz erbeutet hat.*

Ich antwortete: *Ich bin sehr froh, das zu hören. Und noch mehr, dass es dein Ego aufbauen konnte.*

*Als bräuchte mein Ego Unterstützung.* Ein zwinkernder Smiley folgte. Obwohl mich seine Selbstironie überraschte, konnte ich ihm nicht gänzlich zustimmen. Ich hätte erwartet, wenn man einem erfolgreichen Mann, einem Profi-Sportler, wie er nun einmal einer war, begegnete, würde dieser nur so vor Selbstvertrauen triefen, vielleicht sogar vor Arroganz. Doch Owen wirkte auf mich nicht arrogant. Kein bisschen. Womöglich wurde er noch immer von zu vielen Selbstzweifeln und Dämonen aus seiner Vergangenheit begleitet. Vielleicht erdeten ihn genau diese tragischen Dinge, die ihm widerfahren waren.

Während ich darüber nachdachte, kam mein Vater zurück in die Küche und lächelte mich an. „Keine Ahnung, wann ich dich zuletzt derart glücklich gesehen habe." Er trat neben mich und gab mir einen Kuss auf die Stirn, so wie er das früher immer getan hatte. Ich nahm den typischen Duft seines herben Gesichtswassers wahr und das Kratzen seiner Bartstoppeln. Wenn ich die Augen schloss, fühlte ich mich in eine längst vergangene Zeit zurückversetzt. Wieder einmal stellte ich fest, welch großes Glück ich in meinem Leben hatte. „Kau nicht an deinen Nägeln, meine Süße."

„Tu ich das?“

„Immer, wenn du nervös bist. Genauso wie du dann ständig backst. Deine Mom verbietet mir doch den weißen Zucker. Wie soll ich mich an solch ein Verbot halten, wenn du ständig all die leckeren Sachen backst?“ Er deutete auf die Schüssel, die er wieder an sich nahm.

Ich lachte. „Du darfst halt immer nur ein bisschen davon essen.“

„Wie soll das gehen, wenn du die ganze Stadt mit deinem köstlichen Gebäck überflutest?“

„Das nennt man Selbstbeherrschung.“

„Richte ihm meine Grüße aus und sag ihm, dass er dich einfach endlich auf ein richtiges Date einladen soll.“

„Sein Vater wird morgen beerdigt, Dad“, sagte ich, als würde das alles erklären.

„Umso besser, er braucht dringend Ablenkung. Sag mal, wann genau ist die Beerdigung denn?“

„Elf Uhr auf dem Memorial Friedhof. Grüß Mom von mir, ja?“

„Mach ich, sie ist voll im Fieber, all ihren Freundinnen von deinem Essen vorzuschwärmen. Wenn das so weitergeht, wirst du dich bald kaum vor Aufträgen retten können.“

„Das wäre traumhaft.“

„Und wer weiß, vielleicht wird das mit dem Café auch was.“

Ich lächelte dankbar.

„Ich hoffe nur, ich muss nicht mehr so bald mit auf diese Treffen.“ Dad schüttelte sich. „Wenn ich nur daran denke, wie Cynthia Bailey wie eine Besessene ihre Krallen in mich geschlagen hat, dann wird mir ganz anders. Ich wünschte beinahe, ich hätte doch zu Mrs. Bannings gemusst, deutlich früher natürlich.“

„Du hättest die Verstopfung einer alten Dame Cynthia Bailey vorgezogen?“

„Ich würde sogar eine Darmspiegelung oder gar eine Wurzelbehandlung an mir selbst einer Cynthia Bailey vorziehen.“

Nun lachte ich.

„Du hast gut lachen. Du hattest ihren nackten Fuß auch noch nicht an deinem Oberschenkel, während du neben ihrem Mann beim Essen saßt.“

„Hast du Mom davon erzählt?“

„Natürlich, weil ich hoffte, sie würde mich als ihr ‚Plus eins‘ zukünftig streichen, aber weit gefehlt. Deine Mutter ist fest entschlossen, Cynthia auf frischer Tat zu erwischen und vor aller Welt bloßzustellen.“

Ich klatschte in die Hände. „Recht hat sie.“

Dad brummte irgendwas vor sich hin, das sich sehr nach „Mütter und Töchter, ein Ei ein Kuchen“ anhörte. Er zog sich seinen Mantel über, den man um diese Zeit auch dringend brauchte. „Dass du deiner Mom die Stange hältst, war ja klar, aber an deinen armen Vater denkst du nicht, der zwischen die Fronten zweier Ladys gerät.“

„Ach, komm schon, Dad, stell dich nicht so an. Eigentlich schmeichelt es dir doch, von einer Frau umgarnt zu werden.“

„Du hast ja keine Ahnung, wie stressig das ist. Dabei kann es nur zu Verletzten kommen. Das ist mir jetzt völlig klar.“ Er zwinkerte mir zu und hob die Hand zum Gruß. „Er soll ja anständig mit dir und Molly umgehen, sonst bekommt er eine Menge Ärger mit mir.“

Ich hob die Mundwinkel, weil seine Worte mein Herz wärmten. „Wirst du je aufhören, dich derart für mich in den Ring zu werfen?“, fragte ich zärtlich.

„Wirst du je aufhören, meine Tochter zu sein?“, beantwortete er meine Frage mit einer simplen Gegenfrage.

Damit zog er die Tür hinter sich ins Schloss und ich warf einen Blick auf das Handy in meiner Hand.

*Hast du Lust vorbeizukommen? Wir könnten in der Hollywoodschaukel abhängen,* fragte ich hoffnungsvoll und spürte das Monster in meinem Innern, das sich in einen ganzen Haufen junger Schmetterlinge verwandelte.

*Ich würde so gern, aber heute hält mein Kind mich davon ab.* Ein zwinkernder Smiley folgte und dann schrieb er: *Mika wurde acht und danach ist er nur noch gewachsen.*

Diesmal schickte ich einen lachenden Smiley. *So schlimm?*

*Du wirst es verstehen, sobald du ihn besser kennenlernst,* schrieb Owen.

Mein Herz machte einen leichten Hüpfer. Er hatte nicht ‚falls‘ oder ‚wenn' geschrieben, sondern ein Entschlossenes ‚sobald‘. Hoffnung verdrängte meine stärker werdende Sorge, dass Owen sehr bald wieder zurück nach Chicago fliegen würde. Was bedeutete das für uns?

*Bist du allein?*

*Ja, Molly ist in ihrem Zimmer. Wieso?*

*Was trägst du unter diesem Kleid? Das übrigens verboten sein sollte, wenn Sex anschließend nicht inbegriffen ist.*

Ich grinste. *Was soll das her werden? Sexting?*

Statt darauf zu antworten, fuhr er einfach fort: *Ich liege bereits im Bett und trage nichts.*

Mit hochrotem Kopf ging ich ins Bett.

# KAPITEL 13

OWEN

Ich erwachte, als es noch dunkel war, und glaubte, Kaylee neben mir liegen zu spüren. Es kam mir vor, als würde sie ihren nackten weichen Körper wie eine Katze an meinen schmiegen, als könnte ich ihre Haarspitzen über meine nackte Haut streichen spüren, während meine Fingerspitzen jeden Zentimeter ihrer Haut erforschten. Ohne Frage war das ein Resultat unserer heißen Sexnachrichten von gestern Abend. Ich grinste und konnte es kaum erwarten, all die umschriebenen Dinge, die ich ihr in Aussicht gestellt hatte, in die Tat umzusetzen, wie mein pochender geschwollener Schwanz bewies.

Unvermittelt ertönte ein lautes Geräusch, das mich an die Wildschweine im Glacier National Park erinnerte. Ich stöhnte. Das waren keine Wildschweine. Obwohl Mika schon ein klein wenig Ähnlichkeit mit ihnen hatte, vor allem wenn er schlief. Offenbar hatte ich kurzzeitig vergessen, wie laut Mika schnarchen konnte. Wie hielt Josie das nur neben ihm aus? Und dann, ganz plötzlich, brach die schonungslose Wahrheit über mich herein.

Heute war es so weit. Die Beerdigung meines Vaters. Ich würde diesem alten verfluchten Mistkerl die letzte Ehre erweisen. Eine Ehre, die er nicht verdient hatte, weil er mir das Leben zur Hölle gemacht hatte und selbst jetzt, nach seinem Tod, mir noch immer derart zusetzte. Die Welt würde nach diesem Tag ein besserer Ort sein - für mich und ohne ihn. Selbst für die Einwohner in Bakers Valley war es ein Geschenk, dass er nicht mehr unter ihnen weilte. Mit Ausnahme des Kneipenbesitzers und sämtlichen Spirituosenverkäufern vielleicht. Ihre Einnahmen würden durch den Tod meines Dads ohne Frage absacken. Doch wenn es für alle, mich eingeschlossen, eine Erlösung war, warum fühlte ich mich dann derart elend? Verpasste Chancen. Ich würde nie einen Vater haben, der diese Bezeichnung auch verdiente.

Mittlerweile war die Sonne längst aufgegangen und flutete mit ihren Strahlen durch die weißen altmodischen Vorhänge mein Bett. Ich lag immer noch einfach nur da, starrte an die Wand und grübelte. Es war, als hätte die Traurigkeit meine Gliedmaßen mit Beton ausgegossen, sodass ich mich nicht rühren konnte. Stattdessen lauschte ich den seltsam tröstlichen Schnarchgeräuschen, die durch die dünne Schiebetür erklangen, die mein Schlafzimmer vom Rest des riesigen Hotelzimmers trennte. Erst als die Titelmusik von Superman das Schnarchen verstummen ließ und stattdessen ein Rumpeln zu hören war, regte ich mich und warf einen Blick auf mein Handy. 8.13 Uhr stand darauf und keine Anrufe oder Nachrichten waren eingegangen. Ob Kaylee noch schlief?

Es war Samstag und der gestrige Tag forderte sicherlich seinen Tribut. Mikas Handy klingelte erneut, diesmal hörte ich ihn sogar fluchen und den Anruf annehmen. Ich stöhnte. Mika war … mein Freund. Er war hier, um mir beizustehen, und allein dafür würde ich ihm bis in alle Ewigkeit dankbar sein. Beinahe würde es mich auch vergessen lassen, dass er mir diese letzte Nacht mit Kaylee verdorben hatte. Mika McKiernan hatte die Angewohnheit nicht nur sein Leben, sondern auch meins ins Chaos zu stürzen. Etwas, das mir meistens gefiel, weil es mein Leben mit so viel Unruhe und Liebe füllte, nach der ich mich ständig gesehnt hatte. Ich schmunzelte, als ich ihn leise reden hörte. Wahrscheinlich war das Josie. Die einzige Frau, die es geschafft hatte, ihn an sich zu binden. Und plötzlich wünschte ich mir, ich wäre allein. Allein mit meinen abstrusen Gedanken, damit ich mich nicht ständig fragen müsste, welche Miene ich nun aufsetzen sollte, damit er sich nicht sorgte.

Ich ließ meinen Kopf ein wenig kreisen, ebenso wie meine Schulter, die heute Morgen wieder besonders stark schmerzte. Ich stand auf, machte ein paar der Übungen, die mein Physiotherapeut mir gezeigt hatte, doch der Schmerz ließ nicht nach. Im Gegenteil. Heute war er noch viel schwerer zu ertragen. Schließlich klopfte es an der Tür und Mika streckte den Kopf herein.

„Morgen." Sein blondes Haar war verstrubbelt, doch sein Grinsen breit und ansteckend wie eh und je.

„Hey, du Schnarchnase."

Er stutzte. „Was? Ich schnarche doch nicht."

„Es kam mir vor, als hätte eine ganze Wildschweinfamilie im Nebenzimmer ihr Unwesen getrieben."

Voller gespielter Empörung verschränkte er die Arme vor der Brust. „Du bist der Erste, der das sagt."

Kopfschüttelnd lachte ich. „Gäbe es Josie nicht, würde ich

glatt behaupten, dass genau deswegen niemand je lange genug bei dir und schon gar nicht über Nacht bleibt."

„Tja, mein Freund, dieses Argument zieht leider nicht mehr. Im Gegensatz zu dir schläft in meinem Bett regelmäßig eine Frau."

„An dieser Stelle noch mal vielen Dank für dein mieses Timing gestern."

Zerknirscht strich Mika durch sein Haar. „Ja, das ist echt dumm gelaufen."

„Nächstes Mal rufst du einfach an, ok?" Ich hielt inne. „Wobei … Ich fürchte, dass es so schnell kein nächstes Mal geben wird. Man beerdigt seinen Vater schließlich nur einmal."

„Apropos: Wann fahren wir zum Friedhof?"

„Halb elf, denke ich. Wieso?"

„Ich wollte nur wissen, wie viel Zeit wir noch zum Frühstücken haben."

Ich kniff die Augen zusammen und sah ihn zweifelnd an. „Ich kenne da einen Laden, in dem du die besten Pancakes der Welt bekommst. Ich kann dir sagen, wie du hinkommst."

„Wie bitte? Kommst du etwa nicht mit?"

Ich schüttelte den Kopf.

„Hast du etwa keinen Hunger?"

„Nein, eher nicht."

Mika lehnte sich unzufrieden gegen die Wand, drängte mich jedoch nicht. Stattdessen suchte er eine andere Möglichkeit, mir auf den Nerv zugehen. „Also … die heiße Rothaarige …"

„Kaylee", korrigierte ich ihn.

„Genau. Was ist da los zwischen euch?"

„Das ist kompliziert", wich ich aus und lächelte bei der Erinnerung an Mollys Worte, dass Erwachsene diesen Satz gern sagten, wenn ihnen eine Antwort unangenehm war.

„Sie ist deine Jugendfreundin?"

Zustimmend brummte ich.

„Und gestern sollte es endlich heiß her gehen?"

„Du hast es erfasst."

„Was zur Hölle hat dich so lange davon abgehalten? Ich meine, du bist wie lange hier? Und du stehst auf sie und sie steht eindeutig auf dich. Wo war das Problem?"

Ich musste den Impuls unterdrücken, Mika heftig zu schütteln. Stattdessen begnügte ich mich damit, zu stöhnen und die Augen zu verdrehen. „Wie gesagt: Das ist kompliziert."

„Was kann so knifflig sein?"

„Mika, ich verstehe, dass dein Feingefühl kaum für ein Schnapsglas reicht, aber wir haben bereits eine Geschichte, wie du weißt. Außerdem hat sie Molly, und wenn Kinder im Haus sind, kannst du es nicht einfach wild auf dem Küchentisch treiben. So ähnlich ist das übrigens auch mit Nervensägen, die die besten Freunde sind und unangekündigt vor der Haustür stehen." Bei dem Gedanken an den Abend, an dem Molly verschwunden war und wir genau das beinahe getan hätten, wenn Ethan nicht gewesen wäre, grinste ich.

„Hotelzimmer", korrigierte Mika und fügte hinzu: „Jay hat es getan."

„Bitte?"

„Jay und Holly. Auf dem Küchentisch, während Mia im Bett geschlafen hat. Er hat es mir irgendwann erzählt."

„Okay, Mia ist noch klein, aber Molly ist fast elf. Wir wollten sie nicht traumatisieren."

Achselzuckend stieß Mika sich von der Wand ab, warf sich auf mein Bett und zerknitterte den von Lorenzo frisch gekürzten Anzug.

„Hey, geh runter da, du Irrer."

„Ich verstehe es immer noch nicht."

„Irgendwie war viel los, okay? Mein Vater ist gestorben."

Endlich wurde Mika ernst, richtete sich auf und setzte sich neben mich. „Es tut mir leid, Owen."

„Mir nicht", gab ich sauer zurück. „Mir tut es ganz und gar nicht leid, dass er tot ist. Er war ein Arschloch und hat mich wie Dreck behandelt. Er verdient es nicht, dass ich auch nur eine Sekunde betrauere, die er nicht mehr hier ist. Und ich bin ein Idiot, wenn ich es dennoch tue."

„Und doch war er dein Vater", erinnerte mich Mika sanft.

„Ich weiß, leider."

„Bestraf dich nicht dafür, dass du trotz allem, was er dir angetan hat, heute traurig bist. Es ist okay, Owen. Dieser Mann hätte dein Vater sein sollen. Er hätte dich vor all den Gefahren beschützen müssen, statt selbst eine für dich zu sein. Und er hat verdammtes Glück gehabt, dich zum Sohn zu haben, auch wenn er es nicht zu schätzen gewusst hat."

Der Kloß in meinem Hals legte an Umfang zu und ich schluckte verzweifelt gegen ihn an.

„Er war der Idiot, Owen, nicht du."

Plötzlich war der Wunsch, Kaylee zu sehen, unbändig groß und ich richtete mich auf.

„Weißt du was, Mika?"

„Was?"

„Lass uns frühstücken gehen. Ich glaub, ich hab doch ziemlichen Hunger."

Mika, der zweifellos dem Irrglauben erlegen war, es sei ihm zu verdanken, dass ich meine Meinung geändert hatte, strahlte und klatschte in die Hände.

Zwei Stunden später lagen mir die Pancakes immer noch schwer im Magen. Zweifellos weil sie nicht von Kaylee waren. Sie hatte frei, wie Sue mir erzählt hatte. Der Weg zum Memorial Friedhof war nicht weit, sodass ich das Auto lieber stehen ließ und mit Mika loslief. Er hatte mir den ganzen Morgen die Ohren vollgequatscht, mir erzählt, dass es Joy nicht gut ging, wie das Team sich machte und wie die letzten Trainingseinheiten abgelaufen waren. Die *Ice Tigers* hatten die letzten beiden Spiele verloren und ich willigte ein, noch heute, spätestens am nächsten Tag mit Mika zurückzufliegen. Ein Gedanke, der mich mit noch mehr Kummer erfüllte, weil ich mich vorerst von Kaylee und Molly verabschieden musste.

Auf dem Weg zum Friedhof sprach er allerdings keinen Ton. Kaum vorstellbar, aber Mika McKiernan hielt die Klappe. Und ich war ihm dankbar dafür. Das Letzte, was ich nun gebrauchen konnte, war Ablenkung. Ich musste diesen Weg gehen, um endgültig loslassen zu können. Meine Vergangenheit. Meine Dämonen. All die schwierigen Gefühle meinem Vater gegenüber. Und wieder erkannte ich, dass es hier nicht um ihn ging. Es ging um mich.

Ich hatte einen Platz auf dem Friedhof gewählt, der möglichst weit von der Stadt entfernt war. Bakers Valley hatte Frieden verdient. Obwohl wir zu früh dran waren, sah ich aus der Ferne, dass der Sarg schon aufgebahrt und alles hergerichtet worden war. Es war kein besonderer Sarg, einfach gehalten, aber würdevoll. Es gab keine Blumen, keine Musik oder sonst einen Firlefanz. Der Pfarrer würde ein Gebet sprechen und dann würde der Sarg samt meinem Vater in die Erde hinabgelassen werden.

Unzählige Male war ich in Gedanken den Ablauf schon

durchgegangen und doch fürchtete sich ein Teil von mir davor. Wenigstens würde ich nicht ganz allein mit dem Pfarrer dort stehen. Mika und ich bogen um die alte Kastanieneiche und ich erstarrte. Drei Gestalten näherten sich uns. Schon aus der Ferne konnte ich Kaylees rotes Haar ausmachen. Sie kam mit Molly und mein Herz lief über vor Liebe für die beiden. Sie wurden von noch einer Person begleitet, die sich beim Näherkommen als Ethan herausstellte. Kaylee trug einen dunklen knielangen Rock, der ihre Hüften umspielte und an den Knien schmal zusammenlief. Dadurch schmeichelte er ihrer Taille. Ihr Haar war am Hinterkopf zusammengesteckt und erinnerte mich mehr denn je an Tante Margies Hochsteckfrisuren. Molly trug wie immer einen weiten Pullover, doch diesmal hatte sie ihre Kappe weggelassen.

Als die drei auf mich zukamen, lächelte Kaylee mich verhalten an, doch Molly sprang auf mich zu, als würden wir uns nur treffen, um ein paar Bälle zu werfen. Nichts hätte mich in dem Moment glücklicher machen können. Ich ließ mich von ihr umarmen. Sobald sie mich freigab, stand ich Kaylee gegenüber, die ihre Arme ebenfalls um mich schlang. Unsere Umarmung ging viel länger, als schicklich war, denn Ethan räusperte sich bereits.

„Ich fasse es nicht, dass ihr gekommen seid."

„Als würden wir dich heute allein lassen", entgegnete Kaylee und legte ihre Hand gegen meine Brust.

Ethan nickte mir zu und erstarrte, als er Mika erkannte. „Ihr habt euch ja gestern schon kennengelernt, Kaylee."

„O ja", raunte Mika und ich seufzte theatralisch.

„Das ist meine besondere Freundin Molly. Sie ist ein richtiger Baseballstar. Erst gestern hat sie mir Bälle zugeworfen, die locker die Schallmauer durchbrechen", erklärte ich und sah dabei zu, wie Molly bis zu den Haarspitzen errötete. „Das ist Mika, mein bester Freund und …"

„Defense-Spieler der Ice Tigers", vervollständigte sie ehrfürchtig meinen Satz.

„Schuldig im Sinne der Anklage. Und du wirst also einmal Profi-Sportlerin?", fragte Mika und brach sogleich jedes Eis mit Molly. Ganz wie ich es erwartet hatte.

„Und das ist Ethan."

„Bester Freund und ehrfürchtiger Fan, wie ich zugeben muss." Ich lächelte über Ethans zittrige Hand, die er Mika reichte.

Mika schüttelte sie und verwickelte Ethan direkt in ein Gespräch. Ja, das passte. Hinter Kaylee zeichneten sich plötzlich weitere Gestalten vor dem Hintergrund des Friedhofs ab und hinter ihnen kamen noch mehr.

Dort kamen Menschen. Viele Menschen. Die wollten doch nicht etwa zu uns? Ich warf einen vorsichtigen Blick über den Hang, auf dem wir uns befanden, und suchte die andere Beisetzung, doch da war keine. Kaylee sah zurück und lächelte mich an.

„Was? Wer ist das?", fragte ich verblüfft.

„Die Einwohner von Bakers Valley. Wer sonst?"

„Wer sonst? Soll das ein Witz sein? Sie haben meinen Vater verachtet."

„Das stimmt, vor allem aber wegen der Art, wie er mit dir umgegangen ist, Owen."

Ich schluckte. Ich erkannte Tante Margie, in ihrer wilden Robe und mit dem aufgetürmten Haar, und Sue, die liebe Herzensbrecherin des Diners der Stadt. Kaylees Vater, Clark Manning, und seine Frau Elaine, die ein Glas Milch für ein

Allheilmittel hielt. Außerdem erkannte ich Jeff von der Tankstelle, Andrew, Mollys Freund, und seinen Vater.

Kaylees Vater trat vor mich und reichte mir die Hand. „Unser aufrichtiges Mitgefühl, Owen."

„Danke, ich weiß gar nicht, was ich sagen soll", sagte ich beklommen.

„Gar nichts, Owen. Es ist nicht nötig, etwas zu sagen. Im Gegenteil, wir alle schulden dir eine Entschuldigung dafür, dass wir uns nicht viel eher für dich eingesetzt haben."

Ich nickte, mehr brachte ich nicht heraus, zumindest nicht, ohne loszuschluchzen wie ein Baby.

Und dann kam noch ein Dutzend Menschen über den Friedhof und es war um mich geschehen. Mein Team, angeführt von Jay, gefolgt von Neil und den Abschluss bildete Greg, unser Coach. Ich war sprachlos. Die Einwohner von Bakers Valley waren irritiert darüber, sich zwischen all den Hünen des Profisports um ein Grab zu versammeln. Und ich hätte nicht überwältigter sein können. Mit jedem Herzschlag wuchs ein Gefühl in mir, das ich kaum beschreiben konnte.

Molly klammerte sich an meine rechte Hand, während Kaylee ihren Arm um meinen schlang, meine linke Hand in ihre nahm und sie festhielt. Wie immer hatte sie Eisfinger und nichts konnte mich in dieser Sekunde mehr trösten. „Es ist so, wie ich gesagt habe, Owen. Keiner ist wegen deinem Vater hier. Nicht einmal du bist wegen ihm hier. Alle sind nur deinetwegen gekommen."

## KAYLEE

Die Beerdigungszeremonie war kurz und

knapp, aber würdevoll. Genau so, wie Owen es wichtig gewesen war. So sehr, wie er sich an meine Hand klammerte, spürte ich, dass ihm das Auftauchen all dieser Menschen wahnsinnig berührte. Jeder sprach Owen im Anschluss an die Zeremonie sein Beileid aus und es war offensichtlich, dass er sich über das Kommen seiner Teamkameraden besonders freute. Sie umarmten einander, als wären sie weit mehr als Kollegen, sondern vielmehr allesamt beste Freunde.

Bevor sich die Gruppe auflösen konnte, bat Sue um die Aufmerksamkeit aller: „Bitte kommt zu mir ins Diner. Dort hat Kaylee für einen kleinen Imbiss gesorgt."

Owen richtete seinen überraschten Blick auf mich. „Das hast du getan?"

„Ich dachte mir, es wäre schön, die Zeit zusammen zu verbringen."

Sein glühender Blick traf mich tief im Inneren und ich wusste, dass es weit mehr als Dankbarkeit war.

„Heißt das etwa, wir bekommen noch mehr von diesen grandiosen Pancakes von vorhin?", stieß Mika freudestrahlend aus und ich lachte. Während sich alle auf den Weg machten, blieben Owen und ich zurück.

Owen sah mich schweigend an und die Sekunden verstrichen, dann griff er nach meiner Hand und umschloss sie mit seinen kräftigen langen Fingern. „Ich habe vergessen, wie schön es hier ist." Mit der freien Hand deutete er um uns herum und ich sah hoch zu den Zweigen der Bäume, durch die das Licht der Sonne fiel. Einzelne Lichtflecken schimmerten durch das frische Grün der Blätter und fielen auf uns herab. Als ich wieder zu Owen sah, bemerkte ich, dass er mich anblickte. „Ich habe so vieles vergessen."

„Was meinst du?"

„Vermeintliche Kleinigkeiten. Wie die Sonne dein Haar zum Leuchten bringt zum Beispiel, oder wie kalt deine Hände meistens sind, wenn ich sie nicht mit meinen wärme." Er verstummte und suchte nach den richtigen Worten. „Der leichte Keksduft, der dich ständig umgibt. Wie du deine Nase kräuselst, wenn du das Lachen unterdrückst. Das macht Molly übrigens auch. Das Grün deiner Augen, das manchmal hell und friedlich erscheint und hin und wieder viel dunkler wird, je nach deiner Stimmung. Ich wünschte, ich hätte nicht all die Jahre versäumt, dich anzusehen."

Ich schluckte gegen einen größer werdenden Klos in meinem Hals an und genoss die Schmetterlinge, die freudig in mir auf- und abflogen.

„Ich danke dir, Kaylee, dass du all das für mich tust, nach all den Dingen, die ich dir angetan habe. Ich weiß, es war unverzeihlich von mir, dich hier zurückzulassen. Du warst damals und bist auch heute noch das Beste an diesem Ort."

Es waren schöne Worte, beinahe zu schön, um wahr zu sein. Ich spürte, dass ich förmlich auf das ‚Aber' wartete. Owens glückselige Miene änderte sich und ich las Bedauern darin.

„Ich habe versprochen, mich von dir … von euch … zu verabschieden." Owen seufzte. „Kaylee … ich muss zurück. Ich werde heute Abend mit dem Team im Mannschaftsjet zurückfliegen."

Einfach so ließ er die Bombe platzen und damit strömte flutartig die Enttäuschung in meine Glieder. Ich hatte gewusst, dass dieser Tag kommen würde, und mir war klar gewesen, dass er nicht mehr weit entfernt war, jetzt, nachdem sein Vater gestorben und unter der Erde war. Und dennoch ging das viel schneller, als ich erwartet hatte. Der Schwarm Schmetterlinge stürzte wie ein

Haufen Steine in meinen Magen hinab. Die Enttäuschung wog schwer, als sie sich in meinem Inneren ausbreitete und jede Zelle einnahm. Fassungslos starrte ich ihn an und plötzlich war meine Kehle wie zugeschnürt. Er hatte nie einen Hehl daraus gemacht, dass er Bakers Valley bald wieder verlassen würde. Was würde das für mich und vor allem für Molly bedeuten?

„Heute schon?", brachte ich erstickt hervor.

Er nickte. „Ich wusste nicht, dass diese Irren alle herkommen würden, aber gestern habe ich die Entscheidung gefällt, dass ich mit Mika zurückfliege."

Scheinbar war es unmöglich, meine Enttäuschung zu verbergen, denn er griff zärtlich nach mir.

„Meine Rückkehr ist längst überfällig. Mein Team braucht mich. Die letzten Spiele haben wir verloren. Wenn wir unsere Chance einer Direktqualifizierung für den Stanley Cup nicht verpassen wollen, müssen wir die nächsten Spiele gewinnen." Keine Ahnung, was das bedeutete, doch das Bedauern in seiner Stimme klang deutlich heraus. Ich glaubte ihm, dass es wichtig für ihn war, und ärgerte mich gleichermaßen über mich. Wieso nur hatte ich auf Ethan gehört, ihm mein Herz geöffnet und zugelassen, dass ich ihn wieder liebte?

Ich ertrug es nicht länger, ihm ins Gesicht zu sehen, also entzog ich ihm meine Hand und wandte ihm den Rücken zu. All die Pläne, die ich innerlich gemacht hatte, gingen in Rauch auf und ich ärgerte mich, dass wir unsere zweite Chance nicht bereits viel eher genutzt hatten.

„Es tut mir leid", fügte er tonlos hinzu. Ich wusste, dass meine Ablehnung unfair war, deswegen sah ich ihn an.

„Es muss dir nicht leidtun. Wir wussten ja, dass du bald zurückkehren musst. Das ist nun mal dein Job. Dennoch werden Molly und ich dich vermissen", brachte ich mühsam hervor.

„Du ahnst gar nicht, wie sehr ihr mir fehlen werdet."

Im Sonnenlicht wandte ich mich ihm zu, kniff die Augen zusammen und blinzelte zu ihm hoch. „Jetzt verstehe ich, warum du gestern so sauer auf Mika warst." All die verpassten Chancen. Es war, als wäre unser Weg voll davon.

Owen lächelte traurig. „Ja, dieser Chaot treibt mich eines Tages noch in den Wahnsinn, aber er ist auch der beste Freund, den man sich wünschen kann. Ich werde bald zurückkommen müssen, um TJs Haus leerzuräumen und es zu verkaufen. Dann würde ich dich und Molly gern besuchen, wenn du erlaubst."

Ich seufzte, weil es gut gemeint, aber nicht annähernd genug war.

„Außerdem ...", er zog mich zu sich heran, nahm mein Gesicht zwischen beide Hände und kam meinen Lippen sehr nahe, „... habe ich gehofft, du würdest mich nächstes Wochenende in Chicago besuchen."

„Chicago?", echote ich überrascht und mein Herz klopfte plötzlich wie wild.

Er grinste. „Ich möchte, dass du meine Familie kennenlernst, also den Rest von ihnen, und mich in meinem natürlichen Lebensraum siehst."

„Und Molly?"

„... ist immer willkommen, aber ... irgendwann an diesem Wochenende werde ich dich für ein paar Stunden nur für mich haben wollen." Er grinste verschlagen. „Allein. Du und ich!", setzte er bedeutungsschwer hinzu.

Mein Lächeln wurde breiter und mit einem Mal wusste ich, dass dieses Mal alles anders war. Dieses Mal würde ich ... würden wir einen Platz in Owens Leben haben.

# KAPITEL 14

KAYLEE

Mit rumorendem Magen und einem kleinen Koffer, den ich als Handgepäck transportiert hatte, durchlief ich die Schleusen des O'Hara International Airport von Chicago. Mit jedem Schritt nahm das Kribbeln in meiner Magengegend zu. Ich konnte es kaum erwarten, Owen endlich wiederzusehen, nachdem jetzt fast sechs Tage vergangen waren, in denen wir ausschließlich miteinander telefoniert und uns heiße Nachrichten geschrieben hatten. Es waren die längsten Tage meines Lebens gewesen. Die letzten Stunden vor meinem Abflug hatten mich einem Nervenzusammenbruch nahegebracht.

Leider hatte ich den Fehler gemacht und Ethan um Rat für meine Outfits für dieses Wochenende gefragt. Ein schrecklicher Fehler! Wie hatte ich nur so dumm sein können, meinen schwulen besten Freund um seine Meinung zu bitten? Die Folge war, dass ich schrecklich knappe Unterwäsche dabeihatte, von der sicher nur ein Set bequem passte. Ethan hatte es sicherlich nur gut gemeint. Schließlich sorgte er sich um mein Sexleben. Oder sollte ich sagen, mein nicht vorhandenes Sexleben?

Ethans Sorge hatte nur leider zur Folge, dass ich vor lauter Aufregung meinen Schal vergessen hatte. Soweit ich wusste, war es kalt in Eisstadien und ich würde am Wochenende eins besuchen und die *Chicago Ice Tigers* gegen die *Dallas Stars* anfeuern. Noch nie hatte ich mich für Eishockey oder eine andere Sportart interessiert. Die einzige Ausnahme bildete Baseball, aber nur, weil Molly spielte. Molly war todtraurig gewesen, dass ich allein nach Chicago flog, aber Ethan und meine Eltern hatten ihr tolle Freizeitaktivitäten in Aussicht gestellt, die sie milde stimmten. Dieses Wochenende war ein Versuch, das war mir klar. Ein Probelauf für unsere zweite Chance.

Das hektische Treiben, all die Menschen, die in ihren überteuerten Anzügen mit panischen Blicken auf ihre Armbanduhren durch die riesige Halle eilten, kreischende Menschen, die anderen in die Arme fielen, und Frauen, die kleine Babys in Buggys schoben und tobende Kinder an der Hand mit sich zerrten – all das wurde von ständigen Durchsagen in unterschiedlichen Sprachen begleitet. Überforderung machte sich in mir breit. In der Sekunde, in der ich aus dem Flieger gestiegen war, kam ich mir ungewohnt linkisch vor. Dies war eine Großstadt und im Vergleich zu all den toughen Geschäftsfrauen und Großstadt-Ladys kam ich mir schrecklich klein und wie ein vollkommenes Landei vor. Im Gegensatz zu den adretten Frauen in ihren Kostümen und den hochhakigen Schuhen trug ich bequeme Chucks, enge schwarze Jeans und eine weiße Bluse, über die ich eine Strickjacke gezogen hatte. Mein Haar hatte ich zu einem hohen Dutt frisiert, doch bereits jetzt kräuselten sich unzählige Locken im Nacken.

Orientierungslos lief ich durch das riesige Gebäude und

hielt Ausschau nach Owen, der versprochen hatte, mich abzuholen, aber nirgends zu sehen war. Plötzlich sah ich ein Schild, auf dem mein Name stand. Ich kniff die Augen zusammen. Eindeutig stand dort Kaylee Manning. Wie hoch war wohl die Wahrscheinlichkeit, dass ausgerechnet heute und zur gleichen Uhrzeit noch eine Kaylee Manning ankam? Selbst für eine Millionenstadt wie Chicago war das unwahrscheinlich. Langsam nahm ich den kleinen Rollkoffer in die Hand und lief mit ihm auf die Frau zu, die das Schild hielt.

„Bitte sag mir, dass du Kaylee bist“, flehte die Frau, die ihre blonden Haare zu einem langen Zopf geflochten hatte und überraschend normal aussah.

Ich lächelte vor Erleichterung. „Ja, das bin ich, falls nicht zufällig zur gleichen Zeit noch eine Kaylee Manning hier anreist.“

„Ich denke, das würde spätestens Owen auffallen.“ Die Frau seufzte erleichtert auf. „O Gott sei Dank, ich hatte schreckliche Angst, dass wir dich verpassen. Wir waren nämlich recht spät dran und dann habe ich auch noch Holly verloren.“ Suchend warf sie einen Blick über die Schulter. „Keine Ahnung, wo sie sich den verdammten Kaffee holen will.“

Wer zum Teufel war Holly? Und warum kamen sie mich abholen? Das war doch nicht etwa ein perfider Plan, mich zu entführen, oder?

Sofort mahnte ich mich selbst eine Idiotin. Wer sollte mich schon entführen wollen und noch dazu, warum?

„Ich glaube, ich rufe Owen kurz an“, sagte ich möglichst ruhig und zog mein Handy, das immer noch im Flugmodus eingestellt war, aus meiner Handtasche.

„Er wollte dir eine Nachricht schicken, du wirst ihn jetzt bestimmt nicht erreichen. Er ist bei der Mannschaftsärztin.“

Überrascht hob ich den Kopf. „Ist ihm etwa etwas zugestoßen?"

Sie lächelte mich auf eine verständnisvolle Art an. „Tja, ‚nichts Ernstes' würde dir jeder von ihnen sagen. Das Ding mit den Eishockeyspielern ist, dass sie eine Gehirnerschütterung, gebrochene Knochen und gerissene Bänder als eine lästige, aber banale Begleiterscheinung ihres Jobs betrachten. Nicht zu vergessen den Zahnverlust." Sie rollte mit den Augen. „Sie sind wie große Kinder. Unvernünftig und risikobereit, aber wehe, sie haben einen Schnupfen. Ich bin übrigens Josie, Mikas Freundin."

Plötzlich tauchte hinter ihr eine Frau mit rosa und lila gefärbten Haaren auf. „O Gott, endlich habe ich dich gefunden." Ihr Blick glitt zu mir. „Ist sie das? Wir haben sie also nicht verpasst?"

„Ich habe sie gefunden. Keine Ahnung, wo du warst." Josie grinste. „Kaylee, darf ich vorstellen? Das ist Holly, Jays Freundin. Wir sind zwar nur ein schlechter Ersatz für Owen, aber wir haben versprochen, dich einzufangen und dir schon mal den Einstand zu erleichtern."

Verunsichert lächelte ich und steckte das Handy in die Hosentasche. „Owen hat Zähne verloren?"

Holly und Josie lachten. „So ähnlich habe ich auch geguckt, als Mika mir diesen Sport nähergebracht hat. Ich kann dich aber beruhigen, soweit ich weiß, hat er noch alle zusammen. Er braucht nur das Okay der Ärztin, um heute Abend spielen zu dürfen. Schließlich möchte er seine Freundin beeindrucken."

„Meinst du etwa mich?"

„Natürlich, wen sonst?"

Obwohl ich diese ganze Szene skurril fand, lächelte ich. Hatte Owen mich so vorgestellt? Als seine Freundin? Plötzlich kam es mir vor, als würde ein riesiger Schmetterlingsschwarm gefährliche Wendemanöver in meinem Bauch üben, während ich Holly und Josie aus dem riesigen Flughafengebäude und zum Auto folgte. Auf dem ganzen Weg quetschten sie mich aus und erzählten lustige Anekdoten, die sie bereits mit den Jungs erlebt hatten.

Weil Owens Termin wohl noch ein wenig mehr Zeit in Anspruch nahm, fuhren sie mit mir in den Wicker Park, einem der schöneren und weniger stark besiedelten Stadtbezirke von Chicago. Und tatsächlich nahm das Gedränge ein wenig ab, als wir aus dem Wagen stiegen und durch die hippe Innenstadt liefen, an schicken Boutiquen, Szene-Bars und niedlichen kleinen Cafés vorbei. Für eine Kleinstadtmieze wie mich war das genug aufregende Großstadt. Langsam atmete ich durch und begann, mich zu entspannen und in der Begleitung der beiden wohlzufühlen.

Holly hielt auf ein kleines Café zu, dessen Wände innen mit Holz vertäfelt waren. Kleine runde Tische, die mich an Tischnischen aus alten französischen Filmen erinnerten, reihten sich aneinander. Einige Leute saßen mit Kopfhörern auf den Ohren vor ihren Laptops und arbeiteten, während kleine Gruppen nicht weit von ihnen entfernt lachten. Die Lampenschirme sahen aus wie riesige Glühbirnen alter Messinglaternen und gaben sanftes Licht ab. Auf den Schildern an den Wänden waren bekannte Filmzitate gedruckt und im hinteren Bereich standen zwei große Bücherregale, umrahmt von einer Ledercouch und zwei Ohrensesseln. Auf dem Tresen standen einige Glashauben, unter denen köstliches Gebäck angerichtet war. Weiße Schildchen wiesen darauf hin, was sich unter der jeweiligen Haube befand. Ich staunte immer noch über jedes perfekt aufeinander abgestimmte

Detail, als jemand meinen Namen rief und ich in drei erwartungsvolle Gesichter blickte.

„Was möchtest du?"

„Ich … ähm … brauch einen Moment." Ich begegnete dem freundlichen Gesicht der Frau mit dem dunklen krausen Haar und den großen goldenen Kreolen, die ihrer hellbraunen Haut schmeichelten. Ich schätzte sie auf Mitte zwanzig.

„Wow, was für ein Angebot", staunte ich und sie lachte. „Ja, meine Mitarbeiter witzeln immer wieder, wie sich unsere Kunden da nur entscheiden sollen." Sie grinste.

„Das ist dein eigenes Café?"

Sie lächelte stolz. „Ja, das Charlotte's gehört nur mir allein. Na gut, und der Bank, das muss ich fairerweise zugeben."

„Es ist wunderwunderschön. Noch nie habe ich so ein wunderbar abgestimmtes Konzept gesehen wie hier. Und das mitten in der Großstadt."

„Ich brauchte schon ein bisschen Mut und ein klein wenig Eigenkapital von meiner Großmutter. Da war es nur fair, dass ich es nach ihr benannt habe."

„Ich hätte nicht so viel Mut."

„Du scheinst zu wissen, wovon du sprichst, oder?"

Ich errötete. „Es ist mein Traum, ein eigenes Café zu eröffnen. Mein Partner und ich versuchen uns gerade an einem Catering. Weniger Risiko, da man keine regelmäßige Miete zahlen muss."

„Tatsächlich?"

„Backst du selbst? Und kreierst du deine eigenen Rezepte?"

„Ja, wobei ich zugeben muss, dass meine Kreativität unter dem Tagesgeschäft leidet. Wenn du vom Fach bist, dann musst du unbedingt die hier probieren."

Sofort öffnete sie die Glashauben und legte von jedem

Gebäck ein paar auf einen großen Teller.

„Das geht doch nicht."

„Aber ja, ich möchte unbedingt wissen, was du davon hältst."

Ich bestellte einen Latte macchiato, Josie einen Chai-Latte und Holly eine heiße Schokolade mit Zimt. Anschließend setzten wir uns an eine der niedlichen Sitzgruppen und warteten auf Mindy, die kurz darauf kam, um uns eine Schale voller Köstlichkeiten vorzustellen. Während wir uns jeweils kleine Kuchenstücke auf den Teller gaben und in den Mund schoben, eilte sie zu den anderen Gästen. Sie sah einfach zu niedlich aus, wie sie mit ihrer umgebundenen Rüschenschürze und dem kleinen Block geschäftig von Tisch zu Tisch eilte, um die Essensbestellungen ihrer Gäste aufzunehmen.

„Das ist es also … dein Traum. Ein eigenes Café?"

Mein Blick schweifte einmal durch den Gastraum, ehe ich in die Augen der beiden anderen Frauen sah. „Ja, das ist es."

„Welch Ironie, dass Owen keinen Kaffee trinkt."

Kichernd hielt ich meine Hand vor meinen Mund. „Er hält Koffein für die Personifizierung des ultimativen Bösen."

Wir lachten und es wärmte mir mein Herz, dass sie Owen offenbar wirklich gut kannten. „Findet ihr das verrückt?"

„Dass du einen Traum hast?", fragte Holly und schüttelte sogleich den Kopf. „Wir alle haben doch irgendetwas, das wir uns aus tiefstem Herzen wünschen."

„Und manchmal bekommen wir etwas, das wir uns gar nicht wünschen und das stellt sich als der größte Glücksfall unseres Lebens heraus", fügte Josie hinzu und lachte. „Einen Mika zum Beispiel."

Wir lachten wieder und ich entspannte mich. Es war nicht nur das köstliche Gebäck und der Kaffee, sondern vor allem die Gesellschaft der wunderbaren Frauen, die mich ganz selbstverständlich in ihren Club der Spieler-Frauen aufgenommen hatten.

„Ich war ein Pflegekind, bin in Heimen groß geworden und habe mir nichts sehnlicher als eine Familie gewünscht. Nun habe ich Mia, Jay und sogar meinen Adoptivvater."

„Und vergiss nicht das ganze Team, Joy und mich."

Holly lächelte. „Das stimmt allerdings. Das muss dir klar sein, wenn du einen Eishockeyspieler zum Freund hast, bekommst du ein ganzes Team plus Anhang dazu. Zumindest wenn du einen der Ice Tiger datest."

Was für eine sensationelle Vorstellung. „Ich hatte direkt den Eindruck, als alle zur Beerdigung von Owens Dad gekommen waren, dass die Jungs mehr verbindet als nur der Sport."

„Sie sind eine riesige Familie, mit nervigen Onkeln und tattrigen Großmüttern. Sie können weder miteinander noch ohneeinander."

„Meine Tochter ist auch ein begeisterter Sport-Fan. Sie spielt allerdings Baseball. Ihr Team hat sich schwer damit getan, dass sie ein Mädchen ist, und ihr dieses Jahr das Leben ganz schön schwer gemacht. Dank Owen scheint es jetzt besser zu funktionieren."

„Unfassbar, dass sie schon in dem Alter Chauvinisten sind, oder?" Josie schnaubte und nahm einen Schluck von ihrem Chai Latte.

Holly zuckte bloß mit den Achseln. „Andererseits lernt sie auf diese Weise schon früh, sich durchzusetzen. Das braucht man in dieser Männerdomäne auf jeden Fall: Durchsetzungsvermögen."

Wir stimmten alle zu und bissen beherzt in die Schokoküchlein mit flüssigem Kern. Göttlich. Eine Weile gaben wir nichts weiter von uns als genießerische Laute.

„O Gott, das ist fast besser als Sex“, entfuhr es Josie und sie errötete sogleich. „Lasst das ja nicht Mika hören, aber diese Dinger hier … wow! Also wenn du auch so gut backen kannst, Kaylee, dann komm ich alle zwei Wochen zu dir geflogen, nur um diese Köstlichkeiten zu essen. O Mann, sind die gut.“

Wieder lachten wir ausgelassen. „Falls es je dazu kommen sollte, dass ich mein eigenes Café eröffne, schicke ich dir einfach welche zu.“

„Woher kam das mit dem Backen bei dir?“, fragte Holly neugierig.

„Ich weiß nicht, wahrscheinlich habe ich das von meiner Grams. Schon als Kind habe ich gern mit ihr gebacken und vor dem Haus selbstgebackene Kekse zum Verkauf angeboten, um mir von dem verdienten Geld Kaugummis aus dem Automaten zu ziehen. Natürlich mit Erdbeergeschmack.“ Ich lächelte bei der Erinnerung. „Ich liebe es, Rezepte auszuprobieren und zu verbessern. Es entspannt mich einfach total.“

„Also bist du quasi Izzy. Sie backt auch immer, um sich zu beruhigen.“

„Izzy?“, echote ich verständnislos.

„Ja, Izzy von Grey’s Anatomy. Kennst du die Serie etwa nicht?“

Da lachte ich los. Natürlich kannte ich Grey’s Anatomy und Izzy. Ihre Liebesgeschichte mit dem herzkranken Danny hatte mir das Herz gebrochen. „Natürlich, Izzy und ich haben in der Tat einiges gemein.“

„Und, Kaylee, erzähl uns, wie war das mit Owen? Wie habt ihr euch kennengelernt?“

„Wir kennen uns schon seit unserer Kindheit.“

„Also eine Sandkastenliebe?“, hakte Holly nach.

Ich zuckte unsicher mit den Achseln und kam mir seltsam

dabei vor, wildfremden Frauen Owens und meine Vergangenheit anzuvertrauen. Andererseits schienen sie bereits viel über mich zu wissen und waren wirklich unglaublich nett. „Er ist meine erste große Liebe.“

„Wow“, murmelte Josie. „Das scheint etwas Ernstes zu sein, oder?“

Ich errötete und zuckte wieder mit den Achseln. „Ich weiß nicht genau. Bin ich denn nicht eine von vielen?“

Beide rissen die Augen auf. „Im Gegenteil. Du bist eine der wenigen Frauen, die wir je kennenlernen durften. Owen wirkt nach außen hin oft unnahbar, aber ich wusste von der ersten Sekunde, dass er ein anständiger Kerl ist.“

„Es ist alles nicht ganz so einfach“, warf ich ein, um mir meine Hoffnung nicht zu Kopf steigen zu lassen.

„Ist es das je?“, fragte Josie und schüttelte leicht den Kopf.

„Wie läuft das heute eigentlich ab? Ich bin noch nie bei einem richtigen Eishockeyspiel gewesen. Was kommt auf mich zu? Brauch ich einen Schal?“

Holly lachte. „Du bist genauso ahnungslos, wie wir beide am Anfang waren.“

„Glaub mir, innerhalb weniger Spiele hast du es raus, aber wir erklären dir nachher alles.“

„Ihr seid dabei?“, fragte ich und spürte den Felsen, der mir vor Erleichterung von meinen Schultern fiel, als beide nickten.

„Bei den Auswärtsspielen sind wir eher seltener dabei, Greg möchte, dass die Jungs sich da fokussieren, aber wenn sie zu Hause spielen, meistens schon.“

„Ich bringe sogar Mia mit. Sie freut sich schon sehr.“

„Mia ist eure Tochter?“, fragte ich vorsichtig.

Holly seufzte, lächelte aber glücklich. „Ja und nein, aber das ist eine lange Geschichte.“

„Keine Ahnung, wie viel Zeit wir noch haben, aber ich nutze jede Chance, noch einen Kaffee zu trinken, bevor Owen es sich zur Aufgabe macht, meinen Körper vor der vermeintlichen Vergiftung durch Koffein zu schützen."

Holly und Josie grinsten und wir bestellten neue Getränke. Und dann erzählte Holly mir die ganze Geschichte, auf die ich kaum weniger vorbereitet hätte sein können.

## OWEN

Das Büro und Ärztezimmer unserer Mannschaftsärztin war vor wenigen Monaten in das große Vereinsgebäude auf der Madison Road verlegt worden. Natürlich begleitete Joy uns zu jedem Spiel, egal ob Auswärts- oder Heimspiel, doch von hier führte sie ihre Bücher. Bereits in der Sekunde, als ich das Zimmer betreten hatte, wusste ich, dass dies kein einfaches Gespräch werden sollte. Womöglich lag das daran, dass Joy mehr als nur meine Ärztin war, sie war eine Freundin. Die Sorge stand ihr förmlich ins Gesicht geschrieben.

„Owen", grüßte sie mich knapp, legte die Aufnahme des CTs zur Seite, die sie gerade gegen das Licht gehalten hatte, um sie sich noch mal ausgiebig anzusehen. Sie deutete auf den Stuhl vor ihrem Schreibtisch, zog die Brille ab und lächelte mich an. Traurig. Mit dem Rücken sank sie tiefer in ihren ergonomisch geformten Lederstuhl und kreuzte die Hände auf ihrem Bauch. Unter dem Tisch wippte sie mit ihrem Fuß, den sie über das andere Bein gelegt hatte. Sie war nervös. Ich lächelte zurück und unterbrach sie, als sie den Mund öffnete.

„Ich weiß es", sagte ich knapp zu ihr.

„Du weißt es?", fragte sie erstaunt.

„Mein Körper ist mein Tempel und ich weiß, wenn mit dem etwas nicht stimmt." Ich nahm Platz und lehnte mich zurück. Auch wenn ich vorgab, entspannt zu sein, war ich alles andere als das. Mein Innerstes war zum Zerreißen gespannt und ich wusste, dass mich mein Gefühl nicht trog. „Die OP hat es nur verschlimmert, nicht wahr?"

Joy nagte an ihrer Unterlippe. „Darüber lässt sich streiten. Auf den Bildern ist eindeutig zu sehen, dass der Riss der Rotatorenmanschette behoben wurde."

„Woher kommen dann die Schmerzen?"

„Jeder Eingriff birgt gewisse Risiken. Es könnten Nervenschäden entstanden sein, die dir diesen Ärger machen."

„Sind sie irreversibel?"

„Das ist unmöglich vorherzusagen."

Ich schluckte. „Also kann ich heute Abend spielen?"

„Nicht so schnell." Joy zögerte. „Ich bin unsicher, Owen. Du hast eine lange Rehabilitationsphase hinter dir und das ausgesetzte Training hat der Wiederherstellung deines Arms nicht unbedingt geholfen."

„Du rätst mir also dazu, nicht zu spielen?"

Joy nickte. „Deine anhaltenden Schmerzen machen mir Sorgen."

„Wenn wir eine Chance haben wollen, uns dieses Jahr direkt für die Playoffs zu qualifizieren, braucht das Team jeden Spieler. Das weißt du so gut wie ich."

„Meine Aufgabe ist es nicht, die komplette Mannschaft zum Sieg oder zu den Playoffs zu führen, sondern jeden einzelnen Spieler im Hinblick auf seine körperliche Gesundheit und mit bestem Gewissen zu behandeln und zu beraten. Und ich sage dir: Wenn du spielst, obwohl deine Schulterverletzung nicht ausgeheilt ist, dann riskierst du erhebliche Folgeschäden."

Ich seufzte, stand von meinem Stuhl auf und trat an das raumhohe Fenster hinter Joys Schreibtisch und blickte hinaus. Die Aussicht war auf den Chicago River gerichtet, der knapp an dem Gebäude entlanglief. Die Sonne glitzerte auf der Wasseroberfläche und ich beobachtete zwei Vögel, die sich am Ufer um die Reste eines Brötchens stritten. Es war seltsam tröstlich, dass diese beiden den üblichen Kampf um Nahrung antraten, während ich mich meiner bis dahin größten Angst stellen musste.

„Willst du mir damit sagen, dass meine Karriere vorbei ist?" Mein Blick glitt zu ihr, scharf und unnachgiebig. Allein dadurch wollte ich sie dazu zwingen, mir die Wahrheit zu sagen. Sicherheitshalber schob ich hinterher: „Sei bitte ehrlich zu mir. Ich muss es wissen."

Joy seufzte und ihre Miene glich einer unbeweglichen neutralen Maske, dennoch war mir in der Sekunde alles klar. Ich wusste, was sie mir noch nicht sagen wollte, weil sie noch nicht gänzlich überzeugt war.

„Jede Verletzung in dieser Größenordnung birgt immer Risiken, dass der Spieler sich nicht gänzlich davon erholt."

„Ich weiß, dass auf jedem Körper eines Profi-Sportlers ein Haltbarkeitsdatum geschrieben steht, und mir ist klar, dass meines in nicht allzu ferner Zukunft fällig ist, aber ich hätte gern noch ein, zwei Saisons, um mich darauf vorbereiten zu können." Die Wahrheit sah ganz anders aus. Ich fürchtete mich vor diesem Moment, weil es bis hier hin mein ganzer Lebensinhalt gewesen war. „Ich komme immer noch nicht auf meine volle Schusskraft, egal wie stark ich trainiere."

„In deinem Fall kommt erschwerend hinzu, dass du zur Symptombehandlung auf jegliche Form der Schmerztherapie verzichtest."

„Jede Form ist falsch. Ich habe Akupunktur gemacht", fügte ich hinzu und entblößte meine Zähne bei einem breiten Grinsen.

Joy rollte mit den Augen und lächelte nachsichtig. Sie kannte mich zu gut.

„Was sind meine Optionen?"

„Weißt du, Owen, als deine Ärztin sage ich dir, dass das nicht das Ende sein muss. Wenn du weiterhin auf den regulären Spielbetrieb verzichtest, konsequent deine Reha machst und dein Training anpasst, wirst du für die neue Saison fit und zu neunzig Prozent der Alte sein."

„Für die neue Saison?", echote ich ungläubig und schüttelte den Kopf, während ich meine Arme vor der Brust verschränkte. „Und neunzig Prozent sind zu wenig."

„Die meisten Profi-Sportler wirken bereits ohne Verletzung mit Schmerztherapeutika vor und werfen sie vor jedem Spiel ein. Mit deiner Vorgeschichte und deiner unerschütterlichen Entscheidung, keine Schmerzmittel zu nehmen, muss ich sagen, dass es schwierig wird, eher einzusteigen und deinen Körper nicht mehr zu schaden."

„Das könnte uns die Qualifikation kosten."

„Dafür wird es dir die Karriere retten."

„Das heißt, ich muss mich entscheiden. Fürs Team und die Meisterschaft, oder meine persönliche Gesundheit."

„Genau so."

Ich schluckte, presste die Lippen aufeinander und starrte auf den Fluss, der in gleichmäßigen Fließbewegungen vorbeiglitt. Das war seltsam beruhigend. Obwohl ich geahnt hatte, dass die Ergebnisse alles andere als gut waren, verschlugen mir Joys Worte den Atem. Es war unmöglich, mein Team im Stich zu lassen. Es widersprach dem Ehrenkodex des Eishockeys und man wurde für illoyales Verhalten nicht selten von den Kameraden gemieden. Ich zweifelte nicht daran, dass Jay, Neil und vor allem Mika diese Entscheidung mittrugen, doch würde das der Vorstand ebenfalls tun? Vor allem, wenn sie glaubten, ich sei schuld am vorzeitigen Saison-Aus.

Das würde meine Verhandlungen über meine Vertragsverlängerung, die wir bislang aufgeschoben hatten, viel schwieriger machen. Ein Spieler ließ sich nicht gut verkaufen, wenn er verletzt und nicht hundert Prozent leistungsfähig war. Für mich hing in vielerlei Hinsicht viel daran, wie es in den kommenden Wochen weiterging.

„Du weißt, ich muss spielen", sagte ich unnachgiebig. „Gibt es Möglichkeiten, mir etwas in das Gelenk zu spritzen, damit ich in den nächsten Wochen einsatzbereit bin?"

Joy seufzte. „Als deine Freundin rate ich dir dringend davon ab."

„Und als meine Ärztin?", hakte ich nach.

„Willst du das Risiko wirklich eingehen? Du könntest dich erneut verletzen, schlimmer als zuvor, und deine Karriere damit endgültig beenden."

„Wenn ich eine Vertragsverlängerung anstrebe, dann muss ich spielen, Joy. Du weißt, wie das läuft."

„Es gibt so viele Teams, die dir ständig Angebote machen. Du weißt, Dad ist eine Plaudertasche, wenn er nach dem Essen müde ist", sagte sie und lächelte leicht.

„Das Ding ist, ich will nirgendwo anders spielen. Das hier ist meine Familie."

Joys Blick war so mitfühlend, dass ich mich bereits am Ziel wähnte. „Du hast so viel Schmerzen ausgehalten. Willst du das wirklich?"

Ich nickte.

„Irgendwie wusste ich bereits, worauf unser Gespräch hinauslaufen würde. Ich kann dir Cortison und Hyaluron spritzen. Der Effekt hält nicht sehr lange. Es müsste regelmäßig wiederholt werden."

Ich lächelte. „Danke, Joy."

„Ich bin kein Freund davon, Owen. Ich hoffe, das weißt du. Der langfristig bessere Plan wäre Reha, und du darfst nicht vergessen, dieses Team hat noch ein paar andere Spieler."

„Weißt du, woher ich diese Narbe habe?" Ich zeigte ihr meinen Arm, an dem sich bis über den Ellbogen, eine lange Narbe zog. „Dort habe ich mich in einer Drittelpause nähen lassen, ehe ich im Anschluss weitergespielt habe. Damals haben wir dank mir zwei Tore gewonnen."

„Ich wäre trotzdem für die weniger radikale Therapieform, aber …", sagte sie hartnäckig.

„Aber?", fragte ich hoffnungsvoll.

„Ich verstehe dich. Dieses Team ist eine Familie und sollte einer gehen, warum auch immer, wäre es nicht mehr dasselbe. Mach dich frei. Ich gebe dir die Injektion."

Joy schien nicht glücklich darüber zu sein, als sie den Raum verließ, um das Medikament zu holen, aber es war die richtige Entscheidung für mich. Ich musste dieses Risiko eingehen, wenn ich dieses Spiel weiterleben wollte. Es war mein Leben und alles, was mich damals davor bewahrt hatte, in den Abgrund hinabzufallen. Prompt klingelte mein Handy und ich nahm es aus meiner Hosentasche.

*Ich werde kugelrund sein, wenn wir uns sehen. Und allein Holly und Josie sind daran schuld,* schrieb Kaylee und schickte mir anbei ein Foto eines Schokokuchens. Sofort erfüllte mich ein Gefühl, das mich durch die ganze Woche begleitet hatte. Bittersüße Erwartung und eine Vorfreude, die all meine Sorgen beiseite wischte und mich in einen Teenager zurückverwandelte. Wie sehr hatte ich mich auf Kaylee gefreut. An diesem Wochenende würde uns nichts, absolut nichts davon abhalten, uns einander hinzugeben. Und in dieser Sekunde waren meine Sorgen vergessen.

Es dauerte nicht lange, bis Joy die Spritzen gesetzt hatte und ich bei Greg vorbeischaute, um ihm die gute Nachricht zu überbringen, dass ich am Abend mit auflaufen würde. Seine Erleichterung war ihm anzusehen und es fühlte sich gut an, gebraucht zu werden. Insgeheim wusste ich, dass ich mich der Problematik stellen musste, aber nicht jetzt. Nicht heute. Nicht an dem Wochenende, an dem Kaylee hergekommen war.

Nach der Beerdigung und allem, was in Bakers Valley vorgefallen war, wollte ich für uns beide eine Auszeit, um auszuloten, wo wir tatsächlich standen. Die sechs Tage ohne sie und Molly hatten mehr geschmerzt, als ich es für möglich gehalten hatte. Molly hatte mich regelmäßig mit Fotos und Nachrichten versorgt und Kaylee und ich hatten uns angewöhnt, jeden Abend zu telefonieren, wenn wir beide im Bett lagen. Den ganzen Tag hatte ich mich auf die Ruhe gefreut, vor der ich mich sonst fürchtete. Bis ich erkannt hatte, dass es in Wahrheit die Einsamkeit war, vor der ich mich fürchtete.

Kaylee jetzt nur noch wenige Meilen von mir getrennt zu wissen, kratzte mich auf und ich konnte es kaum erwarten, zu ihr zu fahren. Hastig warf ich mir meine Lederjacke über und lief über den Parkplatz zu meinem Auto.

„Hey, Owen!“, rief jemand und ich sah mich zu der Stimme

um. Es war Mika, der da vor der Tür in der Sonne an der Wand lehnte. Er trug eine Beanie-Mütze und eine Sonnenbrille, während sein Outfit aus lässiger Jeans und eng anliegendem Langarmshirt bestand. Wie immer hatte er einen seiner ekligen süßen Lollis im Mund, nach denen er süchtig war.

„Was machst du denn hier?"

Er zuckte mit den Achseln. „Auf dich warten. Was sonst?"

Ich seufzte. „Bist du unter die Stalker gegangen?"

„So wird es einem gedankt, wenn man sich um seinen besten Freund sorgt", brachte er in eingeschnapptem Tonfall hervor.

Ich lachte. „Komm schon, Kleiner. Ich weiß deine Sorge durchaus zu schätzen, aber ich bin all die Jahre auch ohne dich klargekommen. Ich schaffe das schon."

„Nun gut, eigentlich suche ich auch nur eine Mitfahrgelegenheit zu den Mädels."

„Wo ist dein Auto?"

„Josie hat es."

„Wie bitte? Seit wann überlässt du ihr dein Auto?"

„Seit irgendjemand dein Mädchen vom Flughafen abholen musste."

Ich bedeutete ihm, mir zu meinem Dodge RAM zu folgen. Im Gegensatz zu Mikas Vorliebe für Sportwagen, hatte ich einen Narren an Pick-ups gefressen. Für die Großstadt war das allerdings eher ungeeignet, aber ich hasste es, mich in die winzigen Sportautos zu quetschen. Der Challenger in Bakers Valley war es nur aus Ermangelung an Alternativen geworden und reichte mir für die nächsten Jahre.

Als wir im Auto saßen, vergaß Mika zu schmollen und hielt seine Neugierde nicht länger zurück. „Also, was sagt Joy?"

„Du bist also nicht mehr sauer auf mich?"

„Wie könnte ich? Ich weiß doch, wie sehr du mich in Wahrheit verehrst."

Ich holte tief Luft, sagte aber nichts und gab vor, mich auf den Verkehr zu konzentrieren.

„Also?"

Natürlich tat er mir nicht den Gefallen, locker zu lassen. „Ich darf heute Abend spielen, zufrieden?"

„Das ist nicht unbedingt die Antwort auf meine Frage."

„Ich finde schon. Ich darf spielen und die erste Reihe der Tigers kommen mit voller Kraft aufs Eis zurück. Besser geht's doch nicht, oder?"

„Was sagt sie zu den Aufnahmen? Und den Schmerzen?"

„Welche …?", setzte ich betont ahnungslos an, doch Mika fuhr mir dazwischen.

„Verarsch mich nicht, Owen. Ich weiß genau, dass du immer noch Schmerzen hast."

Ich seufzte. „Wahrscheinlich sind es Nervenschäden", räumte ich ein. „Durch die Operation."

„Fuck!", stieß Mika aus. „Und du willst trotzdem spielen?"

„Ich habe keine wirkliche Wahl und das weißt du, Mika."

„Natürlich hast du eine verdammte Wahl."

„Wir brauchen noch fünf Punkte, um in unserer Division unter die Top drei zu kommen und dafür brauchen wir jeden Mann."

„Owen …"

Ich bremste an einer roten Ampel stärker, als es nötig gewesen wäre, und wandte mich ihm zu. „Hör zu, ich will einfach nicht drüber reden, okay? Nicht an diesem Wochenende, an dem Kaylee hier ist. Also werden wir jetzt das Thema beenden, klar?"

„Okay, okay, ist ja schon gut. Aber wenn ich dich daran erinnern darf, wir sagen uns immer, wenn wir bescheuerte

Entscheidungen treffen. Und, Owen, ich sage dir, diese Entscheidung ist bescheuert."

„Du hast leicht reden mit deinen fünfundzwanzig Jahren und der körperlichen Fitness eines jungen Halbgottes", brummte ich und erntete eins von Mikas Zahnpastalächeln.

„Endlich hast du meine Göttlichkeit anerkannt. Hat ja auch nur fünf Jahre gedauert."

Um Mikas Ego nicht noch weiter zu pflegen, ignorierte ich ihn für die restliche Fahrt. Nach zehn Minuten kamen wir im Wicker Park an und zu meiner Überraschung bekam ich einen Parkplatz hinter Jays Wagen.

„Ich wusste gar nicht, dass er auch kommen wollte", freute ich mich.

„Er musste noch Mia in der Schule abholen."

Bevor Mika aussteigen konnte, sagte ich: „Bitte behalt diese Sache erst mal für dich, okay? Ich will nicht, dass Jay sich sorgt."

„Eigentlich willst du nicht, dass er dir als Captain ins Gewissen redet, aber für dieses Wochenende werde ich schweigen wie ein Grab."

„Wer's glaubt", neckte ich ihn und erntete einen bitterbösen Blick.

„Was dieses Thema angeht. Ansonsten werde ich mich natürlich in meiner ganzen Göttlichkeit präsentieren, damit Kaylee sieht, was ihr entgeht, wenn sie nicht öfter kommt."

„Solange du nur an diesem Abend einen riesigen Bogen um meine Wohnung machst, soll mir das recht sein."

„Uh, hat da jemand Pläne für heute Abend?"

„Pläne, die du schon das letzte Mal torpediert hast."

„Ich verstehe immer noch nicht, wie du es bei der Frau geschafft hast, so lange zu warten."

„Glaub mir, Kleiner, ich verstehe es auch nicht!" Lachend

stiegen wir aus und liefen auf das Café zu, das bereits aus allen Nähten platzte. Bevor wir es betreten konnten, kamen uns Holly, Mia, Jay und Josie bereits entgegen.

„Owen“, rief Mia und eilte auf mich zu. Ich hob sie sofort hoch und hielt sie auf meinem Arm.

„Wo ist Kaylee? Sagt nicht, dass ihr sie verloren habt.“

Hollys kleine Faust traf mich empört am Oberarm. „Natürlich nicht. Wir sind verantwortungsvolle Besuchsempfänger.“

„Autsch“, sagte ich empört und rieb mir umständlich die Stelle, weil ich noch immer Mia auf dem Arm hatte.

„Das sind sie in der Tat gewesen“, hörte ich sie plötzlich hinter mir sagen und wandte mich hastig um. Mein Herzschlag setzte aus, nur um sich im Anschluss um ein Vielfaches zu beschleunigen. Es war so laut und schnell wie das Hufgetrappel eines Rennpferds auf der Rennstrecke. Ich sah Kaylee an und für einen Moment stand die Welt um mich herum still. Weder Mikas bescheuerte Zwischenrufe noch das Stimmengewirr aus unserer Umgebung nahm ich wahr. Alles, was ich sah, war Kaylee.

Ihr Haar hatte sich teilweise aus dem strengen Dutt am Hinterkopf gelöst und kringelte sich in feingeschwungenen Löckchen in ihrem Nacken. Ihre sanften grünen Augen strahlten mich auf eine Weise an, die mich tief im Inneren berührte. Ich wusste, sie hatte diesen Moment genauso sehr herbeigesehnt wie ich. Ohne so recht zu wissen, was ich tat, setzte ich Mia behutsam ab und zog Kaylee so fest an mich, dass kein Blatt Papier zwischen unsere Körper gepasst hätte. Wie von einem Mechanismus gelenkt, fanden unsere Lippen zueinander und verschmolzen zu einem einzigen innigen Kuss. Die kurze Berührung unserer Zungen lösten einen einzigen elektrisierenden Impuls aus und setzten mich förmlich in Flammen.

Ihre weichen Rundungen drängten sich an mich und ich konnte es kaum noch erwarten, dass unsere Körper endlich eins miteinander wurden. Ich wusste, es würde noch ein paar Stunden dauern, doch für den Bruchteil einer Sekunde wünschte ich mir, sie ins Auto zu setzen und zu meiner Wohnung zu fahren. Ich war sogar bereit, Gregs eiserne Regel – kein Sex vor einem wichtigen Spiel – zu brechen, um dieser bittersüßen Qual ein Ende zu bereiten.

„Ich kann nicht fassen, dass du wirklich hier bist“, raunte ich ihr zu, umfasste ihr Gesicht mit beiden Händen und berührte ihre Nase mit meiner. Ihr Atem roch nach der Süße des Kuchens und löste in mir einen wohligen Seufzer aus.

„Ich auch nicht“, seufzte sie. „Es kommt mir wie eine Ewigkeit vor, die wir uns nicht gesehen haben.“

„Es tut mir so leid, dass ich nicht am Flughafen war.“

„Schon gut, wir hatten wirklich viel Spaß. Außerdem habe ich neue Freundschaften geschlossen.“

Skeptisch hob ich eine Braue, als sie mir eine Karte vor die Nase hielt. Sollte es jemand gewagt haben, sie anzubaggern, während sie kaum einen Tag hier war? Das Monster der Eifersucht erwachte in meinem Inneren, bereit, es mit jedem aufzunehmen, der mir in die Quere kam.

„Nicht solch eine Freundschaft“, lachte sie.

„Es hätte aber bestimmt nicht viel gefehlt, wenn wir länger da gewesen wären.“

„Mindy, der dieses süße Café gehört, und ich haben unsere Nummern ausgetauscht, um Rezepte auszutauschen. Ich bin so gespannt, diese Nuss Nougat Päckchen auszuprobieren.“

„O Gott, waren die himmlisch“, stimmte Holly ihr zu. Das Strahlen in Kaylees Augen galt also nicht nur mir, sondern auch ihrer anderen Leidenschaft. Etwas, womit ich gut leben konnte.

# KAPITEL 15

KAYLEE

Fassungslos starrte ich vom Beifahrersitz von Owens Pick-up zu den Menschenmassen, die sich um die Eishalle drängten. Von außen konnte man nicht erkennen, um was für eine Art Halle es sich handelte. Owen hatte mir erzählt, dass das United Center eine Mehrzweckhalle war, deren Nutzung die *Ice Tigers* sich mit dem Profi-NBA Verein teilten. In den Spielpausen wurde die Halle auch für Konzerte und Shows genutzt, woran sich der Eigentümer eine goldene Nase verdiente. Es kam mir völlig surreal vor, mich nicht mit der Menschenmasse in die Halle schieben zu müssen. Stattdessen lenkte Owen seinen Wagen hinter Jays und Mikas über einen Privatparkplatz. Auf den vorderen Plätzen stand ein Bus, auf dem ein riesiger grün hinterlegter Stern prangte. Owen rangierte ein wenig länger, um den großen Pick-up in eine verhältnismäßig kleine Lücke zu parken. Mit zwei weiteren

Zügen war er jedoch drin, stellte den Motor ab und legte eine große beringte Hand auf mein Knie.

„Warte kurz", bat er, bevor ich auch nur den Versuch unternehmen konnte, die Beifahrertür zu öffnen. Mit einer lässigen Handbewegung bedeutete er den anderen, schon vorzugehen. Ich neigte den Kopf zur Seite und sah ihn an. Lange und ausgiebig. Die Sonne stand tief und einzelne goldrote Schimmer fielen in das Innere des Autos. Winzige Staubkörnchen tanzten in der Sonne und Owens Augen schienen durch das Licht die Farbe von flüssigem Karamell zu haben. Sein Blick war weich und strahlend und in diesem Augenblick wusste ich, dass es richtig war, hier zu sein. Er und ich – wir verdienten diese Chance und ich war gespannt, wohin es uns führte. Sanft nahm er meine Hand. Seine langen kräftigen Finger verschränkten sich mit meinen und ich erhaschte einen flüchtigen Blick auf ein Tattoo an der Innenseite seines Handgelenks. Der Schmetterling. Ein untypisches Tattoo für einen Mann, oder?

„Ich bin unendlich froh, dass du hier bist, Kaylee. Du ahnst gar nicht, wie glücklich du mich machst.

„So geht es mir auch."

„War es wirklich okay mit Josie und Holly?"

Ich lächelte. „Die Frage kommt reichlich spät, findest du nicht?"

Zerknirscht verzog er das Gesicht. „Es tut mir leid. Ich hab erst, als du schon im Flieger saßt, den weiteren Test angeordnet bekommen."

„Was ist dabei rausgekommen? Ist alles in Ordnung?"

„Du bist da, was es perfekt macht." Owen zog sich von mir zurück und wirkte bedrückt. „Ich darf heute spielen."

Obwohl er lächelte, ließ mich der Eindruck nicht los, dass da noch mehr war. Womöglich lag das daran, dass ich in Owen immer schon ganz gut lesen konnte und stets wusste, wenn er etwas vor mir verbarg.

„Wirst du mir erzählen, was wirklich los ist?"

Owen seufzte. „Vielleicht, aber nicht an diesem Wochenende, okay? Ich möchte jede Sekunde genießen, die du hier bist."

„In Ordnung", antwortete ich schlicht. „Wollen wir dann los?"

Übermütig griff er nach mir, woraufhin ich überrascht quietschte, und zog mich sanft, aber bestimmt zu sich rüber. Sofort gab ich jeden Widerstand auf und setzte mich rittlings auf ihn. Seine Hände strichen über meine Wangen, meinen Hals bis hin zu meinem Nacken. Unsere Gesichter kamen sich so nah, dass mir sein angenehmer Atem mit einem Hauch Pfefferminz, der von dem Kaugummi herrührte, das er vorhin gegessen hatte, als ich mir das passende Erdbeere-Äquivalent in den Mund geschoben hatte. Es war unfassbar niedlich, dass er meine liebste Kaugummisorte kannte.

„Sieht uns hier denn niemand?"

Gleichgültig zuckte er mit den Achseln. „Wahrscheinlich schon."

Ich kicherte übermütig, ehe ich in seinem verheißungsvollen Blick badete. Meine Stirn lehnte ich gegen seine und für einen winzigen Moment schlossen wir beide die Augen, genossen die Nähe des anderen. Dann dirigierte Owen meinen Kopf zu seinem Mund und unsere Lippen verschmolzen zu einem Kuss. Die Nähe schlug in Leidenschaft um und mit jeder Berührung seiner Hände, die über meinen Körper glitten, setzte er ihn mehr denn je in Flammen. Ich drängte mich stärker an ihn, rieb meinen Schritt an seinem und spürte mit jeder Bewegung seine Härte. Es verlieh mir ein unwiderstehliches Gefühl von Macht, dass ich diese Wirkung auf ihn ausübte. Sanft knabberte ich an seiner Unterlippe und er stieß ein Keuchen aus.

„O Gott, ich will dich so sehr", raunte er mir zu und ich glaubte ihm sofort, als ich das Begehren in seinen dunklen Augen ausmachte. Das eindrucksvolle Ziehen in meinem Schritt war auf die wilde Schaar Schmetterlinge zurückzuführen, die mich seit meiner Ankunft in Chicago im Griff hatten. „Ich schwöre, wenn wir nicht aufhören, werde ich dich gleich hier nehmen. Im verfluchten Auto. Auf diesem verdammten Parkplatz.

„Ich würde es geschehen lassen", wisperte ich.

„Nein", knurrte er und sah mich mit lustverhangenem Blick an. „Das wird nicht passieren. Du gehörst in mein Bett und ich will mir jede Menge Zeit lassen, dir ins Gesicht sehen, wenn du kommst." Dieses Versprechen hinterließ einen Schauer auf meinem Körper und ich schluckte die Aufregung hinunter.

„Ich nehme dich beim Wort."

Zögerlich lösten wir uns voneinander und Owen und ich nahmen uns an der Hand, während wir darauf warteten, dass die verräterische Schwellung in seiner Jeans zurückging. „Ich hasse Mika", murmelte Owen und ich lachte.

„Nein, das tust du nicht."

„Doch", widersprach er und fügte hinzu: „Eines Tages treibt er mich in den Wahnsinn."

„Das machen beste Freunde nun mal so", sagte ich achselzuckend. „Meiner hat mich dazu angehalten, einen Haufen Spitzenunterwäsche einzupacken, und jetzt hab ich meinen Schal vergessen." Ich lachte und dachte an Ethan, wie er auf meinem

Bett gesessen, meine Tasche ausgepackt und die wirklich heißen Sachen eingepackt hatte.

„Erzähl mir doch nicht so was“, stieß Owen mit einem gequälten Stöhnen aus.

„Tut mir leid.“

„Welche Farbe?“, hakte er heiser nach.

„Willst du das wirklich wissen?“, fragte ich skeptisch.

Ein Nicken folgte. „Schwarz.“

„O Gott, ich steh auf Schwarz.“

„Und war die Information hilfreich?“

Er warf mir einen Blick zu und ich lächelte. „Vorfreude ist doch die beste Freude.“

Eine dumpfe Stimme rief nach Owen und wir beide sahen durch die Frontscheibe zu einem Mann, gekleidet in eine Collegejacke, Jeans und Chucks.

Ohne zu zögern, stieg Owen aus dem Wagen und begrüßte ihn lachend. „Sam, ich fass es nicht“, rief er freudig, schlug in die ihm dargebotene Hand ein und umarmte ihn flüchtig. „Was tust du denn hier?“

Ich öffnete die Beifahrertür und stieg ebenfalls langsam aus.

„Darauf warten, dass du und dein Mädchen aus dem Wagen kommt.“ Er zwinkerte ihm zu und schaute zu mir. „Okay, ich verstehe“, fügte er hinzu, als sein Blick anzüglich grinsend über meinen Körper glitt. „An deiner Stelle hätte ich den Moment auch hinausgezögert.“

Owen schubste ihn freundschaftlich zur Seite. „Sei anständig, sonst muss ich dich einen Kopf kürzer machen.“

„Und ich glaube dir sofort. Wer hätte das gedacht, dass wir alle den Tag erleben, an dem Owen Edwards ein Mädchen mitbringt. Dann muss es was Ernstes sein.“

Owen sah mich auf eine Weise an, die mein Herz schneller schlagen ließ. Sein Blick war zärtlich, während er da so in der untergehenden Sonne stand, mit vom Wind zerzausten Haaren. Plötzlich wünschte ich mir, dieses Bild nie zu vergessen. „Kaylee, dieser unmögliche Kerl ist Sam Blossom. Er ist Talentsucher für den falschen Verein, aber ansonsten echt in Ordnung. Sam, das ist meine Freundin Kaylee."

Sam lächelte und reichte mir die sonnengeküsste Hand. „Hey, freut mich, dich kennenzulernen."

„Ebenso."

Das hellblonde, fast weiße Haar, das unter der Kappe mit dem grün unterlegten Stern herausragte, hob sich stark von der sonnengebräunten Haut ab. Sein Kinn war breit, stand ein klein wenig hervor und betonte seinen feingeschwungenen Mund. Durch den Schirm seiner Mütze konnte man seine Augenfarbe nicht exakt bestimmen, doch sie war eindeutig hell. Die feinen Linien um Mund und Augen bestätigten mir, dass er mindestens zwanzig Jahre älter war als Owen. Das Shirt, das er trug, spannte sich um seinen ausgeprägten Bizeps und die breiten Schultern. Im Gegensatz zu Owen waren seine Arme frei von Tätowierungen und ich stellte fest, dass mir das viel zu nackt erschien.

„Ich wollte mich noch für deinen Tipp mit dem Kleinen aus Boston bedanken. Wir haben ihn für die kommende Saison unter Vertrag genommen."

„Das freut mich wahnsinnig. Er ist ein riesiges Talent."

„Du hast irgendwie ein Auge für so was. Du solltest mal darüber nachdenken, deine Karriere als Talentsucher fortzusetzen."

Owen lachte. „Ich freue mich, wenn ich helfen konnte, und

bin froh, wenn er eine echte Chance bekommt. So wie ich damals."

Sam lächelte. „Also sehe ich dich gleich auf dem Eis?"

Owen nickte und das Funkeln in seinen Augen sprach für seine ungebrochene Leidenschaft. Langsam wurde ich neugierig darauf, was dieser Sport Owen wirklich bedeutete.

„Es gab ein paar Gerüchte, dass du unter Umständen nicht spielst, und unsere Jungs haben sich schon Hoffnungen auf den Sieg gemacht. Das wird dann heute kein Spaziergang."

„Ich werde mein Möglichstes versuchen, das zu verhindern", sagte Owen, ehe sie sich wieder verabschiedeten. „Wir brauchen jeden Punkt."

Als Sam auf den Bus zuhielt, nahm Owen eine Tasche aus dem Wagen und drückte auf die automatische Verriegelung, ehe er den Arm um mich legte und mich auf die riesige Halle zuführte.

„Was hat er damit gemeint?", fragte ich neugierig.

Owen legte sich die Tasche über die Schulter und lächelte verlegen. „Als ich verletzt war, hatte ich zu viel Zeit. Ich hasse es, nicht spielen zu können, also hab ich mir ein Hobby gesucht, um mich von der Reha abzulenken. Ich hab ein paar Nachwuchsclubs einen Besuch abgestattet und mir ihre Spiele angesehen. Zufällig bin ich über ein echtes Ausnahmetalent gestolpert, und da die Tigers bereits ein paar tolle Rekruten haben, hab ich Sam angerufen."

„Das war super nett von dir."

„Ach was", winkte er ab. „Das war doch gar nichts."

„Sei nicht so bescheiden. Für diesen Jungen wird sich dank deiner Fürsprache seine ganze Welt verändern."

Er lächelte und zog mich näher zu sich, um mir einen Kuss

auf die Nase zu hauchen. „Vielleicht hast du recht. Für mich war es damals so."

Zufrieden nickte ich. „Kennt ihr euch schon lange?"

„Witzig, dass du fragst. Er war es, der damals mein Leben verändert hat. Ihm ist es zu verdanken, dass ich heute mit dir in dieses Stadion gehe, um den Dallas Stars den Arsch zu versohlen."

Sein raues Lachen klang melodisch und ich wünschte, ich könnte es jeden Tag hören und um mich haben.

Owen lotste mich durch die riesige Halle und übergab mich schließlich in der VIP Lounge Holly und Josie, die dort schon auf mich warteten. Er musste in die Kabine, um sich auf das Spiel vorzubereiten. Kurz bevor er ging, öffnete er seine Tasche und zog etwas heraus, das er mir anschließend um den Hals legte. Es war ein Schal in Schwarz und Orange, die Vereinsfarben der Tigers.

„Ich will ja nicht, dass du Ethan die Hölle heiß machst, weil du dich seinetwegen verkühlst", murmelte er. Er umfasste mit beiden Händen die Enden des Schals und zog mich näher zu sich heran, um mich lang und innig zu küssen. Es war ein Butterblumenkuss. Sanft, lieblich und so innig. „Drück mir die Daumen, ja?"

„Natürlich", wisperte ich.

Dann ließ er mich ruckartig los, sodass ich kurz schwankte.

Die Zeit bis zum Spielstart vertrieb ich mir mit Josie, Holly und Mia, die einfach ganz entzückend war und mir auf ihre kindliche Art versuchte, das Spiel zu erklären. Ich war ganz hingerissen von der Art, wie sie von ‚Onkel Owen' sprach, und spürte stärker denn je, dass Owens Aussage, dieses Team sei seine Familie, keine Phrase war. Mit jeder weiteren Stunde, die ich in ihrer Begleitung verbrachte, erkannte ich immer mehr, dass es vollkommen der Wahrheit entsprach. Ein unangenehmes Ziehen begleitete diese Erkenntnis, doch ich schob es weg und ließ nicht zu, dass mir irgendetwas dieses Wochenende mit Owen vermieste.

Als wir uns an den Aussichtspunkt der Lounge begaben und unsere Plätze einnahmen, staunte ich nicht schlecht. Die gesamte Halle war voller Menschen. Von hier oben sah es aus, als hätte eine Ameisenfamilie jeden einzelnen Platz bevölkert und sich um die Eisfläche gescharrt. Auch wenn es mich leicht fröstelte, war die Kälte des Eises hier oben kaum zu spüren. Ich kuschelte mich in Owens Schal und hüllte mich in seinen Duft. Mit dem plötzlichen Lichtausfall ging ein aufgeregtes Raunen durch das Stadion, begleitet von vereinzeltem Klatschen und Jubel, was selbst in mir eine Spannung erzeugte, die ich nicht erwartet hätte. Das Einzige, was zu sehen war, waren vereinzelte Lichter von Leuchtstäben, die in der Dunkelheit an die weit entfernten Sterne am Nachthimmel erinnerten. Ich warf einen Blick zu Josie, die neben mir saß, und auch sie konnte ihre Begeisterung nicht verbergen. Genauso plötzlich, wie das Licht erloschen war, erschien ein überdimensionaler Tigerkopf in der Mitte der Eisfläche und Jubel brach aus. Der Tigerkopf wurde durch einen riesigen Motor ersetzt, in dessen Mitte ein graues Herz erschien. Geräusche von einem abgestorbenen Motor ertönten und ein rhythmisches Klatschen zog sich durch die Halle, wodurch das Herz in der Mitte zu pumpen begann und mit jedem Klatschen rosiger erschien.

Fasziniert sah ich zu, wie der Motor plötzlich startete, die Fans immer lauter und stärker jubelten und die Begeisterung mich schließlich ansteckte, dass es mich von meinem Platz riss und ich klatschte. Das Motorgeräusch ging in einen rockigen Sound über, gefolgt von am Rand errichteten Feuerfontänen. Die Halle bebte. Gemeinsam standen wir nun und jubelten mit der Masse der Halle, was ein elektrisierendes Gefühl war. Doch der Tumult steigerte sich noch, als der erste Spieler in voller Schutzmontur aufs Eis glitt. Josie jubelte und rief einen Namen, den ich durch die lauten Pfiffe nicht verstand. Zu meinem Glück beugte sie sich zu mir und wiederholte: „Das ist Neil. Er ist unser Torwart und mit Joy, der Mannschaftsärztin, zusammen. Die beiden lernst du später kennen."

Ich nickte nur, weil jedes Wort in weiteren Pfiffen und Jubelgeschrei untergegangen wäre, als die anderen Spieler aufs Eis glitten. Ich konnte kaum glauben, wie mich die Stimmung für sich einnahm und wünschte mir plötzlich, Molly könnte das sehen. Eine Stadionstimme erklang: „Ladys and Gentlemen, willkommen zum heißesten Spiel der letzten heißen Phase vor den Playoffs. Wir begrüßen auch die erste Reihe unserer Tigers, die endlich wieder komplett ist. Unsere Nummer 30, die unseren Kasten sauber halten wird: Neil Briggs." Jubel ertönte. „Unser Captain mit der Nummer 17, Jay Holden." Erneutes Pfeifen. „Unsere 7, der Mann mit dem Killerlächeln: Mika McKiernan." Ich sah Mika dabei zu, wie er sich im Kreis drehte und sich vor den Fans verbeugte und lachte. Ich kannte ihn nicht lange, hatte ihn drei Mal gesehen und verstand plötzlich, wieso Owen ihn so liebte. Er war wie ein verspielter Junge im Männerkörper. „Unsere 22 und heißersehnter Rückkehrer für den Sturm: Owen Edwards." Unfassbarer Jubel erklang und ich sah aus der Entfernung, wie Owen seine Hand hob und im Jubel der Fans badete. Es war unglaublich, ihn so zu sehen, und führte mir vor Augen, was er in den vergangenen Jahren Überragendes geleistet hatte. Es wurden weitere Namen aufgezählt, die ich nicht verstand, weil ich zu sehr damit beschäftigt war, das Erlebte zu verarbeiten.

Owen war ein Star. Nicht nur für sein Team war er eine wertvolle Stütze. All diese Menschen hier himmelten ihn an und waren gekommen, um ihn spielen zu sehen. Ich schluckte und bedauerte plötzlich, dass Molly all das verpasste. Es war atemberaubend. Meine Gewissensbisse waren riesig und ich nahm mir vor, Owen zu fragen, ob wir das für Molly wiederholen könnten.

Dann stellten die Spieler sich auf dem Eis auf und noch ehe ich richtig schauen konnte, wo der Puck war, war er schon verschwunden und die Spieler hetzten über das Eis. Es ging so rasch von rechts nach links, dass ich Mühe hatte, ihren Bewegungen zu folgen. Ich versuchte, vor allem Owen im Blick zu haben, doch auch das schien unmöglich. Immer wieder drängten sich die Jungs gegenseitig ab oder schubsten sich gegen den Rand der Eisbegrenzung. Mir stockte der Atem, als es schließlich die 22 traf und damit Owen. Sogleich kamen die anderen Feldspieler zusammen und scharten sich um den Gegner. Einer schubste ihn sogar, ehe er ausholte und ihm eine verpasste. Zu meiner Erleichterung stand Owen bereits wieder auf seinen Beinen.

„Alles okay?“, fragte Josie und lächelte verständnisvoll, weil sie wahrscheinlich meine geschockte Miene gesehen hatte.

„Ist das etwa immer so?“

Mitfühlend lächelte sie. „Du wirst dich mit der Zeit daran gewöhnen. Es ist selten richtig ernst.“

Ich erinnerte mich daran, dass es Owen doch vor Kurzem erst ernster erwischt hatte. „Owen hat sich doch erst vor Kurzem richtig verletzt, oder?“

„Das stimmt, aber so was passiert in der Regel seltener."

Mit mulmigem Gefühl wandte ich mich wieder der Eisfläche zu. Am Ende stand es 3:2 für die Tigers und zu meiner Schande hatte ich Owens Tor verpasst, weil ich in meiner Tasche nach einem Taschentuch gekramt hatte. Josie und Holly mussten mir versprechen, es niemandem zu erzählen.

Nach dem Spiel warteten wir in der Lounge auf die Jungs. Mia war bereits auf Hollys Arm eingeschlafen, als die Männer endlich rauf kamen. Owens Haare waren noch nass von der Dusche und sein Blick glitt suchend durch den Raum, bis er auf meinen traf. Sein Strahlen war ansteckend und ich sank erleichtert in seine Arme.

„Hey, Cookie, ich hatte schon Sorge, du könntest eingeschlafen sein."

„Ach was, es war furchtbar spannend."

Er grinste und gab mir einen Kuss. „Danke, dass ihr auf sie aufgepasst habt", sagte er zu Josie und Holly. „Schon wieder!"

„Es war uns eine Ehre", verkündete Holly.

„Ich hoffe, wir sehen uns bald wieder." Josie zwinkerte mir zu. Ich winkte ihnen und ließ mich von Owen aus dem Raum zerren. Auf dem Weg zum Auto begegneten wir Mika, der uns lachend etwas hinterherrief, das ziemlich anzüglich klang, das Owen jedoch großmütig ignorierte.

Kaum hatten wir das Auto erreicht, drängte Owen mich gegen die Karosse seines Wagens und küsste mich leidenschaftlich. Der Reißverschluss seiner Jeans war zum Zerreißen gespannt und ich ließ meine Hände nur zu gern unter sein Shirt gleiten. Dort strich ich über jeden einzelnen seiner ausgeprägten Muskeln, die sich unter seiner Haut abzeichneten. Ich stöhnte, als seine Hände sich bis zu meinen Brüsten vorarbeiteten und seine Daumen zielgerichtet den Weg zu meinen

Brustwarzen fanden, die nur von dem dünnen Spitzenstoff meines BHs bedeckt waren.

„O Owen", stöhnte ich in seinen geöffneten Mund und bäumte mich ihm entgegen.

„Du hast keine Vorstellung, wie sehr ich dich will", raunte er mir zu. „Wir fahren nach Hause. Jetzt!"

Wortlos ließ er von mir ab und hinterließ damit eine Leere in mir, die mich schmerzte. Auf dem Rückweg sprachen wir im Auto kein Wort, was die Spannung zwischen uns nur noch vergrößerte. Beinahe kam es mir vor, als könnte ich sie anfassen.

Der nächtliche Blick auf Chicago war von unzähligen Lichtern und Reklameschildern gespickt, aber alles in allem blasser, als ich erwartet hatte. Eine Großstadt wie Chicago übte einen Reiz aus und ich ertappte mich einmal mehr dabei, dass ich mich fragte, wie mein Leben an Owens Seite verlaufe wäre. Hätte ich hier mit ihm gelebt? Wären Abende wie heute nichts Besonderes für mich gewesen? Wären diese netten Frauen meine Freundinnen und Owens Team auch Teil meiner Familie? Ein schmerzhafter Stich durchfuhr mein Innerstes, denn dieses Leben, so reizvoll es auch sein mochte, wäre ein Leben ohne Molly gewesen. Und auch ich wäre eine andere gewesen, nicht die Frau, die ich heute war. Während mir immer häufiger diese Fragen und Gedanken durch den Kopf schossen, schlichen sich nach und nach auch andere hinzu. Ängste. Wie sollte unser Leben in Zukunft aussehen?

„Darf ich gleich eine Dusche nehmen?", wisperte ich leise zu Owen.

„Natürlich." Er nahm meine Hand und hob sie an seinen Mund, um einen Kuss auf meine Fingerknöchel zu hauchen.

Sein Lächeln hatte etwas Wölfisches. „Wenn du nichts dagegen hast, dass ich dich begleite."

Ein Prickeln breitete sich in meinem Bauch aus und glitt mit sanftem Nachdruck in meine Mitte. Diese schiere endlose Vorfreude, die mit jedem viel zu schnellen Herzschlag durch meine Adern getrieben wurde, sammelte sich in meinem Höschen.

Owen lenkte den Wagen in eine Seitenstraße und wurde vor einem riesigen Gebäudekomplex, der mich an einen Würfel erinnerte, langsamer. Er klappte die Sonnenblende herunter, nahm eine Fernbedienung heraus und drückte darauf. Sofort fuhr ein Rolltor hoch und Owen lenkte seinen Wagen in die geräumige Garage, in der bereits fünf weitere Wagen standen. Hinter uns ließ Owen das Rolltor wieder herab und wir stiegen aus. Er nahm meine Hand und zog mich zur Tür, die er mit einem Code öffnete. Sofort befanden wir uns in einem breiten Flur. Es war dunkel. Das einzige silberne Licht, das den Boden flutete, war das des Mondes, der durch die raumhohen Fenster hereinschien.

Verwundert sah ich mich um. Ich hatte erwartet, in den Hausflur eines Mehrfamilienhauses zu treten, doch dies schien eine einzige große Wohnung zu sein. Owens Haus. Bevor ich meiner Verwunderung Ausdruck verleihen konnte, packte er mich, drängte mich mit dem Rücken gegen die Wand hinter mir und küsste mich. Es war mehr als das. Seine Zunge eroberte meinen Mund, während seine Hände über meinen Körper glitten. Sein Mund strich mein Kinn entlang, den Hals hinab und er knabberte, saugte und leckte über die empfindliche Stelle knapp unterhalb meines Ohres. Der Schwarm Schmetterlinge tobte durch mein Innerstes und sorgte für ein Ziehen in meinem Unterleib, als könnte es voller Vorfreude das, was noch kommen würde, kaum erwarten.

Bevor sich mein Hirn auf Standby stellen konnte, murmelte ich: „Ich muss mir den Flug und den langen Tag vom Körper waschen, Owen."

„Euer Wunsch ist mir Befehl." Er klatschte in die Hände und sofort ertönte ‚*We Don't Have To Take Our Clothes Off*' von Ella Eyre im gesamten Haus. Sanft schob er meine Strickjacke über meine Schultern, ging vor mir auf ein Knie und begann, mir meine Schuhe auszuziehen.

„Owen", sagte ich leise und voller Unbehagen. Er ließ von mir ab, gerade lange genug, um mich mit einem lustverhangenen Blick anzusehen und sich hinter mich zu stellen.

„Vertraust du mir?", fragte er leise und mit einem aufreizenden Klang in der Stimme. Ohne eine Sekunde zu zögern, nickte ich.

Sanft zog er an der Spange, die mein Haar am Hinterkopf zusammenhielt, sodass es sich über meine Schultern ergoss. Vorsichtig schob er meine Haare von der rechten Seite über die linke Schulter und trat näher. Mein Herzschlag verdoppelte sich, als ich seinen harten Körper an meiner Rückseite spüren konnte. Seine starken Arme umfassten mich und seine Finger lösten aufreizend langsam die Knöpfe meiner Bluse. Mit jedem Knopf beschleunigte sich mein Atem ein klein wenig mehr und als Owen dann noch seine Lippen auf meinen Hals legte und über die empfindsame Haut strich, stand mein Körper förmlich in Flammen. Ungeduldig streifte ich die Bluse von meinen Armen. Owens Hände wanderten federleicht über meinen Körper und liebkosten mit einer ungeahnten Präzision die richtigen Stellen.

Dieser Mann wusste genau, was er tat. Der Gedanke an

Owens andere Geliebten schmerzte mich überraschend stark, doch ich schob den Gedanken sogleich beiseite. Wir hatten so lange auf diesen Moment gewartet, ich würde ihn jetzt nicht kaputt machen. Ich schloss die Augen, gab mich seinen Berührungen hin. Er setzte meine Haut mit seinen sanften Bissen in Brand, nur um ihn mit seiner Zunge gleich wieder zu löschen. Sein Atem strich über mein Ohr und erzeugte eine Gänsehaut.

„Noch nie habe ich mich so nach einer Frau verzehrt", raunte er mir zu. Was für süße Worte und ich wollte ihnen unbedingt glauben. Ich wandte mich zu ihm um, sah verführerisch zu ihm auf und gab jede Vorsicht auf. Sein Blick traf meinen und glitt dann tiefer, betrachtete meinen BH und jeden Makel, den mein Körper zu bieten hatte. Die Schwangerschaft mit Molly hatte ihre Spuren hinterlassen, sowie jede sorgenvoll durchwachte Nacht und jedes Schokotörtchen, das ich in den letzten Jahren gegessen hatte. Doch Owen schien nichts davon zu sehen. Seine Augen waren auf meinen Körper gerichtet, als hätte er nie etwas Schöneres gesehen.

Er stieß ein gequältes Stöhnen aus und verlor seine mühsam aufrechterhaltene Beherrschung. Seine Hände umfassten mein Gesicht und endlich – eine schier grenzenlose Ewigkeit später – landeten seine Lippen auf meinen. Ich öffnete meinen Mund, um seiner fordernden Zunge Einlass zu gewähren. Um keine Zeit zu verlieren, schob er mich blind den Flur entlang in einen Raum hinein, der das Bad war. Er löste sich gerade lange genug von mir, um das Wasser in der Dusche anzustellen und sich seinen Pullover über den Kopf zu ziehen. Und dann sah ich sie – seine Tattoos in all ihrer Pracht. Es waren Schriftzeichen, Bilder und Tribals, die ineinander verliefen.

Er nestelte bereits an seinem Gürtel, indessen ich ungeduldig an meiner Hose zerrte. Noch während ich das tat, fiel seine Jeans zu Boden und präsentierte seinen eindrucksvollen Ständer. Er bedachte mich mit einem lustverhangenen Blick, überbrückte wie ein Panther auf der Jagd, der seiner Beute nachstellte, die Distanz zwischen uns und drängte mich gegen die geflieste Wand seiner überdimensionalen Dusche. Ich spürte Owens Härte, seinen drängenden Vorstoß, als er sich zwischen meine Beine schob, und wusste, wie wahr jedes seiner Worte gewesen war. Dieses aufgestaute Verlangen brach sich Bahn und ich ließ mich von dem Sturm mitreißen, den wir entfesselt hatten. In diesem Moment war kein Platz für Zärtlichkeit. Er war stark, hart und ein klein wenig grob. Owen eroberte mich und meinen Körper, der nur zu willig war, ihm zu gehören. Seine Wildheit und dieses Besitzergreifende an ihm erregten mich, weil sie im Kontrast zu seinem sonstigen Gemüt standen. Rücksichtnahme und Fürsorge gehörten zu Owens stärksten Charakterzügen, doch jetzt ging etwas Animalisches von ihm aus, was wohl der langen Aufheizphase zuzuschreiben war. Doch dieses Mal würden wir nicht aufhören, nicht bevor wir dieses pulsierende Begehren gestillt hatten, was sich zwischen meinen Schenkeln befand.

Owens starke Hände glitten von meinem Hals über mein Dekolleté und verharrten an meinen Brüsten. Er umfing sie und ein Stöhnen entwich ihm, das von unserem leidenschaftlichen Kuss gedämpft wurde. Zärtlich strich ein Daumen über meine aufrechten Nippel, während seine andere Hand zu meinem Höschen glitt. Sogar durch den nassen Spitzenstoff meiner Dessous erregte mich diese Liebkosung so sehr, dass ich scharf Luft in meine Lunge saugte. Ich drängte mich seiner Hand entgegen, doch zu meiner Enttäuschung strich er hinunter.

Die Ernüchterung währte nur kurz, denn seine Hand streichelte über meinen Schenkel, ehe er den Slip über meine

Hüften und Beine nach unten schob. Dann glitt seine Hand in mein warmes pulsierendes Fleisch, das mit jeder Berührung feuchter und bereiter wurde. Ich keuchte und wimmerte, als er leise fluchte und von mir abließ. Er verschwand für einen Moment aus der Dusche und ließ mich allein, sodass eine seltsame Leere in mir entstand und ich befürchtete, er hätte es sich anders überlegt. Doch dann kam er zurück, sein warmer fester Körper drängte sich an mich, füllte die Leere wieder vollständig aus und murmelte: „Ich habe Vorkehrungen getroffen."

Diese Information ließ mich dankbar lächeln und seine Hände umfingen so abrupt meine Pobacken, dass mir ein Schreckenslaut über die Lippen kam. Mit einer einzigen ruckartigen Bewegung presste er meine feuchte erwartungsvolle Mitte gegen seine, sodass ich seinen stahlharten Penis deutlich spüren konnte. Behutsam rieb er sich an mir, ehe er mich packte, tief in mich eindrang und wir gemeinsam stöhnten. Er war riesig, dehnte mich und füllte mich komplett aus. Sein Mund suchte meinen und seine Zunge eroberte mich. Wie ein Tsunami brach die Leidenschaft über uns herein, sodass wir uns in dem Rhythmus so alt wie die Zeit selbst verloren.

Und dann nahm er mich. Wild, rau und so voller Leidenschaft, dass ich Laute von mir gab, die in meinen Ohren fremd klangen. Als stammten sie von einer anderen, fremden Person. Eine, die ich nicht mal richtig kannte. Eine, die ich nicht sein dürfte. Ich war eine alleinerziehende Mutter – Herrgott noch mal. Ich war jedoch so willig, hatte mich noch nie so begehrt gefühlt wie in diesem Moment.

Owen stieß immer und immer wieder in mich, während ich mich an ihn klammerte und er mich förmlich auf Händen trug. Er liebkoste meinen Hals mit seinen Lippen. Immer wieder spürte ich seine Zähne, viel zu sanft, um mich ernsthaft zu verletzen, aber unglaublich erregend. Ich bemerkte, wie sich in seinem Körper eine Spannung aufbaute und er meinen Namen keuchte. Dann hielt er abrupt inne, presste meine Mitte an seine und kreiste wieder mit seinen Hüften. Mit jeder Bewegung ging mein Atem schneller und dieselbe Spannung, die ich zuvor in ihm wahrgenommen hatte, baute sich in meinem Körper auf. Ich umklammerte seine Hüften mit meinen Beinen, presste sie förmlich um ihn. Die süße Qual, als er erneut innehielt, war jedoch so verlockend, dass ich es nicht schaffte, ihr standzuhalten, und nachgab. Viel zu lange war es her, dass ich einem Mann auf diese Weise nahe war.

„Owen, bitte …“, flehte ich und endlich gab er nach. Zwei weitere Stöße waren nötig, um uns beide über die Klippe und unserem gemeinsamen Höhepunkt entgegenzutreiben.

Ich war im Himmel. Anders konnte es nicht sein. Meine Gliedmaßen fühlten sich weich und vollkommen nutzlos an. Ich wollte nicht, dass dieser Zustand jemals endete. Beiläufig nahm ich wahr, wie er seinen Gummi abzog und einfach auf den Boden fallen ließ. Dann nahm er mich auf seine Arme und ich klammerte meine Beine wieder um seinen Körper.

Zärtlich suchte sein Mund den meinen und diesmal war sein Kuss nicht hart und gierig, sondern sanft. Unendlich zart liebkoste seine Zunge meine Lippen, dann meine Zunge. Sanft stellte er mich in der Mitte der Dusche ab, seifte zuerst mich und dann sich selbst ein. Immer wieder berührte er mich, hielt mich fest, wofür ich ihm endlos dankbar war, denn ich fürchtete, meine wackligen Beine würden sonst unter mir nachgeben. Sobald wir den Schaum von unseren Körpern gewaschen hatten, wickelte er mich in ein großes warmes Handtuch und trug mich in sein Schlafzimmer, platzierte mich auf dem Bett und beugte sich über mich.

„Diese Nacht, dieses Wochenende gehörst du mir“, raunte er mir zu und nahm mir damit ein stummes Versprechen ab.

Nur wenig später verloren wir uns erneut in einem weiteren Sturm, der uns beide auf offene See trieb, haltlos und ohne jeden Anker. Zweifellos mussten wir verrückt sein, oder einfach nur vollkommen glücklich.

# KAPITEL 16

OWEN

Ich konnte nicht sagen, was mich geweckt hatte, doch als ich die Augen öffnete, war Kaylee nicht mehr neben mir. Für den Bruchteil einer Sekunde fürchtete ich, den gestrigen Abend und die Nacht nur geträumt zu haben. Doch dann fiel mein Blick auf den Koffer, der unverkennbar ihr gehörte. Ein schwacher süßlicher Duft hing in der Luft und regte meinen Appetit an. Meine letzte Mahlzeit lag auch schon ein Weilchen zurück. Vor lauter sexueller Anziehung hatten wir gestern Abend nichts mehr gegessen.

Eilig schwang ich die Beine über die Bettkante, stand auf, schlüpfte in meine Shorts und öffnete die Tür zum angrenzenden Wohnbereich. Sofort sah ich Kaylee, bekleidet mit einem Slip und eines meiner T-Shirts. Ihre Haare hatte sie locker auf ihrem Hinterkopf aufgetürmt und mit Stiften befestigt. Ich lehnte mich seitlich gegen den Türrahmen und beobachtete sie. Mein Herz quoll über vor Liebe, als ich ihr dabei zusah, wie sie in meiner Küche auf die Zehenspitzen trat, um einen Blick in den Backofen zu werfen.

Beinahe kam es mir vor, als wäre es das Normalste der Welt, sie hier zu haben. Als wäre es immer schon so gewesen. Und ganz plötzlich wurde mir klar, dass ich mir wünschte, es könnte für den Rest meines Lebens so sein. So sollte es immer sein. Ich hätte ihr ewig zusehen können. Der süßliche Duft, der mich schwer an Pancakes erinnerte, erfüllte die Luft, doch der Herd schien unangetastet. Als hätte ich ihren Namen gerufen, wandte sie den Kopf zu mir um und schaute mich überrascht an.

„O nein, du bist schon wach", sagte sie enttäuscht.

„Du warst nicht mehr da", antwortete ich, als würde das allein alles erklären, was es auch tat. Denn für den Bruchteil einer Sekunde hatte ich befürchtet, sie könnte fort sein. Lässig stieß ich mich von der Tür ab und ging auf sie zu. Ich zog sie an mich, drängte meinen Körper an ihren und wusste in dem Moment, worauf das hier hinauslaufen würde. Niemals würde ich genug von ihr bekommen. Zu meiner Überraschung wand sie sich in meinem Arm, sodass ich sie nur von hinten zu fassen bekam. „Nein, geh wieder zurück ins Bett, Owen. Ich verspreche, ich komme gleich."

„So lange kann ich unmöglich warten", raunte ich ihr ins Ohr und ließ meine Fingerkuppen federleicht über ihren Nacken gleiten. Ein Schauer glitt über ihren Körper. Kaylee kicherte und gab den Versuch auf, sich von mir losmachen zu wollen, als ich mit meinen Lippen über ihren Hals strich. Meine Zunge zeichnete kleine Kreise auf ihrer leicht salzigen Haut, ehe meine Zähne sanft an ihrem Ohrläppchen knabberten, was ihr ein süßes Seufzen entlockte.

„O Owen …", murmelte sie leicht tadelnd, „… es sollte doch eine Überraschung werden."

Ich lächelte und warf einen Blick in den Ofen. „Kuchen und Cookies!“, rief ich erstaunt aus und Kaylee drehte sich in meinem Arm wieder herum.

„Happy Birthday“, raunte sie mir maulig zu, ehe ihr Handywecker eine leises *Klock-Klock* von sich gab und ich sie schlussendlich freigab. Sofort griff sie nach den Topflappen und zog das Blech mit den wohlduftenden Cookies heraus.

„Du hast es wieder einmal geschafft, deinen eigenen Geburtstag zu torpedieren. Das hat sich wohl nicht geändert, was?“

Verlegen kratzte ich mich am Hinterkopf und warf ihr einen zerknirschten Blick zu. „Ich hab ihn vergessen.“

„Wie kann man seinen eigenen Geburtstag vergessen?“

„Er hat eben keine Bedeutung für mich.“ Das entsprach der Wahrheit, denn in meiner Kindheit hatte es weder einen Geburtstagskuchen noch eine Karte oder ein Geschenk gegeben. Nicht mal einen Glückwunsch hatte mein Vater über die Lippen gebracht. Ich schüttelte die unangenehme Erinnerung daran ab und konzentrierte mich ganz auf Kaylee. Mit den Topflappen nahm sie zuerst den Kuchen heraus, ehe sie die Cookies vom Blech in eine Schale schüttete.

Ein Lächeln stahl sich auf mein Gesicht. „Du hast mir Cookies zum Geburtstag gebacken?“

„Ja“, sagte sie, ehe sie sich umsah und die Arme ausbreitete. „Was schenkt man einem Kerl, der in so einem Haus wohnt?“

Ich überbrückte die Distanz, die sie zwischen uns geschaffen hatte, um die Kekse in Sicherheit zu bringen. „Das Einzige, das ich mir gewünscht habe, habe ich bekommen.“

„Sex?“, fragte Kaylee skeptisch und mir entwich ein Lachen.

„Der war auch nicht schlecht, aber bei Weitem nicht damit zu vergleichen, dass du hergeflogen bist.“

Sie rollte mit den Augen, schlang einen Arm um meinen Hals und küsste mich. „Ich hätte mir also nur eine Schleife umbinden brauchen?"

Murrend steckte sie eine Kerze in den Kuchen, entzündete sie und schob ihn über die Küchenarbeitsplatte zu mir rüber. „Da du mir offensichtlich keine Zeit lassen möchtest, den Kuchen zu verzieren ... Happy Birthday, Owen." Zusätzlich legte sie ein Geschenk in hübsches Geschenkpapier verpackt hinzu.

„Danke. Du weißt, ich habe noch nie viel für meinen Geburtstag übriggehabt."

Kaylee seufzte. „Etwas, das wir in Zukunft unbedingt ändern müssen. Geburtstage sind etwas Tolles."

„Darf ich mir auch etwas wünschen?"

„Das ist sogar Pflicht", gab sie zurück.

„Wo steht das? Im Grundgesetz?"

Kaylee nickte todernst. „Jefferson hatte sogar vor, es in die Unabhängigkeitserklärung aufzunehmen."

Ich lachte und begann, das Geschenk auszupacken. Zwei Bilderrahmen kamen zum Vorschein und beim Blick darauf schluckte ich. Auf dem einen waren Molly und ich zu sehen. Es war eins der Fotos, die Kaylee für Andrew gemacht hatte, doch auf diesem waren nur Molly und ich zu sehen. Eine Karte lag auch dabei, auf der ich Mollys Schrift erkannte. Das andere Bild zeigte Kaylee und mich aus längst vergangenen Zeiten. Ich freute mich wahnsinnig, denn damals hatte ich in der Eile kein Erinnerungsstück an uns mitgenommen, was ich immer noch bedauerte. „Ich danke dir. Du hast keine Ahnung, was mir das bedeutet."

„Mit jedem Jahr, das ich älter werde, stelle ich fest, dass die Dinge, die ich mir wirklich wünsche, nicht zu bezahlen sind.

Zeit mit den Menschen, die ich liebe und Erinnerungen daran zum Beispiel. Los, nun wünsch dir was."

„Und das machen wir dann auf jeden Fall?"

Sie nickte, wirkte aber skeptisch. Kurzerhand beugte ich mich vor und pustete die Kerze aus. Dann ging ich auf sie zu, schwang sie über meine Schulter und trug sie zurück ins Bett, wo wir uns Zeit ließen, meinen Wunsch zu erfüllen. Ein paar Stunden später lagen wir eng umschlungen im Bett. Kaylee lag mir zugewandt in meinem Arm und ich lächelte, als ich in ihr entspanntes Gesicht blickte.

Sie war wunderschön. Ihre kleine gerade Nase, die am Ende ein klein wenig nach oben ragte. Die winzige Schaar Sommersprossen, die nach jedem Sonnenbad zunahmen und immer den Eindruck erweckten, über ihr Gesicht zu tanzen, sobald sie lachte. Der feingeschwungene Mund, der mir letzte Nacht mehr Freude bereitet hatte als je zuvor und ihre grünen Augen, die mich stets an saftige Wiesen bedeckt vom Morgentau erinnerten. Niemals wieder hatte ich solch erstaunliche Augen gesehen. Die Tatsache, dass ich genau wusste, woher die winzige Narbe an ihrer Augenbraue stammte, und dass die drei kleinen Einbuchtungen an ihrem Kinn auf eine Windpockenerkrankung zurückzuführen waren, machte sie für mich nur noch reizvoller. Ihr Brustkorb hob und senkte sich und ihr gleichmäßiger Atem strich über meine nackte Brust und erzeugte eine Gänsehaut. Ihr rotes Haar ergoss sich wie ein gewaltiger Vorhang über das Kissen und jeder Zentimeter ihrer weichen Rundungen drängte sich an meinen Körper. Der Keksduft, der nicht nur in der Luft hing, sondern auch von ihr ausging, erinnerte mich an Bakers Valley. Ich ertappte mich dabei, wie ich den Ort meiner Kindheit vermisste. Die Sehnsucht nach den Nadelholz-Bäumen des Waldes, der Duft der weichen feuchten

Erde, die unter meinen Füßen etwas nachgab, dem Blick über Seen, Wälder und der winzigen Stadt mit ihren skurrilen Einwohnern bis hin zu den Bergen mit den weißen Gletschern. Irgendwann während meines Aufenthalts hatte sich Bakers Valley vom Vorort der Hölle in eine Sehnsuchtsstadt verwandelt. Ein Ort der Ruhe und Erholung.

Ich erinnerte mich zurück an die ersten Tage in Chicago. Alles war mir riesig, überfüllt und laut vorgekommen. Die Großstadt war sonst mein Zufluchtsort gewesen, weil er sich dermaßen stark von meinem Heimatort unterschied und der Lärm all meine nagenden Gedanken übertönte. Das hatte sich grundlegend verändert und ein Teil von mir wünschte sich, bald in die kleine Stadt zurückzukehren.

Kaylees weiche Züge waren entspannt und sie wirkte viel jünger. Ihre Anstrengungen, Molly eine gute Mom zu sein, sich um alles allein zu kümmern und gleichzeitig ihre Träume zu verwirklichen, mussten hart sein. Sie machte einen großartigen Job, aber die Auszeit hier tat ihr gut. Aber war das hier wirklich nur eine Auszeit? Der Gedanke schmerzte mich, weil ich mir mit jeder weiteren Sekunde, die ich mit Kaylee – und auch Molly – verbrachte, mir mehr Zeit mit ihnen wünschte. Ich wollte ein fester Teil ihres Lebens sein und keine Auszeit. Die Frage, was danach käme, würde uns zweifellos vor eine Herausforderung stellen. Dies sollte unsere zweite Chance werden. So wie auch Bakers Valley und ich eine zweite Chance bekommen hatten.

„Welche Dämonen verfolgen dich wieder?“, fragte Kaylee mich plötzlich mit leicht kratziger Stimme.

Scheinbar war sie gerade erwacht. Ich lächelte.

„Ich genieße nur den Moment“, log ich, weil ich den Augenblick nicht ruinieren wollte, indem ich Fragen stellte, auf die wir beide noch keine Antwort hatten. Dieses Wochenende sollte unbelastet und sorgenlos sein.

Ungläubig kniff sie die Augen zusammen, hakte jedoch nicht nach. Stattdessen streichelte sie mit ihrer rechten Hand meine, die über ihrer Schulter lag. Mit ihren Fingerspitzen strich sie zärtlich über die Innenseite meines Handgelenks und über eines meiner ersten Tattoos, die ich mir vor vielen Jahren hatte stechen lassen. „Warum all die Tattoos?"

„Gefallen sie dir nicht?"

Kaylee grinste. „O doch, aber ich bin neugierig. Vor allem, ob sie für etwas stehen."

„Ich glaube nach meiner Flucht von zu Hause, wollte ich etwas haben, das bleibt. Etwas, das Bestand hat und sich nicht in Luft auflöst. Tattoos sind da ziemlich verlässlich."

„Und jedes hat eine Bedeutung?"

„Jedes einzelne", antwortete ich. „Ein bisschen ist es so, als erzählten sie von meinem Leben."

„Die Logos auf deinem Rücken sind Eishockeyvereine, oder? Ich habe den Tigerkopf der Ice Tigers erkannt."

Ich nickte. „Seit ich mit dem Eishockey angefangen habe, habe ich nur bei vier Vereinen gespielt und schließlich bin ich durch Jay – oder den Cap, wie wir ihn meistens nennen – bei Greg gelandet. Ironischerweise war es nicht Jay, der mich dazu überreden konnte, zu den Tigers zu wechseln. Es ist Greg zu verdanken, dass ich hier bin."

„Womit hat er dich überzeugt?"

Ich seufzte. „Er hat mir Beständigkeit versprochen. Etwas, das mir durch den freien Fall, in dem ich mich auch Jahre später nach meinem Fortgang von Bakers Valley noch befand, wichtig war. Womit wir wieder bei den Tattoos wären." Ich grinste.

„Und hast du sie erhalten? Die Beständigkeit, meine ich."

„Und ob. Ich möchte nie wieder woanders spielen. Diese Jungs und ihre Familien sind zu meiner Familie geworden."

„Ich habe dich gestern mit Mia gesehen. Du bist eine Art Onkel für sie, nicht?"

„Ja." Ich lachte. „Dank ihr kenne ich mich mit allerhand Disney Filmen aus. Kennst du die Eiskönigin?"

„Anna und Elsa? Selbstverständlich kenne ich sie und Olaf natürlich." Kaylee kuschelte sich näher an meine Brust und wirkte nachdenklich. „Sie hat großes Glück, dich zu haben."

„Ich habe großes Glück, Mia zu haben."

„Das sagt Ethan auch immer über Molly. Jedes Mal bringt es mich fast zum Weinen."

„Molly ist ja auch was Besonderes."

„Warum siehst du das und Ethan, aber nicht ihr Vater?" Es war eine rhetorische Frage, dennoch wollte ich antworten.

„Ich denke, es gibt einfach Menschen, die nicht fähig sind, andere zu lieben. Für sie ist jegliche Form von Beziehung unmöglich. Weißt du, woher ich diese These habe?"

Kaylee sah zu mir hoch und unterdrückte ein Lächeln. „Woher?"

„Von einer höchst intelligenten Frau, die sich im Gegensatz zu anderen mit der Liebe auskennt, hat mir davon erzählt." Ich beugte mich vor und gab Kaylee einen Kuss auf die Stirn.

„Welche Bedeutung hat dieses Tattoo für dich?", fragte Kaylee und deutete auf mein Handgelenk.

„Wieso? Findest du es nicht besonders männlich?", neckte ich sie.

„Im Gegenteil. Ich finde Männer, die sich nicht von Farben oder vermeintlich weiblichen Symbolen einschüchtern lassen, um Längen attraktiver."

„Tatsächlich?", raunte ich ihr zu, warf mich kurzerhand auf

sie und begrub sie unter mir. Kaylee quietschte ausgelassen. „Das will ich gleich mal testen."

„Du bist unersättlich, oder?", lachte Kaylee und das Funkeln in ihren Augen verriet mir, dass es ihr genauso ging.

„Darauf kannst du dich verlassen."

Ich senkte meine Lippen auf ihr Dekolleté, hauchte Küsse darauf und zeichnete mit meiner Zunge kleine Kreise auf ihrer leicht salzigen Haut. Sofort erwachte mein Schwanz zu neuem Leben und ich drängte ihn gegen Kaylees Oberschenkel, damit ihr die Wirkung, die sie auf mich hatte, nicht entging.

„Erst, wenn du mir eine Antwort gibst."

Ich stöhnte, hob jedoch den Kopf und schaute zu ihr hoch. „Es war mein erstes Tattoo und steht für die Leichtigkeit in meinem Leben."

„Oh, das ist sehr schön."

Ich zögerte und überlegte, ob ich ihr die ganze Wahrheit erzählen sollte. Schließlich richtete ich mich auf und sah ihr ernst in die Augen, die mich voller Verlangen ansahen. „Es steht für dich, Kaylee."

Diese Information verschlug ihr förmlich die Sprache. Sie umfing mit beiden Händen mein Gesicht und zog es zu sich hinunter. Dann küsste sie mich. Diesmal nicht wild, leidenschaftlich oder voller Verlangen, wie so oft in den letzten Stunden, sondern sanft, beinahe schüchtern, als wäre dies unser erster echter Kuss. Er war nahezu keusch und unschuldig, doch ich empfand so viel Liebe und Nähe zu ihr wie niemals zuvor.

Es dauerte nicht lange und unser Kuss vertiefte sich. Wir öffneten unsere Münder und unsere Zungen forderten sich zu einem Duell heraus, dessen Preis wir teilen würden. Kaylee spreizte ihre Beine, empfing meinen geschwollenen und vor Lust pochenden Schwanz, indem sie ihre Hüften hob und sich an mir rieb. Sie gab ein Keuchen von sich und ihre Fingernägel kratzten über meine Haut. Ihr Schritt war feucht und bereit für mich, doch ich wollte sie diesmal voll und ganz verwöhnen.

Ich schob mein eigenes süßes und qualvolles Verlangen beiseite, denn in diesem Moment wollte ich ihr alles geben, sie nach allen Regeln der Kunst verführen. Ich wollte ihr all das zurückgeben, was sie mir entgegenbrachte, und ihr mein Herz vor die Füße legen. Mein Mund zeichnete eine feuchte Spur über ihren Hals, hinunter zu ihren Brüsten. Ich leckte, knabberte und sog an ihren Nippeln, die sich wie zwei Kirschen auf der Spitze ihres Busens aufrichteten und darauf warteten, gepflückt zu werden.

Während mein Mund sich um ihren rechten Nippel schloss, glitt meine Hand tiefer und streichelte ihren Bauch. Anschließend glitt sie über die Innenseite ihrer Oberschenkel und Kaylee entwich ein Stöhnen. Immer wieder strich ich mit federleichten Berührungen bis zu ihrer empfindlichsten Stelle, nur um knapp vorher kehrtzumachen. Ich spielte mit ihr und trieb ihre Lust ins Unermessliche, dass Kaylee sich vor Lust unter mir wand.

„Owen, bitte", flehte sie und bettelte förmlich um Erlösung, die ich ihr nicht länger verweigern wollte. Ich kannte diesen Drang, diese quälende Sehnsucht, endlich über die Klippe eines Berges zu gelangen, nachdem man es so lange hinausgezögert hatte. Doch je länger man es hinauszögerte, umso befriedigender war der eigentliche Höhepunkt. Ich steigerte ihre Begierde noch weiter, indem ich meine Finger in das warme Fleisch ihrer Spalte gleiten ließ. Sie stöhnte und bäumte sich auf und ich genoss es, ihr dabei zuzusehen, war von Stolz erfüllt, weil allein ich ihr dieses Vergnügen bereitete. Es war zu gut, um wahr zu sein, und erregte mich mehr, als ich erwartet hatte. Meine Fingerspitzen kreisten immer wieder um ihre Klitoris, ehe ich meinen Finger tief in sie schob. Bevor sie kommen konnte, zog ich meine Hand zurück und ersetzte meinen Finger mit meiner Zunge.

Kaylee stöhnte, streckte die Hände aus und krallte sich in meine Haare und die Bettdecke. Sie hob mir ihr Becken entgegen. Immer und immer wieder vollzog ich mit meiner Zunge Kreise um ihre Klitoris und schob meine Finger in sie, um ihren G-Punkt zu stimulieren. Sie warf den Kopf hin und her und die Spannung, die sich sichtbar in ihrem Körper aufbaute, verriet mir, dass der Moment völliger Ekstase nicht mehr weit war. Diesmal ließ ich es geschehen, gewährte ihr jeden Moment des Orgasmus, der wie eine Welle an einem Strand über ihren Körper hinwegspülte. Nur langsam ebbte er ab und Kaylees Körper entspannte sich bis in den letzten Muskel. Sie hielt ihre Augen geschlossen, doch ihre Lider flatterten leicht. Ich gab ihr die Zeit, sich von der Welle mittragen zu lassen, bis sie mir aus nur halb geöffneten Lidern einen lustverhangenen Blick zuwarf und glückselig lächelte.

Sie richtete sich auf, legte eine Hand auf meine Brust und dirigierte mich bestimmt in die Kissen. Mein Herz schlug kräftig und pumpte jede Menge Blut in die tieferen Regionen. Kaylee lächelte, schwang ein Bein über mich und setzte sich rittlings auf meinen pulsierenden Schwanz. Meine Kehle war plötzlich wie ausgedörrt, als ich sie von dieser Position aus ansah und ihren Anblick förmlich in mich aufsog. Wie eine Sirene sah sie zu mir herunter. Ihre rote Mähne umspielte ihre Rundungen, die ich mit Liebkosungen verwöhnte. In einer einzigen Bewegung nahm sie meinen Penis in sich auf und ich saugte scharf die Luft ein. Dann bewegte sie sich rhythmisch, zuerst langsamer, dann immer schneller und trieb meine Erregung immer wieder bis fast zur Spitze.

Verfluchte Scheiße, sie beherrschte dieses Spiel genauso gut wie ich. Jedes Mal, wenn ich den Gipfel fast erreichte, zögerte Kaylee den Orgasmus immer wieder hinaus. Wie im Rausch klammerten und rieben wir uns aneinander, stöhnten und keuchten, leckten und bissen uns sanft.

Plötzlich überkam es mich. Ich packte Kaylee und warf sie auf den Rücken. Immer wieder stieß ich meinen Schwanz in sie, hörte ihr lustvolles Wimmern unter mir und spürte, wie ihr Körper sich ein letztes Mal aufbäumte und dann zeitgleich mit mir kam. Gemeinsam überließen wir uns dem Strudel des Orgasmus und drifteten von einem tranceähnlichen Zustand hinüber in eine Schlafphase, die von einem Anruf auf meinem Handy unterbrochen wurde. Zuerst ignorierte ich das Klingeln, doch beim zweiten Anruf gaben wir unsere verschlungene Position auf und ich reckte mich nach dem Handy.

„Mika“, grummelte ich noch immer schwer atmend ins Telefon.

„Sag nicht, dass ihr es gerade wild getrieben habt“, antwortete er zur Begrüßung und ich stöhnte.

Ich strafte diesen frechen Kommentar mit Ignoranz. „Wieso rufst du an?“

„Du musst vorbeikommen.“

„Hä? Wieso?“

Verhaltenes Schweigen hing für einen Moment zwischen uns, ehe Mika sagte: „Ich … Es ist was passiert, das du dir angucken musst.“

„Du verarschst mich, oder?“

„Nein, es ist eine … ähm … ein Rohrbruch.“

„Dann ruf den Installateur." Ich sah Kaylee an, die grinste, sich aus meiner Umarmung schlängelte und langsam aufstand.

„Wir haben Wochenende."

„Ja, und? Die haben Notdienste."

„Hast du eine Ahnung, was das kostet?"

„Sagt der Mann mit dem Challenger Hellcat vor der Tür." Ich schüttelte lachend den Kopf. „Bevor deine Wohnung voller Wasser läuft, wäre ich bereit, das zu bezahlen."

Mika schwieg und ich hatte eine riesige Freude dabei, ihn auflaufen zu lassen. „Du musst mir helfen."

„Mika, ich werde mein Mädchen und dieses Bett nicht verlassen, um …"

Hektisches Geflüster erklang im Hintergrund und ich rollte mit den Augen. „Du sollst Kaylee mitbringen."

„Wenn du mir nicht einen guten Grund nennen kannst, wieso ich mich duschen und anziehen soll, statt weiterhin wilden hemmungslosen Sex zu haben, werde ich sicher nicht kommen."

„Du würdest mich also lieber verbluten lassen, als auf Sex zu verzichten? Großartiger Freund bist du."

Ich lachte jetzt über Mikas Verzweiflung, legte mich seitlich aufs Bett und stützte meinen Kopf in meine Hand. Dann beobachtete ich, wie Kaylee nackt durch mein Schlafzimmer lief. Ihr wohlgeformter Po, die langen schlanken Beine und vor allem ihr üppiger Busen – o ja, ich wollte Sex mit ihr haben, und zwar viel davon.

„Du hast nichts davon gesagt, dass du verbluten würdest. Eben noch hieß es, du hättest einen Rohrbruch."

„Gönn dem kleinen Owen eine Erholungspause, schwing deinen Arsch aus dem Bett und komm endlich her. Mein Gott!

Hier ist eine ganze Meute, die dir zum Geburtstag gratulieren will." Im Hintergrund erklangen unzählige Stimmen und lautes Stöhnen wild durcheinander. Jemand wetterte über Mikas miese Qualitäten als Lügner. Schließlich stimmten sie alle ein Happy Birthday-Ständchen an und ich stellte den Lautsprecher auf meinem Handy an, damit Kaylee mithören konnte. Sie lächelte gerührt.

„Danke, Leute. Wir kommen gleich und bringen Kekse für alle mit."

## KAYLEE

Die Aufzugtüren zu Mikas Loftwohnung öffneten sich und ich folgte Owen mit gemischten Gefühlen hinaus in den Flur. Ich konnte nicht sagen, was es war, was mich umtrieb, aber ich spürte eine innere Unruhe in mir aufsteigen. Erst gestern hatte ich einen Großteil von Owens besten Freunden kennengelernt und hatte sofort Freundschaft mit Josie, Holly und Mia geschlossen. Warum also beschlich mich jetzt nur so ein seltsames Gefühl? Owen wandte sich mir zu und sah mich prüfend an.

„Alles in Ordnung?", fragte er und blieb im Flur stehen. „Wir müssen nicht reingehen, wenn du dich nicht wohl dabei fühlst."

Sofort schüttelte ich hastig den Kopf. „Nein, wieso? Wie kommst du denn darauf?"

„Du hast kaum gesprochen, seit wir ins Auto gestiegen sind."

„Ich versuche immer noch, die Tatsache zu verdauen, dass all die Wagen in deiner Garage dir gehören", versuchte ich zu witzeln und lächelte dabei.

Owen lachte, also schien meine Ablenkung zu funktionieren. „Bist du sicher? Du weißt, mein Geburtstag bedeutet mir nichts. Die anderen machen immer ein riesiges Tamtam daraus, einfach weil sie keine Gelegenheit auslassen, um zu feiern."

„Dein Geburtstag mag dir nicht viel bedeuten, aber vielen anderen bedeutet er etwas, Owen. Du wurdest an diesem Tag geboren und wir alle freuen uns sehr darüber."

Seine Augen glänzten und mir brach es das Herz, zu sehen, dass in dem großen breitschultrigen Kerl, der es mit einem Stier aufnehmen konnte, noch immer der Junge steckte, der sich darüber wunderte, dass ihn jemand liebte.

Deswegen ging ich auf die Zehenspitzen und gab ihm einen Kuss. Dann machte ich einen Schritt auf die Tür zu und klopfte, ehe Owen es sich noch anders überlegen konnte. Jemand öffnete die Tür weit und als Owen hineintrat, erklang ‚*Celebration*' von Kool & the Gang und ein riesiger Jubel brach los. Ich folgte Owen in die beeindruckende Wohnung, die voller Menschen war. Menschen, die ich bis auf Josie, Holly, Mika und Jay nicht kannte. Sie winkten mir von einem Stehtisch an der Seite zu und sofort gesellte ich mich erleichtert zu ihnen.

„Wie schön, dass wir uns heute noch sehen", sagte Josie nach einer Weile zu mir, während sie von einem Stück Pizza abbiss.

„Ja, das finde ich auch."

„Tatsächlich? Ihr hattet nichts Besseres zu tun?", hakte ein Typ nach, den ich noch nicht kannte. Sogleich rammte ihm die Frau neben ihm einen Ellbogen in die Rippen.

„Neil, sei nicht so indiskret."

Ich spürte Hitze in meine Wangen steigen, als ich an die fantastische Nacht und die überwältigenden Stunden heute Vormittag zurückdachte, bevor wir ins Auto gestiegen waren, um herzukommen.

„Bitte entschuldige diesen Rüpel", sagte die fremde Frau mit der langen blonden Mähne zu mir. Sie trug eine enge Bluse, die ihren schlanken Körper besonders gut betonte, Röhrenjeans und haushohe Pumps. „Ich bin Joy, die Mannschaftsärztin der Tigers."

„Ich bin Kaylee. Also flickst du die Jungs zusammen?" Wir schüttelten uns die Hände und lachten.

„Ja, so ähnlich. Meistens komme ich mir aber weniger wie eine Ärztin vor, sondern vielmehr wie eine Kindergärtnerin." Sie warf Neil einen Blick zu, der daraufhin ihr Gesicht mit beiden Händen umfing und ihr einen langen Kuss gab.

„Eigentlich stehst du doch drauf, Baby. Ich bin übrigens Neil. Wir freuen uns alle, dich endlich kennenzulernen. Owen hat seit seiner Rückkehr von nichts anderem mehr gesprochen."

Verlegen sah ich mich nach Owen um und spürte das Flattern der Schmetterlinge, die in meinem Magen zum Sinkflug ansetzten. Er lachte und sprach ganz entspannt mit ein paar anderen Männern, die ihn umringten. Noch nie hatte ich ihn so ungezwungen gesehen. Dies war in der Tat sein natürlicher Lebensraum. Er hatte es selbst so genannt.

„Wann fliegst du eigentlich wieder zurück?", fragte Holly und die Schmetterlinge stürzten unsanft zu Boden. „Oh, tut mir leid. Ich wollte nicht …"

Hastig winkte ich ab. „Nein, nein, natürlich. Mein Rückflug geht morgen Mittag."

Betretenes Schweigen senkte sich über alle Umstehenden und ich sah Owen zu, wie er mit einem etwas älteren Mann ein Gespräch führte und von Mia einen Teller mit Torte in die Hand gedrückt bekam. Das ungute Gefühl von eben war wieder da und ich hatte das dringende Bedürfnis, mit meinen Gedanken allein zu sein, damit ich niemandem ein Lächeln vorspielen musste. Ich sah zur Terrasse hinter uns, die nur von ein paar wenigen Menschen genutzt wurde, und entschuldigte mich kurz. Eifrig schob ich mich an Menschen vorbei, die ich nicht kannte, behielt mein ungezwungenes Lächeln bei, bis ich die Terrassentür aufstieß.

Erleichtert atmete ich tief ein und saugte verschmutzte Großstadtluft in meine Lunge. Erst da realisierte ich, dass ich die ganze Zeit die Luft angehalten hatte. Die Terrasse war riesig und der Ausblick außergewöhnlich schön. Von hier aus konnte man sogar eine Ecke des Michigansees sehen. Wow! Was würde man hier nur für einen Ausblick haben, wenn die Sonne aufging?

Es war frisch, weil die Sonne von einer dicken Wolkendecke verdeckt war, doch hier, in dieser vermeintlichen Ruhe, brauchte ich meine Gesichtsmimik nicht kontrollieren. Seit ich gestern hier angekommen war, hatte ich mich gefragt, wie mein Leben mit Owen verlaufen wäre. Wäre ich auch eine von den Frauen geworden, die viel zu viel Geld für Kleidung ausgaben? Hätte ich mich regelmäßig mittags zum Essen mit Josie und Holly getroffen? Hätte ich einen Job gehabt, wenn ich in Berkeley studiert hätte? Hätten Owen und ich uns ein gemeinsames Leben aufgebaut?

Hollys vermeintlich harmlose Frage hatte unabsichtlich etwas an die Oberfläche befördert, das ich von Anfang an auf Ethans Rat hin verdrängt hatte. Obwohl … War es wirklich Hollys Frage gewesen? Hatte ich dieses ungute Gefühl nicht bereits seit Mikas Anruf in mir gespürt? Gestern hatte ich mich auf die bevorstehende Liebesnacht mit Owen konzentriert, hatte alles andere ausgeblendet, als würde Sex alle Probleme lösen. Seit wann tat Sex so etwas jemals? Selbst wenn es der verdammt beste Sex meines Lebens gewesen war.

Bis vor etwa einer Stunde hatten Owen und ich uns in eine Blase zurückgezogen, uns einzig und allein um uns gekümmert, was wundervoll gewesen war, doch dabei hatten sich keine Lösungen für Probleme ergeben, die mich von Anfang an beunruhigt hatten. Ich hatte sie nur ausgeblendet.

Owen jetzt hier so zu sehen, in seinem natürlichen Lebensraum, mit all den Menschen, die sein Leben in den letzten elf Jahren ausgefüllt hatten, war … unangenehm. Es kam mir vor, als kannte ich diesen Owen nicht. Aber noch viel wichtiger war die Frage: Hatten Molly und ich einen Platz in diesem Leben?

Ich hatte Holly und Josie gestern sehr genau zugehört. Selbst sie hatten oft phasenweise nicht viel Zeit mit Mika und Jay. Es kam einem Kunststück gleich, neben den Spielen, für die sie oft durchs ganze Land flogen, und dem Training, Presseterminen und anderen privaten Dingen, gemeinsame Abende zu finden, die nur ihnen gehörten. Wie sollten Owen und ich das bewältigen mit der riesigen Entfernung zwischen uns? Und dann war da noch Molly. Meine süße, dank Owen ein klein wenig weniger verlorene Molly, die schon genug Unruhe in ihrem Leben hatte ertragen müssen und einen schrecklichen Narren an ihm gefressen hatte. Wie sollte ich … nein, wir eine Lösung für all das finden?

Ich warf einen Blick durch die riesige Fensterfront und sah Owen an, der in diesem Augenblick meinen Blick erwiderte. Er strahlte über das ganze Gesicht und beinahe noch mehr, als Mia an seinem Arm zupfte, um seine Aufmerksamkeit zu erregen. Ich sah, wie er vor ihr in die Hocke ging und sie auf seinen Arm hob. Ganz plötzlich war mir zum Heulen zumute.

# KAPITEL 17

KAYLEE

Den Rest des Abends verbrachten wir ruhiger, und ich hasste mich dafür, Owen die letzten Stunden seines Geburtstages zu versauen. Deswegen bemühte ich mich um eine gleichmütige Miene, während wir uns über ein paar abgepackte Essensreste und Owens Kuchen hermachten, den ich am Morgen gebacken hatte. Owens riesige Wohnung war erfüllt von stimmungsvollem gedimmtem Licht und einzelnen Kerzen. Er legte ruhige Musik auf, die im Hintergrund spielte, und obwohl er mich einige Male fragte, was los sei, schaffte ich es, mich mit Müdigkeit herauszureden. Mir war klar, dass das natürlich keine Dauerlösung war.

„Wann werden wir über morgen reden?", fragte er schließlich, als wir zu Bett gingen. Er zog gerade sein Shirt aus und entblößte damit die kunstvollen Tätowierungen auf seiner Haut, unter der sich unzählige ausgeprägte Muskeln abzeichneten. Meine Kehle wurde trocken und ich verfluchte ihn, dass er selbst jetzt diese Wirkung auf mich hatte. „Das ist es doch, woran du schon den ganzen Tag denkst, nicht wahr?“

Ich seufzte. „Es tut mir leid. Ich wollte dir nicht den Tag versauen.“

„Das tust du nicht, Kaylee. Dieser Tag war nur durch dich besonders.“ Langsam kam er auf mich zu, die Jeans saß tief auf seinen Hüften und wie von selbst streckte ich meine Hände aus und berührte seinen Bauch. Er war fest, beinahe hart und seine Haut so weich wie Seide. Sanft legte er seine Finger unter mein Kinn und hob es an, sodass ich in seine braunen Augen schauen mussten. Aus ihnen sprach so viel Zuneigung, so viel Liebe, dass sich mein Herzschlag beschleunigte und meine Knie weich wurden. War das möglich? War das hier Liebe? Anders gefragt: War es jemals anders gewesen? Hatte ich je aufgehört, ihn zu lieben? War das nicht sogar der wahre Grund dafür gewesen, die Verlobung mit Ash zu lösen, weil ich tief in mir gewusst hatte, dass mein Herz immer Owen gehören würde?

„Denkst du nicht daran?“

„Doch, natürlich“, räumte er ein. „Warum sprichst du nicht mit mir darüber, wenn es das ist, was dich so bedrückt?“

„Heute ist dein Geburtstag, Owen“, sagte ich in einem Ton, als würde das allein alles erklären. Ich trat einen Schritt zur Seite und beugte mich zu dem Koffer herunter, um nach meinem Kulturbeutel zu suchen.

„Du weißt, er bedeutet mir nichts.“

„Das sollte er aber!“, erwiderte ich heftig. „Der Tag deiner Geburt ist ein Tag, der gefeiert werden muss. Denn ich bin unendlich dankbar, dass es dich gibt. Genauso wie dein Team.“

„Sie lassen nie auch nur eine Gelegenheit aus, um zu feiern.“

„Du irrst dich, Owen. Für sie ist es genauso wie für mich.

Wir lieben dich. Es ist ein großes Glück, dass du in unseren Leben bist."

Owen wandte mir den Rücken zu und strich sich aufgewühlt durch die Haare. Anschließend ließ er sich auf sein Boxspringbett sinken. Ich konnte Unglaube und Zweifel in seiner Haltung sehen und das machte mich wütend.

„Warum fällt es dir noch immer so schwer, zu glauben, dass Menschen dich lieben? Hat dein Team es dir nicht in all den Jahren bewiesen? Was ist mit Mika? Der einzige Grund, warum er am Abend vor der Beerdigung deines Vaters nach Bakers Valley gekommen ist, bist du. Der einzige Grund, warum ich gestern hergekommen bin, bist du. Du bist der Grund, warum ich mich wider besseren Wissens auf das hier eingelassen habe. Ich …" Meine Stimme versagte und ich spürte die Verzweiflung, die ihre Klauen nach mir ausstreckte. Mit jedem weiteren Wort, jeder weiteren Minute hier mit ihm, wurde mir unsere prekäre Lage bewusster. In mir breitete sich ein unerwartetes Gefühl aus. So etwas wie Trotz. Egal, was morgen auf uns zukäme … ich musste ihm sagen, was ich fühlte. Ich ließ von meiner Tasche ab, trat zu ihm und stellte mich zwischen seine Beine.

„Ich liebe dich", sagte ich schlicht und der Überraschung auf seinem Gesicht nach zu urteilen, überrumpelte ihn mein Geständnis. Es machte mir keine Angst, diese Worte auszusprechen. Hätte ich es für mich behalten, würde es den Schmerz, den unsere Trennung mit sich bringen würde, nicht schmälern. Im Gegenteil, elf Jahre hatte es geschmerzt. Aber am meisten bedauerte ich, dass ich die Chance verpasst hatte, ihm zu sagen, was er mir bedeutete, bevor er mich verlassen hatte.

„Du …?"

Ich kletterte auf seinen Schoß und umklammerte ihn. „Ich liebe dich. Ich liebe, dass du Kaffee für die Ausgeburt der Hölle hältst und versuchst, mich davon abzubringen. Ich liebe es, wie deine Augen zu leuchten beginnen, sobald du das Wort Käse hörst. Ich liebe es, wie du die Menschen, die du liebst, beschützt. Wie du Menschen mit Respekt behandelst, selbst wenn sie ihn eigentlich nicht verdient haben. Ich liebe dein schiefes Grinsen, wenn du dir das Lachen verkneifst. Ich liebe es, wie du selbst im Streit noch fair bleiben kannst. Und ich liebe es, wie du meine Tochter ansiehst und sie dich." Gegen meinen Willen traten mir Tränen in die Augen, vor Rührung und Traurigkeit. Seit ich Mutter war, hatte ich mir für Molly nur eins gewünscht: einen Vater. Und seit Owen wieder in unser Leben getreten war, hatte ich diese besondere Beziehung zwischen Owen und ihr bemerkt und zu hoffen gewagt, dass sich dieser Traum erfüllte. Owen sah mich an, überwältigt von all den Dingen, die ich gesagt hatte, und auch er schien den Tränen nahe zu sein. „Ich könnte ewig so weitermachen, aber du musst nur wissen, dass es Menschen gibt, denen du etwas bedeutest. Dein Team zum Beispiel. Ich weiß, dein Vater hat viel in dir zerstört, aber das ist vorbei. Du wirst geliebt, weil du ein liebenswerter Mensch bist."

Owen strich mit seiner Hand über meine Wange, schob meine Haare hinter mein Ohr und dann küsste er mich. Leidenschaftlich und wild. Als hätten wir Benzin vergossen, setzte dieser Kuss uns förmlich in Flammen, bis unsere Leidenschaft lichterloh alles zu Glut und Asche verbrannte.

Nach dem wohl besten Sex des gesamten Wochenendes musste ich für wenige Stunden eingeschlafen sein. Ich erwachte vom Zwitschern der Vögel, kurz vor der Morgendämmerung. Owen lag halb unter mir begraben. Es erstaunte mich, dass wir so eng umeinandergeschlungen überhaupt hatten schlafen können. Wahrscheinlich hatte ich mich unbewusst so fest wie möglich an ihn geklammert. Mein Kopf ruhte auf seiner Brust, die sich gleichmäßig hob und senkte. Ich lauschte dem langsamen und kraftvollen Pochen seines Herzens. Ähnlich wie Mollys gleichmäßige Atemzüge würde dieses Geräusch auf ewig mein Liebstes sein. Er schlief tief und fest. Eine Weile sah ich einfach nur zu ihm hoch, beobachtete, wie sich seine Augen unter den Lidern hin und her bewegten, als würde er träumen.

Langsam, ohne ihn zu wecken, löste ich mich von ihm, zog mir das Shirt drüber, das er gestern getragen hatte, und roch daran. Owen. Sein markanter Duft, gepaart mit einem Hauch seines Duschgels und Aftershaves, umgab mich und löste ein Wohlgefühl aus. Ich trat zum Fenster und schlang die Arme um mich. Gestern hatte ich den Gedanken an heute kaum unterdrücken können, doch heute fühlte es sich an, als hinge ich direkt über dem Abgrund, den Blick fest nach unten gerichtet. Ich wusste, dass dieser Abschied heute folgenschwer war. Genau genommen hatte ich es von Anfang an gewusst und meine Befürchtungen mit Ethans Hilfe beiseitegeschoben. Ich sah über meine Schulter zu Owen und lächelte traurig. Auch wenn es furchtbar schmerzen würde, war ich froh, auf Ethan gehört zu haben. Für jede Sekunde mit Owen hatte sich der Kummer, der bald über mich hereinbrechen würde, gelohnt.

Dieses Wochenende, das uns eigentlich näher zusammenbringen sollte, hatte mir nur vor Augen geführt, was ich von Anfang an gewusst hatte. Owen und ich waren vielleicht gut füreinander und obwohl er es gestern nicht ausgesprochen hatte, wusste ich, dass er mich liebte. Tief in mir war ich überzeugt, dass er mich damals wie heute liebte. Manchmal reichte das jedoch nicht.

Vor elf Jahren hatte Owen seine Gründe, mich zu verlassen. Sein Vater und all die schrecklichen Erinnerungen, die er mit

Bakers Valley verband, und die aus seiner Sicht unverzeihliche Tat, die ihn in seinen Augen zu einem Abbild seines Vaters machte. Einem Abbild, vor dem er mich unbedingt hatte schützen wollen. Heute waren diese Hindernisse aus dem Weg geräumt, dafür standen uns unzählige neue im Weg. Um genau zu sein: etwas mehr als 1500 Meilen.

Ich hatte Molly und einen Traum, den ich nicht aufgeben wollte. Und Owen hatte nicht nur das Eishockey. Nein, nach all den Jahren verzweifelter Suche hatte er endlich die Familie, die er verdiente. Menschen, die ihn liebten und die hier in Chicago lebten. Es war wundervoll gewesen, mit anzusehen, wie er im Kreise seines Teams aufging und mit ihm zu dieser verschworenen Einheit verschmolz. Er hatte so oft davon erzählt, aber so richtig verstanden hatte ich erst gestern, was es bedeutete, ein *Ice Tiger* zu sein. Fakt war: Dies war eine Familie. Owens Familie. Plötzlich verstand ich, warum er es ausschloss, jemals wieder für eine andere Mannschaft zu spielen, warum es ihm so wichtig gewesen war, hierher zurückzukehren, nachdem sein Vater gestorben war, und was ihn dazu antrieb, sich auf dem Eis zu Brei schlagen zu lassen.

Es war unmöglich für mich, ihn vor die Wahl zu stellen. Dafür liebte ich ihn zu sehr. Selbst wenn wir es hinauszögerten, würde er irgendwann eine Wahl treffen müssen. Ohne Molly wäre ich das Risiko, mein Leben in Bakers Valley aufzugeben, womöglich eingegangen. Ich hätte mir hier ein Leben mit Owen aufgebaut. Einen Job gesucht, eine Familie gegründet. Doch das konnte ich Molly nicht zumuten, denn sie war meine Familie, das Wichtigste in meinem Leben. Sie hatte schon genug mit einem simplen Schulwechsel zu kämpfen gehabt. Ich könnte sie unmöglich entwurzeln.

Das war etwas, das Eltern tun sollten – ihre Kinder an erste

Stelle setzen. Immer. Egal, was das für sie selbst bedeutete. Andererseits war da noch mehr in Bakers Valley. Ethans und mein Unternehmen, der Traum vom eigenen Café. Elf Jahre hatte ich darauf hingearbeitet. Ich konnte das nicht einfach aufgeben. Nicht, nachdem mein Leben schon einmal kopfgestanden hatte.

Ich seufzte und spürte die Tränen, die über meine Wangen liefen. Die Entscheidung war längst gefallen, jetzt brauchte ich nur noch die Kraft, sie umzusetzen. Auf leisen Sohlen schlich ich ins Bad und verrichtete notdürftig alle Notwendigkeiten. Anschließend zog ich ein paar frische Klamotten aus meinem Koffer und zog mich an. Ich bemühte mich, keine allzu lauten Geräusche zu machen, und hielt ein paar Mal den Atem an, wenn Owen sich rührte. Dann suchte ich in der Wohnung nach einem Blatt und einem Stift, schrieb eine Notiz und legte sie auf das Kissen neben ihm.

Bevor ich das Schlafzimmer verließ, warf ich einen letzten Blick zu ihm zurück. Ich betrachtete Owen, wie er dalag, nackt und perfekt, wie ein Gott, der in ein Tintenfass gefallen war. Schutzlos den sich nicht erfüllenden Wünschen für seine Zukunft ausgeliefert, sobald er erwachte und den Zettel fand. Würde er es verstehen? Verstehen, warum ich ihn verlassen musste? Hatte er sich damals womöglich genauso gefühlt? Ich seufzte, schloss die Tür hinter mir und kehrte damit all den wunderbaren Möglichkeiten, die uns vielleicht offen gestanden hätten, den Rücken zu.

# OWEN

In dem Moment, als ich erwachte, wusste ich, dass etwas ganz und gar nicht in Ordnung war. Es war ruhig. Zu ruhig. Keine Atemgeräusche, kein Klappern von Töpfen aus der Küche. Kein Keksduft, den Kaylees Haar verbreitete. Keine weichen Rundungen, die sich an meinen Körper schmiegten. Noch bevor ich hochschreckte, wusste ich mit Sicherheit, dass Kaylee fort war. Es war etwas in ihrem Blick gewesen und der Art, wie sie mich gestern geküsst und geliebt hatte. Als wäre es das letzte Mal. Hatte sie es da schon entschieden? Hätte ich etwas ändern können, wenn ich es angesprochen hätte?

Ich sah auf den Wecker. Es war noch keine acht Uhr. Ihr Flug ging doch erst zur Mittagszeit. Wo wollte sie also so lange hin und … Hastig sprang ich auf, schlüpfte ungeduldig in meine Jeans und sah einen Zettel auf dem Bett. Ein Gefühl, als würde Beton in meinen Körper fließen, ließ mich innehalten. Gequält schloss ich die Augen, ehe ich mit zitternden Knien um das Bett herumging und den Zettel an mich nahm. Ich faltete ihn auseinander und sah Kaylees hübsche Handschrift.

*Ich verstehe jetzt, warum du dich damals nicht verabschiedet hast. Es wäre zu schwer gewesen. Ich würde es niemals schaffen, tatsächlich zu gehen. Alles, was ich will, ist, dass du glücklich wirst. Bitte vergib mir. Kay.*

Meine schlimmsten Befürchtungen bestätigten sich, doch so schnell gab ich nicht auf. Sie konnte noch nicht lange weg sein. Hastig zog ich einen Pullover aus dem Schrank und schlüpfte in die Sneakers, die neben der Tür standen.

Dann stürzte ich hinaus in den Regen, rannte hastig um die Ecke und kollidierte beinahe mit einem Fremden, der seine beiden Dackel Gassi führte und in der letzten Sekunde einen hastigen Sprung zurück tätigte.

„Entschuldigung", rief ich über meine Schulter zu dem verdattert dreinblickenden Mann im roten Regencape zurück.

Frischer Chicagoer Frühlingswind erfasste mich. Es regnete immer noch in Strömen und durchnässte in wenigen Augenblicken meinen Pullover, den ich mir falsch herum übergezogen hatte. Mein Blick glitt suchend rechts und links die Straße hinab. Warum waren um diese Uhrzeit an einem Sonntag nur schon so viele Menschen unterwegs? Was taten sie hier? Was konnte so wichtig sein, bei einem solchen Wetter die Straßen zu bevölkern? Dann sah ich im letzten Moment einen roten Mantel und Kaylees roten Schopf, ehe sie um die Ecke bog.

Sie war auf dem Weg zur U-Bahn. Natürlich. Hastig sprintete ich hinterher und dankte Greg insgeheim für sein hartes Ausdauertraining, für das ich ihn nicht selten verflucht hatte. Gefühlt unzähligen Menschen wich ich aus, rempelte weitere an, die mir allesamt Flüche hinterherriefen. Endlich kam Kaylee wieder in Sichtweite und ich sah, dass sie drauf und dran war, die U-Bahn-Station zu erreichen. „Kaylee", rief ich mehrfach, ehe sie endlich stehenblieb. Sie ließ die Schultern hängen und wandte sich dann langsam zu mir um.

In ihrem Gesicht stand Verwunderung, und ich konnte erkennen, dass sie geweint hatte. Ich umfing mit beiden Händen ihr Gesicht und lehnte meine Stirn gegen ihre. Diese simple Geste schien ihre Tränen nur zu verschlimmern und Kaylee ließ ihren Schirm sinken. Die Regentropfen prasselten auf uns nieder und durchnässten unsere Kleidung innerhalb weniger Sekunden. Die Menschen gingen um uns herum, wie Wasser um einen Felsbrocken in einem Flussbett herumfloss, doch ich ignorierte sie. Für mich gab es nur uns beide, Kaylee und mich.

Zärtlich küsste ich sie und spürte, wie sich ihr Körper instinktiv gegen meinen drängte. Erleichterung durchflutete mich. Ich war rechtzeitig gekommen. Als wir uns schlussendlich voneinander lösten, sah ich die Tränen in ihren Augen, die sich mit dem Regen vermischten.

„Ich hasse Abschiede", murmelte sie. „Jetzt werde ich nur noch schwerer gehen können."

„Warum willst du gehen? Dieses Wochenende …"

„Ich weiß, Owen, ich weiß", unterbrach sie mich und schüttelte den Kopf. „Dennoch muss ich gehen … Molly …"

„Natürlich", entfuhr es mir und ich hätte mir am liebsten vor die Stirn geschlagen. Sie wurde noch viel dringender von Molly gebraucht als von mir. „Wann sehen wir uns wieder?"

Der Blick, den sie mir zuwarf, erschreckte mich und ließ mich im Bruchteil einer Sekunde erahnen, was ich gleich hören würde. „Gar nicht."

„Was soll das heißen? Warum willst du nicht, dass wir uns wiedersehen? Ich dachte, du liebst mich? Das ergibt keinen Sinn."

Kaylee stieß ein Schluchzen aus und schloss gequält die Augen. „O Owen, all das ist wahr. Ich liebe dich. Wahrscheinlich liebe ich dich schon mein ganzes Leben lang." Sanft legte sie ihre freie Hand an meine Wange. „Aber verstehst du nicht? Gerade weil ich dich liebe, muss ich gehen."

„Nein, das verstehe ich wirklich nicht."

„Es gibt keinen Ort, an dem wir beide miteinander glücklich werden können." Verdutzt starrte ich sie an. „Ich habe eine Tochter, Owen."

„Ich liebe Molly", entfuhr es mir und ich wusste, wie wahr diese Worte waren.

Kaylee lächelte traurig und aus ihren Augen flossen weitere

Tränen. „Ich weiß, und das macht es nur um ein Vielfaches schwerer, aber auch wichtiger, hier einen Schlussstrich zu ziehen."

Ich wischte über ihre Wange. „Warum solltest du das tun, Kaylee?"

„Mollys Leben ist ohnehin schon schwer genug, wie du weißt. Alles, was sie hat, ist eine alleinerziehende Mutter, einen inkompetenten Vater, der sich nicht entscheiden kann, ob er Teil ihres Lebens sein will, oder nicht und Großeltern, die sie über alles lieben. Alles, was sie hat und liebt, ist in Bakers Valley. Einer Stadt, die du hasst und die ich nicht verlassen kann, so gern ich es für dich auch tun würde. Ich würde ihr all das nehmen, was ihr Leben bereichert, Owen. Verstehst du das denn nicht?"

„Aber … ich könnte euch besuchen und ihr mich. Ich weiß, Molly würde es lieben. Alles, was du tun musst, ist uns eine Chance geben."

„Und wie lange würde uns diese Fernbeziehung reichen? Wie lange würde es dauern, bis Molly ihr ganzes Herz an dich verlieren würde – wenn sie es nicht schon längst getan hat – und wir es ihr brechen würden, weil eine Fernbeziehung, die schon unter einfachen Umständen furchtbar schwierig ist, nicht funktioniert?"

Obwohl ich all die Worte aus ihrem Mund hasste, verstand ich ihre Sicht langsam.

„Und es ist nicht nur das, Owen. An diesem Wochenende habe ich das erste Mal mit eigenen Augen gesehen, was du tust und was du liebst. Es ist nicht nur dieser Sport, der dir den Halt in deinem Leben gegeben hat, sondern auch deine Teamkameraden. Sie sind deine Familie, wie du mir so oft erklärt hast, aber gestern … gestern habe ich es mit eigenen Augen gesehen.

Ich könnte dich niemals bitten, sie zu verlassen. Niemals. Denn das ist alles, was ich dir je gewünscht habe. Du hast diese Familie gefunden, die du dein ganzes Leben gebraucht hast. Und sie sind hier, Owen, hier in Chicago. Ich hätte mir nur gewünscht …", sie holte tief Luft und ihre Lippen bebten, „…, dass ich Teil davon sein könnte."

„Sag das nicht, denn du warst schon damals meine einzige Familie. Du bist Teil davon."

„Es ändert dennoch nichts an dem grundsätzlichen Problem, Owen. Du gehörst hierher, so wie ich zu Molly gehöre. Wir haben unsere Chance einfach verpasst."

„Es ist meine Schuld, weil ich damals zu feige war …"

„Nein, sag das nicht." Sanft, aber bestimmt legte Kaylee einen Finger auf meine Lippen und schüttelte den Kopf. „Du hattest damals deine Gründe, wie ich sie heute habe. Es ist schlicht das Schicksal, das uns beide heute hierhergeführt hat. Und egal, wie sehr ich … dich vermissen werde, ich bereue keine Sekunde davon."

„Vielleicht können wir …"

„Vielleicht … ist zu wenig, Owen. Ich brauche Sicherheiten und meine Tochter braucht sie. Dies ist einfach nicht der geeignete Augenblick."

„Denkst du, wir bekommen noch eine Chance?"

Kaylee sah mich traurig an. „Tante Margie würde es Schicksal nennen, wenn es so wäre."

„Ich kann dich nicht einfach gehen lassen. Das ist unmöglich."

Kaylee schluckte. „Schließ die Augen", sagte sie.

„Warum?"

„Tu es einfach", flehte sie unter Tränen und ich tat es.

Dann spürte ich ihre Lippen auf meinen. Wunderbar weich

waren sie und ihre feuchte Zungenspitze drang zärtlich in meinen Mund, traf auf meine und liebkoste sie. Unendlich sanft und so voller Hingabe, dass ich all diese Liebe, die uns seit Jahren verband, in diesem Kuss spürte. Doch der Kuss schmeckte auch bittersüß. Nach Abschied. Ehe ich mich versah, löste sie sich von mir und murmelte leise: „Leb wohl, Owen Edwards."

Dann hörte ich ein Rascheln und spürte die Einsamkeit, die mich urplötzlich zu verschlingen drohte. Wie ein Idiot stand ich mit geschlossenen Augen da, spürte, wie der Regen meine Kleider durchweichte. Als ich endlich die Augen wieder öffnete, war sie fort. Nur ein ganz schwacher Duft von Keksen hing in der Luft. Der einzige Beweis, dass sie eben noch bei mir gewesen war.

# KAPITEL 18

*Zwei Monate später*

KAYLEE

„Siehst du das, Mindy? Das ist der hintere Bereich des Cafés und ich stelle mir hier eine Leseecke vor, ähnlich wie bei dir. Vielleicht können wir eine Art Bücherschrank aufmachen, in den die Leute ihre gelesenen Bücher stellen und andere mitnehmen können. Ähnlich einer Leihbibliothek, nur ohne den ganzen Schnickschnack. Die Tapete würde ich gern aus alten Buchseiten machen und ein gemütliches Ledersofa und ein Ohrensessel dürfen auch nicht fehlen. Oh, ich wollte immer schon einen Ohrensessel haben“, schwärmte ich und hielt mein Handy so, dass Mindy möglichst viel von der Ecke sehen konnte. Wie ein Honigkuchenpferd grinste ich in die Handykamera, umgeben von unzähligen Farbeimern, Kleister, Bodenbelägen und Leitern. In meiner Fantasie war dieser Raum bereits fertig, doch die Realität sah anders aus. Es gab ungefähr noch eine Million Dinge zu erledigen.

Mindy lachte. „Es sieht einfach wundervoll aus. Ich kann es mir schon bildlich vorstellen. Und wenn ihr alles eingerichtet habt, komme ich euch besuchen", sagte sie und ich drehte das Handy so, dass sie mich und auch Ethan im Hintergrund sehen konnte.

Das Wochenende in Chicago hatte mir seltsamerweise nicht nur Herzschmerz hinterlassen. Vor allem hatte ich Freundschaften geschlossen. Zum einen hielt ich mit Josie und Holly über WhatsApp Kontakt, was irgendwie seltsam war, weil wir alle vermieden, über Owen zu sprechen. Doch das Beste war die Freundschaft mit Mindy.

Kurz nachdem ich wieder zurück in Bakers Valley gewesen war, hatte ich in einer besonders schweren Nacht nicht schlafen können und begonnen, Mindys Rezept auszuprobieren. Am nächsten Morgen hatte ich ihr das Ergebnis abfotografiert und seitdem hatte es keinen Tag gegeben, an dem wir nicht miteinander gesprochen hatten. Ihr war es schlussendlich auch zu verdanken, dass Ethan und ich neben jedem Cent auch unseren ganzen Mut zusammengekratzt hatten, um aufs Ganze zu gehen.

In den letzten zwei Monaten hatten wir einen Business-Plan entworfen, mit Banken gesprochen und schließlich, dank Ethans geheimnisvollem Investor, von dem sich vor zwei Tagen herausgestellt hatte, dass es sich dabei um Marc handelte, der mittlerweile offiziell Ethans Partner war, den kleinen Laden direkt neben Tante Margies Geschäft gemietet. Im hinteren Bereich gab es eine große Küche mit angrenzendem Kühlraum, die groß genug war, Aufträge wie die für den Frauenverein zu schaffen. Im vorderen Bereich gab es sogar Platz für ein paar

Tische und eine gemütliche Leseecke. Das kleine Café, das in wenigen Wochen eröffnen würde, würde den Namen *‚Molly's‘* tragen.

So gesehen hatte mir der Herzschmerz zu neuen unfassbaren Dingen verholfen, auch wenn kein Tag verging, an dem ich nicht an Owen dachte. Am Anfang hatte ich regelmäßig nach ihm gegoogelt, doch das hatte es mir nur schwerer gemacht, überhaupt aus dem Bett zu steigen und nicht in Depressionen zu verfallen. Es hatte ein paar Standpauken von Ethan gebraucht, die mich schlussendlich aus dem Loch geholt hatten. Noch schlimmer war es, Mollys Fragen beantworten zu müssen, warum Owen uns nicht besuchen käme. Ich wusste, dass sie ihm ähnliche Fragen über WhatsApp gestellt hatte, wollte aber nicht wissen, wie er darauf geantwortet hatte. Es rührte mich, dass er den Kontakt über WhatsApp mit ihr hielt. Das machte es allerdings auch schwerer für mich.

Der Wecker klingelte und ich erinnerte mich an die Ladung Cookies, die noch im Ofen waren. „Oh, Mindy, ich muss Schluss machen. Die Kekse wollen raus und der Auftraggeber wird bald hier sein und sie abholen.“ Ich ging zu Ethan, der mit seiner Brille vor dem Laptop saß und unverschämt schneidig damit aussah. Ich beugte mich zu ihm und gemeinsam winkten wir Mindy, die uns eine Kusshand zupustete. „Macht's gut und ganz viel Erfolg. Wir hören uns morgen.“ Dann legten wir auf.

„Sie ist echt ein Schatz. Sie hat uns ihren Zulieferer für diese Kuchenboxen empfohlen und tatsächlich gibt es einen in der Nähe, den ich gerade angeschrieben habe. Mal sehen, welche Konditionen er uns anbietet.“ Zufrieden mit sich, rieb Ethan sich über die Brust.

Ich lächelte über Ethans unerwarteten Geschäftssinn. Er hatte schon immer ein Händchen für Zahlen gehabt, aber was wirklich in ihm steckte, hatte er erst im Gespräch mit den Banken bewiesen. Mein wunderbarer flapsiger bester Freund hatte echt Eier gehabt, wie Tante Margie nicht müde wurde, zu betonen.

Ethan sprang hastig auf und rief: „Ich muss ja gleich los. Warum sagst du mir nicht, wie spät es schon ist?"

„Ich hab selbst nicht dran gedacht. Wir müssen die Torte noch verpacken. Ich bin so gespannt, was sie sagen werden und wie sie ihnen schmecken wird. Vergiss nicht, auch zwischen den Zeilen zu lesen. Manche Kunden werden ihre Kritik nur versteckt übermitteln."

Ethan grinste. „Soll ich nicht einfach ein Video machen, wenn ich den Scheck bekomme?"

Ich warf ihm einen mahnenden Blick zu. „Sei kein Idiot! Du weißt, wie wichtig das ist. Wir wollen schließlich nicht in ein paar Wochen schon wieder schließen müssen. Dann habe ich keinen Grund mehr, die Nächte durchzubacken und du musst alles allein essen. Dann wirst du kugelrund und gibst mir die Schuld."

„Ist es immer noch so schlimm?", fragte Ethan vorsichtig. „Du vermisst ihn noch immer, richtig?"

Ein trauriges Lächeln stahl sich auf meine Lippen und ich huschte zu ihm, um ihm die Fliege zu richten, die seine Fummelei aus dem Gleichgewicht gebracht hatte. „Ich sollte mich den positiven Dingen zuwenden." Er trug bereits einen Anzug, weil er die Torte zur Location der Hochzeit fahren würde. Natürlich musste Ethan diese Aufgabe übernehmen, schließlich wollten wir keine dramatischen Zwischenfälle erleben, die immer dann geschahen, sobald ich ein Auto lenkte. Außerdem verkraftete ich es im Moment nicht, romantisch dekorierte Säle, gefüllt mit Kerzen und wunderschönen Blumenarrangements, zu betrachten, während Songs liefen, in denen sich Menschen die ewige Liebe schworen. Aktuell kamen mir diese Orte wie meine persönliche Hölle vor. Als wollte mich das Schicksal herausfordern, mich zu fragen, ob ich je etwas Ähnliches erleben würde. Ironischerweise träumte ich nicht mehr von diesem einen Tag, sondern von einem Leben mit dem einen Mann, der schon wieder aus meinem Leben verschwunden war. Nun ja, genau genommen war ich diesmal aus seinem entschwunden.

„O Kaylee, dein Herz ist gebrochen und ich möchte jeden Tag nach Chicago fahren, um ihm eine zu verpassen."

„Erzähl keinen Unsinn", winkte ich hastig ab.

„Das ist schließlich mein Job als dein bester Freund", ereiferte sich Ethan.

„Du vergisst, dass ich dieses Mal diejenige war, die gegangen ist. Owen hat mich angefleht zu bleiben."

„Stimmt ja. Also sollte ich eigentlich dich schütteln, richtig?" Ethan lehnte sich mit seinem Hintern gegen den provisorisch errichteten Schreibtisch. Unsere Renovierungsarbeiten erstreckten sich noch auf den kompletten vorderen Bereich des Geschäfts. „Warum hast du das noch gleich getan?"

Ich schüttelte den Kopf. „Weil ich wusste, dass uns diese Beziehung nur gebrochene Herzen bescheren würde."

„Egal wie oft du das noch sagen wirst, es erschließt sich mir einfach nicht."

„Er ist ein erfolgreicher Profi-Sportler, der diesen Ort hier hasst. In dieser Stadt wurde ihm seine Kindheit ruiniert. Mollys und mein Leben findet aber genau hier statt. In welcher Welt hätte das gut gehen können?"

„In einer Welt voller Kompromisse, Kaylee." Ethan kratzte sich am Hinterkopf und wirkte mit einem Mal schrecklich zerrissen. „Ich weiß, du willst nicht, dass ich dir reinrede, aber wenn ich es nicht tue, wer sollte dir dann den Kopf waschen, damit du nicht den Fehler deines Lebens begehst? Zum zweiten Mal."

„Wovon sprichst du?"

„Es gibt keine Welt, in der alles perfekt ist. Sieh mich und Marc an. Obwohl ich dieses Versteckspiel gehasst habe, kam ich nicht von ihm los. Schau nur, wohin es uns geführt hat?" Ein verträumtes Grinsen breitete sich auf seinen Zügen aus und trotz meines eigenen Herzschmerzes, gönnte ich es ihm von Herzen. Marc und Ethan sahen sich gerade nach einer gemeinsamen Wohnung um, auch wenn Ethan nicht müde wurde, mir zu versichern, dass es nicht vor nächstem Jahr zu seinem Auszug kommen würde. Ich wusste, das tat er nur, um mich nicht während meines Liebeskummers zu verlassen. Obwohl ich ihm dankbar dafür war, fühlte es sich falsch an und wir stritten regelmäßig deswegen.

„Du denkst, ich hätte Owen und mir eine Chance geben sollen?"

„Natürlich. Im Grunde genommen, hast du Angst vor dem Schmerz, wenn ihr feststellt, dass es nicht funktioniert. Doch jetzt leidest du Höllenqualen und er wahrscheinlich auch. Und wofür? Um euch genau vor dieser Situation zu bewahren? Findest du den Fehler?"

Ich schluckte und schüttelte unwirsch den Kopf. „Ich will nicht darüber reden."

Ethan seufzte, stieß sich von dem Tisch ab und kam auf mich zu. Sanft nahm er mich in den Arm und ich ließ es geschehen, ergab mich seiner tröstenden Umarmung und schluckte gegen den Kloß in meinem Hals an. Dann hauchte er mir einen

Kuss auf mein Haar. „Du bist meine beste Freundin, Kaylee, aber mit Verlaub: Du hast einen Knall."

Wir lösten uns voneinander und wandten uns zu der Torte um. „Das ist er, oder?", raunte ich Ethan maßlos erschöpft und doch voller Stolz zu.

„Dieser Moment, auf den wir eine Ewigkeit gewartet haben?" Ethan beugte sich leicht zu mir herab, legte einen Arm um meine Schultern und grinste vollkommen verstrahlt, wie ich aus den Augenwinkeln sah. „O ja, Süße! Das ist er."

Mit glänzenden Augen betrachteten wir die Wahnsinnstorte, die ich liebevoll und mit voller Hingabe in der vergangenen Nacht zu Ende kreiert und mit essbaren Blüten und goldenem Glitter perfektioniert hatte. In wenigen Stunden würde sie unter unzähligen Wunderkerzen und begleitet von Ed Sheerans *‚Perfect'* von einem Kellner in die Mitte der Tanzfläche geschoben werden. Mit glänzenden Augen würde das Brautpaar diesen Anblick in sich aufsaugen und für den Rest ihres Lebens in Erinnerung behalten.

Mein Herz machte einen trägen Hüpfer. Es war der Tag von Lindas und Jasons Hochzeit und damit der erste von vielen Aufträgen, die uns die Ausrichtung des Brunchs für den Frauenverein meiner Mutter eingebracht hatte. In Kürze würde diese Torte den Gästen und dem Brautpaar einen wundervollen Geschmacksorgasmus bescheren. Diese dreistöckige Torte war gigantisch und definitiv eines meiner Highlight-Projekte. Dieser Auftrag allein brachte uns mehr ein, als wir in den letzten Monaten zusammengenommen verdient hatten. Es war nicht zu fassen und ich wagte kaum davon zu träumen, dass dieses Catering mir langfristig genug einbringen würde, damit Molly und ich locker davon würden leben können. Die Türglocke erklang und ich hob verwundert den Kopf.

Ethan lächelte geheimnisvoll. „Dies ist der Moment, der dein ganzes Leben auf den Kopf stellen wird – schon wieder. Denk nur dran, dass immer, wenn das geschah, am Ende etwas Gutes dabei rausgekommen ist."

„Wie bitte?", fragte ich irritiert, doch Ethan deutete in den vorderen Bereich, wo ein Mann stand. Ein Mann mit dunklen Haaren, breiten Schultern und in die Hosentaschen geschobene Hände. Mein Herz schlug mir plötzlich bis zum Hals. Meine Beine wurden butterweich und drohten nachzugeben, sodass es unmöglich schien, auch nur einen Schritt auf ihn zu zu machen.

„Was … tust du denn hier?"

„Ich habe eine riesige Ladung Cookies bestellt."

„Aber … Wie bitte? Owen hat die Kekse bestellt?

Fassungslos sah ich zu Ethan, der nun breit grinste. „Das hab ich wohl vergessen zu erwähnen - ups."

„Gibt es keine Kekse in Chicago?", fragte ich ungläubig mit brüchiger Stimme und ein vorsichtiges Lächeln erschien auf seinen sanften Zügen.

„Ich fürchte nicht." Sein Blick lag auf mir, als hätte er noch nie etwas gesehen, das ihm mehr gefiel. Dabei hatte ich überall Mehl, trug die Kleidung von gestern und hatte mich weder ab- noch neugeschminkt. Kurz gesagt: Ich sah fürchterlich aus. „Zumindest keine, die so gut sind wie deine."

„Das kann ich unmöglich glauben. Und deswegen bist du extra von Chicago hergeflogen?"

Er machte zwei Schritte auf mich zu. „In Wahrheit bin ich natürlich deinetwegen hier. Und wegen Molly."

Obwohl ich protestieren wollte, entrang sich meiner Kehle nur ein Schluchzer.

„Und sag mir nicht, dass du mich nicht hier haben möchtest. Dann glaube ich dir nämlich kein Wort."

„Das wäre auch erstunken und erlogen. Sie vermisst dich schrecklich. Sie schläft nicht, isst nicht und ihre Laune ist kaum auszuhalten", rief Ethan aus der Küche und ich rollte mit den Augen. Dieser furchtbare Kerl.

„Das ist doch nicht das Problem. Das war es nie, Owen", ereiferte ich mich. Traurig schüttelte ich den Kopf, während er vorsichtig auf mich zukam, als wäre ich ein wildes Tier, das er einfangen wollte. „Trotzdem hat sich nichts geändert."

„Du irrst dich, Kaylee!", sagte er überzeugt, beugte sich zu mir und umfing mit beiden Händen mein Gesicht. „Für mich hat sich in den vergangenen Wochen einfach alles verändert. Jeder Tag ohne dich und Molly kam mir wie ein verlorener vor. Ich … du … hast mein Leben wie damals schon erst lebenswert gemacht. Ich habe keine Ahnung, wie es mir elf Jahre lang nicht klarwerden konnte, was ich eigentlich brauche. Damals wollte ich nur weg von hier. Von meinem Vater, diesem Ort, der für mich die Hölle war. Doch dann habe ich eingesehen, dass ich mich geirrt habe. Alles, was ich für mein Glück brauchte, war immer schon hier. In dieser Stadt. Vielleicht musste mein Vater erst sterben, damit ich klarer sehen konnte."

„Aber du hasst es hier!", entfuhr es mir.

„Das ist nicht wahr", entgegnete er. „Ich habe das Leben mit meinem Vater gehasst, aber niemals diesen Ort. Er stand nur stellvertretend für all das Leid, das mir widerfahren ist. Aber er steht auch für dich und die Familie, die ich hier habe. Dich und Molly, ihr beide seid alles, was ich mir wünsche. Ein Leben mit euch. Und ich weiß, dass es dir schwerfallen wird, mir zu glauben, weil ich dich schon einmal zurückgelassen habe und dir schrecklich wehgetan habe. Außerdem bist du daran gewöhnt, dich nur auf dich zu verlassen. Doch wenn du mich lässt, beweise ich dir für den Rest unseres Lebens, dass all das wahr ist. Bitte, Kaylee, lass mich dich und Molly lieben, so wie ihr es verdient habt und wie ich es schon so lange tue."

Seine braunen Augen hatten einen flehenden Ausdruck angenommen, doch da war auch noch etwas anderes, was ich spürte. Es war das Vertrauen in ihn und das, was er gesagt hatte. Ich wusste, er – und nur er – war dazu imstande, mich zu halten, wenn es darauf ankam. Er war stark genug für all die Dinge, die die Zukunft bereithalten würde. Er würde nicht gehen, sobald es schwierig wurde. Ich seufzte und gab den Kampf gegen meine Tränen auf. Sanft fing er sie mit seinen Daumen auf und wischte sie fort.

„Weinst du jetzt, weil du nicht weißt, wie du mich wieder loswerden kannst, oder vor Rührung?", wisperte er und kam meinem Gesicht immer näher.

Empört versetzte ich ihm einen sanften Schlag, ehe ich seine muskelbepackten Arme mit meinen Händen berührte. „Du bist unmöglich, Owen. Jeden Tag hat mich die Frage gequält, ob ich den Fehler meines Lebens begangen habe, seit ich dich vor dieser U-Bahn-Station stehengelassen habe. Und du fragst mich so was?"

Seine Züge hellten sich auf und in meinem Bauch zirkulierten all die Empfindungen, die mich überhaupt erst in die Knie gezwungen hatten. „Also kämpfe ich nicht auf verlorenem Posten?"

„Nein, niemals. Ich nehme das, was ich kriegen kann, verstehst du? Und wenn wir jahrelang durchs halbe Land jetten müssen, um ein bisschen Zeit zusammen zu haben, dann werde ich das tun. Und wir werden das schaffen. Weißt du auch, woher ich das weiß?" Fragend schaute er mich an. „Weil ich an uns und das Schicksal glaube."

„Weißt du, eigentlich habe ich andere Pläne."

„Andere Pläne?“, hakte ich verwundert nach.

„Ich habe Greg und meinem Team gesagt, dass ich meine Karriere als Profi beenden werde.“

„Bist du verrückt geworden?“ Ich zog mich von ihm zurück und schaute ihn verdattert an. „Das ist dein Traum, Owen, das, was du am allermeisten liebst. Eishockey und dieses Team.“

„Hast du mir vorhin nicht zugehört?“ Verständnislos sah ich ihn an. „Die letzten elf Jahre habe ich diesen Traum gelebt. Im letzten Jahr hat er mir alles abverlangt. Ich weiß nicht, wie oft ich versucht war, die Schmerzen unter Betäubungsmitteln zu begraben. Und das war erst der Anfang. Die Verletzungen werden zunehmen und ich werde nicht immer stark sein können, vor allem nicht ohne dich. Und dann ist vor zwei Monaten etwas viel Schlimmeres passiert. Du bist gegangen. Da habe ich erkannt, dass Eishockey vielleicht damals mein Traum und meine Rettung war, doch jetzt gibt es da einen anderen Traum. Den von einer eigenen Familie. Mit dir und Molly.“

„Und mir“, mischte Ethan sich aus dem Hinterzimmer ein und bewirkte ein Lächeln unter all den Tränen.

Obwohl ich vor Glück platzen wollte, waren da so viele Tränen und Restzweifel. Ich wischte mir über die Augen, auch auf die Gefahr hin, dass der Rest meines Augen-Make-ups mich in einen Panda verwandelte. „Aber was ist mit deinem Team? Mit Mika und Jay? Was ist mit Mia?“ Ich weinte noch mehr bei der Erinnerung an das kleine Mädchen.

Er lächelte wieder. „Ich liebe dich dafür, dass du immer zuerst an all die anderen denkst, aber jetzt ist Zeit, egoistisch zu sein. Verstehst du? Ich werde sie sehen können, so oft ich will, und so wie es aussieht, werde ich einen Talentsucherposten übernehmen und häufiger in Chicago sein, als ich jetzt denke.

Aber die meiste Zeit über werde ich hier bei euch sein. Zu Hause."

„Ist all das wirklich wahr? Passiert das gerade wirklich?", wisperte ich und Owen nickte begeistert.

„Ja, küsst du mich jetzt endlich?"

Und dann lagen unsere Lippen aufeinander. Owens Arme umschlangen mich fest und drückten jeden Zentimeter unserer Körper aneinander. Unsere Münder öffneten sich und vertieften den Kuss, von dem ich nie genug bekommen würde.

„Ähm … Kaylee?", rief Ethan besorgt aus der Küche.

„Was ist?", fragte ich genervt.

„Riechst du das auch?"

Sofort riss ich mich von Owen los, rannte zu Ethan und zum Backofen und schlug mir die Hand vor den Mund. „O nein, die Cookies."

Eilig holte ich die heißen Backbleche mit den Topflappen heraus und legte sie auf die Spüle. Kohlrabenschwarz waren sie zu kleinen unförmigen Briketts zusammengeschrumpft.

„Wie gut, dass ich nicht wegen der Kekse aus Chicago gekommen bin", sagte Owen lachend, legte einen Arm um mich, zog mich an sich und flüsterte mir ins Ohr: „Ich hoffe, du backst den Rest unseres Lebens Cookies für mich."

# EPILOG

*Zwei Jahre später*

OWEN

Der Ausblick über Montanas Landschaft dank der wieder geöffneten ‚Going-to-the-Sun Road' entschädigte mich für den furchtbaren Inlandsflug, den ich hinter mir hatte. Ich sollte mir angewöhnen, nicht in der Nacht zu fliegen, tat es jedoch immer wieder. Diesmal war ich bereits drei Nächte in Chicago gewesen, hatte meine Jungs getroffen und ein paar blutjunge und vielversprechende Spieler begutachtet. Eine Nacht länger in Chicago zu bleiben, wäre eine vernünftige Entscheidung gewesen, doch die Sehnsucht nach meinen beiden Mädchen trieb mich nach Hause.

Der Weg vom Glacier International Airport nach Bakers Valley führte mich über die ‚Going-to-the-Sun Road', die sich über Täler und Schluchten des Glacier Nationalparks erstreckte. Ich liebte diese Strecke, die nur von April bis September geöffnet war, um aufgrund ihrer gefährlichen Straßenverhältnisse bei schlechtem Wetter keine Unfälle zu verursachen. Diese Strecke war für mich wie das Vorspiel einer intensiven Liebesnacht mit Kaylee. Die Vorfreude erfüllte mich und ich liebte es, von der Schönheit Montanas wachgeküsst zu werden.

Die Schranke vor Bakers Valley war gnädig mit mir, erkannte mich offenbar als Einheimischen und ließ mich passieren. Es war noch viel zu früh, kaum sechs Uhr am Morgen, und das winzige Nest schlief noch wie ein Murmeltier. Unser Haus, das Kaylee von ihrer Großmutter geerbt hatte, kam in Sichtweite und sobald ich den Motor abstellte, holte ich hörbar Luft. Vielleicht hatte ich Glück und Kaylee lag noch im Bett, sodass ich mich noch für ein Weilchen zu ihr unter die Decke kuscheln konnte.

Behutsam schloss ich die Tür auf und trat auf leisen Sohlen ins Haus. Um ja keinen zu wecken, zog ich mir die Jacke aus und hängte sie an den chaotisch überladenen Jackenständer. Sobald ich mich zur Küche drehte, erstarrte ich.

Kuchen.

Überall war Kuchen.

O. MEIN. GOTT. Das war nicht gut. Da waren Muffins in unterschiedlichen Ausführungen: aus Schokolade, mit Schokoladenstückchen, mit Zuckerüberzug, Perlen und niedlich verzierten Fratzen. Außerdem standen da Brownies, Apfelkuchen und Kekse. Ein ganzer Haufen Kekse. Obwohl mir das Wasser im Mund zusammenlief, dachte ich nicht im Traum dran, zuzugreifen. Eins hatte ich in den letzten Jahren gelernt. Sobald Kaylee in diesem Ausmaß backte, war irgendwas los. Kurz vor unserer Hochzeit im letzten Jahr hatte sie die ganze

Stadt mit Gebäck überflutet. Eine Bewegung aus den Augenwinkeln holte mich aus meiner Starre. Es war Molly. Ich lächelte.

„Ähm … das …"

„Japp", sagte sie und grinste verschlagen, wodurch ihre Zahnspange mit den bunten Gummis auffiel. In den letzten Monaten hatte sie einen großen Schub in Richtung Pubertät gemacht. Mit jedem Schub bescherte sie uns mehr graue Haare. Ein geringfügiges Opfer dafür, dass ich Teil ihres Lebens sein durfte und sie mich zurückliebte. Tief in sich drin. Begraben unter all den Hormonen.

„Stecke ich in Schwierigkeiten?", fragte ich und griff mir theatralisch an die Kehle.

„Tja, das wirst du wohl herausfinden müssen." Molly umarmte mich und ich gab ihr einen Kuss aufs Haar. „Willkommen im Irrenhaus."

„Ich bin froh, wieder hier zu sein."

„Das sagst du *jetzt* noch."

„Du hast es echt drauf, mir meine Angst zu nehmen."

Molly lachte, nahm sich ein Glas, schüttete etwas Milch hinein und reichte es mir. „Versuch es damit. Du weißt ja, dass sie es als Allheilmittel betrachtet."

„Danke", sagte ich und holte tief Luft.

„Ich geh schon zu Andrew. Wir wollen noch das Plakat für Politik vorbereiten. Viel Glück", raunte Molly mir zu und schnappte sich einen Muffin mit Schokoglasur. „Du wirst es brauchen."

Ich schenkte ihr einen finsteren Blick und schluckte hart.

„Sie ist im Bad - seit bestimmt drei Stunden."

Langsam lief ich den Flur entlang, klopfte an die Tür und wartete.

„Ich brauche noch ein bisschen, Molly", sagte Kaylee mit belegter Stimme und schnäuzte sich.

„Ich bin's", antwortete ich.

„Owen?" Ihre Stimme klang viel zu hoch und ich ahnte, dass etwas ganz und gar nicht in Ordnung war.

„Darf ich reinkommen?"

„Aber … du bist doch viel zu früh." Es raschelte und ich lauschte an der Tür.

„Ich habe doch den Nachtflug genommen. Was …? Lass mich bitte rein."

Stille.

Entschlossen öffnete ich die Tür, weil ich langsam das Schlimmste annahm. Auf der Schwelle hielt ich inne und betrachtete Kaylee. Ihr Haar war zerzaust und ihre Augen vor Müdigkeit und Tränen verquollen. Hektische rote Flecken hatten sich auf ihrem Hals gebildet und sie saß umringt von Pappschachteln auf dem Boden. Es war schlimm. Irgendwas war geschehen.

Hastig sank ich vor ihr auf die Knie und nahm ihre Hände in meine. „Kaylee, was ist geschehen?"

„O Owen … ich weiß gar nicht, wo ich anfangen soll …"

„Wer hat damit zu tun? War es wieder Ash?" Weiß Gott, wenn er ihr das Leben wieder schwer gemacht hatte, dann …

„Niemand … außer du …"

„Ich?", fragte ich verblüfft.

„Und ich …"

„Du?"

„Können wir bitte damit aufhören? Ich bin selbst schon ganz verwirrt."

„Entschuldige", murmelte ich und sah das erste Mal zu den

Schachteln auf dem Boden. Schwangerschaftstests. Fassungslos saß ich da und … nichts.

„Bitte atme weiter", bat sie mich leise.

„Ist das wahr?", hauchte ich ungläubig und schluckte gegen den Kloß in meiner Kehle an.

„Ja." Kaylee schnäuzte sich weiter. „Zumindest, wenn wir den neun Tests glauben wollen, die ich in der Nacht in der Bereitschaftsapotheke gekauft habe, als ich unbändigen Appetit auf einen Hot Dog mit Sahne bekommen habe. Bethy Smith hat es bestimmt schon im ganzen Ort rumerzählt."

„Noch nicht. Sie schlafen alle noch." Ein aufgeregtes Lachen entrang sich meiner Kehle, ehe ich leiser hinzufügte: „Du bist tatsächlich schwanger?"

„Ich denke, auch darauf lautet die Antwort ja."

„Ich werde Vater?"

„Das ist die logische Konsequenz, Owen, es sei denn du willst mir was unter…"

Bevor sie den Satz beenden konnte, stieß ich ein Jubeln aus, umfing ihr Gesicht mit beiden Händen und küsste sie. Ihre Lippen schmeckten wegen ihrer Tränen salzig, begleitet von einem Hauch Kuchen.

„Du … freust dich?", wisperte sie.

„Natürlich", entfuhr es mir. „Du nicht?"

„Hast du eine Ahnung, was Babys tun?", fragte Kaylee. „Sie schreien. Oder machen in die Windeln. Dann wollen sie Milch. Viel Milch und oft. Und ständig haben sie Bauchweh oder Hunger oder einen Pups quersitzen. Sie kriegen auch Zähne und leiden deswegen Höllenqualen und manchmal auch alles auf einmal. Und dann ist da diese Panik, irgendwas kaputt zu machen und diese Verantwortung für dieses kleine Wesen raubt dir die Luft zum Atmen. Vor lauter Liebe kannst du nicht schlafen, weil du fürchtest, ihm könnte zu kalt sein oder es könnte schlecht träumen oder …"

Liebevoll sah ich sie an, stoppte ihren Redefluss sanft mit meiner Hand, die ich auf ihre Lippen legte. Denn in dieser Sekunde erkannte ich, was ihr solche Angst einjagte. „Alles wird gut, Cookie."

„Du hast ja keine Ahnung. Wie soll ich das alles schaffen? Mit Molly, dem Café und … Beim letzten Mal …"

„Es ist nicht wie beim letzten Mal, Kaylee. Du bist keine alleinerziehende Mom mehr. Wir sind zusammen, eine Familie. Ich werde dich, Molly und diesen winzigen Cookie da in dir nie allein lassen. Ich werde Milch machen, Windeln wechseln, das Baby tragen, Molly bei den Hausaufgaben helfen und wir werden uns die Sorgen um unsere Kinder teilen. Wir machen das gemeinsam, hörst du?"

Verdattert starrte sie mich an, als hätte sie gerade das erste Mal darüber nachgedacht. „Wir … machen das zusammen?", hauchte sie überrascht und wischte sich über die Wange.

„Natürlich, Kaylee. Dachtest du im Ernst, du wirst mich je wieder los?"

„Was ist mit deinem Job?"

„Die werden auch mal eine Weile ohne mich auskommen. Jetzt, da dein Café boomt, brauchen wir uns um Geld keine Sorgen machen. Es sei denn, du backst in dem Tempo weiter, wie du es letzte Nacht getan hast. Dann könnte es in der Tat knapp werden."

Kaylee stieß ein Kichern aus und ihr Blick klärte sich. „Entschuldige, dass ich in Panik geraten bin. Ich war …"

„… durch den Wind? Damit kommen wir schon klar, keine Sorge. Und ich dachte schon, es wäre etwas Ernstes."

Kaylee schlang einen Arm um mich und küsste mich. „Du hast keine Ahnung, was auf dich zukommt, mein Freund."

„Mach dir darüber mal keine Sorgen. Mich haut so schnell nichts aus den Latschen. Erst recht keine Babywindeln."

„Das meinte ich auch nicht. Du bist für Molly bereits der beste Vater der Welt. Die neun Monate der Schwangerschaft hingegen werden wohl eine Herausforderung für dich werden."

Ich schluckte, zog Kaylee näher zu mir, lachte überdreht und konnte mein Glück kaum fassen.

ENDE

# NACHWORT

Liebe Leserin, lieber Leser,

ich freue mich sehr, dass du meinem Buch eine Chance gegeben und (hoffentlich) zu Ende gelesen hast. Ich hoffe natürlich, dass dir Owens und Kaylees Geschichte gefallen hat und du wie ich mit ihnen gefiebert hast, ob und vor allem wie Owen am Ende die Kurve kriegt. ;) Owen hat mir im vergangenen Jahr einige graue Haare beschert. Ich habe mit ihm gelacht, geweint und mit Kaylee gebangt. Sollte es dir auch so ergangen sein, macht mich das sehr glücklich. Falls du auch die beiden Vorgänger *Chicago Crush – Schicksalshauch* und *Cold Side Of Love* gelesen hast, ist dir vermutlich aufgefallen, dass sich Owens Geschichte zu Mikas und Jays unterscheidet. Das ist auch der Grund, warum ich beschlossen habe, die Bücher nicht als Reihe zu deklarieren. Jede Geschichte ist nicht nur vom Schreibstil, als auch von seinem Inhalt und den Protagonisten besonders, allerdings auch ganz anders. Ich hoffe, jede von ihnen kann dich auf ihre Weise für sich einnehmen und begeistern.

Ich möchte dich bitten, meinem Buch eine kurze, ehrliche Rezension auf der Amazon-Seite zu hinterlassen. Diese Rezension ist ungemein wichtig. Damit erleichterst du es nicht nur zukünftigen Lesern, zu entscheiden, ob ihnen dieses Buch gefallen könnte oder nicht, sondern dieses Feedback, egal welcher Art, ist für mich wahnsinnig wichtig. Als Autorin nehme ich mir jede Meinung zu Herzen. Es hilft mir bei zukünftigen Projekten, auf die Wünsche und Anregungen meiner Leser besser eingehen zu können. Deswegen scheue dich nicht, mir deine ehrliche Meinung auf der Seite von Amazon mitzuteilen.

Falls du Lust hast, mehr über das Team der *Ice Tigers* und zukünftige neue Projekte zu erfahren, würde ich mich sehr freuen, wenn du mich auf meiner Website besuchen kämst und vielleicht sogar Teil meines Teams und damit ein Sandkasten-Groupie werden würdest. Dort wirst du immer zuerst und vor allen anderen mit den neuesten Neuigkeiten versorgt und bekommst ganz exklusive Möglichkeiten, neue Projekte vorab zu lesen. Ich wäre glücklich, dich dort, auf Instagram oder Facebook wiederzusehen, wo du gern mit mir in Kontakt treten kannst. Ich freue mich immer über deine Nachrichten, deine Anmerkungen und jedes Like. Vielen Dank für deine Unterstützung. <3

Auf der nächsten Seite findest du zwei Buchtipps und eine kleine Leseprobe besonders lieber Kolleginnen, die dich womöglich interessieren könnten.

Alles Liebe deine Liv

Meine Autoren Seite bei Amazon
Website
Newsletter
Facebook
Instagram

# BUCHTIPP

Ihr liebt Sportromance und ganz besonders Eishockey? Dann hab ich einen ganz besonders heißen Tipp für euch.

**Colton & Sofia: Philadelphia Pucks von Aurelia Velten und Sara Herz**

*Wir ahnten nicht, dass unsere Leben schon seit Jahren auf schreckliche Art und Weise miteinander verbunden sind …*

**Colton**

Mein NHL-Team ist Eskapaden von mir gewohnt, doch diesmal bin ich für vier Wochen suspendiert und muss in einem Zentrum für benachteiligte Kinder aushelfen.

Gäbe es da nicht diese wunderbar feurige Sozialarbeiterin,

wäre die ganze Sache ein Albtraum. Doch Sofia Morales auf die Palme zu bringen, ist einfach göttlich!

Weil meine Karriere auf der Kippe steht, muss ich die Teamleitung davon überzeugen, mein Leben endlich im Griff zu haben.

Plötzlich bin ich fake-verlobt. Sofia könnte das Beste sein, was mir seit Langem passiert ist.

**Sofia**

Ich habe keine Lust, während der Arbeit mit meinen Schützlingen auf irgendeinen arroganten Eishockeystar aufzupassen. Wenn Colton Walker nur den Mund aufmacht, regt er mich schon auf!

Als ein Schnappschuss von uns in der Presse auftaucht und ich als Groupie dargestellt werde, bekomme ich Angst um meinen Job. Nur deswegen und weil Colton mit einer dicken Spende für die Kids winkt, stimme ich seinem verrückten Vorschlag zu.

Es war nicht geplant, dass aus unserem Deal echte Gefühle entstehen.

Noch weniger geplant war die alles verändernde Wahrheit, die sich uns enthüllt …

Hier geht's zum Buch

**THE WEDDING BET von Christine Troy**

*Hochzeiten sind romantisch, stilvoll und alles andere als der passende Anlass für eine Wette. Oder?*

Die Eishockeyspieler der Portland Devils sind für ihre Wetten bekannt. Je verrückter, desto besser. Das gilt auch für die Einsätze. Dass die Jungs ausgerechnet auf der Hochzeit ihres Goalies Toby eine veranstalten, ist mehr als gewagt.

Diese Tatsache ist dem Flügelspieler Durand durchaus bewusst, trotzdem hält ihn das nicht davon ab, mitzumachen. Schließlich stehen seine Chancen zu gewinnen überraschend gut. Dumm nur, dass die hübsche Brautjungfer Melody all seine Pläne durcheinanderbringt.

Hier geht's zum Buch

## BÜCHER VON LIV KEEN

Chicago Crash - Schicksalshauch

Jay Holden. Eishockeystar. Liebevoller Vater. Gequälte Seele.

Der alleinerziehende Jay Holden, Captain des Eishockeyteams der Chicago Ice Tigers, glaubt nach dem Tod seiner Frau schon lange nicht mehr an eine neue Liebe. Doch dann blickt er in Holly Matthews Augen und seine Welt gerät aus den Fugen, denn Holly gleicht seiner verstorbenen Frau bis aufs Haar.

Auf der Suche nach Antworten kommen Holly und der attraktive

Sportler sich gefährlich nahe und müssen sich schließlich fragen: Ist ihre Begegnung Schicksal oder bloß ein übler Scherz des Universums?

Cold Side Of Love

*Eine Freundschaft mit einem unausstehlich gut aussehenden Bad Boy kann doch gar nicht funktionieren, oder doch?*

Eishockeyprofi Mika McKiernan lebt nach einer strikten Regel: länger als eine Nacht bleibt er bei keiner Frau. Aufgrund seiner schmerzhaften Vergangenheit kommen tiefere Gefühle für den Bad Boy nicht in Frage. Das ändert sich allerdings schlagartig, als er sich nach einer seiner Bettgeschichten nackt auf Josies Balkon flüchtet. Die hilfsbereite Krankenschwester verdreht dem sonst so abgebrühten Mika derart den Kopf, dass er sich sogar auf eine Freundschaft einlassen würde, nur um ihr nahe zu sein.Eine Freundschaft mit dem Frauenheld Mika ist das Letzte, wonach Josie der Sinn steht – schließlich weiß sie, dass er Ärger bedeutet. Seinem Charme zu widerstehen, ist jedoch schwerer als gedacht und schon bald ist Josies Herz in großer Gefahr.

# PLAYGROUND: RIVER & GEMMA - EXKLUSIVE LESEPROBE VON TESSA EVANS

# Kapitel Eins

Ich rekele mich in meinen Kissen, wundere mich, dass ich von der anderen Seite der Matratze keinen Protest höre, und öffne die Augen. River, mein Ehemann, liegt nicht im Bett. Als nächstes sucht mein Blick die Uhr. Sechs. Er ist also sehr wahrscheinlich joggen.

Ein paar Minuten habe ich noch, daher schließe ich die Augen wieder, versuche mich an den Traum zu erinnern, den ich hatte. Und der mich reichlich … nun ja, leidenschaftlich zurückgelassen hat. Genau kann ich ihn aber nicht greifen. Da es nicht das erste Mal ist, dass ich morgens lustvoll aufgewacht bin, kann ich mir allerdings denken, worum es gegangen ist.

Leider.

Fantasien hat jeder. Das ist mir bewusst. Auch, dass nicht jede Fantasie ausgelebt werden will. Auch das weiß ich. Aber … manche sind eher von der Kategorie, die man tief in sich verschließt und nie jemand anderem erzählt.

»Guten Morgen, Herzchen«, höre ich und reiße die Augen auf.

River steht am Bettende, lächelt mich an. Sein Shirt hat er schon ausgezogen und steht in all seiner männlichen Pracht vor mir. Er hat Bauchmuskeln, mehr muss ich wohl nicht sagen. Jetzt gerade hat er verschwitzte Bauchmuskeln, was sehr anziehend ist, vor allem in dem Zustand, in dem ich mich befinde.

»Morgen.« Ich rekele mich.

Seine Augen verlassen meine, wandern ein wenig nach unten. An die Stelle, wo mein Busen hervorblitzt. Ups. Das war keine Absicht, aber ich richte mein Nachthemdchen auch nicht, will wissen, was passiert.

»Ich bin spät dran. Könntest du für mich in die Reinigung fahren? Ich brauche meine Anzüge und schaffe es nicht.«

»Klar, kein Problem«, murmele ich, ziehe die Decke unters Kinn.

»Danke.«

Ich drehe mich auf die Seite, vergrabe das Gesicht im Kissen. Er beobachtet mich einen langen Augenblick, bevor er mit einem leisen Seufzer geht. Das Wasser geht an, wie ich vermutet hatte.

Wann ist aus unserer perfekten Beziehung eigentlich Routine geworden? Seit wann kann mein Mann meinen nackten Brüsten widerstehen? Als wir uns kennengelernt haben, hat er so darum gebettelt, sie zu sehen, und jetzt geht er einfach duschen.

Vielleicht ist das der Grund für all meine feuchten Träume. Dass ich in der Wirklichkeit keinen Sex bekomme. Schon lange nicht mehr. Wenn wir es dann doch mal machen, ist es weit entfernt von den leidenschaftlichen Stunden, die wir früher verlebt haben.

Erst mit River habe ich erfahren, was richtig guter Sex ist. Und jetzt nimmt er ihn mir weg! Das ist absolut nicht fair.

Natürlich weiß ich, dass man am Anfang einer Beziehung mehr Sex hat, dass es weniger wird. Man sagt, zwei Jahre hält die sexuelle Anziehungskraft, danach muss es Liebe sein oder es geht auseinander.

Daher ist das schon normal. River hat viel zu tun. Sein Unternehmen expandiert immer weiter. War es eher ein regionaler Spirituosenhersteller, als wir uns kennenlernten, gibt es die Produkte jetzt in allen Staaten zu kaufen. Von Washington bis Rhode Island, von Texas bis Florida gibt es den Gin zu kaufen, den mein Mann herstellt. Ich bin wirklich stolz auf ihn.

Aber das ist nicht unbedingt mit unserem Familienleben vereinbar. Oder Paarleben. Wir sind zu zweit.

Na ja, und ich … Ich bin an genau dem gleichen Punkt, an dem ich bei unserem Kennenlernen war. Unzufrieden in meinem Job, auch wenn es nicht mehr derselbe ist, den ich damals hatte. Der war wirklich schlimm, weil mein Chef mir viel zu viel abverlangt hat. Geregelte Arbeitszeiten gab es nicht. Es wurde gearbeitet, wenn Not am Mann war. Was im Grunde immer der Fall war.

Mein jetziger Job ist ruhiger … viel ruhiger. Beinahe schon zu ruhig.

Man könnte es auch langweilig nennen. Mein direkter Vorgesetzter scheint nicht besonders viel von meinen Fähigkeiten zu halten, weswegen er mich nur für Hilfsarbeiten einsetzt. Da setzt man einmal eine Dreißigtausend-Dollar-Kampagne in den Sand, und schon vertraut einem keiner mehr. Ich weiß wirklich nicht, wieso sie sich so anstellen. Ich kann da doch nichts für.

Wenn ich ehrlich bin, war es doch auch meine Schuld, aber dieser Fehler hätte wirklich jedem passieren können – wobei mein Vorgesetzter da auch nicht ganz unschuldig war. Ich habe mich endlos entschuldigt, aber ich wurde degradiert. Vom aufgehenden Star am Marketinghimmel zur Ausführerin von Hilfsdiensten.

Offensichtlich kann man mich einfach nicht zufrieden stellen. Entweder habe ich zu viel zu tun oder zu wenig. Im Grunde liegt es wohl eher daran, dass mein Herz für etwas ganz anderes schlägt.

Seufzend stehe ich auf, tapse in die Küche, stelle die Kaffeemaschine an. Dann hole ich die Zeitung rein, lege sie auf den Küchentisch, hole Brot und Aufschnitt aus den diversen

Schränken, bevor ich mir einen Kaffee einschenke, bevor er vollständig durchgelaufen ist. River hasst es, wenn ich das tue, weil ich dann die perfekte Kaffeemischung zerstöre, die er durch Testen der richtigen Menge an Pulver und Wasser herausgefunden hat.

Aber dann soll er die Maschine eben selber anstellen, und nicht schon am Vorabend alles einfüllen und mir die harte Aufgabe aufbürden, morgens auf den Knopf zu drücken. Wäre ja auch schön, wenn er auf dem Weg vom Joggen zum Duschen einfach mal in der Küche stoppen würde.

»Bad ist frei«, ruft er, und ich gehe mit meiner dampfenden Tasse ins Schlafzimmer zurück. Er steht am Schrank und zieht sich an. Er hat immer noch den begnadetsten Körper, den ich je gesehen habe. Bauchmuskeln, ausgeprägte Brust, tolle Bizepse. Echt sexy. Dazu der kleine, harte Hintern und die wohlproportionierten Beine. Nein, mein Mann verpasst den Beintag auf keinen Fall.

Früher hätte ich ihm in den Hintern gekniffen, jetzt gehe ich einfach an ihm vorbei, stelle meine Tasse auf dem Waschbeckenrand ab, bevor ich mich ausziehe und unter die Dusche steige.

»Hast du den Kaffee wieder zu früh eingegossen?«, fragt er, als er angezogen ins Bad kommt und seine Haare föhnt.

»Quatsch, natürlich nicht.«

Ich lasse das warme Wasser auf mich prasseln, höre daher nicht, was er sagt, nur ein Murmeln.

Nachdem ich meine Haare shampooniert und conditionert, mich eingeseift und abgeduscht habe, steige ich aus der Dusche. River ist zu diesem Zeitpunkt schon in der Küche. Wann wurde aus unserem Fertigmachen eigentlich ein orchestrierter Tanz, bei dem es nur darum geht, den anderen möglichst nicht nackt zu sehen?

Früher konnte er nicht genug von mir bekommen. Früher konnte ich nicht genug von ihm bekommen.

Was ist passiert?

Ich ziehe mich an. Da ich keine Kundentermine habe, kann ich leger gehen. Jeden Tag.

Ein wenig Make-up, hauptsächlich Mascara und ein bisschen Blush, weil ich doch leider sehr hellhäutig bin. Geerbt von meinen skandinavischen Vorfahren. Leider auch die Größe. Dafür aber Augenbrauen, die so hell sind, dass man sie nicht sieht und einen Körper, der zwar schlank, aber eher zu kurvig ist. Meine ausladende Brust fängt langsam, aber sicher an, gen Süden zu wandern, wo es nicht mehr lange dauert und Brust und Bauch zusammentreffen. Früher habe ich immer gedacht, dass große Brüste toll sind, jetzt beneide ich alle Frauen, deren Brüste noch da sind, wo sie hingehören. Aber so ändert sich die Wahrnehmung. Unter einundzwanzig wünscht man sich, dass alle einen für volljährig halten. Mit dreißig freut man sich über jeden, der einen nach dem Ausweis fragt. Und über dreißig … Aber davon wollen wir erst gar nicht anfangen.

Als ich in die Küche komme, sitzt River am Tisch und liest Zeitung. Den Kulturteil hat er auf meine Seite des Tischs gelegt. Typisch. Ich will auch wissen, was in der Welt vor sich geht. Nur einmal würde ich gerne erleben, dass er mir den Politikteil gibt und nicht nur den Teil, den er selber nicht liest.

Ich nehme mir noch eine Tasse Kaffee, wozu ich eine neue Tasse nehmen muss, denn die, die ich mit ins Bad genommen habe … Ich schaue zu River. Richtig, er trinkt jetzt aus der Tasse. Wir haben nur eine von der Sorte, seine Lieblingstasse.

Die mit dem Logo der Seattle Seahawks, dem Football-Team, das er liebt.

Lächelnd trinke ich einen Schluck. Ich mag, dass er meinen Kaffee geklaut hat, obwohl er findet, dass er das falsche Mischungsverhältnis hat. Das ist auch der Grund, wieso ich immer diese Tasse nehme.

Von hinten durch die Brust ins Auge, sagt man wohl dazu.

Ich nehme die Tasse, damit er sie mir im Bad klauen kann, sodass ich eigentlich ihm den Kaffee serviert habe, noch bevor er in der Küche ist, ohne zugeben zu müssen, dass ich ihn manchmal ganz gerne umsorge.

Kompliziert? Nicht in meinem Kopf. In meinem Kopf ist das meine Sprache der Liebe.

Leise seufze ich, bevor ich mich hinsetze und nach einer Scheibe Brot greife. River hat wie immer eine Avocado zermatscht, weil er sie gerne isst. Was sich gut für mich trifft, denn ich liebe es, Avocado auf mein Sprossenbrot zu schmieren und dann eine Scheibe Käse drauf zu legen. Perfektes Frühstück.

»Gestern hat der kleine Hibiskus schon den Kopf hängen lassen«, kommentiere ich, als mein Blick auf die Pflanze fällt. »Aber er berappelt sich offenbar.«

River sagt abgelenkt: »Du hast eben einen grünen Daumen, Herzchen.«

Er hat mich schon immer Herzchen genannt. Direkt von Anfang an. Damals, als er mir aus heiterem Himmel eine Nachricht geschrieben hat, die an die falsche Telefonnummer ging. Der beste Zufall meines Lebens, zumindest dachte ich das bisher. Jetzt bin ich mir da nicht mehr so sicher.

Was einmal ein Liebesbeweis war, ist jetzt nur noch ein Beweis unserer eingefahrenen Beziehung, in der nichts mehr neu und aufregend ist, sondern nur noch Routine. Unsere Liebe ist zur Routine verkommen. Ich weiß nicht, wieso. Wo sind wir denn falsch abgebogen?

»Ich komm heute später nach Hause. Wollen wir was bestellen?«, fragt er und schaut mich über die Zeitung an.

»Ja, klar. Ruf an, wenn du nach Hause fährst, dann bestelle ich. Worauf hast du Lust?«

Früher hätte er gesagt: »Auf dich, mit nichts weiter an, als der Kette, die ich dir geschenkt habe.«

Heute sagt er: »Chinesisch fände ich gut. Nimmst du die knusprige Ente?«

»Ja, darauf habe ich Lust.«

»Gut, dann nehme ich Hühnchen Kung Pao.«

»Alles klar.«

Er lächelt mich an. »Ich rufe an. Ach so, ich habe dir den Abholschein auf die Kommode an der Tür gelegt.«

»Okay. Hast du noch was zum Abgeben, wenn ich schon da bin?«

»Vielleicht den anthrazitfarbenen Anzug, der im Schlafzimmer liegt?«

»Ich gucke einfach nach.«

»Danke, Herzchen. Bist ein Schatz.«

Er sieht auf die Küchenuhr, faltet die Zeitung, steht auf, küsst mich auf den Kopf, bevor er aus dem Raum verschwindet. Ich höre seine Geräusche, bevor er noch mal den Kopf hineinsteckt: »Bis heute Abend, Herzchen.« Sein Lächeln kann immer noch Steine zum Schmelzen bringen. Nur mich nicht mehr.

Was ist nur passiert, frage ich mich, als die Haustür ins Schloss fällt.

Ich esse mein Frühstück auf, trinke meinen Kaffee, räume auf, bevor ich ebenfalls das Haus verlasse, mit seinem Abholschein, weil das offensichtlich der einzige Nutzen ist, den er noch aus mir zieht. Seine Botengänge zu erledigen. Vielleicht ist das gemein, aber manchmal fühlt es sich so an. Wir leben nur noch so nebeneinander her. Manchmal wünschte ich, wir würden noch zusammenleben, aber so fühlt es sich nicht mehr an.

Ich vermisse ihn. Ich vermisse meinen Mann.

* * *

Ich sehe auf, als es an meine Tür klopft.

»Ja?«, frage ich meinen Vorgesetzten, der den Kopf zur Tür reinsteckt.

»Kannst du zur Druckerei fahren und schauen, dass sie keinen Fehler machen? Wir brauchen die exakte Farbe, sonst dreht der Kunde durch.«

»Okay.« Das ist wohl die langweiligste Aufgabe, die er mir je aufgegeben hat. Das lässt man eigentlich Praktikanten und Werkstudenten erledigen. Solange die Verringerung der Verantwortung nicht mit einer Verringerung meines Gehalts einhergeht, kann ich mich eigentlich nicht beschweren, aber ich wünschte trotzdem, dass man mir mehr Vertrauen entgegenbringen würde.

Ab wann darf man sich eigentlich in seiner Situation einrichten? Schon mit dreißig oder erst, wenn man kurz vor der Rente steht?

Ich befürchte, ich kenne die Antwort.

Dreißig ist nicht alt genug, um sich aufzugeben.

»Dann, los, los.« Er klatscht in die Hände, um mich aufzuscheuchen.

Ich bemühe mich, nicht die Augen zu rollen, bin mir aber nicht sicher, ob es funktioniert. Nein, ich korrigiere. Ich bin mir ziemlich sicher, dass es nicht klappt.

»Und dann wäre auch schon Zeit fürs Mittagessen. Kannst du für alle Sandwiches mitbringen?«

»Ja, klar.« Er hat mich doch nicht gerade ernsthaft noch weiter degradiert. Das ist doch nicht sein Ernst. Das kann einfach nicht sein. Damit bin ich dann wohl die höchstbezahlte Sekretärin, die es je gab. Wobei die Sekretärinnen bei uns nicht für Botendienste missbraucht werden. Nur ich.

Ich nehme also von unserem sechsköpfigen Team die Bestellungen entgegen und mache mich auf den Weg.

Auf der Hinfahrt fällt mir auf, dass bereits sehr viele Sträucher und Bäume blühen. Frühling ist meine liebste Jahreszeit. Ich mag es, wenn alles bunt ist. Wenn die Narzissen blühen, die Krokusse, die Tulpen. Wenn sich kleine Knospen an den Zweigen der Glockenhasel zeigen, geht mein Herz auf.

An der Druckerei angekommen, werde ich zu dem Drucker gebracht, auf dem gleich unsere Broschüren vom Band gehen sollen.

»Hier ist der Probedruck«, sagt mir ein älterer Mann, als er mir den Bogen reicht.

»Danke, William.« Ich lächele ihn an, bevor ich ins natürliche Licht trete, um die Farben zu kontrollieren. Aus meiner Tasche ziehe ich die Farbkarten, um abzugleichen, ob die Farben auch zum Logo des Kunden passen. Wenn man einen ganz bestimmten Ton hat – und mit diesem auch in Verbindung gebracht wird –, kann man schon mal kleinlich sein, wenn es Abweichungen gibt.

Aber hier stimmt alles, also gehe ich zurück zu William. »Alles perfekt.«

Lächelnd sagt er: »Wie immer also.«

»Wie immer.«

»Dann werfen wir das Schätzchen mal an.«

Er tippt an seinem Computer etwas ein, und mit einem leisen Grummeln setzt sich die Maschine in Bewegung. William setzt sich Ohrenschützer auf, bevor er mir auch welche reicht. So eine Maschine kann laut werden. Eigentlich hatte ich nicht vor, lange zu bleiben, aber da ich im Büro nichts zu tun habe, sehe ich mir an, wie unsere Broschüre gedruckt wird, bevor sie in einem zweiten Schritt gebunden und geschnitten wird. Ich eile ans Ende der Druckstraße, um das fertige Produkt anzusehen. Eine der Broschüren klaue ich, blättere sie durch. Sie ist perfekt. Der Kunde wird sehr zufrieden sein.

Ich klopfe William auf die Schulter. Er nimmt die Schützer ab. »Vielen Dank! Sie sehen super aus.«

Er zeigt mit dem Daumen nach oben, und ich verabschiede mich lächelnd.

Zurück im Auto fahre ich zu dem Sandwichladen, in dem wir immer bestellen. Da kein Parkplatz frei ist, parke ich in der zweiten Reihe, und hoffe einfach darauf, dass der Fahrer, den ich gerade zuparke, kein Choleriker ist.

Ich gebe die Bestellung auf, trinke einen Kaffee, während ich warte.

Als ich zurück an meinem Schreibtisch bin, schaue ich auf die Uhr. Immer noch fünf Stunden vor mir. Die Tage vergehen einfach nicht mehr, was mir ganz und gar nicht guttut, denn so habe ich zu viel Zeit zum Nachdenken. Über mich. Über mein Leben. Über River. Über unsere Beziehung.

Aber das führt zu nichts, weswegen ich mich aufmache und unser Materiallager aufräume. Ich kann mich gerade eben noch abhalten, die Büroklammern nach Farbe zu sortieren. Schließlich brauche ich auch noch für die Zukunft Projekte, daher kann ich nicht alles auf einmal erledigen.

Auf dem Nachhauseweg fahre ich zu der Reinigung, tausche

schmutzige gegen saubere Anzüge. Zu Hause frage ich mich, was ich jetzt mit all meiner Zeit tun soll. Es ist alles sauber und aufgeräumt. Es gibt nichts zu waschen, zu spülen oder abzustauben.

Was habe ich früher denn getan, wenn ich Zeit hatte?

Es kam wohl einfach nie vor, weil ich so viele Hobbys hatte, dass ich oft in Zeitnöten war. Was ist mit ihnen geschehen?

Meine liebste Beschäftigung war Nähen. Ich konnte Stunden damit verbringen, nach Schnittmustern zu suchen, nach den tollsten Stoffen. Als ich River kennengelernt habe, hatte ich gerade mein eigenes Unternehmen in den Sand gesetzt, weil ich einen Job hatte, der für nichts mehr Zeit ließ. Nicht einmal für ein Hobby.

Mit einer Freundin hatte ich einen kleinen Stoffhandel aufgemacht. Es lief gut, dafür, dass wir so neu waren. Ich war für den Einkauf und den Versand zuständig, sie für die Businessseite. Aber wie das so ist, bei Geld hört manchmal die Freundschaft auf.

Wir sind nicht im Guten auseinandergegangen. Ich hatte immer überlegt, das irgendwann noch einmal zu machen, aber erst fehlte die Zeit und dann irgendwie die Motivation.

Ich gehe in Rivers Arbeitszimmer, in dem in einem Schrank meine Nähmaschine und das ganze Zubehör stehen. Als ich ihn öffne und mein Blick auf das schöne Schätzchen fällt, durchzuckt mich plötzlich die Lust auf ein neues Projekt. Ich streiche mit der Hand über sie und es fühlt sich ein bisschen wie nach Hause kommen an, obwohl das doch eine ausgelutschte Phrase ist.

Ohne mir zu erlauben, weiter nachzudenken, hole ich sie raus, stelle sie auf Rivers Schreibtisch, stöpsele die Kabel an. Als ich den Schalter betätige, kommt dieses leise Schnurren, das sie immer macht, wenn sie angeht. Wieso noch mal hatte ich aufgehört?

Aus dem Schrank hole ich meine Stoffreste, dabei fällt mir auf, dass ich etwas schon abgesteckt hatte, aber nie weiter genäht hatte. Was war das doch gleich?

Ich betrachte den Stoff in meinen Händen. Er gleitet durch meine Finger, schmeichelt meiner Haut. Das sollte mal eine hochgeschlossene Schluppenbluse werden, die seitlich am Hals gebunden wird.

Wenn ich jetzt was ausprobieren möchte, kann ich auch hier weitermachen.

Ich nehme sie mit zur Maschine, setze mich hin. Die passende Garnfarbe ist noch nicht auf einer Spule, weswegen ich den Unterfaden erst aufspulen muss. Die einmal so vertrauten Handgriffe habe ich nicht vergessen, auch wenn es nicht mehr so automatisch funktioniert wie damals.

Als ich alles eingefädelt habe, lege ich die Stoffschichten unter das Füßchen, senke dieses ab, bevor ich das Fußpedal betätige. Das bekannte Rattern ertönt, als die Nadel durch den Stoff sticht und eine gerade Naht entsteht. Als ich sehe, dass ich es noch kann, lächele ich.

Die Zeit vergeht wie im Fluge und als ich das Klingeln meines Handys höre, wache ich wie aus einem Traum auf. Es ist schon dunkel, was mir gar nicht aufgefallen ist. Ich schaue, wo ich mein Telefon hingelegt habe, gehe dran.

»Ja?«

»Hey, ich mach mich jetzt auf den Weg.« Rivers Stimme lässt mir immer noch einen Schauer über den Rücken laufen.

»Alles klar. Ich bestelle das Essen.«

»Bis gleich, Herzchen.«

Schnell rufe ich beim Chinesen an, bevor ich mich wieder an die Nähmaschine setze.

Das nächste Mal tauche ich aus meiner eigenen Welt auf, als River hinter mir sagt: »Ach, hier bist du! Was machst du?«

Ich schrecke hoch, greife mir ans Herz. »Du hast mich erschreckt.«

Er kommt zu mir, drückt mir einen Kuss auf den Kopf. »Tut mir leid. Ich hatte schon mehrmals nach dir gerufen. Was ist das?«

»Eine Bluse, die abgesteckt im Schrank lag. Ich wusste nichts mit mir anzufangen.«

»Du hast das Nähen immer geliebt.«

»Ich weiß.«

»Wieso hast du nicht wieder angefangen, als du den vorigen Job gekündigt hattest?«

Unsicher zucke ich mit den Schultern. »Keine Ahnung. Ich habe jetzt Stunden an dieser Bluse gearbeitet und es macht so viel Spaß. Vielleicht hatte ich es nach der Zwangspause einfach vergessen, wie viel Spaß es macht.«

»Aber schön, wenn du es jetzt wiederentdeckst.«

»Ja, finde ich auch.«

Es klingelt, und River geht zur Tür. Ein wenig wehmütig schalte ich die Maschine aus, bevor ich in die Küche gehe und Besteck hole. River kommt mit den Tüten.

»Was möchtest du trinken?«

»Haben wir noch diesen tollen Rotwein?«, frage ich, obwohl ich weiß, dass wir die letzte Flasche schon vor einer Weile getrunken haben.

»Klar.« Er öffnet die Tür zu unserem Kämmerchen, und ich sehe, dass ein neuer Karton dort steht. Er öffnet ihn und holt eine Flasche raus. Wie ist der da hingekommen?

Ich sehe ihn fragend an. Er zuckt mit den Schultern. »Ich weiß, dass du ihn magst.«

Ein leichtes Flattern in meinem Bauch zeigt mir, dass ich die Geste zu schätzen weiß. Aber früher war das doch mal mehr.

Ich bringe das Essen und das Besteck ins Wohnzimmer, während River mit dem Wein folgt. Weil unser Tisch so tief ist, setzen wir uns zum Essen immer auf den Boden vor der Couch. Ich greife nach meinen Kuschelsocken, die immer neben dem Sofa liegen, weil ich oft kalte Füße habe.

»Wollen wir was gucken?«, frage ich und greife nach der Fernbedienung.

»Vielleicht nur ein bisschen Musik?«

Ich nicke, während er nach seinem Handy greift und die Musik über unser Lautsprechersystem abspielt. La Traviata. Meine liebste Oper.

Langsam öffne ich die Box mit meiner knusprigen Ente, genieße den ersten Bissen.

»Möchtest du was von meinem?«, fragt er nach einer Weile und hält mir die Box hin.

»Sehr gerne. Ich mag Hühnchen Kung Pao fasst so sehr wie die Ente.«

Er nickt einfach nur, während ich mich bediene. River beobachtet mich, streicht mir dann plötzlich meine hellen Haare aus dem Gesicht. »Du hast schon eine ganze Weile nicht mehr so zufrieden ausgesehen wie gerade, als du genäht hast.«

Ich nicke einfach nur, weil es ja stimmt.

»Du bist nicht glücklich.« Es ist eine Feststellung, keine Frage.

Schnell greife ich nach meinem Glas, trinke den Wein in einem Zug aus, bevor ich nach der Flasche greife und mein Glas erneut fülle.

»Das ist schon Antwort genug.«

Ich trinke auch das zweite in Rekordzeit leer. Bevor ich es füllen kann, sagt er: »Wir haben früher mal miteinander geredet.«

»Wir haben früher so einiges gemacht.«

Einen Augenblick sind wir beide still, bevor er mir mehr Wein einschenkt. Ich trinke einen Schluck, bevor ich mich meiner Ente widme. Das ist nicht der richtige Moment für solche Gespräche. Solche Gespräche haben die Tendenz, alles in Frage zu stellen was ist, und das ganze Leben auf den Kopf zu stellen. Dazu bin ich nicht bereit. Noch nicht bereit.

»Du bist nicht glücklich mit deinem Job, das weiß ich.«

»River …«, flehe ich.

»Bist du auch mit mir nicht mehr glücklich?«

Statt zu antworten starre ich auf mein Essen, weiß nicht, was ich sagen soll.

»Also ja«, stellt er fest.

Ich sehe nicht hin, aber ich spüre seine Bewegungen, weiß, dass er sich durch die dunklen Haare streicht, die danach immer in alle Richtungen abstehen.

»Wieso redest du nicht mehr mit mir?«

Ein Schulterzucken ist alles, was ich zustande bekomme.

»Sieh mich an, Gemma.«

Langsam schüttele ich den Kopf.

»Du kannst mich nicht einmal mehr ansehen?«

Schulterzucken, nicken und dann doch Kopfschütteln. Ich bin nicht bereit für dieses Gespräch, bin nicht bereit für die Konsequenzen, die daraus entstehen.

»Liebst du mich nicht mehr?« Seine Stimme klingt so unsicher, so unglücklich, so bang, dass mein Kopf in seine Richtung schnellt. Er blinzelt. Kommen ihm die Tränen?

»Doch.«

»Das hier macht nicht den Eindruck.«

Ich greife impulsiv nach seiner Hand. »Ich liebe dich. Seit ich dich damals in Chinatown das erste Mal gesehen habe. Von der ersten Sekunde an wusste ich, du bist es oder niemand.«

Ein kleines Lächeln umspielt seine Lippen. »Aber was ist passiert? Wo sind wir falsch abgebogen?«

»Ich weiß es nicht. Vielleicht liegt es einfach nur daran, dass ich so unzufrieden mit dem Job bin. Na ja, und irgendwie auch mit mir.«

»Wieso mit dir?«

»Weil …, weil ich mich so in dieser Situation eingerichtet habe.«

»In welcher Situation?«

»Im Job vor allem. Heute musste ich die Sandwiches holen.«

River spielt mit meinen Haaren. »Du wirkst aber auch zu Hause nicht glücklich.«

Ich greife nach dem Glas, trinke mehr Wein. Wie viel, weiß ich gar nicht mehr, aber irgendwann steht River auf und holt noch eine Flasche. »Ich hatte doch mal Träume und Leidenschaften und Wünsche. Aber in letzter Zeit war ich so lethargisch, wie ich mich eigentlich nicht kenne.«

»Was machst du denn, wenn du alleine hier bist?«

Dafür brauche ich mehr Wein, denn es ist peinlich zuzugeben, dass ich eigentlich nichts mache. »Na ja, den Haushalt.«

»Und was noch?«

»Hey, das ist schon eine Menge.«

»Das stelle ich gar nicht in Abrede, aber was machst du denn für dich?«

»Ich geh zum Frisör und zur Maniküre.«

»Das ist dein Leben?«, fragt er überrascht. »Arbeit, Haushalt, Frisör?«

»Wow, das hört sich jetzt aber arschig an.« Ich will aufstehen, aber River legt mir die Hand auf den Arm, hindert mich daran.

»Ich will dich nicht beschämen, Herzchen. Wirklich nicht. Nur verstehen, wie ich dir helfen kann. Denn ich … ich liebe dich. So sehr. Und es macht mich traurig, wenn du nicht glücklich bist, wenn wir nur noch nebeneinanderher leben, aber kein gemeinsames Leben mehr haben.«

»Wir haben ja auch keinen Sex mehr! Du findest mich nicht mehr attraktiv!«

Hier geht's zum Buch

# DANKSAGUNG

Dieses Buch war vieles: intensiv, melancholisch und ein klein wenig unentschlossen. Alles Eigenschaften meiner beiden Protas, die ich schätze und mich gleichermaßen in den Wahnsinn getrieben haben. Mikas Story habe ich in fünf Wochen geschrieben, während Owen mich ein Jahr gequält hat. Bei ihm war es wie ein wunderschöner Schuh, den man unbedingt tragen möchte, aber ständig hat man an neuen Stellen Blasen. Ständig drückte es an immer neuen Stellen des Romans. Nun bin ich unendlich glücklich, endlich diese schönen Pumps tragen zu dürfen. :)

Gerade, weil dieses Buch mir so einiges abverlangt hat, gibt es unzählige Menschen, denen ich danken möchte:

Angefangen bei meiner lieben Lektorin Sandra Latosyncski, die die letzten Ecken an Owen wieder wunderbar rundgefeilt. Vielen Dank für dein Feedback, deine Ratschläge und dein kritisches Auge.

Meiner lieben Coverfee Viola Plötz danke ich nicht nur für

diese schöne Hülle, sondern für jeden Ratschlag als meine Kollegin und Freundin.

Vielen Dank an Jasmin, meinem Marketing-Liebling, ohne die ich stets den Überblick verlieren und mich ständig in diesem Dschungel verlaufen würde.

Ich danke meinen lieben Testleserinnen Franzi, Chantal, Saskia und Selina, die sich wieder unfassbar viel Mühe gegeben haben, Owen zu seinem bestmöglichen Selbst zu verhelfen. Ihr seid so unendlich viel mehr als das und ich bin glücklich, jede einzelne von euch in meinem Leben zu haben. <3

Ich danke meiner Freundin Anne, die jedes Mal aufs Neue einen Schlachtplan mit mir ausheckt und mich immer darin bestärkt, mein Ding durchzuziehen. Ich danke dir für deine Freundschaft.

Meiner Mama, der ich unfassbar dankbar bin, dass sie ist, wie sie ist, mich lieb hat und an meiner Seite bleibt. Ich liebe dich.

Meinen beiden besten Freundinnen, Nicky und Antje, die wirklich immer für mich da sind, meine Neurosen ertragen, mich darin bestärken, ich selbst zu sein und für mich sofort losziehen würden, einen Drachen besiegen. Meistens reicht es jedoch schon, Brownies zu backen oder Pasta zu essen. ;) Ich hab euch schrecklich lieb.

Ich danke meinem Mann Jan, der mich in jeder, wirklich jeder Situation zum Lachen bringt, mich liebt, flauschig, schusselig und ängstlich wie ich meistens nun mal bin und trotzdem einfach da ist. Ich liebe dich.

Und dann danke ich meinen beiden Jungs … Lenny und Liam … mein größtes Glück, mein ganzer Stolz und mein ganzes Herz. Ich habe mir nichts mehr in meinem Leben gewünscht, als eure Mama sein zu dürfen und liebe euch mehr als Worte jemals beschreiben könnten.

Außerdem danke ich dir! Genau dir! Dafür, dass du dieses Buch gekauft, gelesen und im besten Fall mitgefiebert hast. Ohne dich könnte nicht das tun, was ich so wahnsinnig liebe. Danke! <3

## ÜBER DIE AUTORIN

Liv Keen ist das Pseudonym von der Autorin Kathrin Lichters. Sie wuchs in einer großen, chaotischen und etwas verrückten Patchworkfamilie auf. Schon als sie ein kleines Mädchen war, versorgte ihre unkonventionelle Uroma sie mit etlichem Lese-Stoff und erfand mit ihr lustige Geschichten. Ihre große Liebe ist, wie es der Zufall so will, auch ihr bester Freund, mit dem sie eine kleine Familie gegründet hat. Die unverbesserliche Romantikerin schreibt seit 2014 vorzugsweise Märchen und Geschichten über die große Liebe, dabei ist sie nicht auf ein bestimmtes Genre festgelegt. Außerdem hat sie eine große Schwäche für Tiere, die sie, zum Leidwesen ihres Mannes, gern alle adoptieren würde.

Ihr Debütroman „Sandkasten-Groupie" wurde 2014 im Self-Publishing publiziert. Im Herbst 2018 wird die komplette Romanreihe unter dem Namen "Backstage Love" vom Droemer Knaur Verlag ins Taschenbuch-Programm aufgenommen und veröffentlicht. Millionaires Club - Adam, Dante und Lee sowie Georgia Girl auf Abwegen sind aus ihrer Feder im Self-Publishing erschienen.

Weitere Informationen erhalten Sie unter: www.kathrinlichters.de

Weitere Bücher von Kathrin Lichters / Liv Keen:

- Dark Ages – Prinzessin der Feen
- Dark Ages – Königin der Feen
- Dark Ages – Kriegerin der Feen
- Backstage Love – Unendlich nah
- Backstage Love – Sound der Liebe
- Backstage Love – Hals über Kopf verliebt
- Carhill Sisters – Emily & Jake
- Carhill Sisters – Lucy & Darrell
- Carhill Sisters – Mary & Jamie
- Carhill Sisters – Amy & Sam
- NY Millionaires Club – Adam
- Miami Millionaires – Dante
- Las Vegas Millionaires Club – Lee
- Georgia Girl auf Abwegen
- Chicago Crush – Schicksalshauch
- Cold Side Of Love
- Wicked Game Of Love

# IMPRESSUM



Covergestaltung
Viola Plötz / www.truelovejoy.de
Bildnachweise
Just dance /shutterstock
Nastya22 / shutterstock
Gordan / shutterstock

Lektorat/Korrektorat
Sandra Latoscynski / www.latos-verlag.de



Erstellt mit Vellum

Printed in Poland
by Amazon Fulfillment
Poland Sp. z o.o., Wrocław

60721844R00263